U0358390

近代稀见旧版文献再造丛书

民国紅學要籍汇刊

（影印本）

王振良 编

第四卷

洪秋藩 红楼梦考证（上卷）

南開大學出版社

目录

洪秋蕃《红楼梦考证》

洪秋蕃，本名洪锡绶，浙江昌化人，监生。清代之昌化为杭州府所领九县之一，故作者自署武林(杭州别称)。关于洪之生平，陈毓罴先生在《〈读红楼梦随笔〉作者考》(见《红楼梦学刊》一九九四年第二辑)一文中，有比较详细的考订。洪秋蕃同治元年(一八六二)任湖南临武知县，同治八年(一八六九)和光绪九年(一八八三)两次署湘潭知县。晚年为其子洪昌言(小蕃)迎养于粤西之苍梧、富川县署。

《红楼梦考证》装一函，八册十六卷，每卷页码各自起讫。武林洪秋蕃著。上海印书馆出版，中华民国二十四年一月再版。鉴定者海上漱石生，校正者铁沙徐行素，发行人钱志亮。平首有《海上漱石生序》和昭潭李兆员《海上漱石生鉴定红楼梦考证序》。正文总计一二二三页。本书民国十四年十一月初版，名为《红楼梦抉隐》，再版易为《红楼梦考证》。初版、再版除题名及版权页外，册数、页码、文字等并无差异。目录同一百二十回本《红楼梦》。本书所用为民国二十四年一月再版本。

《考证》首卷总论《红楼梦》，以后各卷逐回品评，发微抉隐，时有可观者。虽曰『抉隐』，而无索隐之附会，分析评论均就《红楼梦》本身而论，颇为难能。洪秋蕃善于体察人物命运，分析可谓细致入微。其对小说情节结构、叙事技巧与表现手法的解析，也不无精彩之处。在旧红学评点派代表性著作中，《考证》是比较受关注的一部。

紅樓夢考證

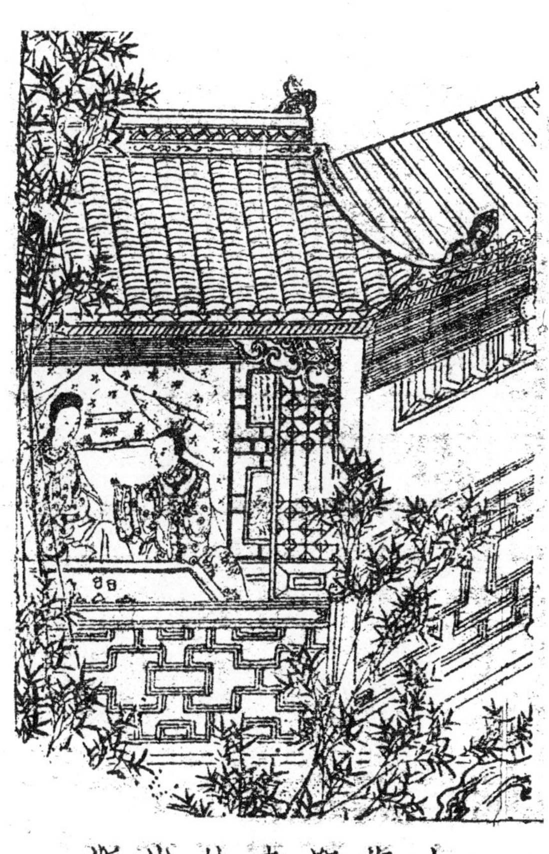

上海印書館出版

紅樓夢考證

全八冊

洪秋蕃著

中華民國二十四年一月再版

紅樓夢考證　全八冊

定價大洋拾元

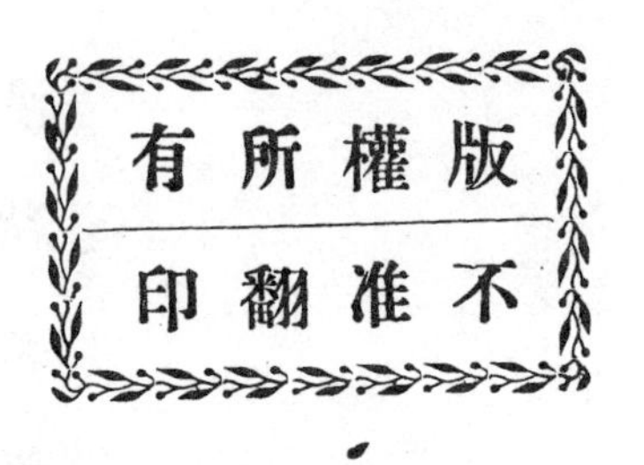

著作者　武林洪秋蕃

鑒定者　海上漱石生

出版者　上海印書館　上海山東路沙遜里

發行人　錢志亮

印刷者　上海印書館

經售處　全國各大書局

紅樓夢考證總目

紅樓夢考證　目錄

紅樓夢發隱　目錄　四

紅樓夢叢證 目錄 二

海上漱石生序

紅樓夢是一部定情書古人已先我言之矣然其言情之處在在用借賓定主法以曲筆反筆襯筆逆筆出之有匣劍帷燈之妙與平鋪直叙者大異故目光淺陋者不可讀紅樓夢心地模糊者更不許讀紅樓夢蓋目光淺陋者讀之如醉眼看花迷惘特甚雖讀與未讀等心地模糊者讀之則必致看朱成碧謬誤實多大昧作者之本旨也武林洪秋蕃先生博學多才看書能獨具隻眼且心細於髮無一字肯稍涉大意生平最嗜讀紅樓夢反覆玩誦無慮百數十遍探賾索隱始盡得書中之奧乃竭畢生精力箸紅樓夢抉隱十六卷凡作者之曲筆反筆襯筆逆筆一一爲之剖析靡遺若水銀瀉地之無孔不入而紅樓夢一書於是逐底蘊畢宣使後之讀者得以開卷了然無歧途誤入之慮尤妙在抉發處無附會及穿鑿之弊更未嘗加以武斷强不知

以爲知故一經揭破之下我知凡喜讀紅樓夢者必當將原書一一細按恍然各有所悟而謂昔之讀書何以漫不加察乃致若墮五里霧中雙目失其瞻視今始雲破月來得以無微不顯而紅樓夢爲一部定情書之説古人言誠不我欺試觀全書用情專一雖處處偏若出以泛鶩實則其泛鶩處皆渲染處譬諸作畫者以山爲主凡瀠洄之水曲折之橋蒼茫之樹迷離之草皆渲染之筆也箸紅樓夢者亦猶是以黛玉爲主餘人皆水耳橋耳樹耳草耳然苟無此抉隱一書以發明之恐讀紅樓夢者十九昧厥主旨如看山者之不能得廬山眞面也抉隱之爲效若此則以此書爲紅樓夢照心鏡可爲讀紅樓夢者之指南針亦可其書洵足傳矣爰亟將稿付諸手民出版行世而爲之序

癸丑孟冬月海上漱石 上序於滬北退醒廬

海上漱石生鑒定

紅樓夢考證序

昔吾宗卓吾公有言曰拜月西廂化工也琵琶畫工也員讀紅樓夢一書見其縑總萬端囊括羣有如鑑程物若綫穿珠喁喁焉縷縷焉舉兩國公府中至纖至瑣之兒女私情細而至於米鹽凌雜靡不窮態極致一一繪出未嘗不執卷歎曰此書也其又畫工之筆墨也夫二十年來花晨月夕酒熟茶温與二三知己輩論列甯榮平章釵黛常令娓娓忘倦雖互有斟酌究少異同歲庚寅辛卯員館於洪明府小蕃君處其封翁秋蕃先生手一編示員題其籤曰紅樓夢抉隱披誦一過又不禁爽然失曰某讀紅樓已有年至今固未知紅樓也紅樓蓋畫工也亦化工也微先生亦孰知是書之妙者先生文章麗卿雲政績媲召杜嘗宰吾邑共頌神君晚年舍二千石作六一翁就養粵

紅樓夢拳證序 二

西以圖書筆墨爲樂一篇跳出遠近傳觀是編特遊戲之作而獨具隻眼抉摘入微信手拈來頭頭是道先生豈有意求工乎哉不知以先生之才之識又夙工於文卽不求工於是而愈覺其工此所謂化工也秉化工之筆說畫工之文則畫工亦成爲化工矣此固天造地設留此一段傳奇之筆墨在當日之作紅樓者固不自解遲之又久復天造地設有此一段傳傳奇之筆墨在今日之說紅樓者亦不自解也是眞所謂化工也向以畫工目紅樓殆語學之未化歟員願普天下之讀書者取先生是編而觀之則庶乎可以讀書矣是編也誠讀書之圭臬也詎止紅樓之功臣也哉

昭潭李兆員頓首拜譔

海上漱石生鑒定

紅樓夢考證卷一

著作者　武林洪秋蕃
校正者　鐵沙徐行素

言情之書。盈籤滿架。紅樓獨得其正。蓋出乎節義也。紀事之書。盈籤滿架。紅樓獨矯其常。蓋一於含蓄也。寶玉元配。本屬黛玉。寶釵起而謀奪之。賈母遂背黛而娶釵。於是黛玉守節死矣。寶玉不忍黛玉守節死。亦守義而亡。卒之守節義者。得會合於天仙福地。肆謀奪者。長發泣於怨雨淒風。而且家道日見陵夷。禍患因而迭至。賈母一事乖謬。百戾隨之。以全福全壽之人。卒不得全受以歸。書所謂從逆凶者。非歟。然韜其意於字裏行間。不使讀者一眼窺破。遂成天下古今有一無二之書。僕自束髮受書以來。即讀紅樓。即有心得。輒歎天下傳奇小說。有此一副異樣筆墨。然自少至壯。

足迹半天下抵掌談紅樓迄無意見相合者。且有牴牾而加姍笑者。乃舍斯人而求諸書肆。凡批本及傳贊圖詠。悉取覽焉。甫數行。即與意迕。竊自訝鄙見果有偏耶。抑斯人之目光不炯耶。因再取全傳潛玩之。審乎所見不謬。遂隨筆而記之。嗣以一行作吏。此事遂廢。束置高閣者三十年。罷官後。爲小兒昌言迎養粵西之蒼梧富川等縣署。課孫暇。一無事事。爰將前所筆記。增足而手錄之。雖不足當大雅一粲。而作者慘淡經營之苦心。或不致泯滅焉。嗚呼。生平所讀何書。不能羽翼聖經賢傳。顧於傳奇小說闡發其奧義。斯亦陋矣。雖然。賢者識大。不賢者識小。僕爲世人所棄。其不賢甚矣。小者之識。不亦宜乎。

紅樓夢是天下古今有一無二之書。立意新。佈局巧。詞藻美。頭緒清。起結奇。穿插妙。描摹肖。鋪序工。見事眞。言情摯。命名切。用筆周。妙處殆不可枚舉。而且譏諷得詩人之厚。褒貶有史筆之嚴。言鬼不覺荒唐。賦物不見堆砌。無一語自相矛盾。無一事不中人情。他如拜年賀節。慶壽理喪。問卜延醫。鬭酒聚賭。失物見妖。遭火被盜。以及家常瑣碎。兒女私情。靡不極人事之常而備紀之。至若琴棋書畫。醫卜星命。抉理甚精。覼舉悉當。叱又龍門所謂於學無所不窺者也。然特餘事耳。莫妙於詩詞聯額。酒令燈謎。以及帶叙旁文。點演戲曲。無不暗含正意。一筆雙關。斯誠空前絕後。戛戛獨造之書也。宜登四庫。增富百城。

紅樓妙處。不可枚舉。尤妙者。莫如立意之新。意淫二字。創千古經傳稗史未有之奇。明明劍也而匣之。明明燈也而帷之。令觀之者見匣不見劍。見帷不見燈。逼視之。乃知匣有劍。帷有燈。然筆下則但寫匣與帷。更不示人以劍與燈。花樣新翻。得未曾有。風流之事如是。婚姻之事亦如是。紀叙之辭如是。臧否之辭亦如是蓋淫之一字匪惟色慾之稱。舉不善皆淫。如書之福善禍淫。無卽慆淫。左傳之賞善刑淫。歲在星紀而淫於玄枵之類是也。又非但不美之稱。其美處亦淫。如皇甫謐劉峻皆號書淫。孟東野詩寢淫乎漢氏之類是也。意者含而未申之謂也。故凡藏於中而不顯著於外者。皆得謂之意淫。悔婚而不言悔。賴婚而不言賴。奪婚而不言奪。以及不善而稱爲善。不賢而稱爲賢。匣其劍而帷其燈。意淫之說也。訂盟而不言訂。守盟而不言守。踐盟而不言踐。以及善而類於不善。賢而類於不賢。示以匣與帷而不示以劍與燈。亦意淫之說也。此二字包羅一切。統括全篇。不啻爲寶玉定評。若啻爲寶玉定評。則寶玉豈僅意淫而已哉。欲讀是書。請先於雲水光中洗眼來。

紅樓妙處。又莫如布局之巧。寫富不寫極富。開卷便說甯榮兩府也都蕭索。內囊已儘上來。寫貴不寫極貴。元春初選女史。繼封才人。晉册貴妃。賈政初賞主事銜。洊升員外郎中之職，外任亦祗學使糧道而止。赦珍襲職而已。賈璉捐納同知而已。此爲布局之巧，昔有二畫師藝名相埒。各畫漢宮春曉圖，其一聚精會神，工繪妃后。而於服役宮娥不無差等，有美中不足之憾。其一鏤金錯采，描畫宮娥。而於後宮佳麗不着一人，但見錦帳低垂，珠簾委地，以取春曉之意。合兩幅觀之，人多珍視畫宮娥者。謂袍袴宮人已極美麗，其擅椒房寵者。當更何如，而其實祗以上等筆墨，畫中等人材。遂使上等人材，令人擬爲無上上等。如孫武子以上駟敵中駟，中駟敵下駟之巧訣耳。紅樓布局。正與此同，俗手不然。寫富貴必臻其極。及序其起居服食陳設應酬，則有婆子村氣，見笑大方。亦何弗取紅樓讀之而師之哉。

紅樓妙處，又莫如詞藻之美。尖叉鬭險，徵引搜奇，固已含英咀華。卽辭令之妙亦非他書所及。

紅樓夢考證卷一

紅樓妙處又莫如頭緒之清一部廿一史。從何處翻起。最是悶人。試觀冷子興演說榮國府。賈寶玉試才題匾額。遂將賈府諸人。大觀園全境。逐一點出。不獨使讀者一目了然。即作者信筆寫去。亦不致有顛倒錯落之弊。創著述家第一妙訣。

紅樓妙處。又莫如起結之奇。開卷一敘。已將結局倒攝一百二十回之前。末後一結。更將本傳結到數千百年之後。且他書皆後人傳前人之事。或他人傳本傳之人。紅樓則爲寶玉自撰。尤創古今未有之格。

紅樓妙處。又莫如穿插之妙。全傳百餘人。瑣事百餘件。其中穿插鬬筍。如無縫天衣。組織之工。可與三國演義並駕。

紅樓妙處。又莫如描摹之肖。性情各以其人殊。聲吻若自其口出。至隱揭奸詐。胸藏曲繪媟褻情狀。尤爲傳神阿堵。佛家謂菩薩現身說法。欲說何法。即現何身作者其如菩薩乎。

紅樓妙處。又莫如鋪序之工、揮寫富貴之像易。欲無斧鑿之痕難。紅樓鋪張揚厲。獨免此弊。

紅樓妙處、又莫如見事之眞。深人無淺語。以見事理眞也。若見之不眞。則下筆多隔韡搔癢之病。紅樓序一人。序一事、無不深透膜裏、入木三分。總由見得眞、斯言之切耳。

紅樓妙處、又莫如言情之摯。款款深深。世無其匹。是眞能得個中三昧者。言情之書。汗牛充棟。要不能不推紅樓獨步。

紅樓妙處。又莫如命名之切。他書姓名。皆隨筆雜湊、間有一二有意義者。非失之淺率。卽不能周詳。豈若紅樓一姓一名。皆具精意。惟囫圇讀之。則不覺耳。茲臚舉以質天下善讀紅樓之人。何爲寶玉。寶黛玉也。謂惟黛玉是寶。非

紅樓夢考證卷一　　七

紅樓夢考證卷一　　八

黛玉不娶也曰神瑛對頑石而言也。初則頑石。煅煉則成通靈。幻化而爲神瑛。明其不頑也。何爲黛玉。待寶玉也。謂惟寶玉是待非寶玉不嫁也。曰顰兒。則以有效顰之人也。西施有效顰之人而身價益高矣。其氏林。以其來自靈河岸。且謂有林下風。以才女目之。又如月明林下。以美人屬之。尊之也。寶釵者。何寶差也。謂賈母王夫人以寶釵爲寶。識見差謬也。貶之也。薛雪也。有陰冷之象。林遇雪則無欣欣向榮之兆。而有蕭蕭就萎之憂。然雪雖虐林而有晴雯小照於林間。猶有和煦之景。晴雯去而林無生氣矣。故晴雯爲黛玉小照。襲人者。能襲人婚姻以與人者也。寶玉正配本屬黛玉。襲人能襲取以予寶釵。並不明張旗鼓。如潛師夜襲者。然故曰襲人。然其所以故則以寶釵行爲與己相合。故爲寶釵小照。至舊名珍珠。以在賈母處耳。及侍寶玉。珠已破而不圓。不成其爲珠。故奪其名以予賈母後補之婢。太君無信之人也。寶玉親事既許黛玉復遷異於寶琴既改寶釵復游移於傳試之妹婚可賴盟可背人而無信莫此爲甚古無信史故氏太君以史政者正也所以正人之不正也然必自率以正而後能正人之不正賈政內不能刑于妻妾外不能駕馭豪奴徒知嚴厲於其冢子是謂道之以政非率之以正也故不曰正而曰政又政眞也謂賈政乃眞有其人與甄應嘉對勘嘉假也謂甄應嘉雖氏甄應作假論太虛幻境對聯云假作眞時眞亦假蓋指此然皆統乎寶玉而言謂賈寶玉乃眞寶玉甄寶玉乃假寶玉也敬之文曰苟謂賈敬上不能報國下不能齊家惟苟免於是非場而已赦者有罪之辭然賈赦之罪猶可赦故後獲譴亦遇赦珍與殄相似賈珍自取滅亡有類乎殄璉以連爲文賈璉連類而及稍次其兄蓉小子庸劣不堪環小子頑梗實甚珠號夜光故賈珠早世蘭香遠襲卜賈蘭亢宗王夫人不能主中饋之人家務則仰賴於姪婦婚

姻則顚倒於妖鬟但知聽脅小之言。遂紛召乖戾之氣。中藏無主。故去一點以氏王。邢夫人初具人形而已。處事則糊塗無見。待人則刻薄居心。於時爲秋。於行爲金。於聲爲商。於官爲刑。故取聲象形而氏邢。紈扇也。李紈少寡。如秋扇之見捐。然有令德。能奉揚仁風。李花白如縞素。故氏李。熙希也。鳳奉也。謂鳳姐爲人。專以希意旨工趨奉也。他都無論。王夫人攛掇賈母悔黛玉之婚。改寶釵之聘。明知其不可而迎合以成之。故以希奉名其人。且尅扣盤剝。亦非主持家政之道。故亦氏王而爲王夫人之姪女。元春得春氣之先。占盡春光。故有椒房之貴。迎春如當春花木。迎其氣則開。過其時則謝。其性類木。故又謂之木頭。惜春謂靑燈古佛。孤負春光。故曰惜春。若探春則不然。有春則賞之。無春則探之。不肯虛擲春光。故其爲人果敢有爲。長得春氣。非歲難自守者比。且明於事理。腹有陽秋。皆探討之功也。故曰探春。尤氏叢過之人。

秦氏。可輕之人。去來無定者。湘上閒雲。故湘雲以名其始與黛玉莫逆。後爲寶釵交歡。遂與黛玉反眼若讎。此不信乎朋友之人也。故亦如太君之姓出岫之雲。可爲霖雨。出岫之煙。無足重輕。邢岫煙郊寒島瘦。亦秋官之象。故亦如邢夫人之姓。寶琴。抱琴也。琴少知音。故與寶玉無繾綣。梅花三弄。是其所託。故以瓶梅題其豔。適梅終其身。水波散處爲紋。餘霞散處成綺。故李紋李綺。爲大觀園閒散之人。花當春則旺。當秋則零。秋芳之花。不能與羣芳鬬豔。故傅秋芳不入大觀園而向隅。然寶玉親事。賈母亦爲之游移。如薦卷之副本。故氏以傅。而爲傅試之妹。周姨娘其內吉之人。趙姨娘如山魈之人。梧桐驚秋。而葉落。秋桐來。肅殺至矣。故曰秋桐。巧姐。巧於遇者也。遇劉極巧。故曰巧姐。妙玉。妙於竊者也。竊玉極妙。故曰妙玉。尤二姐。尤物也。尤三姐則有尤人之意矣。紫鵑。啼冷月之鳥也。托於林而遇雪。尤有寒鴉之色。然有血性。故忠於事主而有赤心鴛鴦不獨宿之鳥也然不妄耦故以名鶯兒善爲枝上嘑以驚人夢醒之鳥寶釵教令籠絡寶玉卽游揚其主之美以喚醒夢夢之人故曰鶯兒而氏以黃或曰黃金鶯黃金瓔也寶釵用以絡玉故名亦通平者平其所不平也如平斛之概鳳姐行事太過賴平兒以平之故平兒最賢雪雁寶釵藉以爲贋者也曾爲薛氏贋婢故曰雪雁素雲與李紈而爲素者也侍書則侍書而已司棋人奇事奇志節尤奇青衣有此斯亦奇矣故曰司棋高士之女辱於青衣屬於俗子其遇應憐故曰英蓮中材之婢偶因一顧便作夫人其實僥倖故曰嬌杏金桂精怪也雪遇夏未有不銷亡者故氏夏蟾有毒之物薛蟠寶之故曰寶蟾薛蟠謂蟠踞賈家而不去也薛蝌謂蝌蚪雖能作字而文理不屬然較誤認庚黃之兒差勝矣秦鍾以情終也秦業秦孽也代儒有猷迂之象賈瑞眞睡夢之人王仁謂忘其爲人卜世仁是不是

人。卜固修是不顧羞恥。德全謂僅形貌生得全。而無人心。張友士謂醫道有足恃。胡君榮謂胡姓眞庸醫。馮淵是逢寃。詹光是沾光。單聘仁是善騙人。王爾調謂調和作媒。程日興謂能條陳家道日興。焦大焦躁之僕。包勇抱勇之夫。柳解舞之物。與寶玉相憐。故曰柳湘蓮。函受矢之物。爲寶玉受矢。故曰玉函。又蔣將也。將變函人爲矢人。以射寶玉之人。故氏蔣。茗煙盟湮也。焙茗背盟也。謂寶黛婚媾之盟既湮沒不彰。遂爲賈母悔而背之。亦猶襲人舊名珍珠。謂寶黛婚姻之事。如珍珠之圓。後爲襲人襲而敗之。非然者。珍珠茗烟皆極俗字。後改襲人焙茗。亦無意義。何必多此一番筆墨乎。凡此種種。皆從甄士隱賈雨村脫化出來。至王善保家及善姐。皆極不善之人。而以善稱。則以反證大賢大德之寶釵。至善至賢之襲人。與全傳命名之意不同。紅樓一名一姓。不苟如此。豈他書所能企及。

紅樓妙處又莫如用筆之周他書序事。顧此失彼。或罣一漏萬。紅樓無此弊。雖瑣瑣碎碎極不要緊之事。亦必細針密縷。周匝無遺。

紅樓妙處又莫如譏諷得詩人之厚。褒貶有史筆之嚴。賈政不學無文。惟躭博奕。然狀其爲人。頗類迂拘之學究。嚴以教子。似承詩禮之名家。且攜兒輩應酬、常赴詩壇文會。膺簡命出使。居然視學衡文。固未嘗詆其不文也。然而題聯額於新園。吟髭撚斷。擬破承爲程式。隻字無成。雖不詆其不文。終不予以能文也、賈母悔黛玉親事。確背前盟。寶釵奪黛玉婚姻。實由篡取。然寫賈母改定寶釵。若與黛玉無涉。敍寶釵得配寶玉。儼如金玉天成、固未嘗明書其悔婚奪親也。然而偸梁換柱。公論難道、借雁藏鶯。陰謀自著。雖不明書悔婚奪親。不啻明書悔婚奪親也。寶釵矯詐盜名。襲人奸淫肆妬。然序兩人行事。竟如媲美賢媛。不獨翳俗眼於一時、直欲盜盛名於千古。固未嘗直揭其隱惡也。然而甘卑汚以貢媚。一生之品行全喪。適僕伶以貪歡。通體之奸淫畢露。雖不直揭其隱惡。不啻直揭其隱惡也。他如苟且之事。曖昧之行。諸如此類。筆不勝書。莫不含蓄其詞。如詩人之厚而又激揚其語。如史筆之嚴。然則紅樓眞枕經胙史之文哉。

紅樓開卷寫頑石。自是傳寶玉之文。而不知爲黛玉合傳。不有仙草還淚之癡情。焉有頑石降生之奇蹟。故入傳以後。未序寶玉。先序黛玉。讀者宜以寶玉黛玉平列爲主。餘皆陪襯之人。若寶釵爲戕賊寶黛之人。更不容視同一律。

黛玉爲紅樓正主。故多褒詞。尊題之法也。寶釵爲戕賊寶黛之人。故多貶筆。襯題之法也。黛玉祖皆列侯。父係鼎甲。爲大夫則任蘭臺寺。放御史則巡淮揚鹽。既係世祿名家。又是書香望族。寶釵門無華胄。代皆白丁。雖爲皇商。承辨雜料。實則市儈浮冒錢糧。此林薛閥閱崇卑。實黛釵根基厚薄也。郎初戶兩家之事亦大有逕庭之分。一則敦請名儒義方訓女一則倚仗貴戚。非理殺人。雖行爲出自父兄。而源流實關子弟。至心術品誼。尤優劣懸殊。黛玉則直率而眞。寶釵則機詐而險。一則我行如是。不枉己以徇人。一則尊意若何。必觀風而阿好一則隱懷悲憫。恐背前盟。一則到處貪緣奪人佳壻甚至篤盟守義。黛玉則之死靡他。始篡終嫌寶釵則臨行追悔。此尤關乎志節。絕不予以含糊若夫兩結終身。尤有特筆。黛玉雖失嘉耦。遽赴夜臺。而設帨則表其冥昇。易簀則迎以天樂。及其魂歸故處。境返太虛。則又頭戴花冠。身披繡服。侍姬肅穆。宮殿巍峩天上人間。殆無儔匹。寶釵雖能絡玉。卒不利金。伉儷僅及期年。魚水祇邀一度。染指嘗鼎。異味無多。代李僵桃。苦心枉費。而且玉郎頻加白眼。視之輕若鴻毛金鎖莫錮緇衣。棄之等於雞跖。謂其爲婦則室已無夫謂其爲孀則郞猶在世天荒地老長此贅疣抑揚如此顯明。高下何難位置。而世之讀紅樓者。必欲推崇蘅蕪、抑置瀟湘。如盲者觀場。與作者意迕。不知是何肺肝。

或曰、黛玉性情乖僻。寶釵度量寬宏、卽論心術品誼之間。亦無軒輊瑕瑜之判。前論過刻。竊爲不平、余曰。不然。論度量性情。兩人尙堪伯仲。語心術品誼。相去何啻天淵。黛玉耿直性成。鋒芒外著。送花而嫌挑。膹面斥不顧何人。惱玉而發嬌嗔、口角動聞於母、心有所否。卽當面侃侃而談、境有難堪。卽拂袖姍姍而去。論其天眞流露、不無毿毿可譏。然而衞綰忠實無他腸。不比林甫陰柔不可測。寶釵性非和順。心豈純良、怒寶玉比以楊妃、遽爾聲情俱厲。激老母罪其嫂氏。故爲悖亂其詞、祇緣有所營求。隱忍而強爲大度。欲延譽矯揉而出以優容。試觀同體之前、發隱覆而不留餘地。于歸以後、欲專寵而隔絕羣花。甚且撲蝶而聽私情。脫禍尤思嫁禍。詠蟹而抒積憤。怨郎乘以勾郎。坐繡榻以驅蠅。已難信乎衾影。假金纓以絡玉。竟明佈乎網羅。文語答探春。阻用人。怨不及已。餐飯陪林妹。明誚玉。暗實傾囊。至若議事廳前攝家政。居然越俎。大觀園內。巡夜禁絕似幫閑。幫針黹以媚人。下及嬖人之賤。獻新衣以殮婢。自儕奴婢之班。此其謂之何哉。抑更有足鄙者。藉襲人以干進。虎有穴而狐憑，冒黛玉以成親。鵲有巢而鳩占。扶雪雁而堂前交拜。不嫌李戴張冠。見寶玉欲夢裏迎仙。巧使鴻離魚網。強顏入室。唾面自乾。移岸就船。慾心何熾。使紅粉皆掃地。豈黛玉所屑爲。

或又謂寶玉親事。本無成議。張道士有作伐之言。傳秋芳有仰攀之意。而且瓶梅羨豔。賈母問字於寶琴。文字提親。賈政屬媒於門客。秦鹿共逐。未知鹿死誰手。是寶玉親事。爲衆人可有之親事也。元妃頒諸人節賞。無所重輕。獨於釵玉符合之。是於錫物之中。隱寓同偕之意。賈母慶衆人設帨，無所短長。獨於寶釵豐盛之。是於選定之婦，特加禮貌之優，則寶玉親事。又為寶釵固有之親事也。若黛玉與寶玉聯姻，未嘗有一事可憑。一言可證，勢本未合事本無成。乃遽指寶釵奪取黛玉婚姻。一若黛玉與寶玉已訂定為夫婦者何哉。余曰。子讀紅樓。未經潛玩故耳。張道士隨口博粲。本不知璧已成雙，傅秋芳倩媪頻來。亦以為席猶虛左。即賈母問寶琴之字。此是見異思遷。賈政託門客為媒。原是背盟順母。是黛玉定婚於寶玉。何嘗一筆抹倒耶。至元妃頒賞。非於釵玉符合之。特於釵玉加重耳。寶玉本愛弟。相待素優。況為賈母王夫人所鍾愛。故重賞之以示恩眷之隆。以博重幃之喜。寶釵乃外姻。於禮宜敬。非若黛玉紈鳳可平視。故亦重賞之。以寓加敬之意。以昭親疏之分。加重之物率如此。適從其同。不加重之物率如彼，亦從其同也。然則元妃賞寶釵加重者。敬客之道也。於黛玉不加重者。親親之道也。妃既以親親之道待黛玉。而以客禮待寶釵。其情事不亦瞭如指掌哉。賈母爲寶釵慶生辰加豐盛。亦如之。作者猶恐讀者不察。大書特書曰。幾席家宴。並無外客。祇有薛姨媽史湘雲薛寶釵是客。餘皆自己人云云。然則黛之爲黛。識者早知不列於親戚客位之中。而與紈鳳諸人同爲自家人矣。其親事已訂。不亦可想而知哉。而何有於寶釵。更何須有事可憑有言可證哉。而況可憑可證者。不可摟指數也。姑就最確當而顯明者言之。金陵釵冊首黛玉。若非寶玉元配。則首之不當。其詩曰。可歎停機德。若非靡他矢死。何德之稱。何惋惜之有。紅樓曲云。都道金玉良緣。俺祇念木石前盟。此詠寶玉之章也。其與黛玉曾訂婣盟。信有徵矣。大觀園第一尊貴處。莫如有鳳來儀。卽瀟湘館。黛玉居之。崇正室也。蘅芷雖芬。究屬小草。仰瞻絳珠。何異桃奴菊婢。故以苑名而居寶釵。別差等也。然黛玉雖正室。爲寶釵所奪。斥之門外。故寶釵所居之蘅蕪苑。其大主山所分之脈。穿牆而過。正謂此也。非然者。大主山一語。直可衍之文。紅樓豈有可衍之文哉。更有說者。太虛幻境。喻文境也。謂紅樓大致。爲寶釵譸張爲幻。使寶黛婚姻變幻也。夫婚姻大禮。豈可任人變幻。故有警幻仙姑躬行天罰。使奪婚者。長爲孀守。賴婚者。備受災殃。播弄者。下配優伶。而儕於倡伎所以垂警於天下萬世也。若黛玉無訂婚之事。則寶釵爲寶玉正配。金相玉質。嘉耦天成。自應夫唱婦隨。歡偕白首。黛玉慕色而亡。不過一懷春之女。當不齒於仙姑。何以臨終天樂相迎。死後珠宮端拱。又何以遣茫茫大士。引寶玉登福地。使寶釵失所天。並使無辜之主婚作合人等。悉受孽報。天下寧有是仙人耶。而幻境警幻。兩幻字。亦無謂之甚矣。此亦一大憑證也。不寧惟是。鳳姐獻娶寶釵之計。則曰掉包。李紈咎鳳姐之言。則曰偷樑換柱。更明點燕石冒玉。魚目混珠。然則黛玉爲寶玉嫡配。寶釵爲簒奪婚姻。又何疑焉。而況又有絕大正名定分之筆。爲千秋萬古不易之經。如詩社之名是也。上古帝稱后。后稱妃。故皇英爲舜后。而曰湘妃。又後世王公大夫之妻多封君。如梁冀妻孫壽封襄城君。賈充妻郭槐封廣城君。羊祜妻夏侯氏封萬歲鄉君。魏元妻封馮翌君。以及漢武帝封外祖母王臧兒爲平原君。漢安帝封乳母王聖爲野王君。漢順帝封乳母宋娥爲山陽君。不可勝紀。至郡君縣君。尤爲命婦通稱。然雖以君稱。例以妃后。則僕妾耳。黛玉社名瀟湘妃子。隱然以嫡室予之。寶釵蘅蕪君。僅以僕妾處之。故說親無媒妁納采。走園門。于歸無百兩之將。吉禮無鐘鼓之樂。媵而已矣。何爲媵。以有嫡在耳。故黛玉去世。必待寶釵入門。明使成禮之時。有嫡在室。有嫡在室而與爲婚。非媵而何。釵既媵矣。宜以君稱。黛自嫡焉。宜稱妃子。此紅樓大居正之筆也。有此一筆。足見黛玉定婚於寶玉千古不磨。而其事當在賈夫人仙逝、林如海送女至賈府之先。彼此函訂者至書中不傳。其說有三。一則寶黛既訂昏因。必如尹邢之避面也。觀後文邢岫烟既許薛蝌、卽欲搬出園外以避寶釵。其事可想。賈母欲令寶黛同居一處、故秘之。賈母既秘其事。書中遂闕其文。二則紅樓爲寶玉自傳之書。故於賈母王夫人多曲筆。爲親者諱也。三則紅樓爲世間第一蘊藉之書。若將訂婚叙明。則一尋常賴婚院本。解人易索。如嚼蠟然。故毅然删之。然字裏行間、則仍表表彰著而不可揜。君再取全傳潛玩之。必有悟。

或又謂黛玉婚姻、卽屬訂定。而轉移與釵。出自賈母王夫人之意。何所見而謂寶釵奪之耶。余曰讀書當識其大。斷獄必察其微。寶釵金鎖果出和尚所致。則當如鐫寶玉之字。將來歷叙明。乃僅出鶯兒薛氏之口。其爲僞造假託無疑。僞造金鎖以求玉耦。假托僧言以惑人心。此爲蓄謀奪婚一大憑證也。

薛蟠爲書中無足重輕之人。其所以醜詆之者。以其爲寶釵之兄。爲寶釵點染耳。故開首一叙。不叙其別行不義。而叙其奪馮淵聘定之英蓮。此又以兄奪人妻。爲妹奪人夫。一大引證也。寶釵入京。爲求贊善才人之選。而到京後。寂寂無聞。蓋自見寶玉後。一心欲奪黛玉之婚姻。不作贊善才人之想矣。鳳姐當家。雖能勝任。然王夫人視之。終是姪婦。不若己婦之親。而林黛玉又非能任中饋之人。寶釵不惜以客居嬌女。爲尸祝代庖。分明欲顯自家健婦之能。隱圖後日當家之地。此又刻意奪婚兩大事跡也。至若交歡襲人。以樹黨援。排擠黛玉。以弛慈愛。皆爲奪婚之妙用。默運於無形者也。豈必如拔趙幟易漢赤幟。明攫其懷。始謂之奪耶。君胡弗思之甚也。或乃喜揖而去。

寶玉亡去。人皆以爲入大荒山。祝髮爲僧。豈知往天仙福地。與黛玉成仙眷哉。緣黛玉與寶玉聯姻。雖未行聘。實已訂盟。黛玉知之。寶玉亦知之。因賈母秘而不宣。遂亦不敢拘行迹。仍各安表兄表妹之常。而同衾同穴之義。則不獨默契黛玉芳衷。即寶玉亦死心塌地而無歧念。然黛玉未敢深恃也。見賈母心性無定。覩寶釵而愛之。覩寶琴而愛之。聞傳秋芳之美而又愛之。其見異思遷之心。畢露於外。設有悔盟。既無尊長爲之主。又未納采以爲憑。不將負父母之命乎。黛玉悄悄憂心。無宵晷矣。又見寶玉。娉婷到眼。似亦賈母之爲人。寶釵金玉求婚。又有和尚之邪說。若不憑媒禮聘。彰著於衆戚友之前。則異日賈母。欲如晉人立公子雍。誰抱夷皋而泣耶。然欲憑媒禮聘。彰著於衆戚友之前。非寶玉設策不可。故於寶玉讖之諷之。怒之激之。所以速其早爲之計耳。豈是尋常兒女。無端嘤嚀絮聒哉。而寶玉亦非懵然不解也。一以婚姻之事。難以建言。一以訂定之盟。斷無翻悔。秉之我心可剖。皎日可盟。木石良緣。自當偕老。金玉邪說。烏能中人。何必采禮明行。拘我伉儷之形迹。更何須杞憂長抱。負此錦繡之韶光哉。庸詎知饜弧箕服。足以亡周。下士謙躬。卒成纂漢。致黛玉賫恨而歿。寶玉亦捐命以狥。一雙玉人。輕斷送於蕞爾妖鬟之手。此天理所不容。神人所共憤者也。於是警幻仙姑。隱抱不平。力爲旋轉。以仙家心無色慾。原不必定偶才郎。惟奸人計奪婚姻。必使之長爲嫠婦。而且神瑛供職。在昔曾侍仙宮。尾生抱橋。其情可通帝座。爰倩茫茫大士。引到侍者生魂。特開燁燁宮門。顯示小姑居處。俾瞻妙相。知仙人雖死猶生。克斬情魔。來福地其緣可續。以此脫離塵世。如河鼓會天孫。豈是遁入空門。與如來爲弟子哉。至船頭拜父。項現圓光。亦自有說。一踐生前盟誓。以動玉人之憐。一示，永別家庭。以絕高堂之望。讀者不察。遂以爲寶玉出家爲和尚。豈不負此妙文。

昌言兒週歲。內子范。設湯餅於庭。集釵裙之盛。座間因抓週之說。而及寶玉。

並及釵黛。無不憐黛而惡釵。均可謂善讀書者矣。有某如君更警悟。論釵黛曰。人謂黛玉喪生。爲金鎖所害。我謂絳珠仙去。實寶釵所成。若非寶釵善於貪緣。奪其婚媾。則廣寒仙子。幾何不墮落塵寰。人世結一俗緣。天上削一仙籍。得失孰多乎。然則瀟湘妃子。其能一無罣礙。潔其身飛上九天。豈非蘅蕪君有以成之哉。又曰。黛玉爲人好相識。寶釵爲人難與交。黛玉始終表裏無二致。雖有迕卽怒。亦唯於寶玉則然。此外待人接物。莫不温厚和平。未嘗稍有乖僻。不似妙玉爲人。眞有惹人厭處。然妙玉雖惹人厭。苟得其好惡而趨避之。亦無難共巾櫛。蓋心如其面。猶不涉於陰險也。若寶釵則叵測矣。始則温厚和平。似能涵容一切。而嫁後竟如兩人。龍斷夫壻。隔絕羣花。無論秋紋麝月。不令供給於前。卽藉其游揚賴其牽合之襲人。亦不令一沾餘澤。此其醋勁爲何如耶。厥後襲人別抱琵琶。實寶釵有以驅迫之。向使黛玉不遭廢斥。正位璇閨。則雖鴛鴦逐瓦冷。未必鷃鵲透籠飛也。又曰人謂黛玉與寶玉不成親。其故有二。一則性情乖僻。一則身體虛弱。此賈母悔婚之言。似可據爲張本。然其所以故。實不坐是。黛玉所苦。一身之外無人。雖有紫鵑。卑不足道。雖有寶玉。隱不能宣。況紫鵑洩語以來。口已緘默。寶玉病痁。而後心更昏迷。則并紫鵑寶玉而無之。煢煢孑立。搬弄由人。加膝墜淵。更無一人爲之理說。此賈母所以敢萌悔婚之心。終成易釵之舉也。設黛玉有母如釵。則庚書互執。孰得而背之。卽不然。賈母悔婚之際。苟有人婉言諫之。直言折之。賈母未必不屈於禮義。隱息其陰謀。奈何言者倡之。聞者和之。掉包之法。竟行於公侯世祿之家。此雖人之無良。實由己之孤立。豈在性情身體之相關哉。又曰寶釵要結之廣。可謂絲毫不漏。以戒指贈襲人。以螃蟹啗湘雲。以人參牛黃獻鳳姐。以南京土儀惠衆人。甚至趙姨娘亦送禮物。林黛玉亦送燕窩。徧地布黃金。無非抛磚引玉。不獨此也。趨避之工。又非他人所能及。知賈母饞饌愛食甜爛。所點盡屬刹甘。燈謎不喜深文。所製皆極淺俗。知賈母喜隨和之性。而學爲涵養之人。實則利口如刀。雖兄嫂前亦無儘讓。知賈母嫌虛弱之體。則貌爲壯健之身。實則怪病駭人。非君臣藥所能療治。且也。知襲人有妒忌心。不與寶玉親熱。知王夫人有防閑意。不俟終日辭歸。實則春意滿懷。卽臥榻前居然並坐也。一心在寶玉。特爲就範歛金。余聞之不禁狂喜。不謂香閨中人。具此見解。可稱紅樓知己。惜伶人奏曲。肉竹嗷嘈。未及竟談。令人有未窺全豹之憾。然亦見一斑矣。如君秀外慧中。制於大婦而鬱鬱。觀其立言。固多借盃澆壘塊。然自是確論。欣然泚筆而記之。

晴雯心術品誼。際遇成敗。與襲人相反。而與黛玉略同。襲人則與寶釵同。故寶釵與黛玉亦相反。晴雯忠於事主。爲怡紅不叛不貳之臣。嘗言攆我出門。

紅樓夢考證　卷一　二九

便一頭碰死。後果斥逐而死。襲人則屢自言去。迨王夫人加以月例。有留在寶玉房裏之說。寶玉笑道。這囘看你家去不去。就算我不好。囘了太太要去。你也沒意思。襲人道。有甚麼沒意思。難道强盜賊。我也跟着。罷忍哉。豬狗不發此惡聲。是其平日已無從一而終之意。後果改嫁琪官而去。兩人之賢不肖爲何如。晴雯爲怡紅院第一出色之人。又爲寶玉所眷愛。且久陪寢外床。卒竟玉不玷。瑕璧能完。趙求之閨閣。蓋亦鮮矣。襲人纔開情竇。便肆竊玉之能。遽爲破席之狀。抑且犬不戀主。人盡可夫。配以優伶。亦欣願焉。其貞淫又何如。然晴雯不利人口。王夫人狐媚目之。衆婆子眼刺視之。一塊暴炭。竟占无妄之菑。襲人則頗得人心。王夫人心腹倚之。餘人亦無疵議。及之沒嘴葫蘆。竟附小星之列。其遭際亦有幸有不幸焉。此晴襲之不相同也。黛玉篤於守義，爲閨閣至節至烈之人。寶玉失玉而願嫁之。寶玉病痁而願嫁之。即推而至於寶玉病痁而死。苟無悔婚之變。亦必素裙白髻。抱木主以嫁之。嫁之不得。以死繼之。心堅金石。百折不回。寶釵始則百計圖成。假金勾玉。洎見其失玉而病。便懷反覆之心。吉期已擇。既形諸面而有不願之色。復懟其母以爲糊塗之行。若非阿母救兒心切。畫諾在先。必將屏緩嘉禮。徐徐聳母悔婚。別求快壻矣。是兩人操存。已有天淵之別也。黛玉於寶玉。情雖肫摯。性實端嚴。一語涉邪。即雙蛾直豎。若夫牀幃之際。魚水之歡。雖伉儷百年。斷無移鐏就教之理。不若寶釵明遭棄擲。方且曲意求歡。玉郎無貼肉之情。金鎖作迎鑰之勢。假使寶玉愛之如黛。摟抱相求。其飜雲覆雨之心。更不知如何貢媚矣。其身分亦有霄壤之分。然黛玉不善逢迎。落落寡合。賈母疑其乖僻。襲人畏其剛方。趙姨娘怨其疎泛。遂教木爲金尅。林被雪摧。黃土隴中。長埋香骨。寶釵不然。工於鑽刺。處處交歡。賈母愛其隨和。襲人喜其柔訥。趙姨娘亦贊其賢良。卒使木與石離。玉爲金絡。紅紗帳裏。得遂素心。是其遭際。亦大相逕庭。此黛釵之不相同也。晴有類乎黛。故爲黛玉小照。襲全類乎釵。故爲寶釵小照。世之讀紅樓者。於襲人尙知其否。而於反於襲人之晴雯。則不知其臧。至類於襲人之寶釵。反乎寶釵之黛玉。更不知其臧否。且顚倒乎其是非。是誠何心哉。雖然。曾子固曰。有情善而迹非。有意奸而外淑。人固不易知。貌取皮相者。更不能知。吾又何怪乎今之讀是書者。

今之讀是書者。於襲人知其否。以有嫁蔣玉函一節也。無此節。不知其否矣。此卽王夫人之見界也。王夫人以襲人怵拙其質。茹訥其言。勸諫似忠臣。温恭如吉士。不若晴雯妖嬌其態。尖刻其言。風致若媚狐。性情如暴炭。故喜襲人而惡晴雯也。豈知晴雯守身如玉。近色不淫。效補袞著黼黻之文。見無禮如鷹鸇之逐。以視襲人好淫惑主。長惡逢君。殺同儕進薏苡之讒。奪正室翻鴛鴦之譜。豈止相隔徑庭哉。卒之少主永離骨肉。藐躬再適優伶。得非賈氏之誤。奴釵冊之醜類乎。然而王夫人不知。讀者倘能知之也。若夫於寶釵不知其否。於黛玉不知其臧。此又賈母之見界也。賈母以寶釵豐腴其貌。謙抑其躬。和煦若春風。汪洋如滄海。不似黛玉孱弱其體。孤僻其行。小性若嬰兒。工愁如思婦。故舍黛玉而易寶釵也。豈知黛玉從夫不二。之死靡他。待侍婢有同胞之情。偕伉儷有如賓之敬。以視寶釵前恭後倨。內險外夷。奪佳壻效媚貓之柔。得閫政復吼獅之度。豈非判若雲泥哉。甚至家道爲之破敗。夫君因之逃亡。得非木石之惡魔。甯榮之禍水乎。然而賈母不知。讀者亦不知也。魏程堯女典曰。蘭形棘心。玉曜瓦質。在邦必危。在家必危。其寶釵襲人之謂歟。

天下之物。有眞有假。惟人無假。以面貌性情。門第家世。不能顯若畫一也。不圖眞寶玉之外。又有一假寶玉。匪特門第家世。一一相同。而且面貌性情。無不一轍。此萬無其理之事也。既萬無其理。何以有其人乎。或曰。賈寶玉固假寶玉。而眞寶玉究不可抹煞。故特一現廬山眞面目。以存其實。此不通之論也。太虛幻境對聯云。假作眞時眞亦假。甄固應作假論也。故其父名應嘉。嘉讀如假。猶之賈政之政。讀如眞。謂甄寶玉乃假寶玉。賈寶玉乃眞寶玉也。第書中紀述。既皆眞寶玉之事。何必又寫一假寶玉。以介乎其間。豈非贅筆乎。曰非也。特以悔寶釵耳。寶釵不作贅善才人之想。不安席珍待聘之常。輒思效乃兄所爲。奪他人嘉耦。原以寶玉面貌姣好。心性温柔。門第高華。家世殷富。故自媒不以爲嫌。求容不以爲醜也。豈知陰謀既遂。隱願全乖。擲果潘安。翻似離魂之倩女。多情宋玉。竟不注意於東隣。而且燕去梁空。王謝已失其貴。水窮山盡。宣子且憂夫貧。寶釵於是有隱悔焉。然祇一寶玉。而悔猶不甚也。乃寶玉之外。又有一寶玉。不獨面貌性情。門第家世無一不同。而且兒女癡情。變爲祿蠹。房帷虛左。正賦關雎。脫非奪木石之昏因。豈不聯薛甄之伉儷哉。以此追悔。悔何極焉。此作者之意也。

紅樓狀諸美。但言面貌姿致。體態丰神。而不及裙下雙彎。或謂是書原寫旗人。無金蓮玉筍之足狀。故略之。余曰。不然。如寫旗人。則高鞋窄底。六寸膚圓。亦有可描。而況氏賈籍金陵。未嘗爲旗人着一筆。何獨留一旗人之足乎。蓋足不同身與貌。環肥燕瘦。螓首蛾眉。各得其狀而描摹之。足則惟貴纖小而已。使同一模範。無此巧事。卽、略爲軒輊。亦足肉麻。贅文也。故略之。或又曰。略之。豈不使人嘗其皆大足乎。非旗人而大足。可乎。曰。人人小足。君未留意耳。黛玉雪中赴李紈之約。換上掐金挖雲紅香羊皮小靴。是黛玉固小脚也。及見湘雲走來。脚下也穿着鹿皮小靴。是湘雲亦小脚也。句中着一也字。則幷在座之寶釵諸人皆穿鹿皮小靴可知是寶釵諸人悉小脚也。寶玉詠晴雯之詞曰。捉迷屛後。蓮瓣無聲。詠晴雯之脚小也。老婆子駡小丫頭舀壺水那裏就走大了脚。謂小丫頭之脚小也。夫至小丫頭之脚亦且小矣。餘不可類推哉。不獨此也。傻大姐一雙大脚。獨於傻大姐而稱其大脚。豈非此外皆小脚乎。豈非人人皆寫到乎。

海上漱石生鑒定

紅樓夢考證卷二

著作者 武林洪秋蕃
校正者 鐵沙徐行素

第一回 甄士隱夢幻識通靈 賈雨村風塵懷閨秀

紅樓夢開卷一叙。便與羣書不同、爭欲走馬讀之矣。

作者自云、歷過一番夢幻之後。將眞事隱去、借通靈寶玉。用假語村言。敷演出石頭記來、足見紅樓自有眞事。並非平空結撰、

作者既將甄士隱賈雨村名義解明、其餘命名意義。作者雖不自解。讀者當爲解之。不可囫圇讀過。

行文有將後意倒攝題前者。傳奇小說無是法。不圖紅樓能創之。書未入正傳、人尚未知名。而其言先見於簡編、且係本傳以後又歷幾世幾刼之言未

紅樓夢考證　卷二　　二

見其人。先聞其語。攝將後事。倒插文前。奇幻無匹。
凡傳奇。必有可傳之奇。若僅三五閨秀。碌碌無奇。似亦毋煩紀述。紅樓則大有可傳之奇也。黛玉幼嫺內則。性篤孝思。吟詩則繡口錦心。撫琴則高山流水。生成香玉。原來月裏嫦娥。不染汙泥。眞是花中君子。守父母之命。矢死靡他。敗婚姻之盟。舍生取義。美人才女。世尚有之。烈性剛腸。兼者難得。此大可傳者也。紫鵑雖爲侍婢。具有忠忱。一寸芳心。惟知有漢。數番籌箸。事在安劉。但求所事者得適所天。至其於我者。勿措於念。洎夫正樑換去。支柱移來。主山旁穿。鳳儀羽化。恨乾綱之不振。轉坤軸以未能。抱孤憤兮滿腔。洒血淚兮何處。繼新室。求賢若渴。義不爲莽大夫。雖空門幽閉。終身情甘爲佛弟子。此又大可傳者也。晴雯具花妒鶯慙之貌。秉冰清火烈之心。婢是通房。公子不妨同繡榻。心無色界。天孫卒不渡銀河。而嫉之者方且進萋斐之讒。昧之者更且作鷹鸇之逐。平生矢願、不事二君。一旦見驅。豈違初志。生為人婢、死作花神。此又大可傳者也。探春神智寥朗。能推事理料衰亡、李紈節操幽閒。能課孤兒登科第、他如侯門閨秀、勘破紅塵。樂部雛姬。回頭道岸、有如惜春芳官者。不屑偏房、甘隨泉壤難拋恩主。從赴幽冥。有如鴛鴦瑞珠者。能處忌主。導善撫孤、學作詩人。剔心摻膽。有如平兒香菱者、以及擇配不諧。飲劍畢命、從一乖願。觸階捐軀、有如尤三姐司棋者。此皆有可傳者也、至若脂粉而有英雄之號。奸貪而有譎變之才。如鳳姐者。內外而有險夷之判。篡取而無攘奪之痕。如寶釵者。同列而操生殺之柄。正闈而擅予奪之權。如襲人者。雖心術品誼。概不足觀。而機詐計謀。亦罕其匹。此又不可傳而可傳者也。故石頭記曰。今風塵碌碌。一事無成。念及昔日所有女子。一一細考較去。覺其行止見識。皆在我之上。我堂堂鬚眉。誠不若彼裙釵。我之負罪固多。然閨閣中歷歷有人。萬不可因我之不肖。自護其短。一幷使之泯滅云云。以此立傳。庶幾無識歟。

紅樓一書。上不及於朝。下不及於野。所敘者一家言。夫以家庭瑣碎事而使他人秉筆編述。究不若身歷其境者言之親切有味也。故紅樓一書。必歸之石頭自有傳紀。庶幾情事皆眞。可作信史讀。

媧皇煉石。在大荒山無稽崖。山雖大荒。究有此山。崖雖無稽。究有此崖。傳雖假語。究有此事。然眞事既隱。則亦等於大荒無稽而已矣。

石高十二丈。見方二十四丈。煉就三萬六千五百零一塊。高大則按十二月二十四節。數則按周天三百六十五度。每度以百塊補之。零一塊則還造化有餘不盡之意。

補天餘石。棄之靑埂峯下。此野之所以有遺賢也。洒賢詩。却笑當年補天手。

煉成五色竟無功堪爲石咏矣。

剩下那石。自然、煆煉之後、靈性已通。自去自來。可大可小、因見衆石俱得補天。獨自己無才不得入選。遂自怨自愧、日夜悲哀、足見作者有經天緯地之才、又具君子可大可小之身、額滿見遺。不得詠霓裳於大羅天上。而爲野之遺賢。斯誠可痛哭也。然補天者。碌碌無奇。反不若遺棄之才。得以造歷幻緣表著於千秋萬世。則不獨不必爲通靈悲。且更爲頑石喜矣。余昔有祭石頭文。並序、附錄於後、以博閱者一粲。

余初任臨武、聞隣封衙署多被竊、有戒心。循視牆壁。窳敗不勝防。乃以紙裹頑石納餉鞘、緘置室中。葺牆補壁以爲禦。未竣而賊至。竊鞘去。他物無損。蹤跡之。得破鞘於城下。石散漫委地。收以歸。或曰。賊不空過。空必復來、余笑曰。賊已喪膽、恐復中計。決不來、卒無恙。後以語客。客鼓掌曰。此石兄之功也。不可忘。余因爲文以祭之曰、偉哉石兄。磊落性成。簡默厚重。潔白堅貞。光輝內歛。老氣秋横。頗具稜角。不善鑽營。世無知者。委之荒荆。硜硜自守。不與時爭、一旦藉重。丰骨琤琤、能衞肱篋、良於閈閎、能懾賊膽。賢於甲兵。不事膠擾、運以神明。窺之莫測、聽之無聲。妙以利導。其機自迎。安我衽席。保我金籯。夜之護法。室之干城。厥功甚偉。莫敢與京。夏瑚商璉、趙璧楚珩。爲世寶貴。身負令名。閒石生事、退而失驚。洒知頑石。勝於瑤瑛、爰陳酒醴。載薦犧牲。既同米拜、更竭鄙誠。子才既逞、子伎已呈。而今而後、毋爲不平、子尚有我。知卿用卿、詎無奇傑、埋沒平生。長爲鼎棄、不共缶鳴、滔滔天下。孰是關情。量才之尺。惟玉是衡。補天之質。棄擲轉輕、以語吾子。能無淒清、

媧皇煉石、鮮瑩明潔、作者撰書、亦猶是石。

一僧一道、皆神瑛護法、茫茫大士、運法力尤多。

那僧將那塊石頭托於掌上笑道、形體倒也是個靈物了、只是沒有實在、好處。須得再鐫上幾個字、使人人見了。便知你是件奇物。玉上之字。和尚所鐫、叙明來歷。寶釵鎖字。並不叙明。足見僞托。

和尚攜石到那昌明隆盛之邦詩禮簪纓之族、花柳繁華地。溫柔富貴鄉。去托生爲人。如此佳處。令人恨不化爲石、

茫茫大士。人知爲僧人。渺渺眞人。人知爲道人。若空空道人。人皆目爲道人。而不知其非道人。後改名情僧、人又目爲僧人。而不知其非僧人。蓋堂堂乎儒者也、空空二字出論語。實儒者大本領。以是知爲儒者也。初號道人。後名情僧。以儒者固統釋道二敎而立極也。道人爲誰、作者自謂也。

石頭識評歷來野史。切中情弊。又云書中離合悲歡、興衰際遇。俱是按迹循蹤。不敢稍加穿鑿、致失其眞。足見紅樓所傳。無一非眞。豈若他書任意走筆。

紅樓初名石頭記。空空道人改名情僧錄、孔梅溪題爲風月寶鑑。曹雪芹又題爲金陵十二釵。而以紅樓夢爲名。則不知昉自何人。

紅樓經曹雪芹先生披閱十載。增刪五次。張衡研京。左思鍊都。傳世之文。談何容易。

作者既將緣起敘明。復題一絕曰。滿紙荒唐言。一把辛酸淚、謂荒唐言中皆辛酸之淚。非無故而爲此讕言也。又云。都云作者癡。誰解其中味。謂世之讀是書者、不窺底蘊。以爲一百二十回中。言之不已。又長言之。無非兒女私情並無奇行異操。亦癡人之癡耳。豈知其中包羅烈女義夫、勸善懲惡。大有功於世道人心耶。特浩汗千古。如阮思曠之白馬論、索解人不得。爲可悲耳

姑蘇城。謂紅樓此書。姑如石上所記。註疏而成、並非平空結撰。紅樓爲一二等富貴風流之書、故首寫姑蘇爲紅塵中一二等富貴風流之地。閶門外十

里街。即寓十里紅樓之意。街內有仁清巷。謂書中所紀、似前代遺言、不知仍是清朝之街談巷議。葫蘆廟。謂文中雖有潤色。而實事祇依樣畫葫蘆。不敢有所增減。

費而隱。故士隱名費。物被封。隱於內。故士隱之妻曰封氏。謂此書意旨深奧、讀者須自射眼光。洞見底裏。方不爲負。

不以功名爲念。日惟觀花種竹。酌酒吟詩爲樂。此眞隱士也。苟能如此。不必修仙。亦惟如此。乃可修仙。

頑石降生、仙草還淚、世人那得知其故。妙從甄士隱夢中聽僧道說來。不爲無稽。

絳珠仙草。生於靈河岸上三生石畔。三生石。信石也。故還淚之說。始終不渝、還丹號如意珠。天帝得之爲絳宮珠。見靈笈七籤、然則絳珠乃如意珠。賈母入掌而拋棄。宜不如意事重疊來也。

西京賦。神水靈草。朱實離離。恰爲絳珠仙草寫照。

寶黛生前。一爲補天餘石。一爲靈河仙草。均有根柢之人。寶釵妄欲以凡軀成仙眷。中道棄擲。又何疑焉。

寶玉爲警幻仙姑赤霞宮神瑛侍者。榮於玉皇香案吏。

神瑛侍者。見靈河岸上絳珠仙草可愛。日以甘露灌溉。仙草始得久延歲月。此謂種因。既種因。便得果。既得果。便不能無掛礙。故佛家戒勿種因。然種因始有緣。不種因。焉得緣。故又曰各有因緣莫羨人。黛玉與寶玉之緣。爲酬灌溉之德而結。是爲義緣。寶釵妄欲以無因之緣而爲緣。是謂情緣。情緣豈善緣哉。孽緣耳。故後文茫茫大士曉寶玉曰。世上情緣。皆魔障也。吾願普天下才子佳人。宜待善緣。毋結孽緣。致遭魔障之苦。

絳珠仙草。既受天地精華。復得甘露滋養。遂脫去草木之胎。得換人形。僅僅修成女體。芝草無根。醴泉無源、小草而得人形。亦賴修之、之功。故君子善修其身。

絳珠仙子、終日遊於離恨天外。飢餐秘情果。渴飲灌愁水。故一生工愁善病。皆此水此果爲之也、然嬉不知愁者。不能爲節婦。不能爲烈媛。

絳珠仙草。以未報灌溉之德。五內鬱結着一段纏綿不盡之意。此卽集義也。常說自己受了他雨露之惠。我並無此水可還他。若下世爲人。我也同去走一遭。但把我一生所有的眼淚還他。也還得過了。是卽集義所生、

還淚酬恩。千古奇事。仙人設想。畢竟不凡。然有此一想。而風流寃家。得以乘機侮弄矣。仙人固不可動凡心哉、

有還淚之說、而後黛玉一生顰眉淚眼無足識。

草木無情。偶受灌溉之德。便思傾淚以酬。若儼然而爲人。受恩而不報。草木不若矣。

不以身報而以淚報。絳珠初結念。本未嘗欲與神瑛偕伉儷。故造物亦從其志。後續仙緣於洞天福地。則警幻爲之也。

受灌溉而思以淚報。可謂斟酌用情權衡至當。今之二八女郎。偶見少年流眸送睞。輒以爲天涯知己。其五內便鬱結着一段纏綿不盡之意。甚至欲以玉體相狥。抑何濫情乃爾。

絳珠仙子有下世還淚之想。因此勾出多少風流寃家。都要下凡造歷幻緣一人修道。衆魔相乘。君子立朝。羣小陰伺。大都如是。

和尙說一干風流孽鬼。如今有一半落塵。凡寶玉所呼姐姐者。皆先落塵之孽鬼也。

士隱向僧道求指因果。二仙笑道。此乃元機不可預洩。到那時。只不要忘了我二人。便可跳出火坑矣。分明指與平川路、奈何醒卽忘之。

太虛幻境。寓言也。謂此書大概。爲寶釵機巧變詐。揑造金玉邪說。拆奪木石良緣、其事太幻而太虛。故曰太虛幻境、

紅樓聯對。皆有意義、無一泛語、太虛幻境上聯云。假作眞時眞亦假。謂金玉之說本假托。賈母信之。遂以爲眞、木石之盟本眞事、賈母背之。眞亦爲假、不僅謂賈姓宜作眞論、甄氏應作假觀也。下聯云。無爲有處有還無。謂黛玉訂婚。寶釵奪婚。襲人播弄王夫人慫慂賈母賴婚。書中雖無實事、所有金鎖八字。謂和尚所給金玉爲婚、謂和尚所詔、書中雖有實事。所無領會此意以讀紅樓。庶不致目迷五色。

士隱夢中正要跟那僧道過牌坊。忽聽霹靂一聲、定睛看時。只見烈日炎炎。

芭蕉冉冉八字與夢無涉。卻確是夢醒情景。文章有不可解之妙。此類是也。
士隱醒後。將夢中之事忘了一半。故見僧道失之交臂也。
那僧見了英蓮。便大哭起來。說是有命無運累爹娘之物。捨我罷。士隱不耐煩。欲轉身進去。那僧又大笑起來。念了四句言詞。慣養嬌生笑你癡。菱花空對雪澌澌。好防佳節元宵後。便是烟消火滅時。僧道卽夢中所見之僧道。言詞亦非隱不可解之言詞。乃不知乞求解脫。始不耐而終猶豫。不如夢中尚有靈機。何哉。蓋夢中清明在躬。醒則物欲交蔽。故發人警省。必在平旦。亦以寤寐初覺。猶有清明之氣。遲則不勝物欲矣。
士隱見那僧道。約會三刼後在北邙山會齊。往太虛幻境銷號。知道有些來歷。不曾問他一問。後悔不及。有此一悔。則後文再見。便不放過。
先出隱士。繼出窮儒。爲富貴兩字對勘。

賈雨村名化。表字時飛。謂文章變化。時有似是而非之處。不僅謂化隱而達、化窮而富也。

雨村湖州人。拜士隱之客爲嚴姓。謂文雖胡謅、而筆律甚嚴。

雨村見嬌杏生得儀容不俗。眉目清秀。雖無十分姿色。卻也有動人之處。寫嬌杏只合如此。嬌杏見雨村身雖襤褸。氣宇軒昂。定是主人常說的賈雨村。說他必非久困之人。不免又回頭一兩次。寫嬌杏於雨村。亦只合如此。只此便見筆墨整嚴。

雨村以嬌杏回顧兩次。以爲必是巨眼英豪風塵中之知己。不禁狂喜。便時刻放在心上。且形諸吟詠、一照面便風魔。窮措大往往如此。

未敍黛玉。先敍英蓮。未敘寶釵。先敍嬌杏、人以爲英蓮嬌杏閑文。豈知爲黛玉寶釵小引、雨村思及平生抱負。苦未逢時。又吟一聯云。玉在櫝中求善價。釵於匣內待時飛。人以爲雨村自抒懷抱。不知爲紅樓自表書旨。玉。黛玉。釵。寶釵。價。賈同。時飛。雨村字。亦賈也。謂黛玉既得字於賈寶玉。寶釵又欲婚於賈寶玉也。琢句但抒鴻鵠志。文光直射斗牛墟。此精心作意之文。非隨筆泛塡之語。士隱邀雨村中秋夜飲。一隱士。一窮儒。似覺枯寂。乃插一筆道當時街坊上家家簫管。戶戶笙歌。遂化枯寂而爲穠豔。可悟文章設色之法。雨村詠月天上一輪纔捧出。人間萬姓仰頭看。可與而今未解和羹事一聯匹敵。但月不長圓奈何。士隱以白金五十。冬衣兩套。資助雨村北上。眞可謂風塵中知己。其報德當何如哉。

江浙謂忽略爲霍㿉。士隱命家人霍啓。抱英蓮看社火。宜其不妥也。

士隱既失女兒。又遭回祿。烟消火滅之言驗矣。以忘卻僧道之言。故不能跳出火坑也。然紅塵擾擾。更是大火坑。苟能追憶而物色之。則淸涼世界可到矣。

士隱家道小康。優游林下。自是羲皇上人。若非身歷坎坷。安能超出塵俗。蘇秦曰。使吾有負郭田二頃。安能佩六國相印耶。可知人世窮阨之遭。未始非彼蒼激勵賢豪之用。

風而肅。有剝落之象。豐而肅。必刻薄之人。士隱岳丈名封肅。故剝削女壻。爲富不仁。

封肅家本殷實。見女壻窮而來奔。反將其貲半用半賺。彼固以爲得計也。豈知女壻愈剝愈窮。女兒將誰依誰靠乎。其黠也。是其愚也。故爲大如州人。

度甄士隱者道人。度柳湘蓮者和尙。惟度寶玉則和尙道士交致其力。以人

紅樓夢考證　卷二　一七

有輕重也。

好了歌言淺意深。尤堪警世。

士隱註解好了歌陋室空堂當年笏滿床云云。卽劉基論卜篇碎瓦頹垣昔日之歌臺舞館也等語。士隱取其意而出以韻語。便不覺爲剿襲之作。

士隱將道人肩上搭褳搶過來背上。同了瘋道人飄飄而去。跳出火坑矣。

士隱去而雨村始來。省却許多閒筆。

第二回　賈夫人仙逝揚州城　冷子興演說榮國府

賈雨村中進士爲縣令。士隱成之也。乃僅以兩封銀四錦緞報甄娘子。何菲薄耶。而嬌杏因一顧納爲妾。又扶作正。眞僥倖耳。律例以妾爲妻者。無論妻存殁均更正。有妻再娶及停妻另娶者。後娶婦離異。嬌杏應更正而不更正。寶釵應離異而不離異。皆僥倖之至。故嬌杏爲寶釵小引。

貪酷恃才侮上。有一必敗。雨村兼之。其能免乎。

雨村被黜。雖十分慙恨。面上全無怨色。仍嬉笑自若。將宦囊家屬。送還原籍安頓。自己擔風袖月。遊覽天下勝迹。胸次不凡。惜欠純正耳。故蹶而振。振而復蹶。

林與靈同。河之大者如海。黛玉系出靈河。故托生於林如海。

林如海。名海。字如海。謂大度汪洋。若滄海也。故與賈政訂婚。不憑媒。不納采。以爲婚既函定。斷無翻悔之理。闊大處。亦是疎泛處。此名與字之義也。

林如海。前科探花。陞蘭台寺大夫。欽點巡鹽御史。世襲列侯。雖係世祿之家。却是書香之族。揚華摛藻。爲黛玉生色。爲寶釵對勘。

入手叙黛玉。即稱其從師讀書。孝親盡禮。母病侍湯藥。母亡篤孝思。且以哀毁逾恒。致舊症復發。嗚呼孝矣。夷考其時。不及十齡。君子尤嘉之。

是書意旨深奥。唯智者能通之。故寺名智通。

冷子興謂二令子興起也。寧榮後裔無令德。惟二房居二之文妙眞人降凡。爲賈家令子興起。故演說榮國府者爲冷子興。

識寶物者。必推古董行。冷子興爲京都古董行貿易之人。自應識寶。然識尋常之寶。不能識異常之寶。識物中之寶。不能識人中之寶。若夫曠絕古今邁越尋常人中之寶。而能識之者。則必推格物致知博古通今之儒者。寶玉人中之寶也。冷子興目爲色鬼。是皮相識寶者。賈雨村厲色非之。斷爲天地間靈秀餘氣所鍾。爲公侯富貴家之情癡情種。是眞能識寶者。讀是書者。亦若是。不窺奥蘊。但就眼目所到。以爲如是如是。是亦冷子興之識寶也。

賈雨村引東漢賈復。而與甯榮聯宗。是眞遙遙華胄。然凡今之人。如狄武襄之不祖梁公者。有幾人哉。

冷子興演說榮國府。非冷子興說給賈雨村聽。乃作者說給讀者聽也。讀者請聽者。

冷子興道。如今甯榮兩府。也都蕭索了。內囊却也儘上來了。從高處落。墨筆力或不能副。不如從低處落墨。游刃有餘、此亦著述家之妙諦也。

賈家生齒日繁。事務日盛。主僕上下。安富尊榮、無一運籌謀畫者。大非持久之道。局內不知、局外已爲算到。

冷子興以內囊將盡爲小事。以兒孫一代不如一代爲大事。此知本末之論。雨村嘗讚其有作爲大本領。或以有此等識見耳。

冷子興說賈政自幼酷喜讀書、爲人端方正直。既喜讀書。何以腹笥中毫無學問。既稱方正。何以非理事時見施爲。則亦皮相之說耳。

傳燈錄載。廿五祖師降生。手掌握、珠寶玉啣玉而生。似爲祖師之續、然寶玉後來出家、非入佛門爲和尚。乃往福地續仙緣。似同而實異也。

週歲小兒有何知識。賈政以寶玉獨取脂粉釵環玩弄。便不喜悅。並平空添一酒字。斷爲酒色之徒、不甚愛惜、不亦過乎。宜令人於晬盤中。不具脂粉釵環。悉納金銀頂帶詩書之類。令抓。賈政見之。不將喜爲富貴書香子乎。卽此便見無學問。

賈環週歲所抓必是金銀。不然。賈政何獨愛之。

寶玉說女兒是水做的骨肉。男子是泥做的骨肉、却是見到之語、天下女子多失之柔、男子多失之濁。二語斷盡、

冷子興謂寶玉將來爲色鬼無疑。此尋常世俗之見。雨村岸然厲色忙止道。非也。可惜你們不知道這人來歷。大約政老前輩、也錯以淫魔色鬼看待了。若非多讀書識字。加以致知格物之功。悟道參玄之力者。不能知也。畢竟雨

村獨具隻眼。別有會心如此。可與相天下士。可與讀紅樓書。

賈雨村論秉賦一段。謂大仁應運而生。秉天地之正氣。大惡應劫而生。秉天地之邪氣。兩氣所餘。男女適値。上不能爲仁人君子。下不能爲大凶大惡。置之千萬人中。其聰俊靈秀之氣。則在千萬人之上。其乖僻邪謬不近人情之態。又在千萬人之下。生於公侯富貴之家。則爲情癡情種。生於詩書清貧之族。則爲逸士高人。縱偶生於薄祚寒門。亦斷不爲走卒健僕。必爲奇優名倡。所論奇而不乖於正。大而不失之誇。創千古之新文。洩兩大之元妙。具此智慧。始足以識人中之寶。

物中之寶。有眞有假。人中之寶。亦有眞有假。雨村所說甄寶玉。固假寶玉也。而讀者悞以爲眞。則亦皮相識寶者。

甄寶玉讀書。必得女兒作伴。被笞痛極。呼姐妹。卽可解厲禁。小廝不得唐突女兒兩字。此種深情。更在寶玉之上。然贋玉光彩。雖勝眞玉。而其質終不堅。一經琢磨。便成濁物矣。

甄母愛孫而辱其師。此賈母所不爲。

雨村論寶玉非淫魔色鬼。具見胸襟。斷甄寶玉必不能守父祖基業。殊欠明料。殆以見辱於甄母。心有所忿懥。故見有所偏歟。

黛玉六七歲時。便知敬避母諱。雨村謂不與凡女子相同。亦具知人之目。

第三回　託內兄如海薦西賓　接外甥賈母憐孤女

張如圭。謂文如珪璋。無一草率之筆。書未入正傳名氏。意義悉關著書大旨。

張如圭聞有起用廢員之旨。四下尋門路。冷子興亦敎雨村央求林如海轉向都中與賈政關說。雖有恩詔。還須人情。清光緒親政時。皇太后特降恩旨。起復廢員。而無人情者。仍不得預。嗚呼。朝廷用人之盛典。無非爲大吏引私人賈誼復生所當痛哭流涕者也。

賈雨村尚未謀之如海。而如海已預爲修就薦書。古道照人。如海有焉。

賈赦字恩侯不過襲侯之意。賈政字存周或者寗榮其周姓乎。

林如海謂賈政爲人謙恭厚道。非膏粱輕薄之流。故訂婚不慮其翻覆。

賈夫人雖逝。尚有姬妾保姆。堪以照料黛玉。如海何忍舍之去依外祖母乎。

蓋已與賈政訂婚。外祖母同於祖母。舅父母卽是翁姑。故因賈母着人來接。

決計遣之。

黛玉原不忍棄父而去。無奈外祖母必欲其往。如海又再三宣說。上無親母

教養。下無姊妹扶持。往外祖母家。可減我內顧之憂。黛玉不忍重違。方灑淚

而別。天下固未有孝母而不孝父者也。

黛玉此時。若非已字寶玉。則如海必將託賈府爲之選壻。文無此語。其事可

想。

雨村得賈政夤緣之力。謀了復職。不上兩月。便選了金陵應天府。朝裏無人、那得如此、然府名應天。雨村應如何修天爵、循天理。以仰答天恩。庶幾上應天心。仰而無愧。奈何一麾出守。聽信小沙彌之言、徒順人情。而亡天理。其亦有忝厥職歟、

林黛玉入賈府。爲全部書中大關鍵、故細細描寫。爲下文寶釵入賈府對勘。黛玉坐轎入賈府。先從紗牕中見市上繁華。又從街北見甯國府第、然後入榮府角門、換轎班。抬至垂花門外、下轎步入垂花門。內由穿堂轉出屏風後三間廳房。始至賈母正房大院。而又先見兩旁遊廊廂房。掛着各色雀鳥。台階上坐着幾個穿紅着綠丫頭、而後進房見賈母。匪特借黛玉眼中形容賈府富貴氣象。正所以鄭重黛玉入賈府也。

黛玉見賈母。正欲下拜。早被賈母抱住。摟入懷中。心肝兒肉叫著。大哭起來。黛玉也哭個不休。衆人慢慢解勸住了。方拜見了賈母。寫得情景逼眞。

賈母指邢王夫人及珠大嫂。令黛玉一一拜見。又命人請出迎春探春惜春互相見禮。藏下鳳姐寶玉。另作跌宕。文不平直。

肌膚微豐。身村合中。腮凝新荔。鼻膩鵝脂。溫柔沉默。觀之可親。此迎春像贊也。而木訥柔懦之狀宛然。削肩細腰。長挑身材。鵝蛋臉兒。俊眼修眉。顧盼神飛。文彩精華。見之忘俗。此探春像贊也。而美俏多能之象畢露。獨惜春以年小未足形容。固文章變換法。然姿貌平平。亦可想見。

賈母問黛玉常服何藥。答以人參養榮丸。謂黛玉此生養於榮府而完於榮府也。

黛玉正與賈母叙談。忽聽後院中有笑聲。說我來遲了。不曾迎接遠客。未見其人。先聞其語。寫鳳姐別有風神。

黛玉思忖。這些人個個斂聲屏息。來者是誰。這樣放誕無禮。祗一語。寫出賈母庭幃之肅。鳳姐恃寵而驕。

黛玉正在思想。只見一羣媳婦丫鬟。擁着一個麗人。從後房進來。打扮得金碧輝煌。與神妃仙子無二。便如列禦寇御風而來。令人目眩神怡。寫得聲色俱到。

鳳姐一雙丹鳳三角眼。兩彎柳葉掉梢眉。身量苗條。體格風騷。粉面含春威不露。丹唇未啓笑先聞。活畫一脂粉隊裏英雄。敢作敢爲麗者。

黛玉起身相迎。賈母笑道。你不認得他。他是我們這裏有名的一個潑辣貨。南京所謂辣子。你祗叫他鳳辣子就是了。先聞其笑。繼聞其語。既見其粧。又見其貌。今又聞賈母戲呼綽號。便知非尋常巾幗。且知爲老人寵愛有權勢之人。可謂加等寫照。然不啻爲鳳姐設色也。以黛玉婚姻。雖由寶釵交歡襲人。播弄王夫人。攛掇賈母背盟。而迎合以成之者。實在辣子。故於黛玉入賈府之初。奮筆書之。惡之也。

婦人潑辣不足畏。美人而潑辣。難乎其爲丈夫矣。

鳳姐自幼假充男兒教養。學名王熙鳳。何以胸無點墨。想見小時頑不受教。

鳳姐既假充男兒教養。其雙趺不裹可知。故後文潑醋一脚踢開房門。讀者據此。便擬爲旂人。不亦少所見乎。

鳳姐攜着黛玉的手。上下細細打量一回。笑道。天下眞有這樣標緻人物。我今日纔見了。祇贊一語。便覺黛玉之美無倫。

鳳姐於賈夫人情面兩疎。乃見黛玉而念及。且至用帕拭淚。此仰體賈母痛女之心而爲。是假惺惺也。希意旨工趨奉。於此已見一斑黛玉往見兩舅父。隨邢夫人坐車出西角門。往東過榮府正門。入一黑油大門內至儀門前下車。度其處必是榮府中花園隔斷過來房廊廂廡。悉皆小巧別緻。不似那邊軒峻壯麗。此亦文章變換法。若一律軒峻壯麗。便覺平板。且與賈母賈政所居無區別。

黛玉由邢夫人處坐車至榮禧堂。爲榮府正室。軒昂氣象。又與賈母處不同。迎面一個赤金九龍靑地匾。御書榮禧堂。一副烏木鏨銀對聯。上寫座上珠璣昭日月。堂前黼黻煥烟霞。款落東安郡王穆蒔拜手書。寫得莊重之至。然日月烟霞。皆轉瞬卽過。故聯款穆蒔。謂莫以富貴爲足恃也。不必讀至後文。已知賈家富貴不長久。

王夫人時常居坐偃息。亦不在這正室。只在東邊三間耳房。及黛玉進入耳房。又有丫頭請往東廊三間小正房相見。此處陳設華麗。桌上堆有書籍。爲賈政居坐偃息處也。賈政現在服官。傳宣出入。必須正室便捷。然公然居之。而使賈母賈赦居偏院。又覺尊卑不順。故賈政夫婦雖居正室。而王夫人居坐偃息。則在耳房。賈政則在東廊小正房。此作者細心之筆。却爲讀者易忽之文。

黛玉請見賈赦賈政。爲不可少之文。却是極可省之筆。妙在賈赦推身上不好。賈政齋戒未回。都不相見。最爲簡潔。

王夫人囑黛玉道。我有一句話囑咐你。你三個姊妹。倒都極好。一處念書學針線。或偶一頑笑。都有儘讓。我最不放心的。卻有一件、我有一個孽根禍胎是家裏的混世魔王。今日因廟裏還愿去。尚未回來。晚間你看見便知道了、你以後只不要睬他。你這些姊妹都不敢沾惹他的。說得寶玉身如刺蝟、令人不可嚮邇、豈知是絕無脾氣。極好性兒。多情多義之翩翩公子耶。而夫人之爲是言者。一爲黛玉釋嗔怪之心。一爲文章作反振之勢。

黛玉素聞母親說。有個內姪。乃啣玉而生。頑劣異常。不喜讀書。最喜在內幃廝混。外祖母又溺愛。無人敢管。今見王夫人所說。便知是這位表兄。寶玉未出面。已三錫佳名。曰淫魔色鬼。孽根禍胎。混世魔王。既名聞於貿易之人。復騰達於閨閣之耳。孩提之童。何修得此。

黛玉向王夫人陪笑道。舅母所說的。可是啣玉而生的這位表兄。在家時。記得母親常說。這位哥哥比我大一歲。小名就叫寶玉。性雖憨頑。說待姊妹們極好的。此殆賈夫人在生時。欲爲訂婚姻之言。故將寶玉年紀與黛玉比較。而又恕其憨頑。取其待姊妹極好也。

黛玉又道。況我來了。自然和姊妹們同一處。兄弟們自另院別室。豈有得沾惹之理。雖明知表兄喜在內幃廝混。然親戚男女。自必別院異居。此依理而言且爲下文作反襯。

王夫人笑道、你不知道。他與別人不同、自幼因老太太疼愛。原同姊妹們一處嬌養慣的、若姊妹們不理他。他倒還安靜些。若和他多說一句話、他心上一喜。便生出許多事來。所以囑咐你。別睬他、他嘴裏一時甜言蜜語、一時有天無日。瘋瘋儍儍。只休信他。較前冷子興賈夫人及王夫人先時所說。更爲切實、然紛紛談言。迄無一中。

黛玉不往鳳姐處是闕筆、往是贅筆。妙在王夫人同黛玉行過鳳姐屋子。指給黛玉道。回來好向這裏找他。筆周而不贅。

賈母用膳。李紈捧飯。鳳姐安箸。王夫人進羹。迎春姊妹與賈母同桌。王夫人旁坐、紈鳳立於案前勸讓。飯畢、賈母吩咐各散。王夫人始領着紈鳳退去。家庭之間。同於宮幃之肅。此旂禮也。然習於旂禮、不必定爲旂人。

賈母問黛玉念何書。答以剛念了四書。黛玉此時。豈止念四書。亦謙沖之詞耳。

黛玉正問姊妹念何書。只聽外面一陣脚步響。丫鬟報道寶玉來了。來法與鳳姐又不同。更覺精神之至。此時不獨黛玉心中眼中。急欲一看是怎生個憊懶人物。即讀者亦急欲一看是怎生個頑劣兒郎。

寶玉頭戴束髮嵌寶紫金冠。齊眉勒着二龍搶珠金抹額。身穿二色金百蝶穿花大紅箭袖。束着五彩絲攢花結長穗宮縧。外罩石青起花八團倭緞排穗褂。登着青緞粉底小朝靴。以如寶似玉之人。而加以玉琢金粧之飾。眞要看殺衞玠矣。

黛玉入賈府。先見賈母。次見邢王夫人。次見李紈迎春姊妹。次見鳳姐。至晚飯後。始見寶玉。乍見面。又被賈母命去見王夫人。換衣回來。而後覿面。千呼萬喚始出來。極得急脈緩授之法。

黛玉看那寶玉、面若中秋之月。色如春曉之花。鬢若刀裁、眉如墨畫。鼻如懸胆。睛若秋波。雖怒時而似笑。即瞋視而有情。及換了冠服回來。越顯得面如傅粉、唇若施脂、轉盼多情。語言若笑。天然一段風韻。全在眉梢、平生萬種情思、悉堆眼角。如此玉質金相。不負媧皇所煉。然而羡煞寶釵矣。寶玉看那黛玉。兩彎似蹙非蹙籠烟眉、一雙似喜非喜含情目、態生兩靨之愁。嬌襲一身之病。淚光點點、嬌喘微微。閑靜似嬌花照水。行動似弱柳隨風。心較比干多一竅、病如西子勝三分。如此花容月貌。不愧仙姑所修。然而妒煞寶釵矣。

黛玉一見寶玉、驚道。倒像在那裏見過的。寶玉亦笑道。這個妹妹我曾見過的、靈心猶未泯、約略認前生。

寶玉問黛玉表字。黛玉答以無字。寶玉笑道。我送妹妹一字。莫若顰顰二字極妙。黛玉十年不字。今得寶玉而字。其字與寶玉也審矣。

顰字爲西施專美之稱。黛玉得此爲字。其有西施之美可知。然西施之外有東施。黛玉之外。安得無寶釵乎。

寶玉問黛玉有玉沒有。黛玉答說沒有。登時發作起狂病來。摘下那玉。狠命摔去。玉雖未碎。黛玉芳心。却被此一摔碎矣。

賈母摟了寶玉道。孽障。你生氣要打駡人容易。何苦摔那命根子。寶玉滿面淚痕道。家裏姐妹都沒有。我說沒趣。如今來了個神仙似的妹妹也沒有。可知這不是個好東西。或問此是何說。余曰。寶玉啣玉而生。以爲人所恆有。及知姐妹俱無。似覺踽踽涼涼。故曰無趣。然物必有偶。天既生我而有玉。必更生一玉以偶之。但不知爲何如人耳。如其佳也。則我之玉。便如瑤環之可珍。否則等於瓦礫之可棄。其平日之處心積慮如此。今見如神仙中人之黛玉而無玉。得毋非我之偶耶。斯人而不爲我偶。則我之偶、決非神仙中人可知。我之玉。既不能偶此神仙中人、則亦瓦礫而已矣。佩之何益。故擲而碎之也。迨賈母謊以妹妹本有玉。殉母葬去。始仍帶上無別論。其心事可想。或曰孩提之童、卽知此乎、曰、後文警幻仙姑謂寶玉天分中生成一段癡情、既曰天分生成。何分少長。不觀晬盤獨取釵環脂粉乎、而又何疑焉、

黛玉爲還淚而來。尙未有淚、而寶玉先見淚痕、猶之索負者先自破鈔作一東道。

賈母命將寶玉挪出套間煖閣。把黛玉暫安置碧紗櫥裏。等過殘冬、再與他們收拾房屋、另作一番安置。賈母以寶黛既已聯姻、便應名正言順分開居住。因年內匆匆、暫爲合住。而婚姻之說。遂秘而不宣、然此時尙祗秘過殘冬、不想後來竟秘到底。

寶玉道。好祖宗。我就在碧紗㡡外牀上狠妥當。何必出來鬧你老祖宗不得安靜。賈母想了一了。說也罷了。碧紗㡡外較套間尤爲密邇。賈母極不應許之。而竟許之者。蓋以婚姻雖訂。其事未宣。兩小無猜。不妨權爲將就。㡡外套間。總屬一樣。混過殘冬。再爲隔閡。所以一俯仰間而卽許之也。詎殘冬度罷。薛氏又來。促屋而居。便覺人稠地密。不旋踵黛玉因父病歸省。賈璉護黛玉同行。秦氏夭逝黃泉。鳳姐協理喪事。事同蝟集。人似蜂忙。故黛玉重來房屋依舊。而且元春有椒房之喜。省親鳩別墅之工。棃香院中人且騰挪僻處。更何有金屋貯嬌。省親後。又奉元妃命。同住大觀園。形迹既不能區分。姻事更不便揭曉。以是一秘再秘。而終秘也。嗚呼。一時同房共處之遷就。適成後日奪婚背盟之機關。君子觀於此。而爲寶黛憂。不暇爲同居喜矣。

或曰。賈母欲過殘冬。另作安置。分明以表兄妹同居不便。何所見而謂因婚姻隔閡乎。女門生蓮仙女史答之曰。先生蓋由後文而知前文也。後文邢岫烟與薛蝌聯姻。邢夫人以與寶釵有姑嫂名分。同住園中不便。欲將邢岫烟搬出園。來可知一訂婚姻。即拘形迹。從堂姑嫂。且不可同居一園。而況小夫婦乎。賈母止之者。以寶釵究非薛蝌比也。若使薛蝌在園。則邢岫烟搬出不待終日矣。以是知賈母之欲另安置。爲寶黛已訂爲夫婦也。若僅以表兄表妹之嫌。決不拘此形迹。何以知之。湘雲寶釵。均與寶玉爲表姊妹。湘雲來。則與黛玉同榻。與寶玉臥房呼吸相通。寶釵蘅蕪苑亦與怡紅院相距不遠。湘雲共之。寶琴共之。不聞賈母有以隔閡之。以是知賈母欲另安置不爲表兄表妹也。余笑曰。蓮仙不獨善讀書。且善窺吾之讀書。

黛玉明知與寶玉有婚姻之約。似不便同居一處。然雖鳥依人。未能自主。而且訂婚之事。賈母既秘而不宣。則亦安其表兄表妹之常而已。迨日就月將不聞揭曉。金相玉質。大肆陰謀，始皇然懼而悄然憂矣。然此時則固不措意也。哀哉。

賈母見黛玉帶來王嬤嬤既老。雪雁又小。因將自己丫頭名喚紫鵑鸚哥者。給與黛玉。黛玉何幸而得紫鵑。紫鵑何修而事黛玉。從此主僕流芳。千秋鼎盛。懿與休哉。

黛玉所帶女使，僅一老一小。其餘服飾，亦不麗都。想見林家不豪富。

羣婢中獨詳敘襲人。以其能襲取黛玉婚姻以與寶釵耳。如潛師夜襲之襲，非花氣襲人之襲。而後文引花氣襲人爲證。乃作者故韜其意。不使讀者一眼窺破耳。

襲人本名珍珠。賈母因溺愛寶玉。生恐寶玉之婢不中任使，素知襲人心地純良。遂與了寶玉。此與大有分教。木石良緣，生被賤人拆散，金玉怨耦，强從

暗地撮成。祖業由是隳頹。家口亦遭顛沛、所謂一星之火燎原。一着之差覆局。作者書此。有隱痛焉、

珍珠爲世寶貴。且有絳珠在上。淫賤襲人。烏足以當之。奪其名。不獨不准犯絳珠之諱。且不使與瑞珠寶珠平列也。

紅樓文章分底面。如寶玉改襲人之名。謂因姓花。故用花氣襲人之句。此面子文章也。諸如此類、不可枚舉、於寶釵襲人尤甚、

襲人服侍賈母時。心中眼中。只有一個賈母。跟了寶玉。心中眼中。又只有一個寶玉。其得新忘故之心。已可概見。後嫁小旦蔣玉函。心中眼中定祇有蔣玉函。若使如蔣玉函而得數十老斗。其心中眼中定只有數十老斗、嗚呼、如襲人者。豈非紅樓中第一不足齒之人哉。又副册載其名。有辱此册矣。

賈母以紫鵑與黛玉。以襲人與寶玉。謂襲人心地純良勝於紫鵑也。豈知外

似純良。其中叵測哉，假使賈母當日以紫鵑與寶玉，以襲人與黛玉，則忠主者，斷無別營狡竄之心。貪淫者，惟切雨我公田之望。木石既早諧花燭，家業仍相繼隆昌，豈不甚善。乃間錯而與，於是忠赤無所施其術，狡淫得以售其奸。而事事乖違，家道亦遂衰敗，而不可問。顧一細事耳，其有關係如此，此甯榮二公所謂運數合盡也。

林黛玉見寶玉爲他摔玉，至夜回房，便淌眼抹淚的傷感。還淚之說，此是破題。

甫敍黛玉入賈府，卽接敍寶釵投賈府，所謂起而相乘者是也。

開首敍薛家，卽是倚財仗勢，蠛理逞兇，以視林府，何啻天淵。

第四回　薄命女偏逢薄命郎　葫蘆僧判斷葫蘆案

李紈青春喪偶，於膏粱錦繡之中，竟如槁木死灰，一概不聞不問，惟知侍親教子。外則陪侍小姑等針黹誦讀而已。幽閑貞靜。爲紅樓中極有德行之人。故特筆書之。

黛玉在賈府。所慮惟老父。足見孝思。

小沙彌一爲門子。便知官中利害。所謂近朱則赤。近墨則黑。以其能染於習也。

護官符三字。頗新穎。今之巧宦皆有之。

門子道。作地方官者。皆有一個私單。上寫本省最有權勢極富貴大鄉紳姓名。若不知。一時觸犯了這樣人家。不但官爵。只怕連性命也難保。鄉宦土豪能爲地方官之害。到處皆然。古今同嘅。是以强項令每不能容。

賈王史薛。如唐之金張許史。然薛氏富而不貴。同列殊忝。

馮淵買英蓮。既設誓不娶第二個。便是納爲正妻。薛蟠奪之。是奪人妻也。奪人妻而斃其人之命。負兇犯名。遭官司累。雖强梁而實笨伯。故號獃霸王。若其妹。奪人夫而亦制其人之命。無機詐迹。無篡奪痕。外柔順而內深沉。得不謂之女曹瞞歟。

薛蟠打死人命。如沒事人一般。所僥倖者。賈雨村治獄耳。否則一强項董宣。足以殺之。雖强何爲。其獃實甚。

賈雨村因蒙皇上隆恩。起復委用。竭力圖報。不忍因私枉法。其初念未嘗不佳。奈何一轉移間。而人欲戰勝於天理哉。故聖人於患得患失者而鄙之也。

門子聽了雨村之言。冷笑道。老爺說的何嘗不是。但如今世上是行不去的。天下古今治國大弊。爲小沙彌一言道着。可勝歎哉。

門子爲雨村畫策。僞託乩仙判案。假神騙人。畢竟不離本行。

賈雨村得賈王之力起復委用。今將薛蟠命案胡蘆了結。疾忙修書分致賈政王子騰。從此再晉官階。翹足可待矣。

賈雨村充發門子。不以其機詐弄權、而恐其說出當年貧賤時事。所見何小。

薛家百萬之富。現領着內帑錢糧。採辦雜件。好一個脚色手本。此寶釵家聲門第也。

寶釵肌骨瑩潤。舉止嫻雅。讀書識字高於乃兄十倍。鋪敘寶釵。自不可少。然不及金鎖、明眼者。當心領而神會之。

寶釵讀書識字。高於乃兄十倍。故奪人之夫。亦高於乃兄奪人妻十倍。

寶釵因今上崇尚詩禮。徵採才能、凡世宦名家之女、皆得報名達部。以備選擇爲宮主郡主入學陪侍。充爲贊善才人之職。而後隨母與兄入京待選、則後文自應有報名待選之事。何以杳然無聞。或曰。寶釵非世宦名家女。例不准報名待選、故格而不行。余曰、否。寶釵入賈府後、已願爲如寶似玉之妻。不復作贅善才人想矣。若謂非世宦名家女。格而不行。則依附末光。而以賈王內外親報名達部。亦未始不行。

王夫人見哥哥王子騰陞了邊缺。正愁少娘家親戚往來。忽報姨太太合家來了。喜不自勝。王夫人側重娘家親戚。此着眼之筆。後文以釵易黛。實基於此。

寶釵入賈府。與黛玉入賈府。寫得迴不相同。一則寫極其詳。一則寫從其略。以人有重輕。故文有賓主也。至寶釵與寶玉如何見面。如何接談。則一字不寫。作者直藐視之矣。

梨。離同。香。香玉。寶釵住梨香院。謂此來能離間黛玉也。

薛蟠初意。恐住賈家。爲姨父管束。原欲移居自家房屋。詎知賈宅子弟都是紈袴氣習。莫不喜與往來。觀花會酒。聚賭嫖娼。無所不至。更兼賈政照管不

到。梨香院又相隔兩層房舍、又有街門別開。可任意出入。因此將移居之念漸漸。打滅。發明蟠字之意、

第五回　賈寶玉神遊太虛境　警幻仙曲演紅樓夢

黛玉在榮府、賈母萬般憐愛。寢食起居。一如寶玉。而迎春等三個孫女。倒且靠後。便是寶玉和黛玉二人之親密、亦較別個不同。日則同行。夜則同止。同息。言和意順。似漆如膠、宛然一對小夫妻矣、夫賈母固以寶玉之心為心者也。寶玉既愛黛若此、自家又鍾愛異常。若未聯婚、豈有不亟為訂定哉。而卒不聞有是議者。蓋已訂定在先矣。此着眼之筆、可於言外得之。

琴有絃外音。文有言外意。如寶釵品格端方。容貌美麗、人謂黛玉所不及。祗加人謂二字、便知品題之失真、又云寶釵行為豁達、隨分從時。不比黛玉孤高自許、目無下塵。故深得下人之心。便是那些小丫頭們。亦多與寶釵頑笑、

似是揚釵抑黛之文、豈知爲尊黛貶釵之筆、今夫人孤芳自賞。高潔自期。不要譽於同儕。不見好於流俗。雖不爲小人所喜、自爲君子所欽、若夫毀方瓦合。和光同塵。效新莽之謙恭。師王孫之善媚、雖爲小人所喜。實爲君子所譏釵黛造詣、涇渭如此、讀者自可得衡鑑之眞。而皮相者猶謂黛玉性情乖僻。寶釵心地和平、抑何識見與小丫頭等哉。

寶玉天性。視姊妹兄弟皆出一意。並無親疎遠近之別。故待寶釵黛玉無分厚薄也。而黛玉視之、以爲昔之獨厚於我者、今又分心於寶釵矣。寶釵視之。亦以爲然。於是一則以嗔、一則以喜、嗔者不免時露圭角。喜者益加密布網羅。豈知寶玉性雖汎愛。而區區方寸。自有權衡。故於黛玉獨加親密、然又恐人之議其私也。乃爲明其故曰。因與黛玉同處賈母房中坐臥、故略比別個姊妹熟慣。既熟慣、則更覺親密。既親密。則不免有求全之毀、不虞之隙。有此數語。不獨敘出寶玉獨厚黛玉。理所宜然。卽黛玉時與寶玉口角。亦無足怪矣。着墨不多而意義周匝。經營之文也。

寶玉與黛玉二人。不知爲何言語有些不合起來。黛玉又在房中垂淚。寶玉又自悔言語冒撞。前去俯就。黛玉方漸漸囘轉來。此敘寶黛二人齟齬之始。既曰不知爲何。則無曲直之分。又曰寶玉自悔言語冒撞。則咎在寶玉、而與黛玉無尤。後文屢次勃谿。悉應作如是觀。

寶玉過寗府會芳園賞花。爲情迷之始。故賞梅花而遇秦氏。

寶玉一時倦怠、欲睡中覺、賈蓉之妻秦氏忙笑道。我們這裏有給寶叔收拾下的屋子。老祖宗放心。只管交給我就是了。賈母素知秦氏是極妥當的人。生得嬝娜纖巧、行事又温柔和平。乃重孫媳中第一得意之人。安置自是妥穩。豈知肇衅開端。引寶玉至孽海情天者。卽此第一得意之人耶。

賈母賞識皆偏、孫媳中獨喜鳳姐。重孫媳中獨喜秦氏。姊妹中獨喜寶釵。是皆貌取皮相而不察其內蘊者也。

秦可卿安置寶玉睡中覺。若徑引入臥室。似嫌突兀。故先引入上房內間。而後轉至臥室。此文章步驟也。

內間掛的畫。是燃藜圖、對聯。世事洞明皆學問。人情練達卽文章。寶玉見之卽走。畫對懵人。本可逐客。何況寶玉。

秦氏道。這裏還不好。往那裏去呢。不然往我房裏去罷。先頓一筆。而後轉出正意。

寶玉點頭微笑。笑秦氏說話聰明。亦如文章之有步驟也。

一嬷嬷說道。那有個叔叔往姪兒媳婦房裏睡覺的禮。大風吹倒梧桐樹。自有旁人道短長。莫謂若輩皆無知識也。秦氏聽了笑道。噯喲、不怕他惱。他能多大了。就忌諱這些麽。秦氏以其小而忽之。亦望諸人以其小而原之。寶玉聞之。又當點頭微笑矣。

秦氏又道。上月你沒有看見我那兄弟來了。雖然和寶叔同年，兩個人若站在一處。只怕那一個還高些呢。此未畢之言也。秦氏之意。謂兄弟比寶玉高，尙是一團孩氣。何況寶玉比兄弟矮。有何忌諱。因寶玉緊接笑說要帶他來瞧瞧。將話打斷。故未竟其意。

寶玉剛至秦氏房中。便有一股細細的甜香襲人。便覺得眼餳骨軟。豈愛香哉。以香之出於秦氏房耳。若置之內閒。則亦成爲濁氣而已矣。

寶玉見秦氏房中掛的畫。是海棠春睡圖。對聯是嫩寒鎖夢因春冷。芳氣襲人是酒香。畫對皆合脾胃。然此紙醉金迷之地。雖畫對庸俗。亦不復他顧矣。

對聯爲秦太虛所寫。分明謂太虛幻境，可卿卽眼前秦氏可卿也。不寒兩句則謂秦氏得春氣之先。襲人步芳塵於後。

寶鏡則屬武則天。金盤則屬趙飛燕。木瓜則屬楊貴妃。臥榻則屬壽昌宮主。珠帳則屬同昌宮主。以及紗衾謂西施浣過。鴛枕謂紅娘抱來。非以摛藻見長。實於文外射影。所謂繪風繪樹葉。繪水繪迴瀾。

寶玉連連稱好。秦氏笑道。我這屋子。大約神仙也可以住得。亦是文外射影。

衆奶姆伏侍寶玉臥好了。款款散去。只留下襲人秋紋晴雯麝月四個丫鬟作伴。此時秦氏便應仍到會芳園陪侍賈母。乃留而不去。別有深文。

寶玉所見太虛幻境對聯。假作眞時眞亦假。無爲有處有還無。與甄士隱所見語意又別。蓋謂太虛幻境之假。可卿應作眞。可卿眞。可卿卽是假。可卿故曰假作眞時眞亦假。太虛幻境之可卿。專爲影射秦氏。係無中生有。則雖有是人。實無是人也。故曰無爲有處有還無。

宮門上橫書孽海情天四大字。寶玉此時正入色界。故爲孽海情天。後日將證仙班。故爲眞如福地。

金陵三十六釵。皆隸薄命司。其結局可想。

薄命紅顏。不知凡幾。三十六釵。何足以賅之。妙在各省都有寶玉。祇揀家鄉的封條開看。故祇見金陵三册。警幻祇揀緊要的女子錄取。故祇有三十六釵。

黛玉居正册之首。而爲羣芳之冠。其圖畫詩句。固宜先覩爲快。然使寶玉首閱黛玉之册。便涉呆詮。若先取他人之册閱看。又覺越次。妙在舍正副册而先看又副。綴黛玉而先看晴雯。晴雯爲黛玉小照。看晴雯。猶之看黛玉也。文章既不平板。次序亦復井然。

或曰。以忠義而論。晴雯應在紫鵑之後。然晴雯爲黛玉小照。固應列於紫鵑之前。况婦女以名節爲重。晴雯與多情公子寢處頻年。而能守身如玉。尤屬難能可貴。其弁冕於又副册也。亦宜。余曰。此論甚公。然紫鵑必在副册之首。何以知之。黛玉臨終呼之以妹。待之以妹。豈有絳珠之妹而猶辱在青衣隊者乎。

寶玉又見後面畫着一簇鮮花。一床破蓆。襲人淫賤。分應殿末。然爲寶釵小照。又不得不踵覲於晴雯之後。而居晴雯之次。或踴躍曰。吾嚮欲抬晴雯入副册。貶襲人於册尾。今得子小照之說。而知晴雯襲人有不可易置者。使吾之壘念頓消。

蓆而破。與敝帷敝蓋同。然蓆雖微。一人眠之不破。多人眠之則破。襲人在寶玉處一人眠。烏得破。其破也。必嫁優伶後而爲多人眠矣。只此一字。襲人之罪狀未宣。襲人之典刑已正。

香菱爲黛玉先聲，故寶玉於看破席後。卽取副册而看香菱，又不圖菱而圖蓮。則仍以應憐取義也。至升之副册。則以士隱之女而又爲黛玉詩弟子也。黛玉詩曰。可嘆停機德。誰憐詠絮才。才德兼全之女。古今罕有其倫。其尊黛玉無二上矣。

又曰，玉帶林中掛。金簪雪裏埋，謂玉帶應貼玉郎之身。今仍系於林。而不能氏以賈。何哉。以金鎖埋奸有薛氏耳。

或曰，雪裏金簪。不另立一頁，而附於玉帶雙株之下。釵之於黛。固有上下床之別。然已伏肘腋間之禍。此宋太祖臥榻之側所以不容他人鼾睡也。余曰。是則然矣。然全詩皆惋惜黛玉之語。絕無咏嘆寶釵之詞。是正册第一頁。爲黛玉一人所有。並未將寶釵作爲附庸。又不與寶釵另立圖畫。作者已隱然擯諸册外矣。若云黛玉寶釵共一頁，試問誰憐二字怎麼講，大忤作者本意。

黛玉之次。始是元春。雖以椒房之貴。不敵桂府之尊。三探春則以女兒有男子胸襟。又爲羣小所敬憚。其才其貌。嬌嬌不凡。故越迎春之前而與黛玉元春成鼎甲。至平日不加禮於其所生母。似乎不孝可疵。然亦由趙姨非人。趙姨謀殺嫡子。便如驪姬之於申生。罪大惡極。其義應與廟絕。不得爲賈政妾。卽不得爲探春母。故作者於探春無貶詞。讀者亦無苛論也。四湘雲五妙玉。均以才貌居於前。六迎春七惜春則以庸碌次於後。然是女兒身。故列於李紈鳳姐之前。蓋紅樓一書。側重女兒。故凡女兒皆得前列。元春雖妃。此時尚是女史。未封才人。故亦得前列。巧姐爲鳳姐之女。不得躐阿母之前。李紈雖有德之人。應列於女兒之後。至秦氏肇衅開端。宜居十一。位置前後。煞費匠心。洵非率爾操觚者可比。按此册釵則十二。圖則十一。闕寶釵。擯之也。

探春圖畫放風箏。雖吹遠而能還。故日後嫁海疆而仍返。然則薄命而仍不薄命者。唯探春一人。

鳳姐圖畫。雌鳳立於冰山。冰山不足恃。不久定消融。

秦可卿圖畫。美人懸樑。其自經而死。正文不傳。後文點出。其詩曰。漫言不肖皆榮出。肇衅開端實在甯。可卿竟爲榮府人分謗。是以君子不爲天下先。

警幻仙姑見寶玉天分高明。性情穎悟。恐洩漏天機。便掩了卷册。笑向寶玉道。且隨我去遊玩奇景。何必在此打這悶葫蘆。既導其看册。又不使畢覽。非吝教也。緣此日看册。並不望其覺悟。特爲重來作證耳。

寶玉看册。固是悶葫蘆。讀者不求解了。亦是悶葫蘆。

警幻仙姑。本欲往榮府接絳珠生魂。適遇寗榮二公囑道。吾家功名富貴。已歷百年。奈運終數盡。子孫雖多。竟無可以繼業者。惟嫡孫寶玉。稟賦乖張。性情怪譎。雖聰明靈慧。略可望成。無如運數合終。恐無人規引入正。幸仙姑偶來。望先以情慾聲色等事警其癡頑。或得使彼跳出迷人圈子。入於正路。亦吾兄弟之幸。矣。於是警幻仙姑。舍絳珠不接。將寶玉引來。示以府中上中下三等女子終身之册。又令其歷飮饌聲色之幻。以冀將來一悟。或曰。寧榮二公欲警幻引寶玉跳出情欲聲色之關。勉爲經濟文章之學。以挽厄運而紹家聲歟。余曰非也。寧榮運數既終。何能有飛黃騰達。子爲之挽厄運紹家聲乎。是非二公所望也。二公自知禍水在門。滅火必矣。雖有哲嗣。不能望成。此氣運之合盡。如刼數之難囘。惟仙佛兩途。差可解免。故望警幻引到寶玉。覺悟情癡。俾得跳出迷人之圈。超入天仙之界。庶幾一子得道。七祖昇天。列祖列宗。既不致作若敖之鬼。而且眞人文妙宸衷欣賞。在家在成。皆得邀聖主之恩。此寧榮二公所託於警幻者也。故警幻醉以美酒。沁以芳茗。警以妙曲。並將其妹乳名兼美之可卿與之薦寢。使領略仙閣幻境風光。乃爲極樂。其世俗尋常妻婢。何足縈懷。行將斬斷情魔。超出孽網。今雖不悟。後必來歸。此又警幻受託於甯榮。裁成於寶玉者也。至末囑寶玉今而後萬萬解釋改悟前情。留意於孔孟之間。委身於經濟之道。斯言也。特囑其解悟塵緣。勿爲迷戀。是爲要義。孔孟二語。則耑爲中舉及文妙兩字勉之。所謂筆筆文章。且係作者故爲其詞。自韜本意。不使讀者一眼窺破耳。若作呆看。甯榮託警幻。警幻囑寶玉、果欲其留意孔孟。委身經濟、則當動以富貴勛名之美。不當導以情慾聲色之歡。且後文何以攝其玉、瘋其心。使茫茫大士引其生魂來茲福地。示以絳珠之所在。詔以仙侶之可成、拋却家庭。超入仙界。豈不大拂甯榮之望。而負其囑託之重乎。明眼者當不河漢予言、

警幻攜寶玉入室。但聞一縷幽香。不知何物。警幻道此係名山勝境異卉之精。合寶林珠樹之油所製、名羣芳髓、寶寶釵、林林黛玉、珠珠襲人舊名、髓瑨也、

謂神瑛本羣芳仰望之精英、合爲寶釵黛玉襲人之夫壻而卒之黛玉雖聯姻而中變、寶釵雖合卺而單居。襲人且欲爲侍妾而無分。處此幽微靈秀之地。各不遂其終身仰望之忱。斯眞無可奈何之天耳。故壁上對聯云。幽微靈秀地。無可奈何天。

茶名千紅一窟。酒名萬豔同盃。然則紅顏薄命。大抵皆然。又不獨寶林珠樹之遭際堪悲哭也。

警幻命舞女演唱紅樓曲十二支。恐寶玉聽不明白。命取原稿遞與寶玉。一面目視其文。耳聆其曲、妙妙。今人有不懂戲文者。當以此法行之。

曲文最難一起。紅樓曲起句云。開闢鴻濛、何等邈綿、吾友息柯居士、初不諳崑山曲。會余與友人唱長生殿絮閣聞鈴二闋。息柯曰。美哉。始則細語喁喁。繼則悲情惓惓、何曲也。告之。問曲文如何。曰、黃絹幼婦。息柯曰、止、僕試各擬起句。可敵得原唱也。無因連擬數語，皆謂不及。息柯意不能平。請道原作，余告以絜閣起句一夜無眠，聞鈴起句萬里巡行。息柯擊節曰，君家昉思。眞才子哉。緜是前席受教。遂成知音。暇輒廣集詞友，高唱入雲。年六十餘。猶執鐵綽板唱大江東。一時音樂之盛。湘中稱最云。

息柯居士爲楊海琴觀詧，以名進士出守永州，繼擢辰沅道，專以禮樂行教化。邊苗斂跡，民樂雍熙。忽爲大府奏開缺，時論惜之。有責其故者。大府曰無他。吾聞其嗜好音樂。轎後常曳琵琶耳。而息柯固無是物也。余因戲作琵琶行。附錄於後。

武城絃歌仲尼徒。單父鳴琴亦步趨。古樂今樂原無殊，四絃七絃何容拘，傷哉季世道教痛。托足王門半濫竽。爲政徒以刑勢驅，那知與民求牧芻，果有賢豪聲教敷。以樂淑民民感孚。便當揚扢加青臚。飛章入告當嘉謨，聖主受賢定嘔喻不負開府建天樞、奈何求治在皮膚。翻使鐵網遺珊瑚、楊公觀督使南湖、政事文章眞大儒。初佩零陵太守符、郡民歌誦聲喁喁。天子考績心歡愉、擢公監司撫邊隅。地隣黔苗如豺貙、逆命久成勢負嵎。自公分鎮綰銀莵。猰寇不敢來窺窬、不須羅黑驚强胡。會輸雪鍊偕霜銪、重事養民民困蘇、拊循軍士無逃逋。專以禮樂化頑愚。鞭且勿施何有蒲、官吏咸奉爲楷模。士卒用命皆鼓鼙。百姓銜感猶歡呼、惟恐飛去一雙鳧、每逢公出老幼扶、搴帷爭觀豐采都。但見一琴與鶴俱。不聞琵琶輿載塗、公非不辨樂精麤、所好簫韶與阮險、上追夔龍佐唐虞。不作細響鳴烏烏。一歌一詠皆道腴。戛玉敲金調獨孤。解誦葩經有侍姝。長於攏撚無興奴。何期漂山起衆欲、遽被彈章達九衢、斡棄周鼎寶康瓠。黃金被爍玉生瘢、嗚呼薏苡遭謗誣、尙有薏苡似明珠、無絃之琴終有梧。此則幷梧而亦無。事無影響有莫須。如此罷賢殊含糊、國人聞命方瞿瞿，公則行矣無踟躕。可憐赤子淚沾濡。留公不得徒嗟吁。交謫琵琶爾有辜，淸白楊公爲爾汚。金塗飾爾何所圖，却手推手胡爲乎，琵琶於是言囁嚅。敢向公前布區區。王維阮咸賢士夫。挑抹未嘗廢須臾，彥回殿上賜金鏤王沂夢中亦揣摹。究竟有瑕不掩瑜，未聞君相相齟齬，況公於我不相需。平生未敢近公軀。何曾附驥驅而騶事在執政何尤吾。公聞掀髯笑胡盧。我本胸懷若坦途。得失何嘗介錙銖，此事與爾夫何誅，季鷹久已思蓴鱸。從此歌彈得我娛，會須左絃而右壺。樂聖樂天如是夫。

紅樓曲十二支，因加起結，化爲十四支，

紅樓曲十二支。頭一支詠嘆寶玉。第二支詠嘆黛玉。獨寶釵無曲。信乎其擯之也。

頭一支終身悞曲云。都道金玉良緣，俺祇念木石前盟。空對着山中高士晶瑩雪。終不忘世外仙姝寂寞林、嘆人間美中不足今方信、縱然是齊眉舉案。到底意難平。豈非皆寶玉之詞、着一俺字。尤爲醒眼、玩木石前盟四字、黛玉訂爲婚姻、何待辯哉、

第二支枉凝眉云。一個是閬苑仙葩、一個是美玉無瑕。若說沒奇緣。今生偏又遇着他。若說有奇緣、如何心事終虛話。一個枉自嗟呀、一個空勞牽罣。一個是水中月。一個是鏡中花、想眼中能有多少淚珠兒。怎禁得秋流到冬春流到夏。豈非皆黛玉之詞。尾三句。詞妙音響、爲元人得意之筆。薛能詩、一字新聲一顆珠、轉喉疑是擊珊瑚、堪爲此曲詠矣。

第三支恨無常。爲元春之曲、以下各曲、悉按圖畫次序。並無寶釵曲、則十二釵則十一。與圖畫變換

李紈曲云。鏡裏恩情。更堪那夢裏功名。那美韶華去之何迅、再休題繡帳鴛

衾祇這戴珠冠披鳳帔也抵不了無常性命、雖説是人生莫受老來貧。也須要陰騭積兒孫。氣昂昂頭戴簪纓、光燦燦胸懸金印、威赫赫爵祿高登、昏慘慘黄泉路近。問古來將相可還存、也祇是虚名兒與後人欽敬。繹其文意、賈蘭雖達、隨即夭殂。故其詞如此。謂前與賈珠既是鏡裏恩情、今賈蘭又是夢裏功名。夫榮子貴、均是人生美韶華、奈何去之太迅。繡帳鴛衾、夫妻之美、固不必再提、即此珠冠鳳帔誥命之榮、亦不能一享。雖説人生莫受老來貧。而有子不能養老、子貴不能濟貧。固由命薄所致、然亦由祖功宗德所闕。今賈榮祖澤已斬、運數已終。乃祖乃父、又無陰騭積與兒孫、是以雖登仕祿、即赴黄泉、然有此虚名、畢竟能使後人欽敬。傷之也、亦慰之也。是賈蘭達而不永年明矣。若使達而永年、則是賈榮氣數未盡、居然有承先啓後之子孫、又何必拭淚撫膺、求警幻超拔寶玉哉秦可卿曲云。擅風情。秉月貌。便是敗家根本。可謂沉痛之言。若擅風情而不秉月貌。秉月貌而不擅風情。則雖爲禍不烈也。二者不可兼也。

尾曲結句云。落了片白茫茫大地眞乾淨。直結到一百二十回之後。却倒在第一回未入正傳之先。大荒山無稽崖青埂峯下。塊石瑩然。豈非白茫茫一片乾淨地耶。

警幻送寶玉至一香閨繡閣中。先有一位女子在內。其鮮豔嫵媚。有似乎寶釵。風流嫋娜。則又如黛玉。此卽擅風情秉月貌之人也。見之可愛。得之則憂。

警幻道。輕薄浪子。皆以好色不淫爲解。又以情而不淫作案。此皆飾非掩醜之語也。好色卽淫。知情更淫。此鞭辟入裏之文。風流自賞者。當知所警矣。

警幻謂寶玉道。吾所愛汝者。乃天下古今第一淫人也。當頭一棒。語殊駭人。

宜寶玉嚇得分辯不及。迨警幻復詔之曰。世之悅容貌。喜歌舞。調笑無厭。雲雨無時皆皮膚濫淫之蠢物耳。如爾。則天分中生成一段癡情。吾輩推之爲意淫。一經品題。便成佳士。寶玉聞之。又當喜爲知己。如曹孟德聞亂世奸雄之許也。

意淫。謂蘊結而不著於外也。警幻以此推寶玉。作者以此明書旨。故解之曰。二字可心會而不可口傳。可神通而不能語達。端在讀者善於體會耳。借題發揮之文。不得與題背。寶玉所淫者不一其人。與褻人淫且無度。警幻推爲意淫。似乎失之千里。得弗與題背乎。不知論人者當取其大綱而略其小節。警幻所謂意淫。特以其情深於黛玉。生不同衾。死欲同穴。其愛戀之忱較曾共繾綣者爲尤甚。此爲意淫。再推而至於黛玉之小照晴雯。頻年侍寢虛度春風。而其眷顧之心。較之日與淫樂者爲尤切。亦是意淫。執大德小德之說。有黛玉晴雯一節。其餘概可略而不論。而況由是以推。凡與淫者焉知

非人淫寶玉而、非寶玉淫人乎、故黛玉不淫。寶玉不敢涉以邪語。晴雯不淫、寶玉不忍强之爲歡、意淫之說。何嘗不確、何嘗背題、

有客難之曰、紫鵑與寶玉。子嘗謂有染、且謂爲寶玉刼脅而成。其寶玉淫紫鵑乎。抑紫鵑淫寶玉乎。余曰、是不可同年語也。紫鵑一言之釁、幾至戕生。迫脅之所以報也、且藉以束縛其身。使長爲婑婧之側室。卽永爲黛玉之侍姬。具有深意、非爲貪歡。然則紫鵑不若晴雯乎。則又不然。紫鵑被寶玉拘留不得脫、心念黛玉之病不能忘。若不與交歡、不能歸侍黛玉之病。不得已而爲之。蓋視身輕而視黛玉重也、晴雯一身之外。無牽制之人。故得以行其志。若紫鵑處晴雯之地、則亦如晴雯之貞。而守身如玉矣、

警幻說畢。秘授以雲雨之事。推寶玉入房。將門掩上自去。寶玉恍恍惚惚依警幻所囑之言。未免有兒女之事、難以盡述。是開寶玉之淫者。警幻也。不塞

之而反開之。是以開爲塞也。龜臺琬琰載馬郎婦於金沙灘，施一切人淫，凡與交者。永絕淫念。是以淫止淫也。天上固有此種仙人。仙家亦有此種妙術。然寶玉與可卿交。而不絕淫念。豈法力遜於馬郎婦耶。非也。蓋術同而用意不同。馬郎婦欲人立止淫念。故一交而頓息邪心。警幻於寶玉。欲其淡慾於情魔。超昇於仙界。故不使之絕淫念。留爲後日配仙緣。豈可一律論哉。

但將警幻之妹名以可卿，而秦可卿肇釁開端。不勞把筆再寫此。爲影射之法。

迷津之中。非木居士掌舵。灰侍者撐篙。萬不能駕筏往來。出深入淺。迷津可畏哉。

寶玉見迷津內許多夜叉海鬼來拖他下水。嚇得汗下如雨。失聲喊叫可卿救我。秦氏聽得寶玉夢中叫他小名。心中納悶。枕上密談。能秘之不洩於人。

不能禁之不洩於夢寐。眞是奈何不得。

第六回 賈寶玉初試雲雨情 劉老老一進榮國府

紅樓一書。最尊重閨閤。凡曖昧事。皆不明寫。有明寫者。率皆下等人物。如賈璉之於多姑娘鮑二家的。秦鍾之於智能。焙茗之於卍兒。餘皆運實於虛。未忍昭然表出。而獨於襲人則大書特書以暴之。作者之意。固以襲人列於多姑娘鮑二家智能卍兒之類矣。其貶之也甚矣。

襲人後來弄權殺人。皆從此日雲雨始。黃山谷詩所云。平生割雞手。聊試發鉶刀。是也。

蓬萊閬苑。天上人見之不奇。凡人見之則奇。奇珍至寶。富貴人見之不奇。貧人見之則奇。故紅樓必於千里之外。芥豆之微。從一劉老老敘起。方顯得賈家富貴氣象。原所以借客形主也。若云劉老老進府。係爲救巧姐伏線。失作

者本旨矣。巧姐非書中正人。劉老老救巧姐。亦非書中正文。何必開首便敘、

劉老老欲進榮府、求王夫人周濟、與狗兒夫婦盤算一夜、無微不周。不啻齋宿而後往。假使一無所遇。豈不氣阻。然天下齋宿而往。往而不見者。不少也。

劉老老知侯門似海。未可輕造、先算出一周瑞家來。又知周瑞家的未必卽肯引入相見。祗央他轉致一聲、豈知後來大喜過望。

劉老老初到榮府。問周大爺。門上人都不睬他。遶至後門問周大娘。則稱有三個。及見了周瑞家的。沉吟半晌、方認得。而又不司通報人客事。好容易周瑞家的欲顯弄自己體面、允爲引進。又祗令見鳳姐、及引至賈璉住宅。又祗在院門外。而又須先關白平兒。平兒命引入上房。又祗在東邊屋裏。先見平兒。靜候良久。然後纔見鳳姐、見一鳳姐。如此爲難。昏暮乞憐、煞是苦境、

劉老老至府門、大遭門上人白眼。豈知一見鳳姐、再見太君、竟得光風霽月。

優禮待之、然則侯門似海、皆若輩之推波助瀾耳。

劉老老進了正房台階、小丫頭打起猩紅氈簾、纔入堂屋、只聞一陣香撲了臉來、竟不辨是何氣味、身子便似在雲端裏一般。屋中之物。無不耀眼爭光。使人頭暈目眩。數語爲劉老老進府破題、已覺氣象萬千矣。

劉老老進府時、連稱敎了板兒幾句話。及見了鳳姐、躲在背後。百般哄不出來。令人絕倒。

鳳姐正與劉老老說話。忽報東府蓉大爺來了。正如瓜棚豆架之下。忽來牡丹一株鳳姐喜可知也。

賈蓉借允屏風。起身辭出。鳳姐忽又想起一事來、向牕外叫道。蓉兒回來。及至回來。又無一言。只管慢慢吃茶。出了半日神。方笑道。你且去罷。晚飯後你來再說罷。這會子有人。我也沒精神了。不知者以爲鳳姐眞想起一事礙着

劉老老不說。豈知已說了也。特囑其晚飯後來耳

劉老老道。瘦死的駱駝。比馬還大。拔一根汗毛。比腰還粗。的是村婆聲口。

劉老老指着板兒對鳳姐稱姪兒。令人胸中呃逆、退出後周瑞家的埋怨道。你今日倒不會說話了。那蓉大爺纔是他的、姪兒怎麼又跑出這樣個姪兒來。不覺胸中通暢無比。

第七回　送宮花賈璉戲熙鳳　赴家宴寶玉會秦鍾

寶釵正伏在坑上描花。見周瑞家的進來、便放下筆、轉身來滿面堆笑。讓周姐姐坐。何等殷勤、周瑞家不過王夫人陪房耳、其優禮如此。若王夫人來。必將如王坦之見桓溫而倒持手版矣、若賈母來。更當如王衍之見石勒而下拜矣。作者特於初敘寶釵第一段文中。著此數語、使讀者知寶釵在賈府。博人歡喜、獵取賢名。皆操此術、故下文即接敘一大不然之林黛玉。黛玉見周

瑞家送花來問道。這花還是單送我一人呢。還是別的姑娘都有。周瑞家的道。各位都有了。這兩枝是姑娘的。黛玉冷笑道。我就知道別人不挑剩的。也不給我。不惟全無禮貌。反使周瑞家的默默無言。此亦作者特與上文寶釵優禮相反。以見寶釵謙卑。黛玉直率。名譽雖由此而有損益。品格却以此而判高低。此書中着意之筆。不可囫圇讀過。

寶釵和周瑞家說起病來。百醫不效。後來虧了一個癩頭和尚。說了一個海上方。又給了一包香末藥。要春天白牡丹。夏天白荷花。秋天白芙蓉。冬天白梅花蕊各十二兩。於次年春分日晒乾。和末藥研好。又要雨水日雨。白露日露。霜降日霜。小雪日雪。各十二錢。調好成丸。名冷香丸。盛在舊磁罈內埋在花根底下。病發以黃柏煎湯服一丸卽愈。此寶釵之僞言也。各種花蕊可採。雨露霜雪難逢。難怪周瑞家聽了念佛。說等十年未必這樣巧。冷香丸。必是尋常藥物。入以杜蘅蘭芷蘪蕪等類香草。故芳香襲人。其必托爲癩和尙所教。以花蕊雨露等物合而成丸。無非欲借怪藥醫怪病之奇。以神其金玉姻緣之說耳。讀者勿爲所欺。

身住梨香院。口吃冷香丸。離之冷之香。玉其能免乎。

薛姨媽命周瑞家的送宮花與各姊妹。原來是宮製堆紗新巧的假花。寶釵說海上方。則皆白花。薛姨媽送宮花。則皆假花。可見薛氏母女所言所行皆屬虛花。金玉之說。其可信乎否也。

惜春和智能說明兒也要剃了頭做姑子去。做姑子有何好處。殆生性與古佛靑燈相近歟。

虎邱畫春宮者。淫褻之狀畢露。春意稍含渾然。總不如紅樓之筆蘊藉也。賈璉戲熙鳳。僅於周瑞家的眼中見豐兒坐在房門檻上。不許人進去。旋聽房內賈璉笑聲接着房門響處。平兒拿銅盆出來。叫豐兒舀水進去。如是而已。蓋紅樓筆下。最不肯狠藉美人。凡寫風流事。必蘊藉出之。其不蘊藉者。則皆不必蘊藉之人也。

尤氏設席請鳳姐。寶玉要同去。適與秦鍾値。亦是前緣。鳳姐見秦鍾眉淸目秀。粉面朱唇。身材俊俏。舉止風流。似在寶玉之上。而且怯怯羞羞。有女兒之態。喜得笑推寶玉道。比下來了。祗四字。抵多少贊美之詞。左史公穀之筆。似在寶玉之上。與贊寶釵人謂黛玉所不及。同一筆意。

寶玉一見秦鍾。十分愛慕。卽約來家塾讀書。其心事不問可知。秦鍾一見寶玉。亦恨不能與之交接。豈怯怯羞羞。有女兒之態者。亦具女兒之癡耶。抑與寶玉同一懷抱耶。

焦大因派他送秦鍾回家。使酒嫚駡。先駡大總管賴二。適賈蓉送鳳姐出來。

見衆人喝止，不住。要捆起他來。便罵賈蓉。及至捆起。益發連賈珍都說出來。甚至罵爬灰的爬灰。養小叔的養小叔。似此目無家紀。其情固屬可誅。然物不得其平則鳴。又物自腐而後蟲生。焦大既於先國公有救死之功。迥非尋常廝僕可比。且計其年歲。應已老耄。賈珍等自應仰體祖德。優禮厚糈以待之。而乃儕於下等之僕。致令夜送秦鍾。又何怪其憤憤不平。猖猖狂吠也哉，而況倫常隳盡。禽獸行同。自實啓之。何尤於僕。居富貴者。尚其飲水思源。爲家主者。尚其形端表正也歟。

錫匠偸錫。鎔傾灰內。工畢。爬而取之。錫與媳同音。故偸媳者謂之爬灰。取譬深奧。宜乎寶玉不懂。

焦大罵爬灰人。知爲賈珍。養小叔。不知指何人。或曰。指鳳姐也。鳳姐與寶玉有染。同車來往。不避嫌疑。故文中有賈蓉鳳姐也遙遙聽得。都裝不聽見之語。豈非上句辱賈蓉。下句辱鳳姐乎。余曰否。寶玉雖知雲雨。而外貌仍是孩童。故上文睡秦氏房中。秦氏不以爲忌諱。卽襲人偸試。亦因與可卿雲雨。探及跨下而知否。則曰伺床榻。猶以爲幼稚也。幼稚之兒。何得犯人疑議。至云賈蓉鳳姐也遙遙聽得。蓋謂此時賈蓉已送鳳姐而返。鳳姐已與寶玉登車而行。尙皆聽得。以見左右之人無不聽得也。烏得以此二語。遂謂一辱賈蓉。一辱鳳姐乎。況鳳姐寶玉。皆西府中人。焦大係東府之僕。無德無怨。何至罵及西府之人。其所指蓋仍在秦氏。罵秦氏卽以辱賈蓉。以賈蓉不應將伊捆起也。第小叔何人。未明著耳。或又曰。定是寶玉。寶玉前在秦氏房中午睡。老嬷中卽有小叔不應睡姪媳房中之言。由是一傳二。二傳三。傳入焦大耳中。遂以爲秦氏右傳之二章。余曰否。寶玉前在秦氏房中午睡。老嬷中雖有小叔不應睡姪媳房中之言。當經秦氏以人有多大解說。亦可袪疑議而息謠傳。無論焦大不敢以老嬤議論之言。誣衊寶玉。卽作者亦不忍以寶玉曖昧之事。暴之衆人。其所說寶玉者。亦非也。然則果何人斯。曰。賈薔其庶幾乎。賈薔貧無所倚。倚於賈珍。賈珍賈蓉。皆與狎昵。其穿房入戶。而爲秦宮馮子都。亦情事所有。賈薔爲賈蓉弟。恰係秦氏之小叔。焦大所指。其在斯乎。舍此則無其人。尙論者當不紕謬佘言。

焦大連罵兩事。幾使賈蓉無面見人。雖裝不聽見。而其勃不可遏之氣。必將見秦氏而發洩之也。心性高强之人。其能堪此乎。抑鬱之病所由起矣。

紅樓夢考證

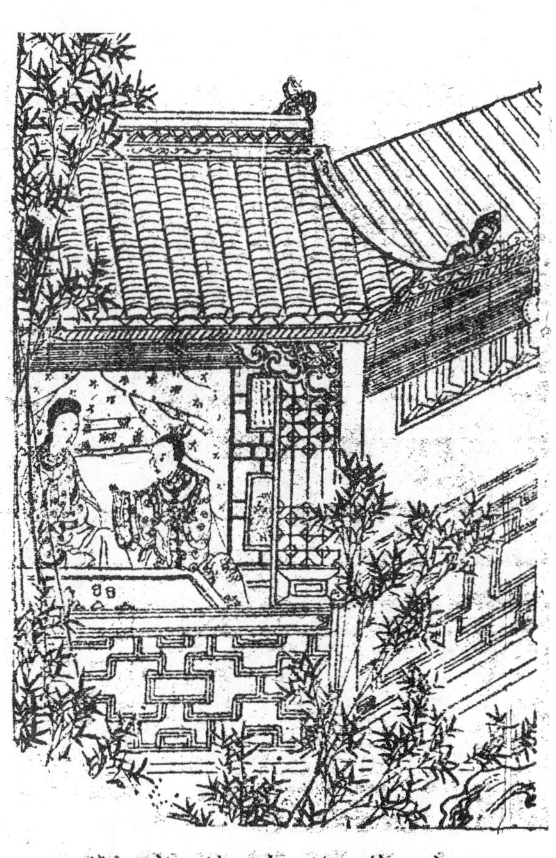

上海印書館出版

紅樓夢考證卷三

海上漱石生鑒定

著作者　武林洪秋蕃
校正者　鐵沙徐行素

第八回　賈寶玉奇緣識金鎖　薛寶釵巧合認通靈

寶釵住賈家已久。與寶玉聚晤必頻。而此回始敘及之。非筆有不閒也。特與敘黛玉主筆相岐耳。

罕言寡語。人謂裝愚。安分隨時。自云守拙。此從寶玉眼中看出寶釵內蘊也。文妙眞人。可謂正法眼藏。

寶釵見寶玉挂着通靈玉。取下觀看。看畢復翻轉正面。將莫失莫忘仙壽恆昌八個字。連念兩遍。又回頭笑嗔鶯兒不去倒茶。分明欲鶯兒說出金鎖來。以便給寶玉賞鑑鎖上八字。與玉上八字是一對兒。然八字雖對。而玉之背面。尚有一除邪祟二療寃疾三知禍福十二字。金鎖無之。便是無用之物、無用之物。何能匹通靈之玉。足見鎖字揑造無疑。鶯兒說係癩和尚所送、扶同飾說也。否則鶯兒亦爲寶釵所愚。總之寶釵金鎖。可以愚鶯兒。愚賈母。愚王夫人。及衆人。終不可以愚正法眼藏之文妙眞人。及目光如電之讀書才子。通靈奇玉、釵應早看。何以今始索看、蓋前此金鎖未曾造來。其式樣則薛婆口述。薛婆早見。故今番不復看、

寶玉將鎖上玉上八字。各念兩遍。笑道、姐姐這八個字。倒與我的是一對兒。

不應對而對。故曰倒。卽此聲口。已知其不願爲對。

寶釵金鎖給寶玉看。原欲打動寶玉之心。豈知寶玉冥然罔覺。既不問八字來歷、及聞鶯兒說字是癩和尚所送。又不問和尚情形。相需殷而相遇疎。寶丫頭未免掃興。然有此金鎖。雖打不動寶玉之心。而賈母王夫人之心。未必

不可盡惑。留得五湖明月在。不愁無處下金鉤。

寶玉聞得寶釵身上一陣香風。因問所薰何香。寶釵答以早起吃了冷香丸。冷香丸雖香，而此時寶玉從東府看戲而來。已在下晝。早起所服。未必香猶不散。必是聞寶玉來在外間與薛姨媽寒暄時所服。早起二字。分明欺詐。雖然。服冷香丸而香，何如靜日生香之香耶。香也鎖也。均不足以動其心。寶釵服冷香丸，原欲寶玉聞之，究問來歷，於是將所編癩和尚之方滔滔汩汩。遂一告知，俾寶玉驚爲神奇，則金玉之說，更易取信。豈知寶玉但向討嚐。並不究問。寶丫頭更是敗興。

寶玉正與寶釵說話。適林黛玉走來，笑道。噯喲。我來的不巧了。語殊犯口。及寶釵問道。這話怎麼說。乃更答道。早知他來。我就不來了。分疏之下。尤覺咄咄逼人。寶釵道。我不解這意。竊意黛玉此時。頗難迴護。乃笑道。要來時一齊來。要不來。一個也不來。今兒他來。明兒我來。如此間錯開了來。豈不是天天有人來。也不至太冷落。也不至太熱鬧。姐姐如何不解這意。於是寶釵無可挑剔。靈敏無匹。舌有蓮花。

寶玉要吃冷酒。薛姨媽道。吃冷酒。寫字手顫。寶釵道。酒性最熱。熱吃發散的快。若冷吃。凝結在內。五臟去煖他。豈不受害。寶玉便命燙了來。飲可巧雪雁送手爐來。黛玉因含笑問道。誰叫你送來的。難爲他費心。那裏就冷死了我。此譏寶釵過於見愛也。雪雁道。紫鵑姐姐怕姑娘冷。叫我送來的。黛玉笑道。也虧你倒聽他的話。我平日和你說的。全當耳旁風。怎麼他說了。你就依比聖旨還快。此譏寶玉奉令承教也。靈敏無匹。舌有蓮花。

寶玉與黛玉寶釵正飲得心甜意洽之時。李嬤嬤又來攔阻。且說寶玉性子可惡。吃了酒更弄性。被黛玉激了數言。李嬤嬤聽了。又是急又是笑。說道。眞眞這林姐兒說出一句話來。比刀子還利害。寶釵也忍不住笑着。把黛玉腮上一擰，說道，眞眞這顰丫頭的一張嘴。叫人恨又不是。喜歡又不。寶釵此言。非謂此時激李嬷嬷之言可恨可喜。仍是指前手爐之說也。廻風一舞百媚俱生。

薛姨媽叫寶玉只管放心吃，便醉了。跟着我睡罷。寶玉於是又鼓起興來。天下事，有欲爲而不敢爲者。有人助之，則放膽爲之矣。

寶玉回至臥房。只見筆墨在案。晴雯先接出來，笑道，好好。叫我研了墨。早起高興。祇寫了三個字。丢下筆就走了。哄我等了這一天。快來給我寫完了這些墨纔罷。此種隨筆生趣之文，傳中不少。最是醒脾。

絳芸軒三字。隱與絳珠草闕合。

第九回　訓劣子李貴承申斥　嗔頑童茗烟鬧書房

寶玉要去上學。襲人坐在牀沿上發悶。寶玉以爲撇下冷淡所致。而抑知不然。蓋恐與秦鍾情好耳。故叮囑道。念書的時節想着書。不念的時節想着家。別和他們一處頑鬧。碰見老爺不是頑的。情見乎詞矣。

寶玉往日上學。意嬾步遲。今則趨之若鶩。以有秦鍾在也。况秦鍾人品。寶玉鍾情。襲人已習聞之。焉得不含酸意。

寶玉去見賈政。回說上學裏去。賈政冷笑道。再提上學。連我也羞死。倒是頑你的去是正經。仔細站髒了我這地。靠髒了我這門。此時寶玉鵠立神悚。走不是。不走不是。正在心神無主。忽插入清客相公來。稱譽之。解勸之。攜手而引出之。於是寶玉得以順溜而出。此清客之有適於用者也。

賈政問李貴道。你們成日家跟他上學。他到底念了些什麽書。倒念了些流言混語在肚子裏。學了些精緻的淘氣。等我閒一閒。先揭了你的皮子。不讀書而遷怒於其僕。奇且家塾子弟。大半雞飛兔走。薛蟠動龍陽之興。亦借上學爲名。溷入其中結契友。其視家塾爲何如地矣。賈政獨不聞乎。寶玉業師以事去。便應請人代館。乃將附讀於家塾。是明明送入流言混語之場。精緻淘氣之地。其於擇隣之道且懵焉。徒緦緦然責其子。責其僕。不亦傎乎。

李貴跪下磕頭。連連答應是。又回說哥兒已念到第三本詩經什麽呦呦鹿鳴荷葉浮萍了。小的不敢撒謊，說得滿座鬨堂。賈政也掌不住笑了。一語齊顏。葩經之爲用大矣哉。

秦寶二人見了香憐玉愛。頗有繾綣羨愛之情。因係薛蟠相知。未敢輕舉妄動。香玉二人也一般留情於秦寶。每日入學。四處各坐。八目勾留。恍如男女相悅然。秦寶於香玉愛其色。香玉於秦寶則愛其財也。

代儒有事回家。何不放學半日。乃命長孫賈瑞管理。可謂昏憒糊塗。

秦鍾與香憐至後院說話。金榮尾在背後咳嗽。香憐羞憤相激。問道你咳嗽什麼。難道不許我們說話不成。金榮道許你們說話。難道不許我咳嗽不成。接矢還射。妙語解頤。又恰是兒童聲吻。

金榮又道。你們這樣鬼鬼祟祟幹什麼故事。我可也拿住了。先讓我抽個頭兒。不然。大家就翻起來。同爲薛蟠弄童。乃欲拔香憐頭籌而爲脅制。可謂忘其故步矣。不知當日與薛蟠鬼鬼祟祟幹故事時。亦曾被人脅制抽頭兒否。

金榮原是薛蟠好友。因有了香玉。便將金榮捐棄了。原來捉香憐之錯。還是行舊日之妒。有潑婦所歡。轉而嬖隣女。婦銜之。日捕伺獲之。鳴於衆。女曰。爾不嘗爾乎。婦曰。我如今不了。如今不了。便自以爲可摘他人之過。奇談。金榮忌其故事。暴香憐故事。殆亦如潑婦之見歟。可哂。

秦香二人。向賈瑞告說。金榮無故欺侮。誰知賈瑞因薛蟠近來又有了新朋友把香玉也丟開了。無了提攜幫襯之人。不怨薛蟠得新厭故。祇怨香玉二人不在薛蟠面前提攜他。因此醋妒香玉。反說香憐多事着實搶白了幾句。

如此齷齪兒。何異青樓龜鴇。直宜令吃米田共。

金榮祇顧得志亂說。却不防還有別人。早又觸怒了一人。此等筆法。三國水滸多有之。不謂紅樓亦有之。

觸怒之人爲誰。原來是賈薔。亦係寗府正派玄孫。父母早亡。從小兒跟着賈珍過活。長成十六歲。比賈蓉生得還風流俊俏。他兄弟二人最相親厚。常共起居。寗府人多口雜。那些不得志的奴僕。耑能造言誹謗主人。因此又有詬誶謠詠之辭。賈珍想亦風聞得些口聲不好。自己也要避些嫌疑。便分與房舍。命賈薔搬出寗府。自立門戶過活。這賈薔外貌既美。內性又聰敏。雖然虛名來上學。仍是鬪雞走狗。賞花問柳爲事。上有賈珍溺愛。下有賈蓉匡扶。族中人誰敢觸逆於他。其序賈薔如此。此秦氏之小叔也。文中暗藏春色不少如常共起居。要避嫌疑。及溺愛匡扶等語。謂珍蓉皆與狎也。奴僕等因此又有詬誶謠諑。則不獨謂珍蓉。並連及秦氏矣。故曰又緣賈薔相貌既美。性復聰敏。賈蓉又常共起居。伏處肘腋之間。媟褻牀帷之地。彼擅風情秉月貌之秦氏。其能舍乎。余嘗謂男子貌美。男人愛之。女人亦愛之。故好女色損在一己。好男色害及妻孥。霍光愛幸監奴馮子都。其妻顯卽與子都亂。梁冀愛幸監奴秦宮。其妻壽卽與宮私。天下如霍光梁冀者。正復不少。雖然賈璉不狎賈薔。而鳳姐亦與薔有染。是則不可一律論也。

賈薔既與賈蓉最好。今見人欺侮秦鍾。如何肯依。不但賈蓉分上不肯依。秦氏分上尤不肯依。

賈薔原要挺身出來抱不平。因思金榮賈瑞一干人都是薛蟠相知。自家又與薛蟠相好。恐金榮等告訴薛蟠，豈不有傷和氣。不如用計制服。因出外調撥茗煙入鬧。眞是性兒聰明。惟既有賈珍溺愛。賈蓉匡扶。又有鳳姐照顧。而猶與薛蟠相好。未免太下作些。

茗煙聽了賈薔調撥之言。一頭進來。也不叫金相公。祇叫姓金的。是什麼東西。開口便有聲勢。但不曾奈何得金榮。反被金榮打了一毛竹大板。可笑。

賈薔見茗煙進來。遂推有事。向賈瑞告假而去。唆人鬧事之人。都是拔足先走之人。

金榮見茗煙揪住他大罵。便奪手去抓打寶玉秦鍾。剛轉身出來。聽得腦背後颼的一聲。早見一方硯瓦飛來。落在賈藍賈菌座上。寫得有聲有勢。亦是三國水滸筆法。

金榮朋友。飛硯打秦鍾。却落在賈藍賈菌座上。打碎磁壺硯池。濺了一書黑水。賈菌欲飛硯還擲因賈藍按住相勸、遂將書篋摃去。却摃至寶玉桌上落下。書本紙筆。撒滿一桌、並將寶玉茶碗砸碎、擲去擲來。均擲不着。小兒廝打。情景逼眞。

賈菌跳出來欲揪打飛硯之人。金榮便抓了一根毛竹大板。舞動起來。茗煙早吃了一下。墨雨聽得茗煙在內亂嚷、手掇門閂、掃紅鋤藥、各拿馬鞭蜂擁而上。急得賈瑞東西攔勸、攔勸不住、肆行大鬧。衆頑童也有幫着打太平拳助樂的。也有胆小藏過的。也有立在桌上拍着手亂笑、喝着聲兒叫打的。寫得叢脞紛紜。又恰是頑童相鬨。游戲之筆。都是緊練之文。

第十回　金寡婦貪利權受辱　張太醫論病細窮源

金榮爲賈瑞李貴逼勒給秦鍾磕頭賠禮完事、無故開邊挑釁。卒爲城下之盟。此謂自取其辱。

金榮回到家中。越想越氣。咕咕唧唧。罵秦鍾。怨寶玉。其母生怕鬧斷了學堂這條門路。又念學堂中認識薛蟠。一年也幫襯七八十兩銀子。勸他含忍。金榮亦即忍氣吞聲而睡。豈知其姑母賈璜之妻金氏回來。聽說此事。憤憤不平。一鼓作氣。奔向東府中來。見尤氏。滿欲一洩胸中之忿。不圖此口未開。彼言先發。如登門告貸者。未嘗啓齒。先聞主人愁窮嘆苦之聲。祗索默默而返。司馬相如所謂茫然喪所懷來。失厥所進。令人失笑。

尤氏向金氏道。我那媳婦這病。就是從這用心太過上得來。今兒聽見有人欺侮他的兄弟。又是惱。又是氣。氣的是他兄弟不學好。惱的是那狐朋狗友。搬是弄非。調三惑四。數語可謂對和尚罵禿驢。

尤氏與金氏一席話。與三國演義中周瑜喝破蔣幹來說降。孔明先勸兄瑾去降蜀之言同一奇妙。不過有意無意爲不同耳。

尤氏向賈珍道。現今偺們家走的這羣大夫。都是聽着人的口氣兒。人怎麽說。他也添上幾句文話兒說一遍。數語寫盡時醫。

賈敬壽辰。賈珍去請來家受禮。賈敬道。我是清靜慣了的。不願往你們那是非場中去。確是見道之言。住道院服丹砂。畢竟不錯。然知是非場而不能整飭。則亦苟免於是非場而已矣。

張友士論秦可卿病源曰。大奶奶是心性高强。聰明不過的人。但聰明太過。則不如意事常有。不如意事常有。則未免思慮太過。致有此病。數語洞見事理。大凡有姿色婦女。聰明不可太過。聰明太過。則心竅玲瓏。天機活潑。偶有所觸。春情即鼓盪而生。過有可觀。秋波即連環而去。方寸既殷乎愛慕。必思眞箇銷魂。其間復濟以聰明。何患不成苟合。初猶覷覷。雖繾綣而不敢頻。既習慣常。遂放誕而無所忌。廊雖響屧。未足防閑。門縱飭蠡。何能閉錮。蓮花隔院。亦能采之以歸。厖犬吠人。可使帖然而伏。甚至姑爲將順。藉悅尊長之心。抑且多所取裁。用暢淋漓之興。豈知快心之處。即伏不快心之機。不如意之來。更多於如意之事。遲郞花底。繡襦每怯春寒。待月樓頭。紅袖偏來舊雨。更有明珠可愛。半面不圓。或則春風多情。一度即止。終日綢繆牖戶。每覺好事多磨。一旦漏洩春光。則更人言可畏。幽貞之德。乃秘不宣。曖昧之私。偏騰其說。握來團扇。莫遮粉靨之羞。放下屠刀。難割芳心之愛。由是憂思鬱結。愧恨交縈。心血耗衰。夢魂顚倒。既七情之交瘁。遂二豎之爲災。如秦可卿者。不大可哀也哉。而況害猶不止此。此皆聰明太過悞之也。吾願普天下香閨豔質紅粉嬌娃。慎毋悞用聰明。而爲秦可卿之續也。則錦天繡地之中。庶長留月貌花容之美。豈不妙哉。

張友士切脈而知心性。其醫道直有足恃。第賈珍着人往請時。自謂拜客絡日。勞乏不支。越日始至。未免鋪張有事。謂之張有事亦通。

第十一回　慶壽辰寧府排家宴　見熙鳳賈瑞起淫心

賈敬生辰。家宴。邢王夫人都往園內看戲。獨鳳姐與寶玉先往秦氏房中看病。敘談良久。鬧中取靜。紅樓慣有此章法。

秦氏和鳳姐說。公公婆婆。當自家女兒看待。你姪兒雖年輕。却是他敬我。我敬他。從沒紅過臉。就是一家子長輩同輩之中。除了嬸子不用說。別人也從無不疼我。從無不同我好的。此秦氏之善於待人也。吾嘗謂女子適人。必求翁姑丈夫妯娌小姑皆賢。何可得耶。不知反求諸己。一己賢。與物無忤。則雖有不賢者。亦與我式好無尤矣。秦氏殆操此術歟。惜犯淫字。有乖婦道。縱有令德。未足蓋愆。非然者。温温藹藹。姐睦一堂。豈非佳兒婦哉。

秦氏温温藹藹。和睦一堂。獨不能免焦大之罵。此賈蓉累之也。焦大欲醜賈蓉。遂忍於秦氏矣。

秦氏所云他敬我。我敬他。此指平日而言。焦大醉駡之後。蓉之待秦未必然矣。

秦氏又道。如今得了這箇病。把我那要强的心。一分也沒有了。公婆面前未得孝順一天兒。就是嬸娘這樣疼我。我就有十分孝順的心。如今也不能彀了。我自想着。未必熬得過年去。似此宛轉哀鳴。聞者莫不酸鼻。何況深情寶玉。能無心傷淚落哉。乃作者必謂其正瞅着那幅海棠春睡圖。並那秦太虛寫的對聯。想起夢到太虛幻境之事。聽得秦氏此言。如萬箭攢心。不覺流下淚來。所以證太虛幻境之可卿。卽病在牀褥之可卿也。窺得此妙。可讀紅樓。

鳳姐見寶玉傷心落淚。恐招得病人心中難過。要賈蓉同寶玉先進園去。而後又解勸一番。又低低說了許多衷腸話。撇開賈蓉寶玉。一爲和秦氏說衷腸話之地。一爲賈瑞撞見調戲之地。

鳳姐向秦氏解勸。及所說衷腸話。無非謂焦大酒醉胡言。人必不信。賈蓉一時抱怨。久即相忘。不足介意等語。故低低而說。不使人聞知也。

鳳姐臨去又勸慰道。你這病。合該要好了。所以前日遇着這個好大夫。再也是不怕的了。秦氏道。任憑他是神仙。治了病。治不了命。此時秦氏已拚一死矣。即使病愈、亦必捐生。

鳳姐辭秦氏往園。兩府僕婦。圍隨不少。賈瑞遇見。輒自稱與嫂子有緣。並不住拏眼觀看、似此不避耳目。輕相唐突。無論齷齪賈瑞、即具芙蓉之貌。薔薇之香。亦將轉愛爲嗔矣。

鳳姐心狠手辣。兩府之人皆畏之。何物賈瑞。敢向虎口撩鬚耶。蓋以其平日有可乘而乘之也。然懷春之女。吉士誘之。非吉士而貿焉以投。未嘗不犯其忌攖其怒。賈瑞不自慙形穢，妄欲與蓉薔諸郎同附鳳。何不自量乃爾。

賈瑞調鳳姐。與後文薛蟠，調湘蓮。同一孟浪，一喪命。一辱身。宜哉。

某疆吏有和嶠癖。聲名藉甚。然表著於外者。固猶在廉泉讓水間也。明府某。欲謀缺，不揣冒昧，獻二千金。又不知以其私進，疆吏怒，麾諸門外。暴之衆官。越日探之。彈章發矣。此明府可與薛蟠賈瑞鼎足而三。

鳳姐既到樓上，邢王夫人要他點戲，點了一齣還魂，一齣彈詞。還魂是杜麗娘因情而死。彈詞是楊玉環因淫而死。皆爲秦氏死兆。眼前時事。引用不泛。至不演離魂而演還魂。不演埋玉而演彈詞。則含蓄之筆也，

賈瑞屢至鳳姐處探候。均值鳳姐不在家。平兒因問鳳姐。瑞大爺是爲什麼事。只管來。鳳姐便將前事說知。平兒道。癩蝦蟆想吃天鵝肉，罕譬固切當，然鳳姐有言。蒼蠅不抱沒縫兒的蛋。平兒姐姐亦知之否，

第十二回 王熙鳳毒設相思局 賈天祥正照風月鑑

男女苟且之事。大半成於婦女。觀鳳姐於賈瑞可例已。淫心雖肇自賈瑞。實由鳳姐平日聲名有以召之也。而姑無論已。卽使橫來干犯。而以正言斥之。冷面拒之。亦可寒其邪心。乃旣譽其爲人。復許以後會。開門揖盜。盜焉不入乎。卽坐談問答之際。賈瑞游詞。亦鳳姐言餂而出。如賈瑞問二哥哥怎麼還不回來。乃答以不知何故。於是引出賈瑞諧語道。別是路上有人絆住了脚。捨不得回來。而鳳姐復答道。可知男人家見一個愛一個。也是有的。不但說賈璉。分明說賈瑞。宜賈瑞分辯道。嫂子這話錯了。我就不是這樣人。大有推倒主人獨踞胡牀之意。而鳳姐復謬贊道。像你這樣人。能有幾個。十個裏也挑不出一個來。於是賈瑞喜得抓耳撓腮。自以爲文章入彀矣。不但薦同毛遂。願每日來伴寂寥。而且近覬荷囊。頃刻便成歡會。豈非鳳姐隱語勾綰。

至是乎。在鳳姐原屬玩弄。並非眞意勾挑。然使易傖楚而爲可人。幾何不與蓉薔同賡鳳翽哉。吾故曰。男女之事。大半成於婦女也。

鳳姐挑賈瑞之言。步步引人入勝。雖是假意。兒自是老作手。

賈瑞道。素日聞得人說。嫂子是個利害人。在你跟前錯不得一點兒。所以唬住了。足見鳳姐凜乎難犯。若非自壞藩籬。犬安得入哉。

賈瑞既知鳳姐利害。錯不得一點。何以又敢輕薄耶。其因聞得蓉薔風聲無疑。

鳳姐道。果然你是個明白人。比賈蓉兄弟兩個强遠了。我看他們那樣淸秀祇當他們心裏明白。誰知竟是兩個糊塗蟲。一點不知人心。賈蓉兄弟。賈蓉賈薔也。鳳姐何以必自表明。蓋隱度賈瑞此來。必是聽得蓉薔風聲。乘此要挾。故亦自認不諱。而又斥爲糊塗蟲。以撇淸。下文卽命蓉薔去害賈瑞。眞是玩弄賈瑞如兒戲。

鳳姐雖約賈瑞晚上來穿堂相會。而當耳目衆多之地。竟敢擡身入來。可謂色膽大如天。

賈瑞入了穿堂。果見黑漆無人。往賈毋那邊去的門。已倒鎖。等了半日。忽聽東邊的門也關了。撼了撼。關得鐵桶一般。此時要出去也不能了。南北俱是大牆。要跳也無攀援。這穿堂內又是過門風。空落落的。現是臘月天氣。朔風凛冽侵肌裂骨。一夜幾乎不曾凍死。令人失笑。家昉思長生殿詞云。風流惹下風流苦。不是風流總不知。如此凛冽之風。夜立當風之地。眞是風流苦景。非性愛風流。焉知此苦。長生殿詞恰似爲賈瑞寫照。

賈瑞既凍了一夜。次早回家。又被賈代儒打了三四十板。餓着肚子跪在風地裏讀文章。其苦萬狀。遭此折挫。自應滌慮洗心。雖月窟天台。亦誓不復往。

乃淫心不死又投入網羅。眞是該死蠢才，想食指動而思異味嘗矣

賈瑞復進榮府，躲在夾道屋內。等至半夜。祇見黑魆魆來了一個人。意定是鳳姐。便抱上炕親嘴雲雨。忽見賈薔照亮進來，見所抱的是賈蓉，羞愧無地。較吹凜冽朔風，尤爲難受，然賈蓉固姣好如女子者也。雖射鹿不中。而無意獲麞，得親肌澤，亦足快慰慾心。惟台階底下物有難嚥耳。

賈蓉賈薔旣訛了賈瑞寫了借欠銀契，復誘令蹲躲台階底下。上面傾下淨桶，澆了一身一頭屎尿，未做吃天鵝肉之蝦蟆。倒做了食糞穢之蜣蛣，如此捉弄，可謂虐矣。語曰，多情是佛心。賈瑞於鳳姐多情如此，可謂之佛，今從頂上澆下糞來，卽謂之佛頭着糞可也。

賈蓉面目清秀，身材夭嬌。賈薔比賈蓉還要俊俏風流。似此表表人材。方許顚鸞倒鳳，蕞爾賈瑞能望其肩背耶。乃不自審，一來再來。想未計及自家面

目耳。鳳姐以糞穢汚之。今而後。當知自慚形穢矣。賈瑞兩番折挫。又被祖父逼緊用功。蓉薔又不時索欠。憂悔怨恨。焉得不病。而猶思念鳳姐不置。以手出精。則不死何待。

風月寶鑑。雖製自太虛幻境警幻仙姑。而其作用。不過使人勿向風月。故正照則殆。背之則生。且僅於賈瑞死時一現。寶玉重遊太虛幻境時一現。雖能療治邪淫之症。消除鬼蜮之形。而於紅樓大旨無甚關涉。東魯孔梅溪以四字名書。無非借警世人。不知無當本書意義。悼紅軒易去之甚是。

或曰。悼紅軒易風月寶鑑爲金陵十二釵。後人又易爲紅樓夢。而於寶玉黛玉之事。亦未盡確切。予曰。金陵釵冊。首黛玉。紅樓夢曲。首寶玉。首寶玉意仍側重黛玉。以此名書。不亦可乎。

從骷髏涉想。心畏而神肅。精於是乎藏。病於是乎可愈。從美人涉想。心邪而神蕩、精於是乎遺病。於是乎不起。其理然也。風月寶鑑、卽寓此意。豈眞有鳳姐在鏡內招手耶、惜賈瑞蠢才、不能解悟。死到臨頭、尙欲拏鏡以去。不亦寃哉。

鳳姐若知賈瑞鏡中事、當高吟西廂兩句云。他會做影裏情郎。我會做畫中愛寵。

鳳姐雖能計殺賈瑞。究竟被他在鏡內輕薄。在賈瑞還算値得、在鳳姐到底不値。

賈瑞臨死叫道、讓我拏了鏡子再走。癡人好色、死不變心。然天下固有臨死猶欲攫財物以去者。則好色之賈瑞。又不足嗤矣。

林黛玉若不歸省一次。未免缺典。故乘甯府有事、無暇敘寶黛時。特寫黛玉回揚州省親。並送林如海之終。以完人子之事。

第十三回 秦可卿死封龍禁尉　王熙鳳協理寧國府

月滿則虧。水滿則溢、登高必跌重。皆至理名言。多少讀書明理人。尚見不到此。不圖鳳姐於夢中得聞秦氏言之

秦氏示夢鳳姐。囑將祖塋附近。多置田房。並將家塾亦設於此。便是有罪。他物入官。這祭祀產業。連官也不入的。敗落下來。子孫亦有退步。祭祀又可永繼。未雨綢繆言之鑿鑿鳳姐夢中深以爲然。何以後來絕不措意。

就是有罪、他物入官。後文錦衣查抄。早於此處一露。

鳳姐正夢與可卿說話。只聽二門上傳出雲板連叩四下。正是喪音。將鳳姐驚醒。人回東府蓉大奶奶沒了。不獨鳳姐嚇出一身冷汗。讀者於此亦覺打一寒噤。眞好筆墨。

寶玉因林黛玉囘去。剩得自己落單。也不和人頑耍。每到晚間。便索然睡了。

此心可以對黛玉。從夢中聽說秦氏死了。連忙翻身爬起來。只覺心中似戳了一刀。不覺哇的一聲。直奔出一口血來。此心可以對秦氏。

秦氏死。祇由鳳姐一邊聽得。不從東府敘來。以其死於自經。略而不書也。然則後文鴛鴦何以書鴛鴦以賈母死後。恐受制於邢夫人。其自經也。心地光明。故書秦氏無可死之事。其自經也。大率與賈珍曖昧之事耳。曖昧之事例不書。故并自經亦略之也。

何以知為賈珍曖昧事乎。賈珍辦理喪事。儘其所有。恣意奢華。僭用檣木棺。捐封龍禁尉。既以一百零八僧衆。於大廳拜大悲懺四十九日。又另設一壇於天香樓上。用全真道士九十九名。打四十九日解寃洗孽醮。而後停靈於會芳園。又請高僧高道各五十名。對壇按七作好事。五七正日。又加十二衆青年尼僧。在靈前默誦接引諸咒。又先於死後三日。開喪送訃。以致王公侯伯均來探喪祭奠送殯路祭又於出殯先日演小戲兩班並耍百戲司事家人用至一百二十餘名執事儀仗排去四五六里似此踵事增華豈是爲子婦發喪之道而且自秦氏死即哭得淚人一般復以過於悲痛竟至用杖其溢情過分如此而蓉小子則淡焉漠焉絕無伉儷之情視若途人之喪豈眞有蒙莊曠達乎蓋隱有惡於其妻耳夫以秦氏爲人而論尊長疼愛舉室歡然婢女中且有爲之死者豈有惡於其夫乎惡於其夫則阿翁累之也悅於翁自見惡於其夫而况情事不密醜聲外揚石獅有乾淨之謠焦大有爬灰之詈人言藉藉使夫不堪怨怒交加譏詈時至不恤其病轉利其死皆所不免心性高强之人能當此乎憤激投繯其理可索而得也若因他事自盡則心地光明亦何不可如書鴛鴦者縱筆書之哉

或曰賈薔亦與秦氏有染焦大曾並罵之何以知秦氏之死於賈珍而不死

於賈薔耶。予曰：賈薔與秦氏有染，由賈蓉悅其色，常共起居，波及於秦氏耳。故賈蓉不怨也。賈蓉既不怨，秦氏自不爲之死矣。

間嘗論之，秦氏秀外慧中，上和下睦，若守婦道，自是可兒。無如濫情而淫，不審所處，牆茨莫掃，貽中冓之羞，戚施是從，冒新臺之醜，蓋由嬝娜纖巧，既類冶容，而又溫柔和平，不爲峻拒，遂使一時豔質，墮爲千古罪人，不亦重可惜乎。雖然，縱慾瀆倫，固爲閨闈之辱，而因而投繯殞命，尚有羞惡之良，核其情罪，似可輕於乃翁，故曰秦可卿。

檣，船桅也，爲船桅之木。其質必堅，以之作棺，自可歷久而不朽。然檣木雖堅，而其爲木自有本名，豈得即以檣名乎。而况斲之爲棺，其價貴於船桅，尤不得專以檣稱。然則殮秦氏以檣木，於義何取乎。蓋檣與薔同，以比賈薔也。今人殮所愛，必投以生時所喜之物，眞物不可用，則象形而爲之。賈珍深知秦氏所喜者賈薔。故以檣木爲棺。聊慰幽魂於地下耳。可謂愛之至矣。

尤二姐三姐。此時已至甯府。而無紀述、想纔丫角垂髫耳。

瑞珠行事無表見。秦氏死、竟以身殉、亦忠臣孝子之屬也。

瑞珠既以身殉、寶珠願爲持喪。可稱秦氏掌上雙珠。

寶珠願持喪。雖不比瑞珠以身殉、然既持喪、則如在室之女。必越三年而適人。在青衣中亦屬難能而可貴。作者於開首特寫瑞寶雙珠。所以反炤一百二十回中之舊名珍珠者。

瑞珠寶珠、殉主報主。固秦氏恩情有以致之。然秦氏恩情。究係主僕恩情。豈若寶玉與襲人。更有肌膚恩義耶。乃襲人與寶玉亡後。既不能如瑞珠之身殉。復不能如寶珠之姑待亟亟然別抱琵琶。全無情義。以此名珠。不亦玷乎。奪其名、惡之也。

史湘雲出面殊草率。作者不重其爲人。

賈珍因尤氏犯了舊病。不能料理事務。正在憂慮。寶玉因薦鳳姐協理。知人善任。寶玉何嘗糊塗。

尤氏卽無恙。亦不能如鳳姐勝任而愉快。

賈珍請鳳姐協理喪事。鳳姐欣然允諾。蓋牟尼不脊朗。則猶夫礦礫。能人喜任事。大抵然耳。

王夫人悄問鳳姐道。你可能麼。鳳姐道。算外面大事。已經大哥哥料理淸了。不過裏面照管照管。便是我有不知的。問太太就知道了。鳳姐眞善於辭令。官場熟讀此書。其應對必無乖迕。

賈珍命取對牌。送與鳳姐。鳳姐不敢就接。祗看着王夫人。王夫人叫接。然後接。此亦官場不敢擅便體制也。

第十四回　林如海捐館揚州城　賈寶玉路謁北靜王

甯府都總管來陞。聞知裏面請了鳳姐辦事。因傳齊同事人等。互相誡勉。不要丟了幾輩子老臉。可知家庭之中。御下雖不可刻。亦不宜過寬。

鳳姐至甯府點卯。迎送親客上一人來遲。發打二十。革去一月銀米。於是威重令行。事無不舉。至兩府對牌。拔來報往。稽核會計。靡不精當。秦氏謂是脂粉隊裏英雄。良非虛譽。而或謂其能也。是其辣也。是則然矣。然今之脂粉辣則居然如鳳姐。能則百不及一焉。則謂鳳姐之辣可及。其能不可及也可矣。

昭兒囘來知林如海已捐館舍。鳳姐向寶玉笑道。你林妹妹可在偺們家住長了。寶玉道。了不得。想來這幾日。他不知哭得怎樣呢。說着蹙眉長歎。黛玉既締婚姻。自是長住。鳳姐之說。蛇足也。故寶玉祇爲黛玉歎。不爲長住喜。

鳳姐檢點大毛衣服。交昭兒帶與賈璉。又囑道。別勾引他認得渾帳女人。迴來打折你的腿諺云丈夫丈夫管妻祇得一丈。今鳳姐欲管夫於數千里外。不亦奇哉。

可卿治喪、既極奢華、送殯者復有各爵府王孫公子。不可枚數。堂客女眷。大小轎車輛。多至百十餘乘。設彩棚路祭者。又有東平南安西寧北靜各郡王、北靜王世榮。且親臨彩棚。遣官上祭。可謂盛極一時。可卿託夢鳳姐云。不日有非常喜事、眞有烈火烹油鮮花着錦之盛。謂元妃歸省也。豈知自家喪事、亦遂如火如荼。

各郡王。獨詳叙北靜。以與賈家獨關切也。

第十五回　王熙鳳弄權鐵檻寺、秦鯨卿得趣饅頭菴

北靜王世榮。見了寶玉笑道。名不虛傳。果然如寶似玉。不著一字。盡得風流。與西廂記小名兒不枉喚作鶯鶯。同一贊法。

世榮取玉看。爲後文照樣雕琢一玉送寶玉伏筆。然匆匆一視便能使匠仿造。何况金鎖尤可以意爲之耶。此皆着眼之筆也。

殯既出城。送殯者各上車馬。鳳姐忙命小廝喚寶玉來同坐一車。說笑前進。

叔嫂同車。不以爲嫌。以其幼也。與秦氏意同。

鳳姐欲往人家略歇。再走。寶玉急命人請秦鍾來同入一莊家。看見一切動用之物。不知何名何用。深以爲奇。前劉老老進賈府。不識自鳴鐘等物。今寶玉入莊家。不識耕織各物。易地皆然。正不必以少見多怪笑婆子村也。

寶玉見坑上有個紡車。愈以爲奇。便上坑搖轉作耍。祇見一個十七八歲的村妝丫頭走來說道。別弄壞了。你們不會轉。我轉給你瞧。說着紡起紗來。忽聽那邊老婆子叫二丫頭。二丫頭去了紡車一徑去了。寶玉悵然無趣。自此總不見面。及上車前行。纔見這二丫頭抱着一個小孩子同着幾個女孩子說笑而來。寶玉情不自禁。然身在車上。祇得以目相送。一時電捲風馳、回頭已無蹤跡了。牡丹亭詞云。花面丫頭十三四。春來綽約知人事。女郎而至十七八。正情竇大開之時。衛玠當前、豈有不動心之理、況又殷殷屬意。顧盼多情。尤當引爲風塵知己、色授神與、在所不免。而乃紡紗給瞧。聽喚徑去。去不復來。雖道旁一見。但與二三女兒說笑。絕無流連轉盼之情。一似目中不辨妍媸者。何也。蓋鄉村婦女。心地渾噩、無風月情、遂無眼去眉來之事、然則滿懷春意。眉語目挑、大都靈巧婦女所爲、靈輀中之秦氏。饅頭菴之智能。可例已。

水月菴俗呼饅頭菴、分明用鐵門檻土饅頭之意。故與鐵檻寺相去不遠、而作者必謂因饅頭做得好得名。亦猶襲人命名。分明以其襲人婚姻與人。而作者必引花氣襲人句爲解。同一面子文章。紅樓筆墨。大率類此。讀者勿爲所謎。

鳳姐嫌鐵檻寺不方便、帶了寶玉秦鍾往水月菴住宿。水月菴是風月地。開方便門。入住者皆大歡喜。但恐如秦鍾之作饅頭餡耳。

鳳姐不准昭兒勾引賈璉認識渾帳女人。其閫令欲行於千里之外。而其自待。小叔不妨同車。外親可偕宿廟。是欲管丈夫而不受丈夫管者也。

靜虛盡虛也。所謂託鳳姐之事。盡屬虛情。

寶玉在莊農家。不識耕織之物。自是紈袴之兒。人皆笑之。然世固有埋頭窗下。不辨菽粟、出身臨民。諸多隔閡者。則紈袴不足怪矣、鳳姐在鐵檻寺、貪受靜虛之賄。爲說官司之情、人皆惡之。然世固有讀書明理。身列搢紳、貪人小賂、陷人數命者、則鳳姐又不足責矣。

秦鍾正抱着智能雲雨。被寶玉驀地進來按住。唬得二人魂飛魄喪。噯的一聲笑了。方知是寶玉。秦鍾連忙起來抱怨道。這算什麼。不慙謝而抱怨。蓋深

惜入手明珠脫去也寫得情景逼眞

賈瑞抱着賈蓉雲雨。被賈薔進來、照見是地獄苦境、秦鍾抱着智能雲雨、被寶玉進來。按住。是天臺仙境。同一驚散好事而境界有霄壤之別。

寶玉道。你可還和我强。秦鍾笑道。好人。你祇別嚷得人知道、你要怎樣、我都依你。寶玉道。這會子也不用說。等一會睡下了。再細細的算帳、寶玉折散人好事。而又藉爲要挾。未免豈有此理。

寶玉與秦鍾鬧學堂時。想已得心應手矣。何待藉智能要挾乎。其必藉以要挾者。或前此數求一允。或既允復拒。如鳳姐於賈璉之扭手扭脚也。今而後得暢所欲。無復手推足拒矣。

寶玉與秦鍾算帳。作者偏說不知算何帳目。未見眞切。不敢纂創。如此明顯之事。而亦必爲含蓄之文。欲讀者由此類推也。

鳳姐住在裏間。寶玉秦鍾住在外間。秦鍾與智能雲雨。寶玉與秦鍾算帳。水月菴掀翻風月案。卽此已是何待九十三囘。

或曰。秦鍾與智能。寶玉與秦鍾。事則有之。若與鳳姐。似皆無涉。而君籠統言之。得毋周內乎。余曰。鳳姐嫌鐵檻寺不方便。特來水月菴住宿。必帶秦鍾寶玉同來。如此冒嫌。爲秦鍾與智能歡會乎。爲寶玉與秦鍾算帳乎。夜晚安歇。鳳姐在裏間。秦鍾寶玉在外間。衆婆娘媳婦於靜處來說話時早已陸續散去。身邊祇有幾個心腹小婢。如此點染。爲秦鍾與智能歡會乎。爲寶玉與秦鍾算帳乎。若爲秦鍾與智能歡會。寶玉與秦鍾算帳。則鳳姐帶秦鍾寶玉來。不將作壁上觀乎。稜稜三角眼。豈作壁上觀者乎。次日無事。鳳姐徇秦鍾寶玉之請。又住一日。若作壁上觀。豈觀一日夜不足。猶欲再觀一日夜乎。卽作者亦不如此浪費筆墨矣。

或曰。紅樓既用含蓄之筆。而君表而出之。不爲作者病乎。曰。寶光內含。良玉也。外觀而不能識。凡目也。故卞和三刖足。曷勝痛恨哉。苟能識而表之。玉必喜爲知己。卞和亦無遺憾於人間。何病焉。

第十六回　賈元春才選鳳藻宮．秦鯨卿夭逝黃泉路

鳳姐得受張家三千兩銀子。使來旺僞爲賈璉書。打關節與長安節度雲光、奪守備原聘之張金哥。以與李衙內爲配。致張金哥守義自縊，守備之子。亦賫恨投河。此首書鳳姐惡蹟也。首書惡蹟。不書他事。獨書破人原聘婚姻。以與後來簒奪婚姻之增。猶之書薛蟠奪馮淵聘定之英蓮，均爲後文破奪黛玉婚姻作引。證非閒文泛筆也。蓋作者猶恐讀者於寶釵奪黛玉婚姻鳳姐作成寶釵奪黛玉婚姻。不明其旨。特寫馮淵張金哥兩事以醒豁之。讀者若猶不悟。是作者喚醒讀者。讀者仍在夢中。悲夫。

光在雲中。其無天日可知。故長安節度名雲光。雲中之光。日影也。鳳姐破奪張金哥婚姻。及金哥自縊。其壻投河。專爲後文破奪黛玉婚姻。及黛玉捐軀。寶玉祝髮作影子也。故長安節度。必名之曰雲光。

張家女名金哥。謂鳳姐助張。實助金也。然適爲金禍。隱照後文。亦雲中之光。張李二家。人財兩空。而鳳姐安享白鏹三千兩。此等銀錢入來。必勾結衆銀錢而去。

賈政生日。甯榮兩處人都齊集慶賀。正在熱鬧。忽報六宮都太監夏秉忠來降旨。唬得賈政等不知何事。忙止戲文。撤酒席。擺香案跪接。及傳口詔。又祗宣賈政入朝陛見。急得賈母等合家人心惶惶。直待賴大回來。始知元春晉封鳳藻宮尙書。加封賢德妃。於是合家騰歡。喜見於面。文章貴反振。拍合到題方有勢，夏太監來宣旨。未必全無消息。其不先洩者。反振作勢也。

元春此時始封妃。可見前此作女史。尚是女郎。

元春封妃。常人之光耀也。寶玉何足爲榮。故賈母等如何謝恩。親友如何慶賀。甯榮兩府如何熱鬧。衆人如何得意，皆置若罔聞。固由愁悶秦鍾病重而然。卽無此愁悶，而自寶玉視之。亦平常事耳。蓋深於情而淡於世味者也。

智能逃入城來找秦鍾。被秦業知覺。將智能逐去。打了秦鍾一頓。氣得老病發了。三五日光景。嗚呼哀哉，細事耳。何必氣死。秦業眞情孽哉。

前有代儒打賈瑞。今有秦業打秦鍾。秦業打秦鍾。秦鍾原從樂處來。打得尙值。代儒打賈瑞。賈瑞却從苦處來。打得頗寃。代儒打賈瑞，賈瑞死。代儒不死。

秦業打秦鍾，秦業死。秦鍾亦死。

賈瑞秦鍾，其作怪在前面之物，而受杖乃在後臀。不亦屈乎。然犯姦到官按律杖臂外。尚應枷頸、波連尤爲不値。

秦鍾之臂，一創再創。樂由前物。苦則後庭、何不幸乃爾。

智能身爲尼僧。乃看上秦鍾而與歡好。又私逃入城找上門來。如是者謂之智、謂之能。以炤後文曰善曰賢之筆法也。

黛玉一去許久。不獨寶玉引領爲勞、卽讀者亦望蓮輿早返矣。

美人別久相見。似覺又增豔麗、不知仍是舊日丰神。寶玉見黛玉蘇州回來。越發出落得超逸了。卽是此理、

寶玉將北靜王所賜零苓香串轉送黛玉。黛玉說什麼臭男人拏過的。我不要。擲而不取。王也。而以臭男人目之。貴物也。而以臭物視之。蓋一心惟有寶玉。故視天下無男人。亦視天下無貴物、高潔如此。倉乃指爲乖僻何哉。

賈璉囘家。見了鳳姐。問些別後諸事。又謝鳳姐操持。鳳姐自云年輕識淺。原

不勝任珍大哥又叫去辦理喪事被我鬧得馬仰人翻。自謙語，却是自矜語。香菱收作薛大傻子房裏人。却從賈璉口中敘出。

趙嬷嬷求鳳姐照看他的兒子。並抱怨賈璉不照應。鳳姐笑道。你從小兒奶的兒子。還不曉得他那脾氣。拏着皮肉。倒往不相干的外人身上貼，又笑道。這話我也說錯了。我們看着是外人。你却看着是內人一樣呢，趙嬷嬷笑道。若說內人外人這些渾帳緣。故我們爺是沒有的。不過臉軟心慈。擱不住人求兩句罷了。鳳姐道。可不是呢。有內人的。他纔慈軟呢。鳳姐數語。搔着賈璉癢處。然無論內人外人。總要仰息於鳳姐。緣一切事權鳳姐實握之。賈璉不及也。

妃嬪才人之椒房眷屬。凡有重院別宇之家。可以駐蹕關防者。皆准啓請內廷鑾輿。入其私第。以盡骨肉之情。而叙天倫之樂。此固天恩浩蕩。錫類推仁。

然蜻蜓點水。一掠卽飛。糜費浩繁。而於父母骨肉之間。仍不能稍慰孝慈親愛之念。天恩亦虛恩也。惟逢二六之期。准眷屬入宮省視。不繁費而又可源源而見。斯眞曠代隆恩也。

賈璉說周貴妃的父親。已在家裏動工修蓋省親別院。吳貴妃的父親吳天祐也。往城外踏看地方去了。言元妃必先說周貴妃。以賈家本姓周也。故賈政之號曰存周。至吳貴妃。則無其人。踏看地方在城外。尤無是理。此又添出一人。以作周貴妃之陪筆也。故其父名天祐。分明謂添出之又一人也。不然吳貴妃之父。則書名、周貴妃之父。何以不書名。蓋卽賈政也。

大觀園若係舊有。便不新奇。無端刱造。又涉牽疆。妙在因貴妃省親而爲別墅。賜名大觀園。于是園供遊幸。不妨刻意經營。撰非平空。不比矯揉造作矣。

賈薔經賈珍派往姑蘇採買女戲子、置辦樂器行頭等項。與賈蓉同來見賈璉賈璉將賈薔打量一回。恐不勝任。正詰問間。賈蓉忙在燈影下悄拉鳳姐衣襟。鳳姐會意。因笑道。你也太操心了。難道大爺比偺們還不會用人。偏你又怕他不在行了。誰都是在行的。大爺派他去原不過坐纛旗兒。難道認眞叫他講價錢會經紀麼。依我說狠好。鳳姐爲賈薔說法。並不抬高賈薔。祇說賈珍所派。未便駁回更改。卽更改亦與賈薔同一不在行。況此事原不必十分在行。何必更改。祇就賈珍一邊籌度。絕不栽培賈薔一語。眞說項之能品也。今之官場。爲親愛斡旋美事。慣操此術。想皆私淑鳳姐而拾其牙慧者。鳳姐之敎亦神矣。

賈珍派賈薔。賈蓉助賈薔。鳳姐護賈薔。均各以其私。亦皆以其貌。賈璉鄭重其間。不肯遽貼以皮肉。想是賈薔雖有外貌而無內人。賈璉則專取內人而不取外貌也。

賈璉貼皮肉。鳳姐謂以內人之故。鳳姐護賈薔。請問當作何說。

賈璉問賈薔這項銀子。動那一處的。賈薔道。賴爺爺說。江南甄家。還收着我們五萬銀子。寫一封信去。先支三萬兩。剩二萬兩存着。置辦彩燈花燭。並各色簾幟帳幔的使用。一女戲耳。用銀三萬兩。糜費一至於此。然實在所用。恐不及二萬。賈薔此差。眞美差也。

鳳姐見賈璉已允。便將趙嬤嬤兩個兒子交賈薔帶去。賈薔忙陪笑道。正要和嬸娘討兩個人呢。這可巧了。心雖十分不願。口却一味蜜甜。賈薔便似極善逢迎之能幹州縣。趙嬤嬤兩個兒子。鳳姐尙不知名。可見不知其爲人。率意薦與賈薔。祇顧了我情面。那管用者爲難。鳳姐便如壓薦僕幕之糊塗上司。

賈蓉跟了鳳姐出來。悄悄說道。嬸娘要什麼東西。吩咐開個帳兒。給我兄弟帶去辦來。鳳姐笑道。別放你娘的屁。我的東西還沒處擱呢。希罕你們鬼鬼祟祟。說着一徑去了。這裏賈薔也問賈璉要什麼東西。順便織來孝敬。賈璉笑道。你別興頭。先學着辦事。倒先學會了這把戲。短了什麼。少不得寫信來告訴你。此亦官場積習也。鳳姐不希罕、賈璉意已允畢竟遜鳳姐一籌。然今之官場。有不待請命而屬買且多者。又出賈璉下矣。

秦鍾在水月菴、既爲孟嘗營窟。復與小鸞參禪、又爲蕭史引鳳。狼跋其前。載疐其後。繼軌連鑣而進。傾囊倒篋而歸。外侮風姨。內傷寒唆、心牽神女。怒觸嚴親。種種逼凌。焉得不病。焉得不死。

秦鍾噘氣時。見多少鬼判來捉他。因記念家務。又記罣智能。百般苦求鬼判。不肯。說了多少鬼話、奇極。聽見寶玉來了。那都判已先唬慌。忙喝罵鬼卒道。我說你們放他回去走走罷。你們不依。如今等出一個運旺時盛的來了纔罷。鬼判亦勢利。趣極。

女中秦可卿。男中秦鯨卿。皆濫情而淫。皆首先授命。言情之書。深寓戒淫之意。善哉書乎。

秦鍾賈瑞。一爲鳳姐所愛。一爲鳳姐所憎。一則一生花裏活。秦鍾應是秦宮。一則長在夢中過。賈瑞眞爲賈睡。及其卒也賈瑞見有兩個鬼卒來拏他。秦鍾亦見有許多鬼判來捉他。賈瑞心戀鳳姐。欲拏鏡再行。秦鍾心戀智能。苦求鬼釋放。前後映對成趣。

第十七回　大觀園試才題對額　榮國府歸省慶元宵

大觀園落成。賈政若僅偕二三門客。遊覽題詠。意味索然。妙在賈政入園時。適見寶玉從園內出來。遂命同往。又因學師贊他近日頗善屬對。令各試擬匾聯。便覺文章絢彩。機趣橫生。

大觀園雖爲元妃歸省而造，實爲寶黛諸姊妹居住之處，其間設色點染。及擬匾聯，若隨意泛塡，味同嚼蠟，妙在處處寓言。貼切書旨，煞費匠心。

賈政剛至園門，見賈珍帶領許多執事旁邊侍立。命且把園門閉了。先瞧外面，只見正門五間，銅瓦泥鰍脊，門闌窗槅，俱是細雕時新花樣。並無朱粉塗飾，一色水磨磚牆。下面白石臺階，鑿成西番花樣，左右一望。皆雪白粉牆，下面虎皮石隨意亂砌，自成紋理。不落富麗俗套，此寓言也。謂此書含情綿邈，結搆緊嚴，五花八門。千磨百煉。布局則巧翻新樣，不以塗澤爲工。行文雖揮灑自如。莫不包羅至理。而且寫富貴不以其盛。狀豪華亦得乎中。此眞壁壘一新。徯徑獨闢。洋洋乎大觀之文也，惟不入閾底蘊，但從外面遊觀。便如正牆面而立。終其身爲門外漢耳。

賈政看了門外。自是歡喜。遂命開門。只見一帶翠嶂。擋在面前。衆清客都道。

好山好山。賈政道、非此一山。一進來。園中所有之景。悉入目中。則有何趣。衆人都道。非胸有大邱壑者。焉能想得到這裏。園無翠嶂。一目了然。文無底面。亦一目了然、同一無趣。故作者每寫一事。必含蓄其詞。不使讀者一目了然。此即翠嶂擋園之法也。衆清客謂非胸有大邱壑不能設此想。豈知非眼放大光明。不能識此文耶。

讀紅樓者。但在門外。已大歡喜。若能深入翠嶂。閱見底蘊。則其樂眞有不知手之舞之足之蹈之者矣。

進門先叙山境石洞。花木清流。此所以爲園景也。

山上有迎面留題之石、賈政先請衆清客擬題。皆不合意。繼命寶玉題以曲徑通幽。亦作者詔人以讀法也。

由石洞再進數步。漸向北邊。平坦寬豁。兩邊飛樓插空。雕甍繡闥。皆隱於山坳樹杪之間，斯眞園景也。

橋上有亭。賈政問衆清客以何題此，諸人都道歐陽公醉翁亭。記有有亭翼然句，就名翼然罷，賈政道，此亭壓水而成。須偏於水題爲稱。依我拙裁。歐陽公句。瀉於兩峯之間。竟用他一個瀉字。賈政自始至終。擬了這一字。尚從清客提起醉翁亭記得來。再配一字。卒亦無成。何其乾耶。

寶玉改瀉玉二字爲沁芳，謂芳沁水中。非細心領略。不知其中氣味。亦詔人讀紅樓之法也。

賈政聽了。撚鬚點頭不語，又命擬一聯云。繞堤柳借三篙翠。隔岸花分一脈香。詔讀者色辨幾微。味探深遠也。賈政聽了。點頭微笑。原來念書念了這些流言混語在肚子裏。

賈政見前面一帶粉垣。數楹精舍。有千百竿翠竹遮映。衆人都道好個所在。

此元妃第一行幸之所。爲黛玉所居之瀟湘館也。進門曲折遊廊。階下石子漫成甬道。房舍三間，兩明一暗，牀几椅案。都是合着地步打的。謂黛玉進賈府。光明磊落。由正道而來。不比他人走邪道階進。惟昏因雖兩處明訂。奈有一暗中篡奪者。使不得居正室耳。然起居坐臥。皆在範圍之中。至垣內翠竹千竿。則以君子擬之，後園梨白蕉青，則以清白許之。遙映後文身子乾淨之說。卽此數語。具見推崇黛玉之意。

賈政道。這一處倒還好。若能月夜坐此窗下讀書。不枉虛生一世。賈政開口便是讀書。而腹中竟無所有。可謂腹負將軍矣。然則讀書能明理乎。乃後來聽信妻言。贊成母過。悔婚悖禮。於住瀟湘館之人。賈政而明理。孰不明理。賈政說畢。望着寶玉。唬得寶玉忙垂了頭。父子之間。如此嚴厲。亦昧於父子主恩之義。安得明理。

一客道。此處的匾。該題淇水遺風。又一客道。還是睢園遺蹟罷。淇水睢園。雖足以尊黛玉。猶未足以尊黛玉。必如寶玉所擬有鳳來儀四字。斯足以尊黛玉矣。

有鳳來儀四字。若作恭維元妃看。則笨矣。

賈政又命寶玉擬一聯。道寶鼎茶閒烟尙綠。幽窗棋罷指猶涼。殊欠吉祥。寶鼎茶閒。是棄周鼎而寶康瓠也。幽窗棋罷。是開殺機而覆大局也。爲後文伏兆。

賈政忽想起帳幔簾子。陳設玩器。指問賈珍一番。又將賈璉喚來問答一番。有此一折。文氣便不直瀉。若直瀉。則亦如賈政之題亭額。一瀉字而已矣。有何趣味。

瀟湘館。以李紈所住之稻香村爲隣。德不孤矣。

賈政至稻香村極賞其清幽景象。寶玉以爲非出天然。肆口評論。未及說完。氣得賈政喝命扠出去。纔出去又喝命回來。寫得賈政鬚眉俱動。寶玉渾無主張。旋出旋返。兩旁小斷。一推一挽。僕僕爲勞。信是文字奇觀。寫生妙手。

賈政又命寶玉再題一聯。不通。一并打嘴。寶玉只得念道。新漲綠添澣葛處。好雲香護采芹人。澣葛表李紈淑德。采芹兆賈蘭成名。

賈政由蓼汀花漵上山盤道。攀藤撫樹行出池邊。度過板橋。而至蘅蕪苑。此薛寶釵所居之處也。只見清涼瓦舍。一色水磨磚牆。清瓦花堵。那大主山所分之脈。皆穿牆而過。清涼瓦舍。謂從冷處行事。水磨磚牆。謂純用水磨工夫。靑瓦花堵。謂能隔截人室家之美。大主山所分之脈穿牆而過。謂能使聘定之嫡配黛玉擯之門外。不得主中饋之任。皆指寶釵之寓言也。故賈政道。這所房子無味的狠。此時政躬尚有清明之氣。及走入門時。忽迎面突出插天大玲瓏山石來。四面羣繞各式石塊。竟把裏面所有房屋悉皆遮住。且一株花木也無、只見許多異草。或牽藤。或引蔓。或垂山巔、或穿石脚、甚至垂簷繞柱。縈砌盤階、或如翠帶飄颻。或如金繩蟠屈。或實若丹砂。或花如金桂。味香氣馥、非凡草可比。賈政於是稱道有趣、亦寓言也。玲瓏山石與翠嶂同一用意。然翠嶂。敎人讀全書之法。山石。敎人看寶釵之法。石而玲瓏。謂其人有機智。大而插天。謂其力可通神。羣石環繞。謂有從旁扶托之人。爲之揚芬而隱惡。使人莫測其爲蕕、故賈政爲其所蔽。始不以爲善。繼且以爲佳。皆此山石遮掩之功也。至株木俱無、則以萋斐成錦。無地容林。小草蕃植。則如瓜葛相攀。各有所指。牽藤則指襲人。引蔓則指鶯兒。垂山巔者爲王夫人。穿石脚者爲鳳姐。垂簷繞柱、縈砌盤階、則趙姨娘及合府僕婦人等。翠帶飄颻。香菱是也。金繩蟠屈、薛蟠是也。實若丹砂。寶蟾是也。花如金桂。夏金桂是也。或交贊其德。或反襯其賢。皆正喻夾寫之文。黛爲嫡配。釵係奪婚。讀者於此不又可悟哉。

賈政順着遊廊步入。只見上面五間清廈。連着捲棚。四面綠窗油壁。更比前清雅不同。賈政歎道。此軒中煑茶操琴。亦不必再焚香矣。此造却出意外。山石一攏之後。處處皆佳境矣。

賈政至瀟湘館。輒思月夜讀書。至稻香村。頓起歸田之意。至蘅蕪苑。謂宜煑茶操琴。此皆高人逸士襟期。賈政一俗不可耐之祿蠹。僅能與清客對着菌棋。烏足以知琴書。烏能捨此紗帽。

此處匾聯。賈政先請清客擬。而清客又各擬一聯。然後喝命寶玉擬。文法又變。

一客聯語。用古詩蘼蕪滿院泣斜陽句。撰爲麝蘭芳靄斜陽院。衆人以爲頹喪。却是寶釵咎徵。

賈政拈鬚沉吟。意欲也題一聯。見寶玉在旁。因喝道。怎麼你應說話時。又不說了。還要等人請教你不成。開口便是喝罵。如此嚴父。嚴得不通。

寶玉見衆清客題聯。砌用蘭麝明月洲渚字。因說道。此處並沒什麼蘭麝明月洲渚之類。若這樣着迹說來。就題二百聯也不能完。吾見行文長篇累牘。絕無一懇切沉着語者。比比皆是。安得怡紅公子。爲之大聲疾呼。批點而出之哉。

寶玉以蘅芷清芬四字。擬寶釵所居蘅蕪苑之額。字面似佳。而不知刻甚似泛。而不知切甚。按山海經。蘅葉似葵。其臭如蘼蕪。固香草也。又名醫別錄。蘅根葉類細辛。惟氣小異。服之令人身衣香。寶釵所服冷香丸中有蘅草無疑。故身衣有香。然服蘅草而香。非若香玉之自然生香也。夫何足貴。又何必爲之頌揚哉。而竟爲之頌揚者。一若服冷香丸外。無可贊美之處。豈不刻甚。又荀子。蘭槐之根是爲芷。其漸之滫。君子不近。庶民不服。註。蘭槐香草也。其根爲芷。是芷雖香。而君子不近。不比玉可比德。君子無故不去身。又楚辭沅有芷兮澧有蘭。思公子兮未敢言。則又明刺其思怡紅而欲篡取爲壻也。又朱子詩。爲憐蘅芷滿芳洲。特地臨江賦遠遊。則更直揭其奪婚姻而逼寶玉以走也。豈不刻甚而切甚乎。

又擬聯云。吟成豆蔻詩猶豔。睡足荼蘼夢亦香。上句用韓偓詩。手持雙豆蔻。的的爲東鄰。謂蟠踞賈府之中。爲謀怡紅正闈之席。與上文芷字同意。下句用韓愈詩。荼蘼香夢怯春寒。謂謀怡紅正闈之席。果能長與同眠。興酣意足。則有夢皆香。若祇一度春風。便如荼蘼之花事了。則亦須臾之春夢而已。何足樂哉。語冷而雋。善於譏刺之文也。聯額意義深切如此。無論清客所不能天下才人亦當頫首。

賈政以豆蔻一聯係套書成蕉葉句。衆清客卽以李白鳳凰臺之作。全套黃鶴樓爲解。清客如此。我亦喜之。

寶玉隨賈政等同至正殿。見崇閣巍峩。層樓高起。又有玉石牌坊。龍蟠螭護。忽想起太虛幻境來。無心題詠。遂無所擬。又是一樣文法。

賈政不知寶玉引起心事。以爲才盡詞窮。未免小量。

大觀園遍遊。是泛文。故借雨村着人來而中止。怡紅院不到。是闕筆。故借別路出園而入覽。

賈政一路行來。或清堂。或茅舍。或堆石爲垣。或編花爲門。或山下得優尼佛寺。或林中藏女道丹房。或長廊曲洞。或方廈圓亭。皆不及進去。省筆也。而實周筆。

紅樓夢考證　卷三　　六〇

賈政既因有事出園。何以又遊怡紅院。妙在因走得腿酸脚軟。進去歇息。順便遊觀。文無疵病。

一客題怡紅院額以蕉鶴。一客題以崇光泛彩。寶玉以院中分植芭蕉海棠。暗蓄紅綠二字之意。題爲紅香綠玉。謂與怡紅共居室者。惟香玉爲宜。

賈政走入院內。未到兩層。便都迷了舊路。左瞧也有門可通。右瞧也有窗暫隔。及到跟前。又有一架書擋住。此亦寓言也。謂賈政後日棄訂定之正婚娶纂奪之新婦。皆因爲人所迷。及左右所蔽。又有巍巍賈母力爲阻格。故方寸亂而悖於禮義也。

賈政走到衣鏡前。見外面來了一起人。與自己形相一樣。寫得突兀可怪。後文劉老老至此。見外面來了一個人。與自己形相一樣。寫得糊塗可笑。同寫一面衣鏡。却有兩樣風神。

賈政待人接物。均極和平。惟一見寶玉。便如兩人。故至怡紅院有兩副形相也。

賈政見寶玉跟到書房。忽想起來道。你還不去。恐老太太記念你。難道還逛不足麼。麼之去可矣。何必反言以嗔之。豈必如此而後爲嚴君乎。氣質不變化。終是不讀書之故。

寶玉既去。賈政等如何出園。便不涉筆。再寫以見文有主賓。

寶玉退出園來。跟賈政的小廝說寶玉今日得彩。抱住討賞。遂將所佩荷包扇袋等物。盡行解去。回到房中。襲人看見。駡小廝沒臉。林黛玉聽說。走過來一瞧。果然一件無存。因向寶玉道。我給你的那個荷包也給他們了。你明兒再想我的東西。可不能彀了。說畢。生氣回房。將前日寶玉囑他做而未完的香袋。用剪鉸破。豈知黛玉所給荷包。寶玉藏在衣裏。並未解去。因此兩人口角。讀者據此一端。便謂黛玉情性乖張。痛加譏貶。可謂知一而不知二者矣。

當黛玉來問荷包時。寶玉立卽分說。黛玉自無氣可生。乃俟其囘房。始趕來分辯。致將香袋剪破。其咎亦在寶玉。不得專咎黛玉也。

賈母找寶玉。衆人囘說在林姑娘房裏。賈母道。好好。讓他們姊妹們一處頑頑。纔他老子拘了他這半天。讓他開心一會子。以客居外甥女讓孫子開心。賈母溺愛糊塗不至此。足見訂爲孫婦無疑。

賈薔從姑蘇採買了十二個女戲子來。薛姨媽另遷於東北角上。一所幽靜房舍居住。騰出梨香院。教演女戲。教戲必騰梨香院。足見賈宅造大觀園後。其房舍亦不寬餘。薛姨媽至此、猶不搬囘自家房屋。依然蟠踞賈家。豈不達時務哉。以女兒謀奪婚姻。故不欲去耳。

妙玉原籍姑蘇。隨師父來京。其師精演先天神數。圓寂時。遺言不宜囘鄉。在此靜候。自有結果。只知有賈府之敎、請不知結果於情天孽海中。所謂見近而遺其遠、妙玉。之外尚採訪聘買得十二個小尼姑小道姑。後文無一傳者。想皆庸才劣貌也。

第十八回　皇恩重元妃省父母　天倫樂寶玉呈才藻

貴妃歸省。古今曠典。摹寫既無藍本。機杼須合體裁不易下之筆也。看他大力盤旋。自首至尾。無一冗筆、無一漏筆、洋洋乎亦文字之大觀也。

賈政見各項俱已周妥。始敢題本、得旨、於明正十五上元之日。貴妃省親。於是一發日夜不閒。連年也不曾好生過得。此年前情景也。正月初八。便有太監來看更衣燕坐受禮開宴等處。又有總理關防太監帶了許多小太監來各處關防擋圍幙。指示賈宅人員出入進膳啓事各儀注。又有工部員弁兵馬司打掃街道。攆逐閒人。此十四以前情景也。至十四這。夜上下通不曾睡。十五日。五鼓賈母等有爵者。俱各按品大粧、出府恭迓、此十五晨早情景也。此時園內帳舞蟠龍。簾飛彩鳳、金銀煥彩、珠寶生輝。鼎焚百合之香。瓶插長春之蕊。靜悄悄無一人欬嗽、園爲省親別墅。筆下自不可拋荒。百忙中夾寫數語。便覺筆有餘妍。且只六語。已覺氣象萬千。又加靜悄悄一句。尤有嚴肅之象。此園內待駕情景也。賈赦等在西街門外。賈母等在榮府大門外。街頭巷口。用圍幙擋嚴。此門外迎駕情景也。正等得不耐煩。忽然一個太監騎馬而來。以爲鑾輿蒞止矣。豈知太監道。早多着呢。未初用晚膳。未正到寶靈宮拜佛、酉初進大明宮領宴看燈方請旨。祗怕戌初纔起身呢。於是賈母等且回來自便。停頓一筆。便覺筆有餘閒。此初次迎駕情景也。於是再用閒筆、寫闔中、賴鳳姐照料、命執事人等帶領太監們酒飯。一面傳人挑進蠟燭。各處點起燈來。此入夜情景也。忽聽外面馬跑之聲不一。有十來個太監喘吁吁跑來拍手兒。這些太監會意。知道是來了、各按方向站立。賈政領合族子弟在西街門外。賈母領合族女眷在大門外迎接。又是靜悄悄半日。此二次迎駕情景也。而後見兩個騎馬太監緩緩而來。至西街門下了馬。將馬趕出圍幙之外、而後隱隱聞鼓樂之聲。見龍旌鳳翣雉扇之美。而後聞銷金提爐之香、見曲柄七鳳金黃之傘。又見冠袍帶履護衞之士。執事太監捧來香巾繡帕嗽盂拂塵等類之物、而後見八個太監抬着一頂金頂金黃繡鳳鑾輿。緩緩行來。寫得委曲周詳。出落不苟如此。再觀元妃既至。先入東院更衣。而後乘輿進園。升殿受禮。畢、始備省親車駕。出園省親。復進園遊覽。升殿筵宴。題名。徵詩。聽戲。拜佛。頒賞。囘宮。亦寫得舒徐有致。搖曳生姿。而且尊親交至。卑抗胥宜。傳奇中有數文字。

賈政遊園。未有陳設元妃行幸。一應俱齊。又在夜間。更增夜景。不但燈燭輝煌。同於白晝。而且山上花卉樹木盆景水中荷荇鳧鷺螺蚌之屬。悉以綢綾紙絹通草紮就各燈。高懸低漾。上下交輝。眞是玻璃世界。珠寶乾坤。以覩賈政遊覽時。豔麗又增十倍。必如此。方稱省親別墅。

各處匾聯。若不用寶玉所題。則前此之試擬爲贅筆。若竟用寶玉所題。似乎公侯之府。更無通達之才。爲之捉筆。妙在寶玉係妃愛弟。又曾教過書字。期望甚殷。以此用寶玉所題。雖非名公巨筆。却是本家風味。如此結搆。怡紅之撰。既可永著於名園。孩提之文。不妨呈政。於瓊姊紅樓筆墨。絕不予人以訾議也如此。

賈妃在船上。見匾燈現着蓼汀花溆四字。笑道花溆二字便好。何必蓼汀。蓼草而花。花而紅者也。本非花而欲掠花之美。故首去之。亦猶惡紫奪朱之意。

侍坐太監聽了。忙下舟登岸。飛傳與賈政。卽刻換了。匾雖換而蓼不芟。異日仍爲花木之寇。奈何。

寶玉續題牌坊之額。爲天仙寶境。仍從太虛幻境着想得來。元妃改爲省親別墅。自是冠冕。然必出自元妃自題乃可。

元妃與賈母等。只叙久別情景。及家務私情。見賈政。則一派官話。都有分寸。

元妃題正殿匾聯。更改各處軒名。及首唱絕句。均屬平平。惟錫大觀園之名。及改有鳳來儀爲瀟湘館。蘅芷清芬爲蘅蕪苑。紅香綠玉爲怡紅快綠。殊有意義。園景無不周備。非大觀二字。不足以盡其美。有鳳來儀。雖足以尊黛玉。而元妃既至。卽如有鳳來儀。則鳳兮鳳兮。亦妃子之比耳。猶不足以尊黛玉。改爲瀟湘館。斯進妃而爲后矣。於是黛玉爲寶玉正配。侃侃不磨。尊之也。名以館。客之也。蘅蕪卽杜蘅。以臭如蘼蕪。故又名蘅蕪。拾遺記。漢武帝息於延涼室。臥夢李夫人授以蘅蕪之香。帝驚起。香氣着衣枕。歷月不歇。元妃改蘅芷爲蘅蕪。似乎反少芷字一義。何貴乎有是改。不知妃之改。係惜音取義。謂寶釵謀奪黛玉婚姻而無痕跡也。譏之也。名以苑。小之也。怡紅二字。用白香山醉貌紅怡怡詩。謂寶玉一生癡癡迷迷。如在醉中。獨於黛玉。則神清而意快。綠玉。黛玉也。故曰怡紅快綠。與寶玉原題紅香綠玉意義不同。至院名怡紅而去綠玉。則以後文娶寶釵。去黛玉。亦因寶玉失玉瘋癲。更如沉醉。致掉包之法。得以行乎其間。故去綠玉而單用怡紅。哀之也。名以院。大之也。與怡紅快綠又一意義。非然者。匾額則紅綠兼題。院名則單擒紅字。硬去綠字。有是文法乎。今人讀紅樓。於此等文理絕不解了。輒語人曰。我於紅樓得箇中三昧矣。吾正不知其所得何味也。噫。

杏帘在望。改瀚葛山莊。引葛覃之詩。美李紈之賢而有德也。

元妃飲宴，寶玉釵黛諸人預宴。不得隅坐。不得擯之門外，又不得。於是有賦詩之命。亦經營之文也。

元妃歸省，一刻千金，賦詩徵詩，似乎無此餘閒，然元春固由女史而封才人者也。題名賦詩，頃刻卽就。卽徵諸姊妹詩。亦無妨於談家常之事，固不爲蛇足也。

衆姊妹均各賦一詩。惟寶玉命賦四律。文既不板。亦有主賓。

薛寶釵命題。爲凝暉鍾瑞。暉。春暉，指薛姨媽而言。謂寶釵得與寶玉侔合者，仰賴慈暉與王夫人爲姊妹耳。林黛玉命題爲世外仙源。則直射後文與寶玉成仙眷。均非泛設。

衆姊妹詩有頌揚者。不過頌揚元妃歸省。獨寶釵更頌及元妃之詩。曰睿藻仙才瞻仰處。自慙何敢再爲辭。工於貢媚矣。

寶玉賦怡紅院詩。有綠玉春猶捲句。寶釵瞥見。趁衆人不理會。推他道。貴人因不喜紅香綠玉四字。纔改了怡紅快綠。你這會子偏又用綠玉二字。豈不是有意和他分馳了。況且蕉葉典故頗多。再想一個改了罷。寶玉見寶釵如此說。拭汗說。道我這會子總想不起什麼典故出處來。寶釵道。你只把綠玉的玉字。改作蠟字就是了。或曰。元春改紅香綠玉爲怡紅快綠。不過易板滯而爲生動耳。豈有惡於綠玉字哉。寶釵卽不敢見之於詩。是眞善於逢迎者。有某令迕長官。令故頎而長。長官睨之搖首曰。君身如此長。君才又何短。於是屬吏咸謂長官不喜長人。去其峩冠。薄其韡底。行則傴僂如鰕。坐則團縮如犬。是則寶釵之流亞歟。余曰。是則然矣。然尚有意義。綠玉指黛玉。寶玉心中惟有黛。故題之於匾。復見之於詩。黛玉之外更無人。故一切蕉葉典故出處。悉不在心。卽後文弱水三千只取一瓢飲之意。而寶釵則專在去黛。故必欲寶玉改去綠玉字。寶玉不改。則代爲改去之。綠玉去而黃金生光矣。此寶玉用綠玉寶釵改綠玉之微意也。作者用意深奧如此。把筆爲文。談何容易、唐崔胤拜相。權傾天下。其父名愼由。人改呼油爲麻膏。謂之麻膏相公。寶釵改綠玉爲綠蠟。亦麻膏相公之類也。

寶玉道。綠蠟可有出處。寶釵悄悄咂嘴點頭道。勸你今夜不過如此。將來金殿對册。你大約連趙錢孫李都忘了呢。唐朝韓翃詠芭蕉詩。冷燭無煙綠蠟乾。都忘了麼。寶釵改一蠟字。咂嘴點頭。做盡張致。又以金殿對册等語相嘲。輕狂之態畢露。假饒代做一首詩。不知如何作態矣。

寶玉笑道。該死。眼前現成之句。竟想不到。姐姐眞可謂一字師了。從此只叫你師傅。不叫你姐姐了。寶釵笑道。誰是你姐姐。那上頭穿黃袍的。纔是你姐姐呢。其意未嘗不羡黃袍。使當日報名達部。應贊善才人之選。未必不可列後宮。乃不圖黃袍之加、徒津津焉奪綠玉之席。是其欲貴之心。不如好色之甚也。

黛玉見寶玉搆思太苦。走至案旁。知道還少杏帘在望一首。因叫他抄錄前三首。却自己吟成一律。寫在紙上。搓成紙團。擲向寶玉跟前。寶玉打開一看。覺比自己做的三首高得十倍。遂忙恭楷謄上。此是眞心關切之人。故代成一律。毫無矜伐。以視改一蠟字。奚落一番。即望望然去之者。何啻霄壤。

黛玉詩才敏捷如此。不愧咏絮之贊。

賈妃看寶玉詩。喜之不盡。說果然進益了。又指杏帘在望一首爲四首之冠。因詩中有十里稻花香之句。遂將澣葛山莊改爲稻香村。元妃畢竟有眼力。至各處題名。只有元妃改寶玉之作。斷無再改元妃之作。獨黛玉能改之。亦榮於華袞矣。

賈政所進歸省頌、不知何人捉刀。若賈政總做不出一字來、賦詩畢。乃點戲。第一齣豪宴、本地風光、第二齣乞巧。謂寶釵巧於奪婚。第三齣離魂、謂黛玉因奪婚而歿。寶玉因痛黛而亡。第四齣仙圓。謂寶玉黛玉卒成仙眷、關合全傳。非泛泛之文。

貴妃因齡官甚好。命隨意再做兩齣、齡官於是又做相約相罵、此釵釧記中劇也。韓時忠陰圖皇甫吟聘妻史碧桃。先向皇甫吟離間。後冒皇甫吟入園。巧詐百出、幾至皇甫吟拆散良姻、黛玉。史太君所自出。該以史碧桃比之。有雪卽寒、故以韓時忠比薛寶釵。發明上齣乞巧。尤爲切實。

嘗見王姓所評紅樓、將元妃所點第三齣戲改爲仙圓、第四齣改爲離魂。且批云。末齣點離魂、是讖兆、亦是伏筆、自以爲得意也。不知有背書旨。謬妄已極。紅樓無泛泛之筆。每點戲、齣皆有關合、寶玉黛玉爲全傳正主。元妃所點之戲。

闔合寶黛卽是闔合全傳。作者又恐讀者不明其故。復加相約相駡兩齣。以發明之。是離魂仙圓爲闔合寶黛之文。萬不可顚倒者也。而傖不知慢爲顚倒。於上三齣旣不能贊一詞。於續兩齣更不解所謂。不思元妃歸省何等大題。敎習新班豈乏佳齣。乃正戲旣以離魂收場。續演又係相約相駡。若不關合正意。豈非枯寂不倫。乃作者慘淡經營以出之。讀者潦草忽略以閱之。顢頇悖謬以解之。復舛錯顚倒以改之。作者有知。能無叫屈乎。其餘所評不獨通體無一中肯語。且將一百二十回割裂配搭。分作幾大段。又分作幾小段。旣不聯貫。又無意義。不知如何偏陋而有此見界也。尤可恨者尊寶釵貶黛玉。如此鼠目寸光。亦欲評論天下至妙之文。眞是蚍蜉撼大樹也。哈哈。

元妃撤筵後。復遊覽未到之處。又於山環佛寺焚香拜佛。加恩於女道優尼。一筆不漏。

元妃題佛寺匾云。苦海慈航。遙爲後文妙玉入海伏筆。

海上漱石生鑒定

紅樓夢考證卷四

著作者　武林洪秋蕃
校正者　鐵沙徐行素

第十九回　情切切良宵花解語　意綿綿淨日玉生香

賈妃回宮。次日見駕謝恩。並回奏歸省之事。龍顏甚喜。又發內帑彩緞金銀等物。以賜賈政及各椒房等員。歸省餘文。自不可少。

寶玉往東府聽戲。因所演西遊封神等類。忽爾神鬼亂出。忽而妖魔畢現。只略坐一坐。便往各處閒耍。曲無兒女之情。難入周郎之顧。

寶玉忽想起這邊小書房內掛着一軸美人。極畫的得神。今日這般熱鬧。想那裏自然無人。美人自然寂寞。須得我去望慰他一回。此則意淫實際。

寶玉走到窗前。聞房內有呻吟之聲。以為美人活了。豈知是茗烟按着一個女孩子。幹那警幻所訓之事。爲嫌神鬼妖魔。特來僻處遊覽。不想又遇一對妖精打架。令人絕倒。

寶玉踹門進房。唬得茗烟跪下哀求。寶玉道。青天白日。這是怎麼說。然則夜間尙屬可行。

寶玉看那丫頭。羞得面紅耳赤。低首無言。跺脚道。還不快跑。一語提醒了那丫頭。飛也似的去了。寶玉又趕出來叫道。你别怕。我是不告訴人的。是卽菩薩心腸。眞人本量。

寶玉前在水月菴破秦鍾智能好事。今又在小書房破茗烟卍兒好事。多情人慣作無情事。奇

寶玉想起襲人囘家吃年茶。要茗烟引到襲人家中。襲人正因他母親要贖身哭鬧。見寶玉來。如吉曜高臨。白香山句。可憐光彩生門戶。不翅爲寫照

襲人之母。欲與襲人贖身。雖經襲人哭鬧。其意不解。見寶玉來。與襲人彼此情景。始作罷論。然則寶玉此來。爲襲人挽留之機緣。却是木石敗盟之關煞。花氏罷贖身之論。以爲將來穩穩爲寶玉姨娘之眷屬。豈知日後爲優伶賤婦之娘家。

李嬷嬷走到寶玉房中。見丫頭們恣意頑笑。磕了一地瓜子皮。因說寶玉祗知嫌人家腌臢。自家屋子。由着丫頭們糟塌。是個丈八燈臺。照見人家。照不見自己。罕譬固當然。以寶玉留酥酪與襲人。乃與襲人比身分。亦是丈八燈臺。

寶玉說襲人姨妹生得好。怎麼也得在偺們家就好。襲人冷笑道。我一個人是奴才命罷了。難道連我的親戚都是奴才命不成。還要揀實在好的往你家來。開口便帶酸味。又道他雖沒造化。翻是姨父姨娘的寶貝。如今十七歲。

各項嫁粧都齊備了。明年就出嫁。此語尤無恥。豔羨人家女兒出閣者。必不是好女兒。若晴雯决不出此。

襲人詭稱父母一定要贖他回去。無非藉此要挾寶玉。使受鈐制。免與他人交好。而作者謂其欲下箴規。亦面子文章也。

寶玉聽襲人說來說去。是去定的了。嘆息上床。淚痕滿面。襲人知其不能割捨。脅以三件事。不許調脂弄粉。吃人嘴上擦的胭脂。與那愛紅毛病。因寶玉說出飛灰輕烟等語。於是於三件外。添出一件不許混說來。又因混說。帶出批駁讀書毀謗僧道二件。而其實意所指。不獨不在添出三件之中。並不在原約三件之內。直是不許與他人情好耳。故又補足之曰。百事檢點些。不可任意任情的就是了。乃以一件化出三件。又由三件化出六件。襲人固狡詐可嫌。文章却錯綜可喜。

襲人道。果然依了我。就是刀子擱在脖子上。拿八人轎抬也抬不出我去的了。豈知後來不必刀子八人轎。去得飛快。

寶玉走至黛玉房中。見黛玉睡在那裏。因飯後恐睡出病來。推他起來。黛玉道。我不困。只略歇歇兒。你且別處去鬧一會子再來。寶玉推他道。我往那裏去。見了別人就怪膩的。此八字專指寶釵而言。固是恭惟黛玉。然怡紅所快。厥維綠玉。亦不盡是恭惟。而黛玉聞之。已解其意。故嗤的笑了。謂未必盡然也。又道。你既要在這裏。那邊去老老實實的坐着。偺們說話兒。以其兩次來推。故有是令。寶玉道。我也歪着。黛玉道。你就歪着。寶玉道。沒有枕頭。偺們在一個枕頭上。黛玉道。放屁。外面不是枕頭。拏一個來枕着。若不准歪着。似乎拒之太峻。然同枕則越分矣。故許其歪着而不許其共枕也。一見親愛之甚。一見界限之嚴。寶玉出至外間。看了一看。回來笑道。那個我不要。也不知那個腌臢老婆子的。黛玉外間。那有老婆子枕頭。老婆子枕頭。又豈肯叫寶玉取來枕。明是寶玉作難。欲與黛玉共枕耳。黛玉亦知之。故睜開眼起身笑道。你就是我命中的天魔星。言似厭之。心實喜之。遂將自己枕的推與寶玉。又起身將自己的再拏一個來枕了。二人對面倒下。雖無同衾之緣。却有同榻之喜。然有同榻之喜。卒無同衾之緣。傷哉。黛玉見寶玉左腮上有鈕扣大小一塊血漬。便欠身湊近身邊。以手撫之。細看道。這又是誰的指甲刮破了。此時黛玉舉手上臉。袖內之香。應寶玉即聞得。因倒身一躲。是以不聞。寶玉倒身一面躲。一面笑道。不是刮的。只怕是剛纔替他們淘澄胭脂膏子。濺上了一點兒。昨夜襲人如何申禁。不許調脂弄粉。祗隔一宵。便與丫頭淘澄胭脂。且至濺在臉上。可謂從諫如流。寶玉找手帕。要揩黛玉。便用自己的帕子替他揩拭。如此親昵。可謂恩愛之至矣。黛玉一面揩拭。口內說道。你又幹這些事了。幹也罷了。必定還要帶出幌子來。便是舅舅看不見、別人看見了。又當奇事新鮮話兒去學舌討好。吹到舅舅耳朶裏。又大家不乾淨惹氣。言有所指。並非平空設想。襲人趙姨娘皆學舌討好之人也。前曾有其事、故曰又。寶玉總不曾聽見這些話。只聞得一股幽香。却是從黛玉袖中發出、聞之令人醉魂酥骨、此比冷香丸之香何如。冷香丸之香、凡香也。黛玉肌骨之香。天然之香也。美人香體、自古有之。飛燕外傳、帝語樊嬺曰。后雖有異香。不若婕妤體自香。又高啓詩。未足娛君寢。西施體自香、而況黛玉仙姝轉世。肌骨有天香、其理然也。寶玉一把拉住黛玉袖子。要瞧籠着何物。雖是肌骨之香、乍聞之。則以爲籠着香物也。若遂以爲肌骨之香、便是謬妄。黛玉道。誰帶什麼香呢。寶玉笑道。既如此。這香是那裏來的。黛玉道。連我也不知道。想必是櫃子裏頭的香氣。衣服上燻染的也未可知。明明肌骨之香、而以爲燻染、蓋肌骨之香。身與相習。自亦不聞。以爲燻染。益信爲天然之香。若自認爲肌骨之香、便是矯造。寶玉搖頭道。未必。這香的氣味奇怪。不是那些香餅香毬香袋之香。黛玉冷笑道。難道我也有羅漢眞人給我些奇香不成。便是得了奇香。也沒有親哥哥親兄弟弄了花兒朵兒霜兒雪兒替我炮製。我有的是那些俗香罷了。一語拍合。足見寶釵冷香丸。到處神其說。不僅與林之孝家言也。寶玉笑道。凡我說一句。你就拉上這些。不給你個利害。也不知道。從今兒可不饒你了。黛玉雖不說寶玉。而寶玉自覺刺耳。故起而不依。遂翻身起來。將兩隻手呵了兩口。便伸向黛玉膈肢窩內兩脅下亂撓。黛玉素性觸癢。便笑的喘不過氣來。此時黛玉臥於坑。寶玉覆於身。兩手在黛玉膈肢兩脅亂撓。軟玉溫香。已全入抱。在寶玉固當神魂飄蕩。即黛玉亦應春色迷離。果非玉潔冰清。幾何而不珠聯璧合也哉。乃黛玉卒能守身如玉。堅白自持。可謂磨不磷湼不緇者矣。閨秀中之柳下惠也。

黛玉素性觸癢不禁。寶玉兩手伸來亂撓，便笑的喘不過氣來。口裏說。寶玉。你再鬧，我就惱了。寶玉方住了手。此之謂發乎情止乎禮。寶玉笑問道。你還說這些不說了。黛玉道。再不敢了。一面理鬢笑道。我有奇香。你有暖香沒有。寶玉見問。一時解不來，因問什麼暖香，黛玉點頭笑嘆道。蠢才蠢才。你有玉。人家就有金來配你。人家有冷香，你就沒有暖香去配他。冷香之方正所以神金玉之說也。故冷香之方傳。而金玉亦騰其說矣。黛玉譏之諷之。甚而激之怒之。亦恐寶玉爲所惑耳。寶玉笑道。方纔求饒。如今更說狠了。說着又去伸手。黛玉忙笑道，好哥哥，我可不敢了。寶玉笑道。饒便饒你。只把袖子我聞一聞。說着。便拉了袖子。籠在面上。聞個不住。寶玉此時。不但酥骨醉魂。定當魂銷骨軟。願老於是香矣。以視寶釵冷香丸，何啻霄壤哉。黛玉奪了手道，這可該去了。寶玉笑道。要去不能。偺們斯斯文文的躺着說話兒。黛玉自覺嬉戲過情。故下逐客之令。寶玉何幸得親芳澤。焉肯捨此而他。寶玉說着。復又倒下。黛玉也倒下。用手帕蓋在臉上。此時妙態。尤覺動人。寶玉一生快心快意。大約以此爲第一遭。若皆如此。淚債何時償耶。

寶玉說小耗變香芋。變出林黛玉來。謂林黛玉纔是香玉。一以鄙薄寶釵之冷香。一以發明棃香院及紅香綠玉等字之意義。黛玉聽了。翻身爬起來。擰着寶玉笑道。我把你爛了嘴的。我就知道你是編我呢。講着便擰。先時寶玉身覆黛玉。兩手撓膈肢。此時黛玉身覆寶玉。柔荑擰粉面。如此戲謔親昵。而不及於亂。夫豈湘雲寶釵所能及。

寶玉連忙央告。好妹妹饒我罷。再不敢了。我因爲聞見你的香氣。忽然想起這個故典來。黛玉道。饒罵了人。還說是故典呢。引故典罵人。方爲雅謔。寶玉所說。雖非故典。說來恰似故典。況今人杜撰故典甚多。香玉之說。卽謂之故典可也。一語未了。只見寶釵走來。笑問誰說故典。黛玉笑道。你瞧瞧還有誰。寶釵道。原來是寶兄弟。怪不得他肚子裏故典原多。只是前兒夜裏芭蕉詩。就該記得。見別人冷得那樣。他急得只出汗。綠蠟之改。還在說嘴。眞小器哉。

第二十回　王熙鳳正言彈妒意　林黛玉俏語謔嬌音

襲人到處周旋。無牴牾者。獨李嬤嬤指名罵之。寶釵到處周旋。無牴牾者。獨薛蟠破口罵之。類也。

李嬤嬤以襲人躺着不理。不知其有病。遂發作大罵。寶玉趕來分說。更遷怒於寶玉。罵襲人可喜。怒寶玉可嫌。

李嬤嬤罵襲人及寶玉。若非鳳姐走來一陣風。厭物不得去。趙姨娘怨寶玉罵賈環。若非鳳姐走來一席話。厭語還更多。

寶玉點頭歎道。這又不知是那裏的帳。只揀軟的欺負。又不知是那個姑娘得罪了。上在他的帳上。寶玉此時正被襲人所迷。偏於袒護。故有是說。寶玉話未說完。晴雯在旁說道。誰又不瘋了。得罪他做什麼。便得罪了。他就有本事承任。不犯着帶累別人。所說未嘗不是。然衆人不言。獨晴雯言之。其心直口快。一如黛玉之爲人。故犯襲人之忌也。亦如之。

寶玉吃了飯。回到房中。見襲人朦朧睡去。晴雯綺霞等均找鴛鴦琥珀等耍錢去了。獨麝月一人在外間燈下抹骨牌。寶玉問怎麼不同他們去。麝月道。這屋子交給誰呢。上是燈。下是火。那些老婆子小丫頭老天拔地伏侍了一天。也該叫他們歇歇。頑頑去。所以我在這裏看着。寶玉聽了這話。公然又是個襲人。晴雯爲黛玉小照。而似晴雯者。又有五兒。襲人爲寶釵小照。而似襲人者。又有麝月。此影外影也。

寶玉吃飯未回。麝月卽將老婆子打發歇去。小丫頭打發頑去。於是踵襲人之後而爲右傳之二章。

寶玉要睡。爲時尙早。乃替麝月篦頭。晴雯走來取錢。見了冷笑道。哦。交盃盞還沒吃。倒上了頭了。寶玉笑道。你來。我也替你篦篦。此應酬話耳。晴雯道。我沒這樣大福。說着。拏了錢。摔簾子出去了。寶玉笑道。滿屋裏就只他磨牙。麝月忙向鏡中擺手。忽聽唿一聲。簾子响。晴雯又跑進來問道。我怎麼磨牙了。偺們倒得說說。麝月笑道。你去你的罷。何苦又來。晴雯笑道。你又護着你們那瞞神弄鬼的。我都知道。等我撈回本兒來再說話。說着一徑出去了。晴雯口角尖利。性情暴躁。似是剛愎難用之人。然而大節無虧。瞞神弄鬼之事。所不屑爲。於以知忠節之臣。多出於剛直之士也。

晴雯所說交盃上頭及瞞神弄鬼等語。雖是一時嘲笑。却是本文點題。

寶玉通了頭。命麝月悄悄的伏侍睡下。不肯驚動襲人。今夕何夕。抱衾與裯、麝月意外之遭也。然襲人不病不至此。襲人病。麝月之幸也。

寶釵看賈環也如寶玉。並無他意。此外面優容也。然豈優容賈環哉。爲結納趙姨娘地耳。卽此一語。皮裏亦有陽秋。

賈環與鶯兒趕圍棋。輸錢放賴。被鶯兒奚落數言。便哭起來。適寶玉走來看見。因道。大正月裏哭什麼。這裏不好。到別處頑去。賈環囘來便對趙姨娘說。鶯兒欺負我。賴我的錢。寶玉哥哥攆我來了。小子狠會弄唇舌。

趙姨娘啐賈環道。誰叫你上高臺盤兒了。下流沒臉的東西。那裏頑不得。誰叫你跑了去討這沒意思。聽此聲口。便知不是好貨。可巧鳳姐過身聽見。便隔窗說道。小孩子家一半點兒錯了。你只敎導他。說這樣話做什麼。此言是也。又道。憑他怎麼去。還有太太老爺管着他呢。就大口的啐他。他現是主子。

橫豎有教導他的人。與你什麼相干。此則言之過當。妾不得唾罵於其子。嫡庶之分嚴。母子之義蔑矣。

寶玉正和寶釵頑笑。聽說史湘雲來了。抬身就走。寶釵要他等着同行。過賈母這邊來。與湘雲廝見。正値林黛玉在旁。問寶玉在那裏來。寶玉說在寶姐姐家來。黛玉冷笑道。我說呢。虧在那裏絆住。不然早就飛了來了。一語而機帶雙敲。似乎口角尖利。然正打着寶玉痛處。若非寶釵約與同行。爲蓮步牽緩。豈不三步兩脚。飛奔來耶。故寶玉無可抵賴。不免老羞成怒。

寶玉道。只許和你頑。替你解悶兒。不過偶然去他那裏一遭。你就說這話。黛玉道。好沒意思的話。去不去。管我什麼事。又沒叫你替我解悶兒。可許你從此不理我呢。說着便賭氣回房去了。讀者據此一端。又謂黛玉脾氣不好。不知咎亦在寶玉。當黛玉譏刺之時。寶玉只宜付之一笑。或作別樣解說。乃以解悶之言相怨懟。以致觸發嬌嗔。豈非莽撞。謂之莽玉不誣也。幸而隨來勸慰。否則温存二字尚欠些些。

寶玉忙跟了來問道。好好的又生氣了。就是我說錯句話。到底也還坐在那裏和別人說笑一會子。又自己來納悶。不辯前事之是非。不責氣量之褊小。先自認錯一句。隨用關切之言深得和解之法。黛玉道。你管我呢。亦不提前事。惟拒絕關切之詞。寶玉笑道。我自然不敢管你。只是你自己作賤了身子呢。更爲切實著明。以示關切之甚。黛玉道。我作賤了我的身子。我死我的。與你何干。偏不受其關切。且更追進一層。蓋人當怨恨未消。温語訖歸無用。悲怒相激。立論尤多違心。何干一語。違心之論也。確是角口常情。至死之一字尤得女兒聲吻。

寶玉笑道。像只管這樣的鬧。怕還我死呢。倒不如死了乾淨。答他怕死之言。

初以黛玉說死爲忌諱。茲則自亦說死。蓋不忍聞者。黛玉之死。己則無所不忍也。黛玉道。正是呢。要這樣鬧。不如死了乾淨。硬將寶玉自咒之言作爲咒我。非故爲鑿枘也。口雖不和。心仍憐惜。不忍寶玉自咒其死。故以身承之。而寶玉尤不安也。忙分辯道。我說自家死了乾淨。別錯聽了話賴人。彼此爭自咒死。絕不傷犯於人。此等角口。惟伉儷間有之。次則兄弟姊妹有之。餘皆不類。唧噥半日。迄未追理前事看去似是閒文。不知係爲後文重來勸慰作宕筆。若無此一段文氣便促而不舒。

正說着。寶釵走來。說史大妹妹等你呢。說着便推寶玉走了。明知黛玉賭氣。寶玉來賠小心。乃特地來將寶玉推走。使黛玉悲憤益深。此寶釵火上加油之詭曲也。豈眞湘雲等着哉。如果等着。倩一婢呼之足矣。何勞寶釵作氤氳使耶。

別人推走寶玉猶可耐。寶釵推走不可耐。恍若婦與夫勃谿。忽來一人。將其夫拽去。視之乃平日所極不快之小姑也。其婦不覺氣憤塡胸而亦無可如何。惟嗚咽零涕而已。寶釵此來。正如小姑拽哥哥以去。使嫂嫂冷落向隅。實令人有不堪之處。黛玉當此。能無益加悲憤悶向窗前流淚也哉。

沒兩盞茶時。寶玉仍來了。黛玉見了。越發抽抽噎噎哭個不住。此尤兒女常情。寫來畢肖。

黛玉無寶釵。淚債幾無時而償。有寶釵而淚無蘊時矣。盈盈秋水。點滴如珠。自今日始。

寶玉見黛玉這樣。知難挽回。打疊起千百樣的款語温言來勸慰。蓋知寶釵拽走之後。其氣更甚。雖千百樣款語温言。都難囘挽。必得開誠見性之語。切實言之。始足平其氣而囘其嗔。而開誠見性之語。又礙難明言。故斟酌再三而有後文之說也。

黛玉道。你又來做什麽。死活憑我去罷了。橫豎有人和你頑耍。比我又會作。又會寫。又會說。又會笑。又怕你生氣。拉了你出去。你又來做什麽。所云會作會寫會說笑。皆指寶釵而言。並無湘雲在內。湘雲雖兜攬寶玉。亦鍾情。然不過風月之情。無礙婚姻之事。故不慮亦不恨也。

寶玉忙上前悄悄說道。你這個明白人。難道連親不隔疎。後不僭先。也不知道。我雖糊塗。却明白這兩句話。頭一件。偺們是姑舅姊妹。寶姐姐是兩姨姊妹。論親戚。他比你疎。第二件。你先來。偺們兩個一桌吃。一床睡。自小兒一處長大的。他是纔來的。豈有個爲他疎你的。或曰寶玉此說。似是而非。男女之間。用情深淺。豈在親戚先後之分哉。又豈在同桌吃同牀睡。一處長大哉。世多有似漆如膠。誓同生死之恩愛伉儷。一遇狐媚。便移情而分寵。甚且轉愛而成仇。然則親疎先後同吃同睡同長大之說。顧可恃乎。宜黛玉聞之而怫然也。余曰否。此等淺近意義。無以釋黛玉憂疑。玉豈不知而漫爲是郛說乎。蓋有深意存焉。黛玉之不悅寶玉與寶釵親厚。是慮寶釵有奪婚之心。非妒寶玉有私釵之心。寶玉善體人情。早知其故。其所以爲此言者。正以釋其憂慮之心也。所云姑舅兩姨。分明謂黛玉爲賈母外甥。寶釵不過王夫人姪女。以親戚勢分而論。孰敢以王夫人姪女而奪賈母外甥之婚姻乎。而況黛玉親事。訂定在先。雖尚秘其事。而同吃同睡同居處。則宛然吉禮之已成。寶釵縱有奪婚之謀。又豈能敗先訂之盟。已成之局乎。此寶玉所說之意也。未便明言。略爲舉示。而黛玉不察。以爲寶玉所說。疑其有醋妒之心。故啐道。我難道叫你疎他。我成了什麼人了呢。我爲的是我的心。按黛玉之心。以婚姻既秘而不宣。則事雖定。而人不知其已定。篡者可篡。悔者仍可悔也。今寶釵既以金玉之說來。是其奪婚之計決。寶玉視同陌路。事尙無妨。若一垂涎。則賈母以寶玉之心爲心。必將委曲將順。舍其舊而新是謀矣。是寶玉顧可與寶釵親厚乎哉。而無如不能割捨也。則惟有宣示襲人。央求鳳姐。慫恿賈母。正名定分。分院別居。一如待養媳之禮。則篡者可息妄想。親事無虞變更。如此。則寶玉雖日夜與寶釵嬉戲歡娛。黛玉全不介意矣。此瀟湘之心也。世人不察。輒謂黛玉見寶玉與寶釵談笑。卽生醋心。是直望道而未之見也。豈不可憐。雖然。吾亦不敢菲薄斯人也。文義本深奧。原非一目所能了然。又何怪其如賈政之立大觀園門外乎。

寶玉道。我也爲的是我的心。你的心。難道就知道你的心。絕不知道我的心不成。按寶玉之心。原亦知黛玉不悅寶玉與寶釵親厚。非醋妒心。是憂慮心。其所以不爲區處者。一則婚既訂盟。萬無翻悔更改。二則事經揭曉。未免彼此參商。曷若仍以兄妹居之。朝夕得親芳澤乎。至與寶釵親近。不過叙親戚之情話。破岑悶於無聊。並無愛才戀色之心。賈母何致有背盟改聘之事乎。即或有之。而我所持既定。百折不回。又何能強我棄舊迎新乎。此怡紅之心也。他人不知。知己如黛玉。焉得不知。故黛玉心領神會。意解氣平。不復怨恨矣。非然者。黛玉道。我是爲我的心。此何心耶。寶玉道。你知道你的心。絕不知道我的心。此又何心耶。且籠統一語。又何能使黛玉氣平意解耶。是可於言外得之。若謂僕此評穿鑿附會。則請另出一解以惠教。

黛玉雖意解氣平。然不能驟爲和悅狀。於是低頭細想。想出一句轉帆收韁話來道。你只怨人行動嗔怪人。再不知道你自己慪人難受。就拏今日天氣比。分明冷些。你倒脫了青肷披風呢。寶玉笑道。何嘗不穿着。見你一惱我一暴躁就脫了。黛玉嘆道。回來傷了風。又該餓着少吃的了。如此一轉。轉得妙不可言。非黛玉靈心慧舌。那得有此。

黛玉嘲湘雲咬舌叫愛哥哥。湘雲道。我指出一個人來。你敢挑他。我就服你。黛玉問是誰。湘雲道。你敢挑寶姐姐麽。就算你是個好的。說得寶釵如此難犯。性情乖戾。不問可知。黛玉冷笑道。我當是誰。原來是他。這他字中。有無限深情。

第二十一回　賢襲人嬌嗔箴寶玉　俏平兒軟語救賈璉

紅樓一百二十回中。未嘗稱人以賢。惟五十六回篇目曰賢寶釵。此回篇目曰賢襲人。不獨以賢稱寶釵。居然以賢稱襲人。如此彰明較著而欺讀者。可謂惡極。讀者遂爲所欺。可謂愚極。然作者既以賢稱寶釵。又以賢稱襲人。以褒爲貶。已露端倪。則惡猶不惡。而讀者於此。猶不能類推。隅反。洞鑒作者之心。則其愚乃眞愚耳。

史湘雲因黛玉嘲他咬牙笑道。我只保佑你明兒得個咬舌兒的林姐夫。那時纔現在我眼裏。說畢回身就跑。黛玉趕到門前被寶玉扠手在門樞上攔住勸解。適寶釵走來。笑道我勸你兩個。看寶兄弟面上。都丟開手罷。輕輕一語。刺及兩人。口頭刻薄。如風如刀。而皮相者。獨責黛玉口角尖利。不知何心、

寶玉送湘雲往黛玉房中安歇。直至二更多時。襲人催了幾次。方回自己房中來睡。次早天方明時。便披衣靸鞋。往黛玉房中來。似此無夜無明。相親相愛。襲人焉得不吃醋哉。寶玉亦忽略之甚矣。

寶玉走到黛玉房中。見湘雲黛玉。均臥未起。那黛玉嚴嚴密密。裹着一幅紅綾被。安穩合目而睡。史湘雲卻一把青絲。拖於枕畔。所蓋之被。只齊胸。一彎雪白膀子。擱於被外。一則嬌怯堪憐。一則癡憨可掬。睡態亦關性情。寫來無不入妙。

寶玉見湘雲膀子撂在被外。歎道。睡覺還是不老成。回來吹了風。又嚷肩窩疼了。一面說。一面輕輕替他蓋上。黛玉驚醒。湘雲不醒。雖是脫略。亦覺疎虞。

寶玉就湘雲殘水洗臉。可謂雲水光中洗臉來。

寶玉央湘雲替他梳着頭。見鏡臺邊胭脂。拈來欲往口裏送。被湘雲從身後伸過手來。將胭脂打落。此胭脂纔從湘雲嘴上擦過來。故寶玉欲送入口。非好吃胭脂也。

寶玉昨送湘雲入黛玉房中。坐至二更不去睡。天方明。即披衣靸鞋往黛玉房中來。見湘雲膀子撂在被外。替他蓋上。湘雲起來梳洗。就他殘水洗臉。又央告湘雲替他梳頭。更拈湘雲擦過嘴的胭脂。往口裏送。可謂心愛之至。垂涎之至矣。而黛玉親目所見。並無絲毫醋妒之心。卽寶玉見黛玉在旁。亦無絲毫防閑之意。足見黛玉非行妒之人。其所以屢爲寶釵與寶玉齟齬者實以寶釵有奪婚之意耳。是君子防微杜漸之心。非婦女拈酸吃醋之心。寶玉亦知之故愛戀湘雲無所顧忌。作者特寫此一段。以曉讀者。讀者不察。不亦負作者之經營乎。

襲人走來。見寶玉這光景。知已梳洗過了。暗怒而去。適寶釵來找寶玉。襲人冷笑道。寶兄弟那裏還有在家的工夫。又歎道。姊妹們和氣。也要有個分寸禮節。也沒個黑家白日鬧的。憑人怎麼勸。都是耳旁風。寶釵聽了暗笑道。倒別看錯了這丫頭。聽他說的話。倒有些見識。於是閒言套問留神窺察。竟大加敬愛。噫。異哉。襲人此言。不過醋娘子之醋語耳。有何見識。若以物傷其類例之。應加痛恨。何以肅然起敬乎。不知有深意存焉。寶釵欲奪黛玉婚姻。必先於賈母王夫人處用離間之術。而有其術。必先有其人。間嘗物色於紈鳳迎探諸人。了無當意。趙姨娘雖可用。而其言不能達於賈母王夫人之耳。此外桃奴菊婢，無非柳質蒲姿，莫可藉手。今見襲人一腔醋意滿面嬌嗔，黑家白日之言。雖祗怨於寶玉分寸禮節之語，實兼憾夫顰兒。允堪離木石而助金玉，呂不韋所謂奇貨可居者也。不圖於若輩中遇之。肅然起敬者以此，然猶恐二八雛鬟，一時稚氣。怒時雖如蛙之足式，嗾之必未能如獒之撲人。乃問其年紀家世。察其言論胸次。然後知蠭蠆有毒，蚍蜉足以撼大樹也。不覺大喜過望。心寫心藏，如范大夫遇西施於苧蘿村，非喜西施也。以其能沼吳也。又如嚴仲子厚聶政於枳深井里。非重聶政也。以其能刺韓傀也。此愛敬所由增也。自時厥後。寶釵於襲人。曲意交歡，多方聯絡，借他智力，遂我機謀。離黛玉夙緣，奪寶玉嘉耦，以致絳珠反本，頑石歸眞。其覦皆肇於此。日極有關係之文，不可囫圇讀過。

甚寫襲人之妒。亦以形黛玉之不妒。

或曰。襲人之妒。焉知不在湘雲寶釵何以決其爲黛玉而遽引爲己助乎。余曰。襲人此次醋妒未必不兼及湘雲。然寶釵不及料也。以爲必爲黛玉而發。其言曰。憑人怎麼勸。都是耳旁風。分明是爲黛玉註脚。若湘雲偶來聚首寶玉。卽與朝夕相依。襲人未必勸而又勸。以此知其爲黛玉也。卽或明知爲湘雲。寶釵亦必引爲己助。何也。妒人者。人人可妒。今日妒湘雲。明日妒黛玉。但取其有嫉妒之心。資其行妒之力而已。而此時之妒屬伊誰。固可略而不論也。

或又曰。無明無夜。出入香閨。固由寶玉過於脫略。亦由黛玉失於防閑。設黛玉於寶玉入房時。卽正顏厲色呵叱去之。又烏致召襲人之怒。啓朋比之奸乎。此黛玉自貽伊戚。夫復何尤。余曰。不然。寶玉不梳洗。襲人之怒猶不甚。乃因一綹青絲。兩彎白膀。撩撥得寶玉心神瞀亂。於是就餘水以洗臉。央纖手以梳頭致襲人見之大怒而去。然則飛來之禍。湘雲實貽之於黛玉何尤。

寶玉問襲人道。怎麼寶姐姐和你說的這麼熱鬧。見我進來就跑了。問一聲不答。再問時。襲人方道。你問我麼。我那裏知道你們的緣故。寶玉笑道。怎麼又動了氣了。襲人冷笑道。我那裏敢動氣。只是從今別進這屋子。橫竪有人伏侍你。再不必支使我。我仍舊還伏侍老太太去。分明為梳洗吃醋。寶玉猶不悟。寶玉眞呆傍。

寶玉見襲人生氣。問不出原故。因問麝月。麝月道。我知道麼。問你自己就明白了。又是一個悶葫蘆。

寶玉見襲人不理他。便賭氣睡在自己牀上。微微的打鼾。襲人料他睡着。拿一領斗篷替他蓋上。唿的一聲掀去了。仍合目粧睡。使性得有趣。少時吃飯囘來。見襲人睡在外頭坑上。麝月在旁抹骨牌。知麝月素與襲人親厚。一并連麝月也不理揭簾自往裏間來麝月跟進忙推出道不敢驚動你們還怒得有趣自己丫頭不知名字糊塗得有趣受了襲人悶氣無處發洩說蕙香玷辱好名好姓無理得有趣

玷辱好名是說蕙香玷辱好姓則說襲人矣指桑說槐不料寶玉亦會調

芸香改蕙香蕙香改四兒名字亦左遷奇

賈政挑眥襲人名字寶玉挑眥蕙香名字奇

寶玉謂蕙香玷辱美名誰知是乖巧不過的丫頭見寶玉用他變盡方法籠絡然則蕙之爲蕙尙克名稱其實寶玉應自悔肉眼矣亟宜追轉芳名雙手奉趙庶可補過

寶玉千古妙人續南華千古妙筆曰焚花散麝而閨閣始人含其勸矣誓不聽勸卽是誓不改過此卽東坡先生天不生蟹我亦不食之意妝寶釵之仙

姿。灰黛玉之靈竅。喪滅情意。而閨閣之美惡始相類矣。卽佛經所謂無色界。乃至無意識界。覺天地鍾靈。山川毓秀。皆爲多事。狀其仙姿。無愛戀之心矣。灰其靈竅。無才思之情矣。則與西廂詞云。你也掉下半天丰韻。我也颺去萬種思量。同一奇妙。至末句曰。彼釵玉花麝者。皆張其羅而穴其隧。所以迷眩纏陷於天下者也。則更舉頭天外。大聲疾呼。爲天下萬世發聾而振瞶。莊周復起。當把臂入林矣。惟襲人妒忌。未嘗不兼湘雲。文中不提湘雲。於是襲人專妒黛玉矣。黛玉危哉。此亦筆下疎忽之病。

寶玉次早醒來。將昨日之事。付之度外。見襲人和衣睡在衾上。恐他涼了。便去解他衣鈕。被襲人將手推開。又自扣了。只算答他昨日掀斗篷之氣。襲人道。你睡醒了。你自過那邊房裏去梳洗。從今偺們兩個丟開手。橫竪那邊膩了。過來又有個什麼四兒五兒伏侍。我們這起東西。可是白玷辱了好名好姓的。玷辱好姓。固是說襲人。玷辱好名。實是說蕙香。襲人一總攬了來。好笑。

什麼四、兒五兒。是醋上加醋。蕙香亦危矣哉。

黛玉來寶玉房中。見所續南華經。又氣又笑。因提筆續一絕云。無端弄筆是何人。剿襲南華莊子文。不愧自家無見識。却將醜語詆他人。謂此文必因襲人醋妒而作。然襲人醋妒在湘雲梳頭。乃舍湘雲而言釵黛。何見識之不明耶。

賈璉因巧姐出天花。搬出外書房。獨寢難熬。只得選小廝來出火。此無聊之極思。其實賈璉不愛此道。故隨與多姑娘交好。

多姑娘較智能卍兒鮑二家的。尤爲淫浪。爲紅樓極不愛惜之人。故與賈璉宣淫。備極描寫。

巧姐痘愈。賈璉由外搬回。被平兒於枕套中抖出一綹青絲髮來。賈璉正在央告。只聽得鳳姐聲音進來。見了賈璉便問平兒前日拿出去的東西都收進來沒有。平兒道收進來了。鳳姐道可少什麼沒有。平兒道細細查了。並沒少一件。鳳姐又道可多什麼沒有。前一問在人意中。後一問匪夷所思。豈知果然多出一物。來鳳姐善於料人。善於料事。

賈璉因平兒替他遮掩頭髮之事。俟鳳姐出房。即摟着平兒求歡。被平兒奪手跑了出來。賈璉知是怕鳳姐。乃發作道。你別怕他。等我性子上來。把這醋罐子打個稀爛。只許他和男子說話。不許我和女人說話。我和女人說話略近些。他就疑惑。他不論小叔子姪兒。大的小的。說說笑笑。就不怕我吃醋了。以後我也不許他見人。然則璉二爺亦知其故。但欲奮乾威懾閫令。竊恐如王渥詩。刀振臺綱事所難耳。

鳳姐走來。見平兒在牕外。問道。要說話。怎麽不在屋裏。跑出來隔着牕子。是什麽意思。賈璉在內接嘴道。你可問他。倒像屋裏有老虎吃他呢。平兒道。屋裏一個人也沒有。我在他跟前做什麽。鳳姐笑道。正是沒人纔好呢。鳳姐這話。原是說賈璉。乃平兒問道。這話是說我麽。鳳姐見問。若說是說二爺。便無謏味。乃笑道。不說你說誰。平兒道。別叫我說出好話來了。說着也不打簾子。一徑往那邊去了。平兒居然使性子。發作鳳姐。是好健兒

平兒道。別叫我說出好話來了。不知是何好話。惜未一聆。

鳳姐見平兒有氣去了。自掀簾子進來道。平兒丫頭瘋魔了。這蹄子認眞要降伏起我來了。仔細你的皮要緊。平兒無禮。鳳姐乃遷怒賈璉。或曰。仔細你的皮。是罵平兒。余曰非也。平兒已去。鳳姐進房。祇有賈璉在內。自然是罵賈璉。故後文又重言道。都是你興得他這樣。我只和你算帳。

第二十二回　聽曲文寶玉悟禪機　製燈謎賈政悲讖語

賈母蠲資爲寶釵作生日。以其爲客而非自己人也。故曰幾席家宴、並無一個外客。只有薛姨媽史湘雲薛寶釵是客。餘皆自己人云云。不言黛玉是客。可知已與紈鳳伍矣。

賈母問寶釵愛聽何戲。愛吃何物。寶釵總依賈母素喜者說了一遍。迎合之工如此、逢時利器也、

寶釵謀婚、與唐僧求經同、一不畏艱苦、故點戲點西遊記。崑曲中詞藻佳妙者。指不勝屈。卽山門八支。亦多可喜。寶釵何獨稱賞漫拭英雄淚一支、乎蓋先兆也。其詞有云。沒緣法轉眼分離乍。赤條條來去無牽罣、那裏討烟簑雨笠捲單行。一任俺芒鞋破缽隨緣化。後黛玉婚姻被寶釵奪占。寶玉不顧行遯。豈非沒緣法轉眼分離乍、乎。黛玉既亡。寶玉於釵襲無所系戀。豈非赤條

條來去無牽罣乎。是後日之烟簑雨笠。破鉢芒鞋。皆寶釵今日有以啓其機也。故標目曰。聽曲文寶玉悟禪機。以事在後而機動今日也。寶釵其何說之辭。

史湘雲薛寶釵等。以戲子比黛玉。因而與寶玉角口。讀者據此一端。便擬黛玉性情乖僻。豈知黛玉固自坦然耶。其與寶玉角口者。以其不應與雲兒施眼色於前。明心跡於後。固寶玉有以招之使然。非黛玉修怨於衆人遷怒於寶玉也。不觀取寶玉偈詞與湘雲寶釵同看乎。可知其方寸中並無介蒂。黛玉何嘗乖僻哉。假使黛玉以戲子比湘雲寶釵。吾知湘雲寶釵。必破口而詈反眼若仇。

何以知湘雲寶釵。必破口而詈。反眼若仇乎，湘雲見寶玉暗使眼色。以爲給看臉嘴。便欲束裝辭去。度量不能容一粟。已有明徵。後寶玉謂寶釵道。怪不得他們拏姐姐比楊貴妃。原也體胖怯熱。寶釵聽說。勃然大怒。不獨明識寶玉。抑且遷怒颦兒。指靚兒以發惡聲。借李逵以爲奚落。搖脣鼓舌。刺刺不休。夫楊妃戲子。相去何止逕庭。而况寶玉長姊。卽是貴妃。寶釵初心。欲爲贊善。區區皇商之女。上擬皇帝之妃。於卿亦不爲辱。釵且不能耐如此。設使寶玉以戲子比之。且出自黛玉比之。吾不知更如何大怒。如何發作矣。性情渾厚之人。顧如是乎。然則黛玉待人接物。其渾厚當在湘釵以上。僉必謂其性情乖僻也。何哉。

湘雲回房。令翠縷收拾衣包。明早就回去。在這裏看人家臉嘴做什麼。寶玉見他如此。知是錯怪了他。忙近前解說。湘雲摔手道。你那花言巧語。別望着我說。我原不如你林妹妹。別人拿他取笑。都使得。只我說了。就有不是。我原不配說他。他是主子小姐。我是奴才丫頭。寶玉急得說道。我倒是爲你。爲出不是來了、我要有壞心、立刻化成灰。教萬人踐踏、湘雲道、大正月裏。少信口胡說。你這些沒要緊的惡誓散語歪話。說給那小性兒行動愛惱人會轄治你的人聽去。別教我啐你。說着。至賈母裏間。忿忿的躺着去了。雲兒好大氣。眞如一塊暴炭、不獨面叱寶玉。且將無辜之黛玉。罵了許多。還說黛玉是小性兒行動愛惱人。會轄治人。眞是丈八燈台。照見人家。照不見自己。好笑

湘雲怪寶玉不應施眼色。平空將黛玉狠狠譏詈、實屬無理取鬧。而黛玉明明聽得。竟無怪意。此豈湘雲寶釵所能幾及乎、

寶玉被湘雲奚落。得了沒趣、又來尋黛玉。誰知黛玉惱得更兇。爲好成怨、因愛成仇。天下事往往如此。可知排難解紛四字。極不易爲。而況閨閣之中女兒之性。其居間也。不亦難乎。寶玉可笑。而亦可憐。

黛玉向寶玉冷笑道。我原是給你們取笑的、拏着我比戲子。給衆人取笑。寶

玉道。我並沒比你也沒笑你。爲甚麼惱我呢。黛玉道。你還要比。還要笑。你不比不笑。比人家比了笑了的。還利害。寶玉聽說。無可分辯。讀之令人失笑。有僧與婦同舟渡。僧目視不已。婦罵曰。和尚看婦人耶。批其頰。僧理絀。瞑目坐。婦又批之。僧嚷曰。我今番不曾看。婦曰。比看了還利害。僧無可分辯。又一士人納一妾。妻妒之。每宿妾處。妻必擲盤盎罵婢女作諸惡態。一夕士人將如妾所。見妻怒目立於庭。因逡巡轉赴妻室。妻作諸惡態如故。士人曰。我今夕不曾去。妻曰。比去了還利害。士人亦無可分辯。凡此皆無情理語。却是極聰明語。辯士無可置喙。聽來最解人頤。

黛玉道。你和雲兒施眼色。是安的什麼心。莫不是他和我頑。就自輕自賤了。他是公侯小姐。我是貪民家丫頭。此兩語因雲兒有主子奴才之說。而及之耳。還是譏寶玉。不是怪湘雲。

湘雲以戲子比黛玉、寶玉施眼色於湘雲。湘雲惱寶玉而並及黛玉。黛玉不怪湘雲而專怪寶玉。不怪湘雲而專怪寶玉、猶可說也。惱寶玉而並及黛玉、不可說也。

黛玉又道你却也是好心。只是那一個不領你的情。一般也惱了、你又拿我作情。倒說我小性兒行動肯惱人。你又怕他得罪了我。我惱他、與你何干。他得罪了我。又與你何干、顰兒此問、寶玉眞無以自解。山木自寇、源泉自盜。惟恨自家多事而已。無可分辯。只得轉身回房。

小性兒行動肯惱人。本係雲兒說黛玉之語。黛玉却硬派寶玉所說。蓋推雲兒之心。置寶玉之腹也、奇文。

襲人見寶玉回房納悶、以他事來解說道。今兒看了戲、又勾出幾天戲來。寶姑娘定要還席的、寶玉冷笑道。他還席不還席、與我無干。襲人道。大正月裏、娘兒姊妹們。都喜喜歡歡。你又怎麼這個形景了。寶玉冷笑道。他們娘兒們姊妹們。喜歡不喜歡。也與我無干。受了黛玉兩個何干。即答襲人兩個無干。蓋其心中正消不下兩個何干。不住在口中沉吟。故聞襲人之言。不覺脫口而出也。讀之失笑。

襲人又笑道。他們隨和。你也隨和些。豈不大家喜歡。寶玉道。什麼大家。彼此他們有大家。我只是赤條條無牽掛的。言及此句。不覺淚下。再細想這句意味。不禁大哭起來。蓋寶玉所牽掛者。惟黛玉。其方寸總欲與黛玉合爲一人。休戚與共。痛癢相關。雖隔形骸。不隔心性。夫然後快於心而無毫髮之憾。今黛玉自言我惱他。與你何干。他得罪我。與你何干。是不獨爾爲爾。我爲我。分明拆作兩人。且視我爲毫不相關之陌路人矣。黛玉既視我爲陌路人。則渺渺予懷。有何牽掛。卽今日烟簑雨笠。破鉢芒鞋。捲單而行。隨緣而化。亦未始不可。由是頓起超凡之念。不復存惜玉之心。且將富貴繁華天倫樂事。亦付之流水而已。念及此。不禁悲從中來而大哭矣。故其偈詞曰。你證我證。心證意證。是無有證。斯可云證。無可云證。是立足境。所以發明此意也。意若謂以你證我。以心意證心意。是我有心意於爾。而爾無心意於我。何干兩語。斯亦可爲無心意之證矣。而此外更無可證。心意者。爾既爾爲爾。我亦我爲我。即此我爲我。便是我立足境。又寄生草詞起句云。無我原非你。從他不解伊。謂你心無我。原非你素日之爲人。而今忽爲是態。不解伊是何故。然我既立足於我爲我之境。則亦不必索解矣。聽其無我可也。文頗古奧。細繹自得。寶玉喜讀莊老。故有此手筆。

黛玉將偈詞拏回房來。與湘雲同看。次日又與寶釵看。寶釵道。這個人悟了。都是我不是。是我昨兒一支曲子惹出來的。這些道書機鋒。最能移性。明兒認眞起來說些瘋話。存了這個念頭。豈不是從我這支曲子起。我成了個罪魁了。寶釵生日演戲。既點唐元奘西遊求經。又演魯智深醉打山門。又念寄生草詞給寶玉聽。似此多方啓迪。自足移其性靈。後日寶玉出亡。皆寶釵今日有以啓其機也。其爲罪魁。不信然乎。

寶釵將偈詞撕個粉碎。黛玉道。不該撕了。等我問他。你們跟我來。包管他收了這個癡心邪說。意黛玉此去。必將詰以深微之旨。元妙之詞。使之愕然不能對。憬然復其初。豈知所問。不深微而淺近。不元妙而顯明。匪夷所思。

黛玉笑道。寶玉。我問你。至貴者寶。至堅者玉。爾有何貴。爾有何堅。寶玉不能答。妙妙。不遠取譬。而卽以其名字相詰問。已使寶玉不能置喙。足以奪其氣而息其念。而况偈詞之續。更進一層。寶玉能無爽然自失。皇然自反乎。然則寶玉走入魔道。謂寶釵陷之。黛玉拔之也可。

無可云證。是立足境。似已推義至盡。乃黛玉續云。無立足境。方是干淨。猶之太極而無極。黛玉見界自高出寶玉上。不必有寶釵六祖之說。而寶玉已五體投地。息其禪心矣。

元妃差人送出燈謎。要衆人猜。寶釵近前一看。是首七絕。並無新奇。口中只說難猜。故意尋思。其實一見早猜着了。如此小事。亦必狡猾欺人。推寶釵之心。不過自欲顯才。不肯便宜他人。卒之迎春賈環之外。人人猜着。狡猾奚爲乎。

賈母等八個燈謎。均與各人情事相關合。作者眞要嘔出心肝。

賈母荔枝云。猴子身輕站樹梢。謂身處高而無定性。以比後來賴婚別婚。

賈政硯臺云。體自端方。質自堅硬。雖不能言。有求必應。謂賈政貌雖端方堅硬。似不可干以非禮之言。然暱愛者言之。則有求必應。如後文與薛蟠關說人命。及以敘易黛之舉。皆聽枕邊言也。

元春爆竹云。能使妖魔胆盡摧。身如束帛氣如雷。一聲震得人方恐。回首相看已化灰。謂元春雖爲椒房之貴。而轉瞬即薨。

迎春算盤云。天運人功理不窮。有功無運也難逢。因何鎮日紛紛鬧。祇爲陰陽數不同。謂女適富家郎。其父之爲謀非不善。然亦須有命以濟之。若終日反目。無伉儷情。是男女之配耦不相當也。人算雖工。其如命定何。

探春風箏云。階下兒童仰面時。清明粧點最相宜。遊絲一斷渾無力。莫向東風怨別離。謂身雖高適。配耦亦相宜。惟遠去海疆。未免悲離別耳。

黛玉更香云。朝罷誰攜兩袖烟。謂香玉聯盟是誰手訂。而乃上下其手。如變幻之烟雲。曰朝罷。則責在爲官之人可知。琴邊衾裏兩無緣。謂賈政事無把握。遂使我與寶玉無琴瑟衾枕之緣。曉籌不用雞人報。謂明暗相易不報主家。午夜無煩侍女添。謂曖昧而行。並瞞侍女。焦首朝朝還暮暮。煎心日日復年年、上句謂寶釵朝夕焦勞。惟圖篡奪。下句黛玉自歎。謂長年抑鬱。恐失婚姻。光陰荏苒須當惜。風雨陰晴任變遷。謂人生何常。當惜者節義。一任人事變遷。總宜堅守不移。死而後已。

寶玉鏡子云。南面而坐。北面而朝。謂黛玉親事、雖從南邊訂定而來。而北堂萱草、又背而他向。象憂亦憂。象喜亦喜。謂黛憂亦憂。黛喜亦喜也。黛名玉。與寶玉相像。故象字貼黛玉說。由是推之。象病亦病、象亡亦亡。

寶釵竹夫人云。有眼無珠腹內空。荷花出水喜相逢。梧桐葉落分離別。恩愛夫妻不到冬。有眼無珠。一譏賈母以寶釵爲賢女、一寶釵自詈以寶玉爲情郎。豈知强合不久。卽拋棄耶。

八個燈謎。賈政個個猜着。亦個個說明。獨寶釵竹夫人不說明。不以夫人兩字予寶釵也。

賈政見所作燈謎、都無吉兆、寶釵所作。更覺不祥。看來都非福壽之輩。大有悲戚之狀。賈政於此等處。略有明識、

賈母見賈政在此。拘束得衆姊妹不得高興。將賈政攆去歇息。孫權曰。顧公在坐。使人不樂。嚴憚於其君也。賈母以賈政在坐。合席不歡。嚴憚於其母也。嚴憚於君。自是端重、嚴憚於母。實屬迂拘。端重可敬。迂拘可嫌。賈政爲人。除清客相公樂與下菌棋外。大約無不厭嫌者、家庭貴和煦。樂事叙天倫、況有萱慈。尤當承歡博笑。何貴一副板板臉。使老母雛兒。一堂骨肉。皆在秋風秋雨中耶。

第二十三回 西廂記妙詞通戲語 牡丹亭豔曲警芳心

元妃命將歸省時一切題詠。編出次序。泐石於大觀園。較請名公巨筆題詠。

更饒嫵媚、

賈政欲將小沙彌小道士發往各廟。鳳姐囘王夫人。商允賈政。留養家廟鐵檻寺。名爲備貴妃承應。實則欲調劑賈芹管理、徒耗錢糧。又難照管。祇知狗私。不顧害公。

賈璉欲派賈芸事。不可得。小沙彌小道士。鳳姐又執欲派賈芹管。因謂鳳姐道。好容易出來一件事。你又奪了去。此與漢武帝謂田蚡君除吏盡未。吾亦欲除吏。同一可笑。

大觀園若謹敬封鎖。未免大殺風景。元春命衆姊妹入園居住。不使佳人落魄。花柳無顏、眞是通品。更妙諭寶玉一並入園、於是名園花柳、公子佳人。皆無缺憾。

寶玉得住大觀園。如魚縱淵。藪蝶入花叢。然非元妃有命。不獨賈政關節難通。卽賈母亦未必能割捨。有元妃之命。而賈政不敢違。而賈母且爲之喜。寶玉聞有入園之命。正在高興、忽見丫嬛來說、老爺叫。登時掃了興、臉上轉了色。拉着賈母扭股兒糖似的。死也不敢去、經賈母再三安慰、並令嬷嬷送去。然後一步挪不到三寸。蹭了過去。父也而使其子畏之如虎。何爲也哉。寶玉蹭到王夫人這邊。只見衆丫頭都在廊簷下。抿着嘴兒笑、金釧兒一把拉住。悄悄說道。我嘴上是纔擦的香漬胭脂。你這會子可吃不吃了。雖是一時打趣、而風情浪態、自有可觀。

賈政見寶玉神彩飄逸。秀色奪人。又看見賈環人物萎瑣、舉止粗糙。忽又想起賈珠來、又見王夫人只有這一個親生兒子。自己鬍鬚將已蒼白、因此把平日嫌惡寶玉之心。不覺減了八九。此一時之明白耳。轉瞬卽昧之矣。賈政於賈環、莫知其子之惡。猶在人情物理之中。於寶玉莫知其子之好、則出乎聖人意料之外好惡拂人之性。不知是何肺肝。

賈政把平日厭惡寶玉之心。滅了八九。可知平日厭惡寶玉。不止十分。甯榮二公見警幻。珍重而託之。賈政於寶玉。瓦礫而視之。親生之子。且不辨賢愚。而何有於釵黛。

襲人兩字。如何可使賈政聞知。偏王夫人無意中說了出來。賈政便問誰叫襲人。王夫人不知其意。答道。是個丫頭。賈政道。丫頭不拘叫個什麼罷了。是誰起這樣刁鑽的名字。此時王夫人方知襲人兩字。有些不妥。忙掩飾道。是老太太起的。初不料兩字有出典。非老太太所能起也。欲蓋彌彰。口吻畢肖。賈政道。老太太如何曉得這樣的話。一定是寶玉。寶玉見瞞不過。只得起身回道。因素日讀書。曾見古人有句詩云。花氣襲人知晝暖。因這丫頭姓花。便隨意起的。寶玉起名。固因姓花。用典。作者命意。實謂襲婚予人。

王夫人忙向寶玉說道。回去改了罷。老爺也不用爲這小事生氣。王夫人雖爲緩頰。究竟不知觸怒因何。

賈政道。其實也無妨礙。不用改。只可見寶玉不務正專在這穠詞豔詩上做工夫。既無妨礙。何必生氣。花氣之句何嘗是豔詩如此迂腐。鄭衞之詩應删矣。

賈政說畢，斷喝一聲作孽的畜生。還不出去。既罵復攆。厭惡之心畢竟未減。

寶玉漫漫的退了出來。向金釧兒伸伸舌頭帶着兩個老嬷嬷。一溜烟去了。來時何緩去何急。剛走至穿堂。只見襲人倚門而立。見寶玉平安回來。堆下笑來。大有去時兒女悲，歸來笳鼓競之象。

襲人以爲寶玉平安回來。豈知爲卿芳名吃一大碰耶，

大觀園房屋，以怡紅院瀟湘館兩處爲最。一居寶玉。一居黛玉。大居正也。

衆姊妹搬入大觀園登時園內花招繡帶。柳拂香風。祇八字耳。便覺形容盡致。

寶玉自進園來。每日只和姊妹丫嬛們一處。或讀書寫字。或彈琴下棋。作畫吟詩。以至描鸞刺鳳。鬬草簪花。低吟悄唱。拆字猜枚。無所不至。神仙不若也。

有癡人說夢曰。吾做一日寶玉。死也願。謂之者曰。做逢魔之寶玉一日。願乎。曰護持多佳麗。吾何爲不願。曰做受笞撻之寶玉一日。願乎。曰。抱痛有仙妹。吾何爲不願。曰做矮屋中三篇文章一首五律之寶玉一日。願乎。其人語塞。然則除在矮屋中數日。其餘皆神仙境界也。

寶玉看會眞記。在沁芳橋邊桃花樹下石上。庶乎不負此妙文。正看到落紅成陣。只見一陣風過。樹上桃花。吹下一斗來。落得滿身滿書滿地皆是花片。妙人妙境。正如天女散花。

寶玉正在兜花瓣抖入池内。只聽背後有人說道。你在這裏做什麼。寶玉一回頭。却是林黛玉。肩上擔着花鋤。鋤上掛着紗囊。手內拏着花帚。走來。妙人妙景。便如仙姑掃花。寶玉此時。惜未見邯鄲夢掃花之詞。若見之。定先以翠鳳毛翎紮帚叉相戲矣。

寶玉怕踐踏落花。欲掃入水內流去。黛玉謂撂在水內流出去。有人家的地方。仍舊遭塌。不如將花掃入絹袋。埋入花塚。日久隨土化了。豈不干淨。此即偈詞所謂無立足境。方是乾淨。

寶玉聽了。喜不自禁。笑道。待我放下書。幫你收拾。黛玉道。什麼書。寶玉見問。慌的藏之不及。便說道。不過是大學中庸。黛玉道。你又在我跟前弄鬼。了。趁早兒給我瞧瞧。好多着呢。寶玉豈是看大學中庸之人。此處又豈看大學中庸之地。遮掩得太離經。宜黛玉訶斥也。

寶玉道。妹妹若論你我是不怕的。你看了。好歹別告訴別人。眞正這是好文章。你若看了。連飯也不想吃。一面說。一面遞了過去。黛玉把花具放下。接書來。從頭看去。越看越愛。不頓飯時。將十六齣俱已看完。但覺詞句警人。餘香滿口。雖看完了。却只管出神。心內還默默記誦。西廂詞得此兩人吟誦。更覺香豔。

寶玉笑謂黛玉道。我就是那多愁多病身。你就是那傾國傾城貌。黛玉聽了。不覺帶腮連耳通紅。登時豎起兩道似蹙非蹙的眉。瞪着兩隻似睁非睁的眼。桃腮帶怒。薄面含嗔。指着寶玉道。你這該死的。胡說。好好的把這淫詞豔曲弄了來。說這些混帳話來欺負我。我告訴舅舅舅母去。寫得黛玉正氣凛然。非禮之言。難犯如此。其能湯他一湯乎。女門生蓮仙女史曰。西廂詞云。若能彀湯他一湯。湯字當作探字。叶作湯字。余曰。詞曲多方言。不必强作解人。

蓮仙曰、先生解字、亦當作改字。余爲之莞爾。

黛玉說到欺負二字。就把眼圈兒紅了。轉身就走。眼圈兒紅。自是心中孤慘、轉身就走、則以欺負二字、亦出西廂拷豔篇中。老夫人云。我的孩兒今日被人欺負了也。猛想到二字不可自居、故轉身疾走。

寶玉着了忙。向前攔住道。好妹妹。千萬饒我這一遭。原是我說錯了。若有心欺負你。明兒掉在池子裏、叫癩頭黿吃了。變一個大忘八。等你明兒做了一品夫人。病老歸西的時候。我往你墳上馱一背子碑去。詭譎奇誕如此。黛玉聞之。能無嫣然哉。

寶玉此誓。亦非漫爲是言、死必於池。以池有桃花也。桃花流水杳然去。故願隨波而逐流。墳碑龜趺、皆石、所爲化身爲龜、卽是返璞而爲石。且相與長守佳城。不啻死則同穴也。非野戰之文。

黛玉初入園首事埋花之塚。繼聞坟碑之盟。大非吉兆。停機之德。詠絮之才。其將埋沒於此園乎。

黛玉一面揉着眼。一面笑道。一般唬得這個調兒。還只管胡說。呸原來也是個銀樣蠟槍頭。仍以西廂詞斥之。雋峭無比。

寶玉笑道。你說說你這個呢。我也告訴去。此從玉簪記琴挑偷詞齣中學來。先是潘必正唐突陳妙常。妙常薄怒道。潘相公。你屢屢出言譏訕。莫非春心飄蕩。塵念頓生。待我告訴姑母。看你如何分解。後被潘必正偷得妙常情詞。內有午夜靜中思動。遍身欲火難禁。强將津唾嚥凡心。怎奈凡心轉甚之句。乃脅之曰。我也告訴姑母去。說你養得好徒弟。題寫情詞。引誘我書香子弟。看你如何分解。寶玉曾閱此記。故能有此機鋒。惜黛玉未經寓目。置而不答。否則更當轉出妙文來。

寶玉黛玉。正將落花掩埋妥協。忽襲人走來道。我那裏沒找到。摸在這裏來。語殊帶刺。以有黛玉在也。可惡。

寶玉去後。黛玉走到梨香院牆角外。只聽見牆內笛韻悠揚。歌聲婉轉。知是那十二個女子演習戲文。雖未留心去聽。偶然有二句吹到耳內。明明白白。一字不落道。原來姹紫嫣紅開遍。似這般都付與斷井頹垣。此牡丹亭遊園曲文也。西廂記牡丹亭。皆千古妙文。一日之間。而呈於黛玉之耳目。默契黛玉之芳心。可謂文章有幸矣。

西廂記。賴婚之文也。牡丹亭。死後圓合之文也。黛玉初入大觀園。首閱西廂記。繼聽牡丹亭。一證生前賈母賴婚。一證死後仙緣重合。豈閒筆哉。僕嘗謂賈母賴婚。寶黛仙合。未嘗不有疑之者。觀此可無間然矣。

黛玉聽了兩句。十分感慨纏綿。便止步側耳細聽。李謩擫笛。有此雅致。無此深情。

黛玉又聽唱道。良辰美景奈何天。賞心樂事誰家院。不覺點頭自歎。心下自思。原來戲上亦有好文章。可惜世人只知看戲。未必能領略其中的趣味。茫茫宇宙。知音幾何。吾有老友。愛梨園。暇輒召演。無十日之曠。問以曲文。則茫然。有隣兒善讀書。咿唔靡間朝夕。試以字。則目不識丁。龐甲開藩湘楚。曰講遴才。而所識則一錢奴。兵刑錢穀。無一知曉。惟善武媚而已。吾謂老友曰。公之聽戲。如隣兒之讀書。如龐甲之用才。友爲之冁然。

黛玉聽到如花美眷。似水流年兩句。不覺心動神搖。如癡如醉。站立不住。便一蹲身坐在一塊山子石上。細嚼那八個字的滋味。或有譏其過情者。余曰。此錦屏人忒看得韶光賤之說也。佳人才女。未有不珍惜韶華者。而況如花美眷。獨膺天眷優隆。似水流年。莫駐少年顏色。又何怪多情者之一往情深也哉。

黛玉又想起古人詩中有水流花謝兩無情之句。詞中有流水落花春去也天上人間。又兼方纔所見西廂記中有花落水流紅閒愁萬種之句都一時想起來。聚在一處。仔細忖度。不覺心痛神馳眼中落淚。若黛玉者。眞可謂千古傷心第一人。仍收到西廂作結。是一篇緊練文章。

第二十四回　醉金剛輕財仗義俠　癡兒女遺帕惹相思

黛玉聽曲文之後。正在情思縈廻。纏綿固結之時。忽香菱走來問答數語。即手拉手回瀟湘館去。香菱即英蓮。爲黛玉先聲。故於黛玉入園之初。緊接香菱。以見黛玉此後一啼一笑處處皆應憐之境。願讀者勿識之也。

寶玉囘至房中。見鴛鴦坐在床沿上。視襲人的針線。見寶玉來了。說道。你往那裏去了。大老爺身上不好。老太太叫你往那邊請安去。還不快換衣服走呢。襲人便進房去取衣服。寶玉見鴦鴛臉向那邊。低着頭看針線。便把臉湊在脖子項上。聞那香氣。不住用手摩挲其白膩。又挨上身去涎着臉討嘴上胭脂吃。又扭股兒糖似的。粘在身上。鴛鴦便叫道。襲人你出來瞧瞧。你跟他一輩子。也不勸勸。他還是這麼着。半日不言。此時始呼喚。蓋明知襲人取衣已畢。關鎖箱櫃。將次出來。撞見不雅。故呼而告之。以爲掩飾之地。聰明女郎慣有此等心計。其實香漬胭脂。早於扭股糖時。欣然賞給矣。

襲人抱衣出來。向寶玉道。左勸也不好。右勸也不改。你再這麼着。這個地方可也就難住了。仍以要回家去挾制之。所仗無非腰間物耳。可哂。

寶玉遇見賈璉。帶着賈芸。生得着實斯文清秀。却想不起是那一房的。叫什麼名字。經賈璉告知。乃笑道。是了是了。我怎麼就忘了。因問這會子什麼勾當。賈芸指着賈璉道。找二叔說句話。此時寶玉察看情形。已知八九。笑道你倒比先越發出跳了。倒像我的兒子。上句贊其貌。下句挑其心。而賈芸亦遂迎合趨奉。願認爲父。卑鄙已極。然則賈璉爲謀執事。有自來矣。想璉二爺自小廝出火之後。此道工夫。略有精進。

賈璉笑道。你聽見了。認了兒子不是好開交的。說着去了。寶玉笑道。明兒你閒了。只管來書房找我。我和你說一天話。別和他們鬼鬼祟祟的。直欲割璉二爺靴袖子。

鳳姐允派賈芸花木工程。賈璉自己轉告賈芸。何必又向鳳姐打幹。蓋知鳳姐處謀夫孔多。恐爲捷足先得。而況千勅萬令。不如荀公一命。賈璉之許。尚未足恃也。

卜世人是賈芸母舅。不肯些小通融。倪二乃市井潑皮。竟肯慷慨資助。作者調侃世人之筆。並伏後文搆怨之由。

賈芸去見鳳姐。鳳姐正眼也不瞧。諂諛數語。便笑逐顏開。收其香料。即欲派以執事。然則讒諂面諛四字。有求於人者。又豈可少乎哉。

賈芸到綺散齋書房來見寶玉。不曾下來。却遇小紅出來。一見垂情。寶玉甫萌鍾愛賈芸之心。而後房妖冶。即垂情於所鍾愛之人。弄童固不甚好弄也。

襲人以珍珠改名。焙茗以茗烟改名。襲人謂能襲黛玉婚姻以與寶釵。焙茗謂將背黛玉前盟以易寶釵。襲人焙茗皆寶玉肘腋服事之人。改名適以兆讖。此冥冥中示警於寶玉也。而寶玉不察。悠悠聽之。卒至襲者襲。背者背。其負疚於黛玉也。豈可贖哉。謂之丈八燈臺。誰曰不宜。

賈芸次日復往綺散齋來。誰知寶玉一早便往北靜王府裏去了。干謁洵非易事。而况又有立馬廄者乎。

寶玉從北靜王府裏回來。適襲人等都不在側。只得自己拏碗倒茶。忽聽背後有人說道。二爺仔細燙了手。等我來倒。寶玉唬了一跳。回頭細看那丫頭。却不認得。前次不認得蕙香。此番又認不得小紅。蕙香既是乖巧不過的丫頭。小紅更是十分俏麗甜淨。又有口才。具此美質。尚不能一邀青盼。可知天下英才。埋沒不少。寶玉劇善憐香惜玉。其掌中猶多遺珠可勝歎哉。

寶玉問小紅道。你既是我這房裏的。我怎麼不認得。小紅道。我從來又不遞茶遞水拏東西。眼前的事。一件也做不着。那裏認得呢。寶玉道。你爲什麼不做眼前的事呢。小紅道。這話我也難說。傷心欲訴宮中事。鸚鵡前頭不敢言。寶玉解人。故不往下再問。

小紅正同芸兒的話。只見秋紋碧痕唏唏哈哈。共提着一桶水來。小紅忙迎出去。二人見了。便都詫異。將水放下。忙進房看時。只有寶玉。便心中俱不自在。走到那邊房裏。找着小紅。交口啐罵。幾令無地自容。嗚呼。女無美惡。入宮見妒、士無賢不肖入朝見嫉、而況佚羣之士。出色之姿、能無側目於儕輩哉。

小紅原派在怡紅院當差。並非寶玉侍女。因有幾分姿色。心想向上高攀、每每要在寶玉面前現弄現弄、只是寶玉身邊一千人。都是伶牙利爪的。那裏插得下手去。此阿房宮中所以有三十六年不得一見者。噫。

小紅既有姿態。又具口才。又思向上高攀、洵非安靜女兒可比。然使寶玉早覩芳容。優加青眼。升之蘭室。儕於蕙班。則項踞金鼇。目無凡馬。何有於賈芸。乃爲伶牙利爪所抑。不得近禁地。幸而得間。得覩君子之耿光。又來同儕之譏詈。於是心灰意阻。知此間無可藉手。喜彼處尚有知音。始見賈芸而垂情。繼且感之而入夢矣。夫士爲知己死。女爲悅己容。蔡邕受知於董卓。千載下猶或諒之。小紅固不足責也。可恨者。伶牙利爪之人耳。秋紋輩又不足責也。可恨者。專房擅寵之人耳。

小紅不見容於怡紅院中人。其可傷與黛玉略同。故姓林。又林。零也。謂爲怡紅院畸零之人也。

第二十五回　魘魔法叔嫂逢五鬼　魘靈玉蒙蔽遇雙眞

小紅次早起來。就有幾個丫頭來會他打掃房子地面。提洗面水。這小紅也不梳洗。向鏡中胡亂挽了一挽頭髮。洗了手。腰中束一條汗巾。便來打掃房屋。一腔春意。滿腹牢騷。不寫而寫。

寶玉昨日見了小紅。也就留心。若要指名喚他來使用。一則怕襲人等多心。二則不知他是何性情。因而納悶。坐着出神。隔窗細看。雖有幾個擦脂抹粉的丫頭打掃院子。只不見小紅。靸了鞋走出房門。東瞧西望。始見小紅隔花倚立。要迎上去。又不好意思。此非面嫩。恐襲人等見而羞辱也。然則伶牙利爪之人。不獨小紅畏之。寶玉先畏之矣。

蓮仙女史曰。小紅既思高攀寶玉。亦垂雅愛。相處肘腋之間。且不能一通情愫。可見遇合之難。會眞記詞云。願天下有情人都成了眷屬。此宏誓大願也。顧安可得乎。

賈環因王夫人命他抄寫金剛經。便拏腔作勢。一時又叫彩雲倒茶。一時又叫玉釧兒剪蠟花。又說金釧兒擋了亮。衆丫環素日厭惡賈環。都不理他。只有彩霞還和他合得來。倒了茶與他。向他悄悄的道。你安分些罷。何苦來討人厭。彩霞獨與賈環合得來。亦是英雄無用武之地。賈環把眼一瞅道。我也知道。你別哄我。如今你和寶玉好。不大理我。我也看出來了。賈環一生僅一嗜痂之彩霞。可稱知己。而猶不知寶貴。輕相唐突。此之謂一范增而不能用。彩霞咬牙戟指。詈爲狗咬呂洞賓。不識好人。良然。

王夫人見寶玉從王子騰家囘來。多吃了酒。叫他靜靜的躺一會子。偏又叫彩霞替他拍着。不叫別人。單叫彩霞、合當有事。

寶玉和彩霞說笑。只見彩霞淡淡的不大答理、兩眼只向着賈環。寶玉道。好姐姐、你也理我一理兒。一面說、一面便去拉手、彩霞奪手不肯、道、再鬧、就嚷了。寶玉也沒眼色。白眼之加、綠蠟之推、亦所自取也。

賈環原恨寶玉。今見他和彩霞說笑、心下越按不下氣來。沉思一計、將一盞油汪汪的蠟燭、故作失手。向寶玉臉上只一推、環小子些小年紀、便知設計害人。異日與芸薔商賣巧姐。更何足怪。荀子曰。人性惡、桀紂性也。若環小子得非性使然歟。

鳳姐三步兩步上坑去。替寶玉收拾着。一面說、老三還是這樣毛脚雞似的。我說你上不得臺盤。趙姨娘平時、也該教導教導他。一句話、提醒了王夫人、便將趙姨娘叫來責罵。鳳姐罵環小子可也。一定指出趙姨娘來、本屬刁嘴。

賈環彩霞。必去學舌。怨上加怨。仇上加仇。禍幾不測。鳳姐兒亦有自取之道。

彩霞比賈環爲狗。鳳姐又比爲雞。可與泥母豬比肩。

王夫人見寶玉臉上起了一溜燎泡。又心疼。又怕賈母問時難以回答。急得

又把趙姨娘罵一頓。寶玉道。不妨事。明日老太太問。只說我自己燙的。何等

含容。煞是難得。此時趙姨娘親耳所聞。不知感情。反加仇恨。何哉。

五馬六盜。故曰馬道婆。不曰盜而曰道。則盜亦有道也。

三姑六婆。理宜禁絕。賈家不獨尼姑往來。并准馬道婆各房出入。是何家教。

賈母之罪也。馬道婆能作法使人魘。眞是响馬大盜。罪不容誅。

鳳姐平日菲薄趙姨娘。趙姨娘怨之恨之。欲制其命。尚有可說。若寶玉於趙

姨娘。既無凌轢之處。於環小子亦無粟布之譏。且被設計燙傷。方且承認掩

飾。手足之情。亦云厚矣。而趙姨娘輒思獨呑家產。并謀其命。眞蛇虺爲心。而

狗彘其行者矣。

賈環推蠟燭燙寶玉。趙姨娘買道婆殺寶玉。不知賈政是何刑于。而有此嬖妾愛子也。

黛玉至怡紅院，見鳳姐在坐。說起所送茶葉甚好，鳳姐道我那裏還多着呢。我明日打發人送來。還有事求你。一同叫人送來。黛玉向寶釵李紈等笑道。你們聽聽，這是吃了他家一點子茶葉。就使喚起人來了。鳳姐笑道。你既吃了我家的茶。怎麼還不給我家做媳婦兒。前是暗映。此是明點。

黛玉聽了鳳姐之言。羞得回過臉去。寶釵說二嫂子的詼諧是好的，黛玉道。什麼詼諧。不過是貧嘴賤舌討人厭罷了，說着又啐了一口，鳳姐道。你替我家做媳婦，少些什麼。指着寶玉道。你瞧瞧人物兒配不上。門第兒配不上。根基家私配不上。那一點兒玷辱了你，鳳姐此言，雖是嘲笑。却眞有人在旁垂涎。從此金玉之謀。愈不能鬆勁矣。

李宮裁、等因王子騰夫人來了。都走了出去。寶玉留黛玉站一站。說句話。鳳姐便將黛玉往後一推。此時鳳姐纔以吃茶相戲。黛玉自未便留後。故用鳳姐手推。極不要緊之筆。亦不苟下。

寶玉拉了黛玉的手。只是笑。又不說話。此時魔尚未至。其所以笑而不言者。以鳳姐吃茶之說。明點暗透。莊語諧言。可釋隱憂。執手欣慰耳。迨呼頭痛。始是逢魔。須知。

寶玉逢魔。拏刀弄杖。尋死覓活。正鬧得天翻地覆。忽見鳳姐持刀砍入園來。叔嫂同時遇祟。此其故可索而得矣。

寶玉鳳姐、都搬到王夫人上房。醫治。免得賈母等往來看視。省却多少贅筆。

寶鳳次日、越發糊塗、賈母等祗圍着哭。賈赦還各處尋覓僧道。賈政阻道。兒女之數。總由天命非人力可强爲、二人之病、百般醫治不效。想是天意該如此。祇好由他去。嗚呼。曠達之説、可施於死後、不可施於生前。兒女病雖不治一息尚存、總無坐視不救之理、而况爲堂上溺愛者乎。賈政忍焉、不慈且不孝矣。或曰。此關乎品誼也、王戎喪兒萬子。山簡往候之。王悲不自勝。簡曰。孩提中物。何至於此、王曰、聖人忘情。最下不及情。情之所鍾。正在我輩。賈政於寶玉。可謂不及情、此亦最下之人品也。余曰不然、易寶玉而爲賈環、不若是恝矣。蓋爲嬖妾枕邊言中傷、有利其死之心矣。於何知之。於下文趙姨娘之言同一聲吻知之。

寶玉至第四日、忽睜眼向賈母道。從今以後。我可不在你家了。快打發我走罷。賈母聽兒這話。如同摘了心肝一般。趙姨娘在旁勸道。老太太也不必過於悲痛、哥兒已是不中用了。不如把衣服穿好、讓他早些回去。免他受些苦。

趙姨娘自顧何物、其敢越次、而爲是言。蓋以符合賈政阻賈赦之言也。且非此一勸。不足以形容賈母之怒。卽不足以形容賈母之痛。與下文人回棺木做齊、同一襯筆。

賈母不等趙姨娘說完。便照臉啐了一口。罵道。爛了舌頭的混帳老婆、怎麼見得不中用了。你願意他死了。有什麼好處。你別做夢。他死了。我只合你們要命。此是泛罵語意。尚輕。又道。都是你們素日刁唆着、逼着他念書寫字、把膽子唬破了。見了他老子。就像個避貓鼠一樣、都不是你們這起小婦刁唆的。這會子逼死了。他你們就遂了心了。我饒了那一個。此則由趙姨娘而罵賈政。極有斤兩。蓋人於拂逆事來。不於本事推求其故。輒從旁面先致怨尤。此人情也。寶玉之病。賈母歸咎於賈政之嚴厲。趙姨娘之刁唆、語雖無理。却中人情、賈政在旁，聽見賈母這些話。心裏越發着急。忙喝退了趙姨娘。委宛勸解了一番。賈政此時，應知賈母與寶玉有相依爲命之勢。苟有孝心。便當舒其憎惡。加以愛惜。上悅萱慈。而况父子之間，固不宜視若仇讎耶。

人回兩口棺木都做齊了。賈母聞之，如刀刺心。益發哭着大罵。問是誰做的棺材。快把做棺材的人拏來打死。做棺材之人。定是曠達之人。寶玉鳳姐垂危。賈母悲痛如此。設或不治。必有性命之憂。是趙姨娘殺寶玉鳳姐。而又殺賈母矣。罪孽深重。義與廟絕。故探春不以爲母。作者無貶詞。讀者亦不苛責。

和尚道士來救寶玉。而鳳姐亦賴以生。

賈政問僧道。兩人中邪。何方可治。道人道。你家現有希世之寶。可治此病。家有希世之寶。而不知。以其無用耳。而豈知不善陶鎔耶。

賈政道。小兒生時。雖帶了一塊玉來。上面刻着能除邪祟、然亦未見靈效、那僧道。那寶玉原是靈的。只因爲聲色貨利所迷。故此不靈了。或曰。聲色有之。貨利則未也。二字宜衍。余曰。聲色。咎在寶玉。貨利。咎在衆人。四字並提。所以爲寶玉分咎也。不然。賈政聞之。益將以迷聲色。故深惡而痛絕之矣。然則二字何可衍耶。

和尙拏玉歎道。靑埂峯下。別來十三載矣。可羨你當日那段好處。天不拘兮地不羈。心頭無喜亦無悲。只因煅煉通靈後。便向人間惹是非。夫人伏處草茅、不求聞達。閒雲野鶴。無是無非。一自學成通籍。不能不與世爲緣。卽不能與世無忤、醒世之言。不專爲寶玉說法也。

那僧又道。可惜今日這番經歷呀。粉漬脂痕汚寶光。房櫳日夜困鴛鴦。明是指襲人。然則玉之汚光。其爲襲人所迷無疑。襲人之罪大矣。又道。沉酣一夢終須醒。寃債償清好散場。醒字對迷字而言。既曰寃債。則亦有夙緣可知。想襲人前世必是一株腐草、受神瑛尿溺之恩。故脫生之世日夜狐媚以報之。嗣神瑛日以甘露灌溉絳珠。無暇旁顧腐草。恩義不終。故狐媚數年旋卽曳尾而去。並恨黛玉奪其愛、故襲黛玉婚姻以與寶釵。此皆寃債也。文雖不傳其理可索而得。

蓮仙女史曰。後寶玉祭芙蓉女兒文有曰、薋葹妒其臭。茝蘭竟被芟鋤、明明謂襲人爲薋葹、先生腐草之說。非臆度也。

和尚將通靈玉持誦後。囑懸臥室。寶玉鳳姐。果然一日好一日。賈母王夫人等纔放了心。通靈寶玉。能除邪祟。已有明徵。毫無用處之金鎖。其能匹敵否乎。

衆姊妹都在外間聽消息。黛玉先念了一聲佛。寶釵笑而不言。惜春道。寶姐姐笑什麽寶釵道我笑如來佛比人還忙又要度化衆生又要保佑人家病痛叫他速好又要管人家婚姻要他成就你說忙不忙好笑不好笑嘴頭尖刻已極寶玉鳳姐病在垂危賈母悲痛欲絕兩府中人無不顰眉蹙額暗求佛祐一旦於萬無生理之中得神仙指點弗藥而瘳卽屬隣居亦且眉飛色舞而況至戚相關情同手足如黛玉乎失聲念佛亦人情天理之中寶釵乃遽以婚姻之語當衆人譏笑之抑何尖刻乃爾然黛玉與寶玉有婚姻之訂則可於言外得之否則無因之語敢如此輕薄乎至所云成就謂婚姻雖訂六禮未成知黛玉隱慮切盼故爲是譏刺也

紅樓夢考證

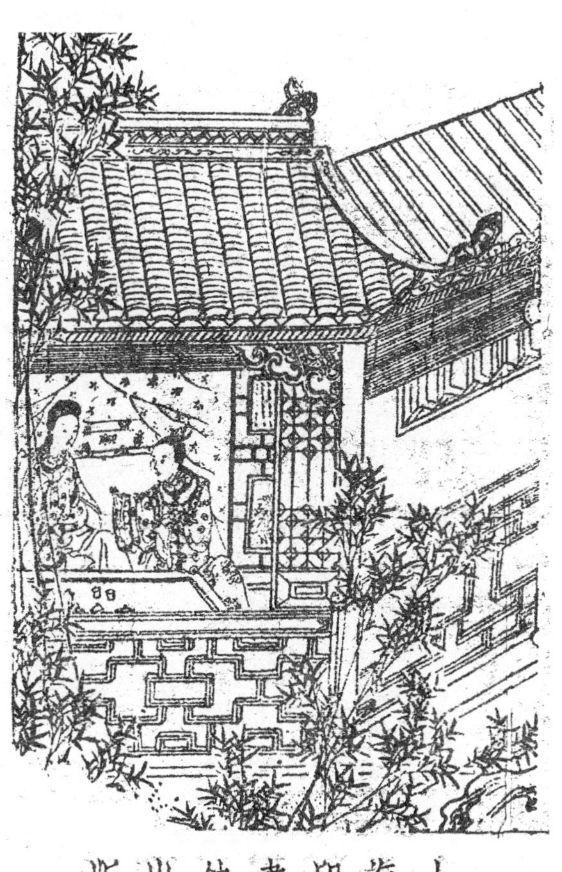

上海印書館出版

海上漱石生鑒定

紅樓夢考證卷五

著作者　武林洪秋蕃

校正者　鐵沙徐行素

第二十六回　蜂腰橋設言傳心事　瀟湘館春困發幽情

小紅見賈芸手中帕子。像他從前掉的。正在神魂不定。忽見小丫頭佳蕙走來。說了半日閑話。並無一句入耳之談。須臾又見一個未留頭的丫頭。拏着些花樣來叫他描花。擲下轉身就走。小紅忙問是誰的。那小丫頭只說一聲綺大姐姐的。抬起脚來又跑了。及向抽屜找筆。又都是禿了的。凡此瑣屑之文。都是畫工之筆。

小紅往蘅蕪苑去。適遇墜兒引着賈芸進來。四目勾留。私情益愜。小紅今夜春夢。必甚於前夜矣。余嘗謂今之女郎。偶遇少年顧盼。即欲以身相狥。如小紅者不少也。

寶玉想起賈芸來。逼着李嬷嬷去叫。命墜兒引進。閒話數句。便有些懶懶的。想是室內人多。不比書房淸靜。否則久病初愈。房櫳日夜困鴛鴦。無暇奏南薰之曲。便不作剪燭之留。賈芸鼓興而來。未免敗興而返矣。

賈芸出了怡紅院。與墜兒閑言套問。漸及小紅。並及手帕。賈芸道。我倒檢了一塊。墜兒便問賈芸要來還小紅。賈芸因將自己一塊。換給墜兒拏去。小紅得此。益將神魂失據矣。以上寫小紅事。人以爲傳中閒文。豈知爲寫寶釵正筆。觀後文滴翠亭聽私語便知。

寶玉前日以傾國傾城語唐突黛玉。大觸嬌嗔。曾幾何時。又以同鴛帳之言相戲謔。何冒昧至此。然而非冒昧也。蓋亦如西廂記所云。掉不下思量如今又也。

寶玉走入瀟湘館。只見湘簾垂地。便是西廂記控金鈎繡簾不掛。悄無人聲。便是蘭閨深寂寞。走至窗前。覺得一縷幽香。從碧紗牕中暗暗透出。便是繞牕紗麝蘭香散。將臉兒貼在紗牕上往裏看。便是把紙牕兒濕破。悄聲兒窺覘。見黛玉在床上伸懶腰。聽得細細的長嘆一聲。便是半晌抬身一聲長嘆。又聽念道。鎮日價情思睡昏昏。寶玉聽了。不覺心內癢將起來。覩此可喜娘。具此嬌模樣。吟此清新句。便是鐵石人。也意惹情牽。何況饞眼腦之志誠種。能無心癢難撓乎。然黛玉固自節操凜冰霜也。其情思昏昏眼倦開。亦以暮春天氣困人耳。初不料寶玉躡足潛蹤去悄地聽他。乃寶玉不自審。以爲分明錦囊佳句來勾引。輒思湯他一湯。只怕前已是踏着犯。又將怒嗔卓文君矣。

寶玉笑道。爲什麼鎮日價情思睡昏昏。一面說。一面掀簾進來。黛玉自覺忘

情。不覺紅了臉。拏袖遮着臉。翻身向裏粧睡着。寶玉於此。當吟羞答答不肯把頭抬。只將鴛枕捱看黛玉又作何說

黛玉起來。坐在床沿上。整理鬢髮。一面笑向寶玉道●人家睡覺。你進來做什麼。寶玉見他星眼微餳。香腮帶赤。不覺神魂早蕩。寶玉於此。又當高吟嬌滴滴越顯紅白。看黛玉又作何說。

寶玉一歪身坐在椅子上。笑道。你纔說什麼。黛玉道。我沒說什麼。寶玉道。你給個榧子吃呢。我都聽見了。我知寶玉一地胡拏。定當決撒了也。

寶玉要紫鵑倒茶。黛玉要紫鵑舀水。紫鵑道。他是客。自然先倒了茶。再舀水寶玉道。好丫頭。若共你多情小姐同鴛帳。我不教你疊被鋪床。如此忒莽戇眞是小孩兒家口沒遮攔。黛玉安肯彈着香肩。儘人調戲。乎宜其厭的扢皺了黛眉。忽的低垂了粉頸。氤的改變了朱顏。拽札起面皮。熱剌兒當面搶白

也。

黛玉登時撂下臉來道。二哥哥。你說什麼。不叫寶玉而叫二哥哥。忽將兄妹二字兜頭一蓋。分明雁字排連。着他魚水難同。寶玉又當云。呀。這聲息不好也。

寶玉見黛玉生氣而走。要去告訴王夫人。忙趕上來說。好妹妹。我一時該死。別告訴去。我再敢說這樣話。嘴上就長個疔。寶玉前誓何等奇誕。此誓又何庸俗。不知亦本地風光。語出續西廂張生對夫人之言。不敢再用原句。故變換其辭。使兩般兒氤氳得不分明。

寶玉正向黛玉陪小心。只見襲人走來說道。快囘去穿衣服。老爺叫你呢。寶玉於此。又當高吟忽聽一聲猛驚矣。

薛蟠請寶玉吃酒。乃詐稱賈政呼喚。似此言辭。眞是胡侃。

唐寅認作庚黃。不是薛大哥眼花撩亂。只因雪窗螢火。不肯下工夫耳。然亦只爭些兒。有瞽者招牌。江西柴先顯。算斷命限。認別字者。訛爲紅面紫光頭。弄斷命根。此人與薛大哥都是文學海樣深。

黛玉見賈政叫寶玉去了。一日心中也替他憂慮。豈知在薛蟠處挾優飲酒。紫鵑若知。定當向黛玉道。他如今陪酒陪茶。倒擱。就你反擔憂。

黛玉至晚飯後。聞得寶玉回來了。心裏要找他問問是怎麼樣了。一步步行來。剛到沁芳橋。只見各色水禽。都在池中浴水。也認不出名色來。但見文采閃爍。好看異常。因而站住。看了一回。再往怡紅院。門已關了。黛玉卽便扣門。誰知晴雯和碧痕拌了嘴。沒好氣。見寶釵來了。把氣移在寶釵身上。抱怨說。有事沒事。跑了來坐着。叫我們三更半夜不得睡。忽聽又有人叫門。晴雯越發動了氣。也並不問是誰。便說道。都睡下了。明兒再來罷。林黛玉素知丫頭們的性情、彼此頑要慣了。恐怕院內的丫頭沒聽見是他的聲音。只當別的丫頭們了、所以不開門。因又高聲說道。是我還不開門麼。偏生晴雯還沒聽見。便使性子說道。憑是誰、二爺吩咐的、一概不許放人進來呢。林黛玉聽了。不覺氣怔在門外、待要高聲問他。逗起氣來。自己又囘思一番、雖說是舅母家如同自己家。到底是客。如今父母雙亡。無依無靠。現在他家依栖。如今認眞慪起氣來。也覺沒趣、一面想、一面又滾下淚珠來了。正是回去不是。站着又不是、正沒主意。只聽裏面一陣笑語之聲、細聽竟是寶玉寶釵二人。林黛玉心中越發動了氣。左思右想。忽然想起早起的事來。畢竟是寶玉惱我告他的緣故。但只我何嘗告你去了。你也不打聽打聽、就惱我到這步田地、你今兒不叫我進來。難道明兒就不見面了。越想越傷感起來。也不顧蒼苔露冷、花徑風寒。獨立牆角邊花陰之下。悲悲切切嗚咽起來。原來這林黛玉秉絕代姿容、具稀世俊美、不期這一哭。那附近柳枝花朵上宿鳥棲鴉、一聞此聲。俱忒楞楞飛起遠避、不忍再聽。那林黛玉正自啼哭、忽聽吱嘍一聲。院門開處、寶釵出來了。寶玉襲人一羣人送了出來。待要上前去問着寶玉。又恐當着衆人。問羞了寶玉不便。因而閃過一旁。讓寶釵去了。寶玉等進去。關了門。方轉過來。尚望着門洒了幾點淚。自覺無味。轉身回來。無精打彩的卸去殘粧。倚着床闌干。兩手抱着膝、眼睛含着淚、好似木雕泥塑的。直坐到二更多天纔睡了。此一節。寶玉知之。定當集西廂云。歎鯫生不才。謝多嬌受怕擔驚。向書房問候。出畫閣。柳腰款擺。穿芳徑。初日西斜。投至得竹索纜浮橋、只見金塘水滿鴛鴦睡。嫩綠池塘藏睡鴨。倚闌干。目轉秋波。半個日頭早掩過翠裙三四摺。不覺開西立。又昏。門掩了梨花深院。粉牆兒高似青天。將金釵敲門扇兒。誰知小梅香。時下有些唧噥。不顧人。氣沖沖。他說一更之後。壓着繡衾臥。破工夫、明日早些來。小姐賢達。用心兒詳察。我不曾出聲。他連忙答應。定然是金雀鴉鬟、沒查沒例、謊僂科、不辨個誰是主、我便低低應、我是個多愁多病身。開窮究、來到此。啓朱扉、休遲憚。誰想那鶻伶淥老不尋常、年紀小、性氣剛。他不曉七青八黃。隔牆兒惱的早嗔道我簾垂下。戶已扃、得了將軍令、不揀何人、不召呼。不可輒入中堂。疾忙去。怎流連。聽說罷。心懷悒快。不由人顛倒。惡心煩。那幾日夜深香靄橫金界。猶兀自東閣帶烟開。今日個月明纔上柳梢頭。爲甚急攘攘門掩重關。我這裏碧桃花樹兒下。等他那裏雨打梨花深閉門。恣情的將人慢。袖梢兒搵不住啼痕。我曾經這般磨滅。不信俺女兒家折了氣分。我本待磨礲。將他攔縱、可憐我爲人在客。雖則是夫人只一家。赤緊的先亡了我的有福之人。便遂殺人心。把侍妾逼凌。難禁。仔細端詳。沒意兒。想着這異鄉身。把俺心腸擔、這其間。去住無因。進退無門。忽聽西廂裏笑呵呵。似兒女語小窗中顒顒。我潛身再聽絮絮答答。一遞一聲。元來是釵彈玉斜橫。那裏叙寒溫打話。他們不識憂。不識愁。一雙心意兩相投。我獨在窗兒外。祇把繡鞋兒冰透。將他來別樣親。把俺來取次看。是幾時孟光接了梁鴻案。直恁的覷面顏。厮顧盼。在他行。翠袖殷勤。在我行。擔饒輕慢。小則小。心腸兒轉關。叫人難捉摸。我慢沉吟。再思尋。這妮子怎敢胡行事。多管是寃家不自在。他心數多。情性皺。猜他疊被鋪牀。信口開合。夫人行。是我先投首。因此怒忽忽。兒的上心來。要梅香門掩淸秋。夜他若是到來。倚定門兒待。將言詞說上。他不令許放。看我蟲蔴線怎過針關。咍你忒慮過。空算長。全不想。我往常把你做心肝般看待。只少手掌兒上高擎。眼皮兒上供養。我爲你廢寢忘餐。暗中禱告。只要生則同衾。死則同穴。似這般有恩有義心中客。怎肯漏洩春光與乃堂。昨日個見甚詩。看甚詞。道我傾國傾城。恁的般冷句兒將人廝侵。並不曾記心懷、先前閑磕牙。怎做敵頭。却教嫩皮膚去受麤棍兒抽。我女孩兒家着甚來由。假如你。心中畏懼老母威嚴。你就該角門兒更不牢攛些。時得見。眞假你今夜親折證。却叫我玉堂人物難親近。咫尺間、天樣闊。我待訴衷腸、一層紅紙。幾眼疎櫺。似隔雲山幾萬重。前日太行山般仰望。東洋海般飢渴。一味的甜話兒熱趲、只道你性兒溫克情兒定。不由人不口兒作念心兒印。誰知你都是些假意兒。甚麼義海恩山。無非遠水遙岑、從今後。我也玉容寂寞梨花朶。與你成拋躲。甚妹妹拜哥哥。有甚相見話偏多。這一番花殘月缺。怕便是瓶墜簪折。我明日見柳梢斜日遲遲下。我便急煎煎將門禁。侯門不許老僧敲。紗牕也沒有紅娘報。一任你倚定門兒手托腮。姐姐呼之。諾諾連聲。我熬定心腸耐欹枕把身軀兒趄。叫你相會少見面難。還要伯勞東去燕西飛。別離情更增十倍。恰纔知淒涼情緒。看你個文魔秀士。風欠酸丁。煩惱耶。把人葬送。如今是你無緣。非是我佳人薄倖。眼見須臾對面。頃刻別離。你定要別離了。這志誠種。雖然玉人兒心兒空想。口兒閑題。他其實肚腸閣落淚珠多。那管他蒼苔露冷。羅袂生寒。哭聲兒似鶯囀喬林。淚珠兒似露滴花梢。只見他衫兒袖兒濕透了。重重疊疊的淚。元來湘陵妃子。月殿嫦娥。玉精神。花模樣。嫩蕊嬌香。如洛水神人。西子太眞。只這一聲長歎。仿彿人嗚咽。更堪那嬌滴滴。一聲聲淋漓。紅袖掩情淚。怎不教撲刺刺宿鳥飛騰。顫巍巍花梢弄影。亂紛紛落紅滿徑。方信道玉天仙是一尊離碧霄觀世音。猛聽得角門兒呀的一聲。風過去香衣細生。踮着脚尖兒仔細定睛。獨見了那人。下香階可意寃家。步香塵佇立閑階。我待拽起羅衫。行一步見那可憎。悄悄相問。問你個又不曾有甚横枝兒。着緊欛門前面使甚嘍囉。他來時。迎風戶半開。我這裏走將來。把房門胡掩。難道世間草木是無情。不比白璧黃金須要心坎兒上温存。把似你使性子。休思量我雖是女孩兒。有氣志明皎皎美玉無瑕、休猜做路柳牆花、你有心把嫩巍巍雙頭花蕊搓、香馥馥同心縷帶割、我便一納頭把比目魚分破。你如今煩惱猶閒可。你久後思量怎奈何。看他那答兒發付我。只怕他羞答答低首無言。獨自摧挫、仔細思量。到底干連着自己的皮肉。休波受艾焙我權時忍。這番我且背立湖山下。迴避一時半刻。直待到隔花人遠、萬籟無聲、恰尋歸路、嬝嬝婷婷、又來囘。向東牆淚眼偷淹、長吁了兩三聲、無人調護、不如歸去。神仙歸洞天、良夜靜復靜。碧熒熒是短檠燈冷清清是舊圍屏、淅泠泠是風透疎櫺、忒楞楞是紙條兒鳴。暢懊惱。破題兒第一夜。倚着這碧紗㡡寬繡榻、斜簽着三尺瑤琴、手抵着牙兒慢慢地想。想得人心越窄。越叫人不快活、寂寞淚闌干、呆打孩、便似捏塑的僧伽像、須臾桂花搖影、斗柄雲横、粉頸低垂。芳心無那、眼望着宎兒枕兒。只索要昏昏沉沉的睡。休將蘭麝熏。便將蘭麝熏。不脫和衣更待甚。半晌抬身。一聲長歎。恰纔向碧紗牕下晚粧殘。烏雲鬅。輕勻了粉臉。亂挽起雲鬟。拂掉了羅衣上粉香浮汚。只見閣淚汪汪。酪子裏都搵濕衫羅。將鈕扣兒鬆。羅帶兒解。揭起海紅羅軟簾。輕彈夜月銷金帳。搭伏定鴛鴦枕。蓋好過翡翠衾。誰想翠被生寒。芳心自警。睡不着如翻掌。呀今夜淒涼有四星。他不偢人待怎生。好意兒不避路途賒乘月色。來探爾。我只道偕兩個畫堂春自生。誰承望對別人巧語花言。把我在九霄雲外。早知恁忘恩僂人負心。我便拔了梯兒看。又問甚他危難。我有心爭似無心好。多情早被無情惱。今日個沒來由。把我摧殘。難道是準備去寒牕重守十年寡。既不沙。打算十年牕下無人問。好叫人撩撥得心慌。輪轉得腸忙。翻來覆去。檀口咨嗟。少呵有一萬聲長吁短歎。五千遍搗枕捶床。呸。似這般罣肚牽腸。倒不如義斷恩絕。女人自然多命薄又何須惺惺惜惺惺。可憐我一寸眉心怎容得許多顰皺得好休。便好休。其間何必苦追求你也趔、我也趔。早尋個酒闌人散。打疊起嗟呀。畢罷了牽罣。收拾過憂愁不强如扯殺心猿意馬。月朗風清恰二更。鮫綃枕頭兒上盹不移時。展放眉頭。星眼朦朧。葫蘆提已到曉

第二十七回　滴翠亭寶釵戲彩蝶　埋香塚黛玉泣殘紅

芒種餞花神。大觀園中小兒女。悉以花瓣柳枝編成轎馬。或以紗羅綾錦。疊成干旄旌幢。以綵線分繫樹枝花葉。遂使滿園翠帶飄飄。花枝招展。此與嶺南乞巧同一韻事。嶺南巧夕。閨中多有以餳膠黏芝麻。作天孫彩仗。或冠履盤匜數十事。堆盈几案。精巧絕倫。

寶釵去找黛玉。一抬頭見寶玉進去了。便站住想道。寶玉和黛玉。是從小兒一處長大。兄妹間多有不避嫌疑之處。嘲笑不忌。喜怒無常。況且黛玉素昔

猜忌。好弄小性兒。此刻自己也跟了。進去。一則寶玉不便。二則黛玉嫌疑。倒是囘來的妙。此無他。恐黛玉疑其一處同來。或被譏訕。且僕嘗謂寶釵形影之間。亦必籌度行走。語不虛也。作者書此。以見寶釵機智之深。

寶釵想畢。抽身囘來。忽見面前一雙玉色蛺蝶。大如團扇。一上一下。迎風翩翩。十分有趣。寶釵意欲撲了來頑要。遂向袖中取出扇子。向草地下來撲。只見那一雙蛺蝶。忽起忽落。來來往往。將欲過河去了。倒引得寶釵躡手躡脚的。一直跟到池邊滴翠亭上。香汗淋漓。嬌喘細細。一雙玉色蝴蝶。分明一對玉人。迎風上下翩翩。分明于飛有象。寶釵見其有趣。欲攘爲自己歡娛。於是用煽惑撲散之功。以遂其掩取冥求之計。卒之一雙玉蝶。渡過靈河。同登彼岸。徒勞心計。其奈之何。此發明寶釵奪取婚姻。寶黛仙圓福地之書旨也。作閑文看誤矣。

翠者。黛玉之色。亭名滴翠。猶之隕黛之亭。亭上有人。堪爲隕黛之助。故寶釵於滴翠亭而注意焉。更於亭中人而藉力焉。寶釵撲蝶至滴翠亭。聞亭裏有人說話。便煞住脚往裏細聽。只此一聽。便如小家子妖嬈女兒。好聽壁脚。吾願人人家中。家家膝下。勿有此妖嬈女兒。

寶釵既聽得小紅和墜兒私語賈芸易帕之事。便當抽身疾走。一則事不干己。二則各避嫌疑。乃立而不去。意將何爲。

小紅與墜兒說着話。又道。嗳呀。偺們只顧說話。恐有人來悄悄在外聽見。不如把這槅子推開了。便是有人到跟前。偺們也看得見。所見不差。可惜遲了。猶之賊過關門。寶釵外面聽見。心中吃驚。想道。怪道從古至今那些姦淫狗盜的人。心機都不錯。小紅若知必應之曰。豈敢。也與姑娘心機差不多。

寶釵又想道。槅門一開。見我在這裏。豈不臊了。況且說話的語音大似寶玉房裏的紅兒。他素日眼空心大。是個頭等刁鑽古怪的東西。今見我聽了他的短兒。人急造反。狗急跳牆。不但生事。而且我還沒趣。少不得要使個金蟬脫殼的法子。遂放重脚步。笑着叫道。顰兒。我看你往那裏藏。一面說。一面故意往前趕。那小紅墜兒。剛一推牕。只聽寶釵如此說着往前趕。兩人都唬怔了。寶釵反向他二人笑道。你們把林姑娘藏在那裏了。墜兒道。何曾見林姑娘了。寶釵道。我纔在河那邊看着林姑娘在這裏蹲着弄水兒。我要悄悄的唬他一跳。還沒走到跟前。他倒看見我了。朝東一繞。就不見了。噫吁噫。危乎險哉。夫以作客女兒身。竊聽人家婢僕私語。其宅心已自不正。及知將推槅門。便當如說顰兒者。朝東繞走。郎可避其所見。乃必借顰兒爲金蟬脫殼計。是以己欲引去之地。而又拉顰兒入來。其心尤不可問。然但云我追林姑娘來。不知他繞往何處。猶可兼爲顰兒脫卸。乃必指其蹲此間弄水。坐實顰兒曾經竊聽來。是特使頭等刁鑽之心。古怪之伎。向顰兒而造反矣。其狡詐有如是乎。蓋其謀奪婚姻。非殺顰兒不能自容。釵固日以殺顰爲心者也。頭等刁鑽古怪東西。徐夫人之匕首也。賫而用之。足以殺顰矣。故其爲計脫殼第二。隕黛乃第一也。噫吁嘻。危乎險哉。書此以見寶釵陰毒之甚。奸險之尤。而其殺顰奪婚之心。益彰然而不可掩。

小紅在怡紅院。寶玉不知爲誰。鳳姐亦不知爲誰。寶釵乃能察其聲。窺其心。且深知其爲人。心計如此。可畏哉。蓋從怡紅院求匕首。匪伊朝夕矣。

寶釵又道。別是藏在裏面了。一面說。一面故意進去尋了一尋。抽身就走。口內說道。一定又鑽在山子洞裏去了。遇見蛇咬一口也罷了。一面說一面走。心中好笑。這件事算遮掩過去了。謂殺顰兒兵馬。又安排一路。無人知覺。故曰遮掩。非謂脫卸竊聽私語之跡也。文中連用一面字。把個陰惡奸狡身段活畫出來。其心機與小紅心機。究竟孰深孰淺。全傳寫寶釵奸巧。雖不止一處。然皆皮裏陽秋。世人不察。猶可恕。若此撲蝶一回。大書特書。不啻馬上作露布。列榜示通衢。讀者猶雙眸翳蔽。津津然稱其賢淑。是其一世爲人。悉在寶釵遮掩之中。能無齒冷。

小紅聽了寶釵的話。信以爲眞。見寶釵去遠。拉墜兒道。了不得了。林姑娘蹲在這裏。一定聽了話去了。墜兒聽說。半日不言語。小紅又道。若是寶姑娘聽見。倒還罷了。林姑娘嘴裏又愛剋薄人。心裏又細。他一聽見了。倘或走漏了。怎麼樣呢。小紅此時便如匕首處囊中。有錚然躍出之勢矣。厥後不見動靜。非匕首而爲鉛刀也。因林姑娘嘴未剋薄。知事未走漏。故未及鋒而試。然則寶釵嫁禍。墜兒不受禍。是墜兒平日嘴頭剋薄。所自救也。豈倖免哉。

小紅心性聰明。口齒伶俐。在怡紅院雖爲同輩所掩。而良馬終爲伯樂所知。

鳳姐愛之非偶然也。而鳳姐能識小紅於牝牡驪黃之外其一雙丹鳳三角眼。畢竟非凡。

鳳姐不知小紅是那個房裏的丫頭。欲認爲女。又不知爲林之孝之女。皆所以印證寶釵也。

黛玉出來。剛到院中。只見寶玉進來。笑道。好妹妹。你昨日可告了我不曾。我懸了一夜心。此話假也。如果懸心、何不到瀟湘館一問。故黛玉不保。回頭叫紫鵑道。把屋子收拾了。下一扇紗屜。看那大燕子回來。把簾子放了下來。拏獅子倚住。燒了香、就把爐罩上。一面說、一面又往外走。此即顧左右而言他情形、却是難受。寶玉還認作昨日晌午的事。那知晚間的公案、還打拱作揖的認錯。林黛玉正眼也不看。竟自出了院門。一直找別的姊妹去了。寶玉此時、始看出動靜。不像爲昨日的事。但出門回來沒見面。再沒有沖撞他的處去。一個悶葫蘆。眞要悶殺莽郎君。

探春囑寶玉出門替他買些玩意回來。要揀那樸而不俗直而不拙的。此郎奇技淫巧反面註脚。豈是尋常閨秀見界。

黛玉葬花詩。班香宋豔。可泣可歌。然多半爲自家寫照。如質本潔來還潔去。强於汚淖陷溝渠。尤爲貼切。故能動寶玉之慟也。

滴翠亭既有寶釵撲彩蝶。埋香塚自應黛玉泣殘紅矣。文義貫串而下。意深哉。

第二十八回 蔣玉函情贈茜香羅 薛寶釵羞籠紅麝串

寶玉聽罷葬花詩。不覺慟倒山坡。那林黛玉正在傷感。忽聽山坡上也有悲聲。心下想道。人人都說我有癡病。難道還有一個癡子。不成世間亦有癡於我。豈獨傷心是小靑。

黛玉抬頭一看是寶玉。原來聽伯牙之琴者。無非一鍾子。

黛玉抬頭一看是寶玉。原來聽伯牙之琴者。無非一鍾子。

黛玉啐道。我當是誰。原來是這個狠心短命的。剛說到短命二字。又把口掩住。蓋短命二字。爲妻詈夫口頭語。是怒惱之時。仍流露親愛之意。其掩住者。終不忍以此咒咀也。

寶玉悲慟一回。正下山尋歸舊路。可巧看見黛玉前頭走。連忙趕上去說道。你且站着。我只說一句話。從今以後撂開手。在寶玉原有千百句衷腸欲向黛玉伸剖。只云一句話者。以一句話必見聽。不致拒絕也。黛玉果待不理聽他只說一句話。便道。請說來。寶玉又刺探一句道。兩句話。你聽不聽。黛玉回頭就走。此時寶玉頗形窘迫。若非一二句刺耳驚心之語。斷不能緩其蓮步之行。乃歎道。既有今日。何必當初。話雖兩句。含意綿邈。使黛玉不得不立住詰問。於是滔滔汨汨說出無數句話來。辭令妙品。寶玉有爲寶玉謂黛玉道。我們姊妹們。親也罷。熱也罷。和氣到了底。纔見得比人好。誰承望姑娘人大心大。不把我放在眼裏。倒把外四路的什麼寶姐姐鳳姐姐的。放在心坎上。倒把我三日不理。四日不見的。此席話。明是黛玉心頭欲責問寶玉之言。寶玉却以反賓爲主。法責問黛玉。較之指日呼天。自明心跡。尤爲警動。黛玉聞之。更有何心不軟哉。此等說法。直追戰國時辯士之風。漢唐而下。己不多覯。寶玉可謂知言哉。然亦黠矣乎。

單言外四路寶姐姐。似乎猶有痕迹。因拉一鳳姐姐陪襯之。遂成無縫天衣。

或曰。寶玉道外四路寶姐姐。恐不堪使寶釵聞之。余曰。後文夢兆絳芸軒比此尤甚。不聞有羞惡之心。

寶玉呼林黛玉。不以妹妹。而以姑娘。與上文黛玉不叫寶玉。而叫二哥哥。同一外之之詞。小兒女唧唧噥噥。往往有此界限。

黛玉聽了寶玉這話。將昨日的事忘在九霄雲外了。便說道。你既這麼說。爲什麼我去了你不叫丫頭開門。寶玉此時。纔知有不開門一事。不與昨日唐突相干。

寶玉詫異道。這話從那裏說起。我要是這樣。立刻就死。黛玉此時。纔知昨夜不開門。不與寶玉相干。

黛玉道。你那些姑娘們。也該教訓教訓。論理。我不該說。今兒得罪我的事小。倘或明兒寶姑娘。什麼貝姑娘來也得罪了。事情豈不大了。說着抿着嘴笑。

黛玉在此說寶姑娘貝姑娘。豈知背地爲寶姑娘貝姑娘磨厲以須耶。

寶玉狠曉得幾個丸藥湯頭。無事忙亦有閒心看醫書。奇。

寶玉所說藥方。大率與寶釵冷香丸同。一不經。故薛蟠求至一二年而後開。與其杜撰無疑。薛蟠信之。足見霸王之獃。

寶釵不與寶玉圓藥方之謊。黛玉在寶釵身後。笑以指頭畫臉羞寶玉。鳳姐走來證說。實有其事。寶玉因向黛玉道。你聽見了沒有。難道二姐姐也跟着我撒謊不成。臉望着黛玉說。却拿眼睛瞟着寶釵。眼瞟寶釵。固以寶釵不爲證實其事。而臉望黛玉。則因黛玉亦以撒謊羞他。其實黛玉非羞其撒謊。以寶釵不爲圓謊。枉費平日以好心向他爲可羞耳。寶玉不揣其意。以爲羞他撒謊。故聞鳳姐之言。直問黛玉。聽見沒有。並以寶釵不爲證實。或竟陷於不知。黛玉背後羞他。實是笑他撒謊。今既證實其事。則羞者非也。故不問寶釵而獨問黛玉。而黛玉所見則又不然。以爲寶釵不與圓謊。聞鳳姐之言。應奚落寶釵。乃捨寶釵而問我。豈非重寶釵而輕我乎。豈非以寶釵有金鎖。而我無可配之物乎。因拉王夫人道。舅母聽聽。寶姐姐不替他圓謊。他問着我。王夫人道。寶玉狠會欺負你妹妹。然此時黛玉怪寶玉之心猶淺。故其言猶帶嬉笑乃寶玉道。林妹妹纔在背後以爲我撒謊羞我。而黛玉始與之賭氣以其不應以背後羞他之事向王夫人告說也。故當賈母來請吃飯。不邀寶玉獨自就走。此時寶玉若隨之同去。亦可解釋。乃留王夫人處與寶釵同吃。已屬不合。迨寶釵諷他陪林妹妹走一躺。乃又道理他呢。過一會子就好了。於是黛玉聞之。恠之始甚。凡此瑣碎寫來。皆切實詮發黛玉心數多。器量小。爲庸耳俗目指爲乖僻之證。殊不知細細推敲。皆寶玉粗忽所致。不得爲黛玉咎也。文有底面。大率類此。純在讀者細心潛玩。庶不負作者經營慘淡之心。

寶釵謂寶玉道。吃不吃。陪你林妹妹走一躺。他心裏打緊不自在呢。及飯罷。寶玉怕賈母記掛。也記掛着林黛玉。忙忙的要茶漱口。探春惜春都笑道。二哥哥。你成日家忙些什麼。吃飯吃茶也是這樣忙碌碌的。寶釵又道。叫他快吃了瞧瞧林妹妹去罷。叫他在這裏胡鬧些什麼。兩次三番當着王夫人提林妹妹。分明刁嘴。陰險之至。

鳳姐叫寶玉進房開賬。畢。又問寶玉討允小紅。寶玉便要走。鳳姐道。你回來。我還有一句話說。與前文蓉兒回來一樣聲口。一樣文章。惜寶玉此時一心惦記林妹妹。不暇應接鳳姐姐。鳳姐於此。能無悵然。

寶玉走到賈母裏間。見黛玉裁剪綢子。有一個丫頭說道。那塊綢子角兒還不好。再熨他一熨。黛玉道。理他呢。過一會子就好了。捷如應響。妙可醒脾。

寶玉理他之說。彼時黛玉已先寶玉而行。何以知道。不知黛玉雖不邀寶玉同行。而蓮步紆緩。仍有相待之意。故聽得也。

寶玉見寶釵也來了。因向寶釵道。老太太要抹骨牌。正沒人。你抹骨牌去罷。寶玉非厭惡寶釵。因理他之言。既被黛玉聽得。則寶釵不自在之言。亦被聽見。誠恐黛玉譏訕。彼此生嫌。故慫慂寶釵走開。此寶玉暗中調停苦心也。豈知黛玉本無恨心。寶釵乃登時發作。冷笑道。我是爲抹骨牌纔來麼。說着便走了。好個性兒。

寶玉問丫頭道。這是誰叫他裁的。黛玉道。憑誰教我裁。也不管二爺的事。稱謂較二哥哥更爲見外。然語帶諧謔。不比前次矜莊。緣前次大怒。此則小有怪意耳。

馮紫英請寶玉薛蟠飲酒。叫了許多唱曲兒的小廝。並有唱小旦的蔣玉函。錦香院的妓女雲兒。特將蔣玉函頭銜書明。並與妓女雲兒同席侑酒。所以醜襲人也。

優伶之名愈著。則斷袖之好愈多。蔣玉函卽琪官。名馳天下。其老斗必車載斗量。而况與寶玉初親芝采。卽解茜羅。其濫於納交。尤可想所以醜襲人之甚也。

寶玉馮紫英雲兒蔣玉函所唱四曲。宜風宜雅、都是妙辭。

蔣玉函說酒底、偏說花氣襲人知晝暖。此機之先動者也。與寶玉換汗巾。恰又換了襲人汗巾。此事之先伏者也。寶玉贈物而以玉玦、此又事機之先決者也。有物將至。其兆必先。信然、

贈物而以繫袴香羅帶。不必云云而已知其云云矣。

北靜王給蔣玉函茜香羅纔一日。卽以贈寶玉。朝秦暮楚。倡伎不如。

寶玉散席回家。襲人問扇子墜兒。答以馬上丟了。此無對證之言。尚可遮掩得去。睡覺時。襲人見腰裏繫着一條大紅汗巾。此則和盤托出矣。襲人便猜了八九分。因說道你有了好的繫袴子。把我那條還我罷。寶玉聽說。方想起那條汗巾原是襲人的。不該給人。心裏後悔。口裏說不出來。只得笑道我賠你一條罷。襲人點頭歎道。我就知道又幹這些事了。也不該拏我的東西給

那起混帳人。豈知卿所仰望而終身者。即此混帳人也耶。

元妃頒寶玉節賞不與黛玉同。而與寶釵同。寶玉以爲將命之訛傳。而寶釵則竊有同牢之冀倖矣。豈知妃以愛弟待寶玉。以客禮待寶釵。物從豐而適同乎。觀黛玉之物與三春一律。則知妃以黛玉爲自家人矣。寶釵可謬爲慶幸。讀者烏可不詳加體察乎。

寶玉將元妃所賜之物送黛玉。黛玉不受。須臾遇見黛玉。笑道。我的東西叫你揀。怎麼不揀。黛玉將昨日所惱寶玉的心事。早又丢開。只顧今日的事了。因說道。我沒這麼大福禁受。比不得寶姑娘。有什麼金。什麼玉的。我們不過是草木之人罷了。寶玉聽他提起金玉。心動疑猜。便說道。除了別人說什麼金什麼玉。我心裏要有這個想頭。天誅地滅。萬世不得人身。黛玉聽他這話。便知他心裏動了疑。忙又笑道。好沒意思。白白的說什麼誓。管你什麼金什麽玉的呢。寶玉道。我心裏的事。也難對你說。日後自然明白。除了老太太老爺太太這三個人。第四個就是妹妹了。要有第五個人。我也起個誓。黛玉道。你也不用起誓。我狠知道你心裏有妹妹。但只是見了姐姐。就把妹妹忘了。寶玉道。那是你多心、我再不是這樣的。黛玉道。昨日寶丫頭不替你圓謊、爲什麽問着我呢。那要是我。你又不知怎麽樣的了。此段書人多視爲黛玉妒寶釵聞文、而不知爲黛玉白隱衷要筆。黛玉方寸。原刻刻放不下金玉。今元妃賜物相同。似更爲金玉撮合之助。若不早爲之計。則金玉之說。終必有應。彼時金相玉質。共賦桃夭。而我則如凋零之草木矣。草木之人。焉有厚賜之福乎。明是提醒寶玉、早向賈毋關白、毋任因循變遷。不便明言。游戲出之。寶玉不察。以爲黛玉疑他有金玉之想。故急得起誓。黛玉知他誤會。忙笑道。何必起誓。但能使我不爲草木之人。則雖有金玉邪說。我亦可坦然。而寶玉仍不悟。但自表心中除堂上三人祇有妹妹。並無他人。黛玉知他仍未領會。因又駁道。你心中有妹妹。我亦深知。但見了姐姐。更要想起妹妹之事。今遲遲不思雁幣之將。難保日後不有變遷之志。是你心中雖有妹妹。見了姐姐。又忘却妹妹矣。寶玉道。我不是那樣人。黛玉道。却亦難料。如果心中到底祇有妹妹而無姐姐。何以昨日寶釵不爲圓謊。不奚落寶釵而問我乎。豈非見了姐姐而忘妹妹之一證乎。更有說者。寶釵不爲圓謊。咎在寶釵。乃捨寶釵而問我。假使我不爲圓謊。其曲在我。又將如何。即以昨日情形論之。顯有畸輕畸重之別。而況耳鬢斯磨。履舄交錯。相處日久。瑣碎愈多。能保始終如一乎。是你心中只管有我。而我心中正放不下金玉也。然則欲袪疑慮。除非設法將姻事宣明。庶草木不致凋零。金玉可息邪說。若徒心中有我。以物遺我。皆無補也。此黛玉隱衷也。若作閒文看。則味同嚼蠟矣。至圓謊一詰。不過借昨日之事。略爲引證。並非將已往之事。猶介於懷。故作者先斷一句曰。黛玉將昨日所惱寶玉的心事。早又丟開。只顧今日的事了。讀者不加細玩。輒謂黛玉反復譏刺。無非發洩昨日之嫌。不獨所說皆屬膚詞。文理亦相矛盾。豈紅樓筆墨哉。蓋寶玉之詞直而質。黛玉之詞諷而隱。此後黛玉與寶玉悱惻纏綿。或嗔或激。皆本此一副筆墨也。

黛玉與寶玉正說着見寶釵來了。便走開了。寶釵分明看見。只粧不看見。低頭過去。此又是何心。

寶釵因往日母親曾對王夫人等提過金鎖是個和尚給的。等日後有玉的方可結爲婚姻等語。所以總遠着寶玉。金鎖不明叙和尚所給。配玉之說。不明叙和尚所教。僅由薛婆口中傳播。其爲僞托無疑。即此便是謀奪黛玉婚姻鐵據。作者書此。不啻面命耳提。何世人知之者絕少耶。

或曰。金鎖雖不明敘和尙所給。焉知非和尙所給。配玉之說。雖不明敘和尙所教。焉知非和尙所教。余曰。斷不其然。寶釵金鎖。果爲和尙所給。教令俟有玉者結爲婚姻。必係生而有玉之人。若佩帶之玉。不足數矣。薛氏既奉令承教。懷金佩鎖。其方寸中決放不下有玉之人。特患茫茫宇宙。無生而有玉之人耳。苟有之。雖極千萬里之遙。低微之族。杳不相識之家。亦必千方百計。輾轉媒合。以爲佳壻。豈猶視爲綏圖乎。寶玉啣玉落草。遐邇喧傳。薛氏至親。當早傳達。此天生嘉耦。不但和尙之說神。且聯秦晉之好易。亟宜修書倩冰求爲姻婭。免其論婚他族。失此有一無二之東床。何以十餘年來。寂寂不聞有是議乎。且何以入都而應賛善才人之選乎。卽曰南北遙遙。恐聞不確。且彼此未知兒女如何。未可草率從事。迨入賈府。彼此相見。兒女皆當意。卽當以和尙之言。向王夫人明以求婚。王夫人娘家人。重姊妹情。親必委曲以如其願。何以到府日久。不聞有是請。而漫爲是取瑟而歌乎。此一大罅漏也。或又爲之解曰。婚姻之事。固不可以女求男也。然天下有玉之人。除却寶玉。更無二人。今以和尚之言相告述。又何異呼寶玉之名而欲妻以女耶。此而不以爲嫌。復何嫌之有。或又曰。薛婆述和尚之言。固不專指寶玉。不思寶玉之外。豈更有生而有玉之人耶。且寶釵何以遠着寶玉耶。此尤不通之論也。其所以然者。實爲奪婚作用耳。蓋薛婆入賈府。見如寶似玉之寶玉。未嘗不向王夫人求爲壻。王夫人亦未嘗不愛寶釵而欲納爲婦。無如寶玉已論婚於黛玉。木既成舟。勢難中變。惟相與咨嗟惋惜而已矣。寶釵不然。以爲黛玉訂婚其事尚秘。林公下世。彼族無人。其盟可背。其席可圖。但得轉移賈母之心。不患不爲變置之計。所喜賈母之心不難轉。黛玉雖備承恩眷。而態嬌性傲。亦犯老人之嫌。乘此隙以入。反其道以行。足以弛其愛。奪其愛矣。至寶玉之心雖不能轉，亦不必轉，王夫人之心，不轉而自轉，賈政之心。上隨母轉，下隨玉夫人轉，餘皆湫上水，打順風旂之人。即有陽秋月旦，如探春李紈者，亦無能爲也，已是皆不足措意。所不可必者，天緣耳，然人定可以勝天。自古奸雄窺竊神器，多有託於圖讖妖異之說，以惑人。而天與人歸，亦隱從其願。篡奪婚姻，亦猶是已，必得一奇異之說。奇異之物，爲縮合之助，爲賈母等改悔藉口之資，庶人心順而天意亦隨之。於是殫精竭慮。得一法。儷玉以金，爲最佩物惟鎖爲宜。玉有八字。鎖亦編八字以偶之，玉有和尚說好處。鎖亦詭和尚之言以神之，此金鎖所由造，配玉之說所由騰也，豈非奪婚之鐵據乎，或乃悟蓮仙女史曰。和尚說玉好處，見一百二十回賈政在毘陵驛追趕寶玉回船，與衆家人道。這和尚道士。我見過三次。第一次來說玉的好處。第二次寶玉病重。他來將玉持誦，第三次送還玉來。足見寶玉降生時。和尚來過。寶釵聞其事。故托爲和尙之言。

蓮仙又曰。寶釵金玉之說。王夫人亦知其假。故聞薛婆告述。不贊一辭。賈母亦知其假。故後文聞鳳姐天配之說。笑而頷之。以假就假也。余曰。蓮仙慧心。令人喜悅。

金玉之說。播於家人。達於王夫人等之耳。已如洚水橫流。何怪黛玉皇然急遽耶。

寶釵遠着寶玉。人前則然耳。後文絳芸軒中獨坐臥榻。果遠着否。

寶玉問寶釵瞧香串。猶有不信賜物相同之意。

寶釵見寶玉問他要瞧紅麝香串。從左腕褪下。寶玉在旁看見雪白膀臂。不覺動了羡慕之心。暗想道。這個膀子若長在林妹妹身上。或者還得摸一摸。偏長在他身上。眞是我沒福。寶釵此想。非謂黛玉隨和。可以輕薄得之。寶釵莊重。不能僥倖近之。蓋謂黛玉此身與我有婚姻之分。自可爲肌膚之親。意在俟諸花燭。若寶釵，則終其身無一摸之福矣。其不作敵體之想可知。而讀者往往謂寶玉以愛黛之心忽轉移於寶釵。此豈善讀書者哉。即下文忽然想起金玉一事。再看看寶釵形容嫵媚。體態風流。頓發呆性。亦非寶玉變心。正是寶玉決志。蓋決志不與寶釵作敵體之想。謂空具此嫵媚形容風流體態。而與我無分耳。雖有金玉邪說。不足轉我匪石之心。此呆性所由發也。不然。剛與黛玉設誓而來。言猶在耳。豈遂昧心忘之。此正所以表寶玉之心純一不二。作者委婉寫來。故爲此若隱若顯之筆。原不許粗心人混作解人。惟寶釵籠串於臂。褪以示玉。則以元妃賜物與寶玉同。特以自衒卽隱以自媒。是其心事耳。

寶玉望着寶釵發呆性。自黛玉視之。似覺寶玉之心又向寶釵矣。此呆雁所由識也。

第二十九回 享福人福深還禱福 癡情女情重愈斟情

傳中婢女有未列全者。於賈母帶同各姊妹往淸虛觀看戲。逐一點出。賈母等到觀下轎。一小道士未及廻避。竄出轎前。被鳳姐打了一掌。越發亂竄。賈母忙叫不要難爲他。說人家孩子都是嬌生慣養的。倘或唬着。倒怪可憐的。他老子娘豈不疼得慌。慈祥愷悌之言也。賈母處小事皆有可取。惟於婚姻國喪大事。悖禮妄爲。糊塗已甚。故大事不糊塗者。可以處朝廷。糊塗者。不可以處家庭。

賈珍見賈母和姑娘奶奶們都來了。欲叫林之孝添派小幺兒在二門角門聽傳呼。又欲命賈蓉回家去接尤氏婆媳來伺候。因林之孝和賈蓉都歇涼去了。於是賈珍叫管家。小廝傳管家。林之孝整帽見賈珍。諾諾連聲應賈珍賈珍呼賈蓉。喝賈蓉。小廝承命啐賈蓉。罵賈蓉。賈蓉出來怨小廝。罵小廝。小廝欲打發小廝去。又不敢打發小廝去。瑣瑣碎碎。寫得情景逼眞。李贄謂拜月西廂化工也。琵琶畫工也。若紅樓可謂畫工。可謂化工。

張道士向賈母笑道。哥兒也該尋親事了。前日在人家見了一位小姐。好模樣兒聰明智慧。根基家當倒也配得過。但不知老太太怎麼樣。小道也不敢造次。請了老太太示下。纔敢向人去張口呢。賈母道。上回有個和尙說了。這孩子命理不該早娶。等再大一大兒再定罷。如今隨聽着不管他根基富貴。只要模樣兒配得上。性格兒好。就來告訴我。讀者據此一節。便謂寶黛親事未定。不知張道士所說。並無里居姓氏。明是隨口博歡。賈母知其意。故不往下問。姑以和尙之言覆之。不欲與之絮說也。至囑其物色來告。則專爲掩飾寶玉黛玉之說。安得據爲寶黛親事未定張本乎。況觀名淸虛。明謂彼此淸談皆虛詞。不得作實事觀。此面子而又面子之文章也。雖然。黛玉聞之。則瞿然矣。明知賈母姑妄言之。而此言一出。彼懷金帶鎖者。益堅其篡奪之心矣。寶玉亦怫然矣。知黛玉聞之。必蹙額顰眉。坐不安席矣。寶釵則欣然躍然矣。賈母雖妄言之。而木石之動搖。已見端。金玉之綰合。益可圖矣。卒之妄言同於眞言。成局忽爲變局。然則言者心之聲。又豈可妄言乎哉。

張道士一言之僨。益使寶釵譸張。爲幻寶黛昏因。變幻。故道士曰大幻眞人而氏張。然寶黛昏因雖幻。終能了夙緣於天仙福地。故又呼爲終了眞人。

張道士用茶盤蟒袱托出巧姐寄名符來，鳳姐笑道。你就手裏拏了出來罷了。又用個盤子托着。倒唬我一跳。我不說你是爲送符。倒像和我們化佈施來了。說得衆人閧然一笑。鳳姐出語。必解人頤。如此類不可枚舉。

神前拈戲。第一本。白蛇記。漢高祖斬蛇起義，謂寶玉高祖建業開基。二滿床笏。謂寶玉世代簪纓、三。南柯夢謂寶玉娶寶釵、如淳于棼夢入大槐安國尙金枝公主。乃在昏憒之中。闕合正意。藻不妄抒。

張道士問賈母要寶玉的通靈玉。給道友及衆門徒看。看畢送還。各有賀物。賈母看時、也有金璜、也有玉玦、或有事事如意。或有歲歲平安。皆是珠穿寶嵌、玉琢金鏤、此亦非隨筆泛塡之文。謂金鎖得以平安如意而爲玉偶。皆賴舊名珍珠之襲人。從中穿縆。將寶釵硬嵌入來。於是黛玉則受琢磨、黃金則蒙鏤錯矣。緣此回張道士說寶玉親事、固屬隨口博歡、卽賈母囑其物色來告、亦非眞心相託。然將黛玉訂婚一層抹煞、益堅寶釵謀奪之心、實爲全部書中一大關鍵。故於賀物中連用金玉等字以點綴之。使讀者眼光知所射也。金麒麟。金欺林也、謂寶釵從此、益假金鎖以欺黛玉矣。故於金璜玉玦外、特加金麒麟以襯托之、使讀者推敲而自得也。

賈母見各物中有個赤金點翠的麒麟。伸手拏起來笑道。這件東西。好像看見誰家的孩子也帶着一個的。寶釵道。史大妹妹有。一個比這個小些。寶玉道。怎麼他在我家住着。我也沒看見。史湘雲。助金以欺林者也。故有金麒麟。然在暗中相助。故寶玉不見。

史湘雲有金麒麟。別人不知。獨寶釵知之。探春笑他有心。黛玉譏他於人家身上帶的東西越留心。都是誅心之論。

寶玉聽說史湘雲有金麒麟。便將金麒麟揣在懷裏。見黛玉瞅着他點頭。復掏出來向黛玉赸笑一番。仍又揣起。揣一金麒麟。作兩番跌宕文固不厭曲也。

寶玉揣金麒麟。不過欲與湘雲比對調笑。無深意也。故不旋踵卽遺棄。足見不甚措意。然非閑文也。後文正意寓焉。寶玉初未嘗不喜金。因黛玉在坐而舍之也。既而又揣入懷。不旋踵仍即拋棄。皆爲後文伏兆。緣此回書雖係清虛觀爲元妃打醮。而木石金玉姻緣繫焉。故處處關合正意。

寶玉因張道士提了親事。一日心中不自在。回家來生氣。口口聲聲再不見張道士了。次日清虛觀便不去看戲。因黛玉中了暑。放心不下。飯也懶得吃。不時來問。黛玉怕他有個好歹，因說道，你只管看你的戲去。在家裏做什麼。寶玉因張道士昨日提了親事。心中大不受用。今聽見黛玉如此說，心裏想道。別人不知道我的心猶可恕。連他也奚落起我來。因此心中更比往日煩惱百倍。立刻沉下臉來說道。我白認得你了。罷了罷了。黛玉聽說，便冷笑道。白認得了我。我那裏像人家有配得上的呢。寶玉聽了，便向前來直問到臉上。你這麼說。是安心咒我天誅地滅。黛玉一時解不過這話來。寶玉又道。昨兒還爲這個賭了幾回咒。今兒你到底又重我一句。我便天誅地滅。你有什麼急處。黛玉一聞此言。方想起上日的話來。今日原是自己說錯了。又是着急。又是羞愧。便戰戰兢兢的說道。我要安心咒你。我也天誅地滅。何苦來。我知道昨日張道士說親。你怕攔了你的好姻緣。你心裏生氣。拏我來煞性子。寶玉聽說好姻緣三字。越發逆了己意。心裏乾噎。口裏說不出話來。便賭氣向頸上摘下那通靈玉來。咬咬牙。狠命往地下一摔。道什麼勞什子。我砸了你就完了事了。由是砸玉大鬧。驚動賈母王夫人都來解勸。此一段書。人多咎黛玉無理取鬧者。雖經作者詳爲剖解。終不能化。此亦未識作者本意故也。寶玉生氣。不欲再見張道士。固怪其不應提親。尤怨賈母不以實告。使賈母答以親事已定。則雖不必指明黛玉。而大衆觀聽之下。自無不了然也。黛玉固可放下愁腸。旁人亦將打除妄想。乃揑和尚不可早定親之言答說。並囑其物色來告。於是已定之婚。恍若未定。已成之局。儼如未成。不獨滋黛玉之憂疑。且益開倖進者之奔競。此皆張道士一言僨之也。故惱張道士特甚。又見黛玉抱病。雖云中暑。未必不爲昨日之言。故放心不下。飯也懶吃。不時來問。不然。黛玉往日常病。未見憂勤如此。蓋深慮黛玉之病爲昨日之言。思有以解之也。解之維何。曰。以我惱張道士之心解之。我惱張道士之心。卽怨賈母不實告之心。別人庸不知。知己如黛玉。當無不知。故口口聲聲不再見張道士。又不時來問也。庸詎知黛玉不察。以爲寶玉不去看戲。爲其病所牽制。故勸他只管去看戲。不必在家煩心。原無他意。又豈知莽玉不察。以爲黛玉勸去看戲。誤認他樂聞張道士之言。有心奚落。故無名之火。百倍往常。遂以自認得之言相怨詈。而黛玉自以爲言之無罪。平空來此惡聲。烏能忍受。遂亦怒答道。我那裏像人家有什麼配得上的。明謂有金鎖之人。自然不自認得。迨寶玉直問上臉來。又證以昨日賭咒之語。黛玉始悔言之孟浪。忙亦賭咒以解之。然昨日睹咒。雖自表心無金玉。而不早爲木石之所。坐待金玉之成。則謂之心有金玉可也。謂之以金玉爲好姻緣可也。而況賈母老人。難保不爲邪說所動。昨答張道士之言。明明有改弦易轍之意。隱隱伏開門揖盜之機。是寶玉平日不以木石姻緣爲重。悠忽以聽之之故也。既不以木石姻緣爲重。便是以金玉姻緣爲好矣。故以張道士說親。怕攔了好姻緣之語相激。豈知寶玉生成癡病。因見各親友家閨英閫秀。未有稍及林黛玉者。早存一生同衾死同穴之心。無論金玉如何神其說。謀奪如何致其力。甚至堂上背木石之盟。墮金玉之術。而我心堅金石。百折不磨。天不變。道亦不變。又何患金玉之神其說。謀奪之致其力乎。但不便向黛玉宣說。故每每或喜或怒。變盡方法以刺探之。欲黛玉開誠布公。相與共剖心腹耳。而黛玉亦有癡病。以爲你既瞞起眞心。我又何可直宣隱曲。況姻婚之事。爲女兒所羞稱。篡奪之來非女兒所能禦。故每每或譏或激。想盡方法以啓迪之。欲寶玉設策建言。勿使事有中變耳。如此兩假相逢。以致口角。卽如寶玉不見張道士。原以張道士不應說親。招出賈母游移語來。故惱之特甚。此其心專在守木石姻緣。不許旁人生覬覦之心也。他人不知猶可恕。黛玉不知。則是我心中有你。你心中無我矣。而黛玉之設想。則又不然。你心中雖不重金玉而重我。但我時時提金玉。非無理取鬧。實恐金玉邪說。拆我木石良緣。你果知我心。當早爲之計。或明示襲人。或諷託鳳姐。掇攛賈母。將前此訂婚定盟。明白宣示。使木石之緣。有金湯之固。庶金玉之說。同海石之沉。則我雖時常提金玉。你可置若罔聞。方見得待我重而無毫髮私心。及金玉。奈何我一提金玉。你徒知着惱而不知爲計。是安心以外面情形哄我。而不以婚姻大事爲重。我又焉能放得下金玉耶。兩人原屬一心。有此枝葉。反出兩歧。而寶玉又別有意見。

謂我之一身。無論苦樂順逆。在所不計。祇要你稱心如意。那怕我立刻就死。我也情願。你知與不知。亦可付之不論。但須也由着我。與那有什麼配得上的。配不上的。或好或不好。或眞好或假好。你總不理會。這纔是你和我近。若每因金玉而齟齬。則如和我遠了。而黛玉則又有一想。你只管你。莫管我。你果然重我。不使婚姻有失。是你好。即是我好。何必爲我情死。殊不知你失我也失。你死我也死。是分明叫我與你遠。何嘗叫我與你近。是寶黛皆是求近之心。反弄成疎遠之迹。此作者詮解寶黛二人素昔心事也。故寶玉聽見黛玉說好姻緣三字。越發逆了己意。不由得怒氣勃發。欲碎其玉。平心核論。黛玉每提金玉。無非恐失婚姻。寶玉不加推求。以爲多此猜忌。而且砸玉大鬧。上驚重闈。啓老人憂疑。弛黛玉鍾愛。皆莽玉貽之也。恨不令顰兒執玉數之曰。善解曰通。善悟曰靈。爾有何通。爾有何靈。至作者每叙寶黛角口。率以浮光掠影之談。即加詮解。亦係隱約其詞。此元好問詩所謂鴛鴦繡出憑君看。不把金針度與人也。

寶玉所見遠親近友之家閨英闈秀。皆未有稍及林黛玉者。足見黛玉之美。非寶釵所能比肩。

紫鵑雪雁。見寶玉砸玉大鬧。把襲人趕來。奪下那玉。襲人見寶玉氣得臉都黃了。眉眼都變了。拉着寶玉的手笑道。你和妹妹拌嘴。不犯着砸他。倘砸壞了。叫他心裏臉上怎麼過得去。黛玉一行哭着。一行聽了這話。說到心坎兒上。可見寶玉連襲人不如。越發傷心大哭起來。心裏一煩惱。方纔吃的香薷飲都吐了出來。紫鵑忙上來用手帕接住。道雖然生氣。姑娘也該保重着。倘或犯了病。寶二爺怎麼過得去。與襲人之言針對。緣襲人之言。雖勸寶玉。實責黛玉。黛玉不省。紫鵑察知。故亦以勸黛玉者責寶玉。正如諸侯爭盟。輔臣效命。兩軍對壘。旗鼓相當。眞好紫鵑。

寶玉聽了紫鵑的話說到心坎兒上來。可見黛玉不如一紫鵑。又見黛玉臉紅氣輳。汗淚交縈。不勝怯弱。後悔不及。由不得也滴下淚來。恩愛夫妻偶然反目。決裂之後。潛生悔心。貌雖含怒。心已相憐。大率如此。至若哭泣之際。旁人勸解。刺心。適足增其悲楚。又往往然也。作者眞善體會。襲人欲勸寶玉不哭罷。一則恐寶玉有什麼委屈悶在心裏。二則又恐薄待了黛玉。不如大家一哭丢開手。因此也流下淚來。此亦面子文章也。止哭惟有解勸。豈有以哭止哭之理。分明推波助瀾。欲益寶黛之哭。引紫鵑之哭。使大衆皆哭。下駴俟婦。上驚慈幃。前來斥責黛玉耳。故哭罷又笑向寶玉道。你不看別的你看看這玉上穗子。也不該同林姑娘拌嘴。於是黛玉又觸發嬌嗔。奪過穗子。剪作幾段。此於涕泗汍瀾之外。又助一波。吾見賤人之肺肝矣。

老婆子們見寶玉黛玉大哭大鬧。恐擔干係、忙往前頭回賈母王夫人。一齊進園來瞧。此是襲人意計中。其抱怨紫鵑不該驚動老太太。是假抱怨紫鵑只當是襲人去告訴的。也抱怨襲人。是眞抱怨。

賈母王夫人進園見寶玉黛玉都無言語。問起來。又沒爲什麼事。便將這禍移到襲人紫鵑身上。說爲什麼不小心服事。連罵帶說。教訓了一頓。口雖罵襲人紫鵑。心實不快於黛玉。襲人知代黛玉受過。雖被罵。實快心。

襲人激黛玉剪去玉穗。恰好作成寶釵以黃金纓絡之。

薛蟠生日擺酒唱戲。寶玉因得罪了黛玉。無心看戲。推有病不去。黛玉因寶玉不去。知是昨日之故。也不去。賈母以寶黛兩人都生了氣。只說趁今日那邊唱戲。兩個見面就完了。不想又都不去。急得老人家抱怨道。我這老寃家是那世裏的孽障。偏遇着這兩個小寃家。沒有一天不叫我操心。眞是俗語說的不是寃家不聚頭。幾時我閉了眼。斷了這口氣。憑着這兩個寃家鬧上天去。我眼不見。心不煩、也就罷了。偏又不嚥這口氣。自己抱怨着。也哭了。寶玉黛玉。一時嬉笑。一時怒惱、兒女恆情。何關緊要。賈母何必着急如此。況係姑表兄妹。偶爾聚頭。非同附骨之疽。乃引爲終身之恨。足見兄妹二人早訂爲兩口兒矣。兩口兒不時吵鬧。老人家焉不擔憂。惟屢次勃谿。此番爲最、至使老人以不嚥氣自怨、其愛弛心變、所不待言。黛玉危哉、襲人險哉。

寶黛二人。從未聽見過不是寃家不聚頭的這句俗話。今傳入耳內。好似參禪的一般。都低頭細嚼這句話的滋味。都不覺潸然泣下。蓋常人聚首不過偶合萍踪。寃家聚頭。必是永連花理。賈母此言。謂兩人已成春屬。明甚。但必須寃家而後聚頭。不是寃家。即不聚頭。此不能無介介矣。以兩人平日情景而論。愛極而生怨、喜極而生嗔、時憎時憐。式尤式好。謂之寃家可也。似應永遠聚頭而無拆散之慮。然婚姻出於父母之命。嗔怒亦由恩愛之深。雖有勃谿。何害伉儷。似又不得謂之寃家。若夫小家碧玉。見汝南而垂涎。有妻宋弘。效河陽而欲嫁。如輕風入幕。不引自來。如皎月媚人。容光必照。矯造金鎖。巧合通靈。僞托僧言。資爲蠱惑。慈愛漸爲侵奪。嘉耦因而參商。此眞寃家也。倘教闖入桃源。眞是寃家路窄。必致慘分木石、能無暗地神傷。是以一在怡紅院對月長吁。一在瀟湘館臨風灑淚也。若不謂然。寃家聚頭之言。亦平平耳。有何滋味可嚼。使兩人皆潸然淚下哉。文如右軍書法。處處藏鋒。惟巨眼者能識之耳。

襲人勸寶玉道。千不是。萬不是。都是你不是。往日家裏小廝們和他姊妹拌嘴。或是兩口兒忿爭。你聽見了。還罵小廝們。蠢不能體貼女孩兒們的心腸。今兒你也這麼着了。襲人所勸之語。不論事之是非。只說不能體貼女孩兒心腸。責得寶玉無可支吾。宛然一解事女郎。又道。明兒大節下。你們兩個再這麼仇人似的。老太太越發要生氣。一定弄得不安生。依我勸你正經下個氣。賠個不是。大家照常一樣。勸寶玉往賠不是。尤爲合理。豈非至賢至善一大明證耶。然寶玉固不待勸者也。其所以勸之者。明知寶玉隔不兩日必去賠禮。故順水推舟而爲是賢善也。於何徵之。於下文兩語徵之。接着說道。這麼也好。那麼也好。謂敷衍過了節之後。面和心不和也好。今和後不和也好。甚而至於諷示賈母將黛玉搬出園外。亦無不好。如此藏奸。豈是眞心勸和之賢善人耶。讀者不可不察。

第三十回　寶釵借扇機帶雙敲　椿齡畫薔癡及局外

林黛玉自與寶玉口角後。也自後悔。凡與人口角。而知自悔。終是好人。

紫鵑見黛玉日夜悶悶。如有所失。乃勸道。論前日之事。竟是姑娘太浮躁了些別人不知那寶玉脾氣難道偺們也不知道爲那玉也不止鬧了一遭遭了有襲人之勸寶玉豈可無紫鵑之勸黛玉蘧伯玉恥獨爲君子吾於紫鵑無憾矣惟前日之事平心論之實由寶玉先浮躁紫鵑謂黛玉浮躁殊未中肯黛玉啐道你倒替人家來派我的不是我怎麽浮躁了紫鵑笑道好好的爲什麽剪了那穗子豈不是寶玉祗有三分不是姑娘倒有七分不是此言亦未公允如果好好剪了穗子黛玉自應有七分不是今由寶玉先加聲色怒而剪穗則寶玉不是應七分黛玉不是僅三分况又爲襲人刁嘴所致則三分不是之中襲人應占其二黛玉祗得一分矣紫鵑派以七分信未允協紫鵑又道我看他素昔在姑娘身上就好皆因姑娘小性兒常要歪派他纔這麽樣吁此言也尤非深知黛玉者黛玉屢與寶玉齟齬豈小性歪派哉乃苦心孤詣耳然則紫鵑所勸皆非歟而不知正得解勸之道每見家庭骨

肉參商。待兒爲主。競言彼短。絕不一彈主人之非。贊成固結莫解之勢。遂致一失歡而不能復睦。此爲主而無益於主者也。紫鵑深明其理。故以責人之心責己。恕己之心恕人。爲言欲黛玉自省自訟。勿再爲人激怒。總宜大度包容。庶此番之失好易和。後此之釁端可泯。用意如此。不亦賢乎。黛玉面雖不從。其心未嘗不感佩。故寶玉來賠禮。再得罪。仍與取和。未始非紫鵑勸諫之功。

紫鵑聽得院外叫門是寶玉的聲音。想是賠不是來了。黛玉聽了。說不許開去。口雖拒之。心則迎之。紫鵑笑道。姑娘又不是了。這麼熱天毒日頭曬壞了他。如何使得。上句抑其性。下句動其憐。

紫鵑開門果是寶玉。一面讓進。一面笑着說道。我祇當寶二爺再不上我們的門了。誰知這會子又來了。言下有萬分喜悅之態。寶玉笑道。你們把極小的事倒說大了。好好的怎麼不來。我便死了。魂也要一日來一百遭。妹妹可大好了。紫鵑道。身上的病好了。只是心裏氣還不好。分明要他切實賠個不是。好個紫鵑。

把極小事說大了。是極解釋語。魂也要一日來百遭。是極撫慰語。有此兩語。不必再賠不是。而黛玉之氣已平。

黛玉本不曾哭。聽見寶玉來了。由不得傷心滾下淚來。此是閨閣常情。作者偏會摹擬。

寶玉笑着走近牀來。道。妹妹身上可大好了。仍借問病發端。黛玉只顧拭淚。並不答言。此種情態。煞是可憐。寶玉因在牀沿上坐了。許坐牀沿。不抽身走。足見其氣已平。寶玉笑道。我知道你不惱。我但是我不來。叫旁人看見。倒像嗒們又拌了嘴。似的。廻護得妙。又道。若等他們來勸偺們。那時偺們倒覺生分了。親厚得妙、平平數語、尤覺娓娓動人。寶玉又道。不如這會子你要打要罵、憑着你怎麼樣、千萬別不理我。說着又把好妹妹叫了幾十聲。可謂切實賠禮矣。吾嘗謂子弟性情剛暴。惟令多讀紅樓。足以變化氣質。黛玉心裏原再不理寶玉的。這會子聽見寶玉說別叫人知道。偺們拌了嘴就生分了似的。這一句話。又可見比別人原親厚。因又掌不住了。便哭道。你也不用來哄我。從今以後。我也不敢再親近二爺。權當我去了。寶玉聽了笑道。你往那裏去呢。黛玉道。我回家去。寶玉笑道。我跟了去。黛玉道。我死了呢。寶玉道。你死了。我做和尚。嘻。前以西廂詞語兩戲黛玉。均致觸怒。此番來賠不是。尚未回嗔。又來造次耶。眞是莽玉。然實由衷之言。非漫爲是戲謔也。黛玉聞言。登時撂下臉來。問道。想是你要死了。胡說的是什麼。你家倒有幾個親姐姐親妹妹呢。明日都死了。你有幾個身子去做和尚。明日我倒把這話告訴去評評。

說畢。又兩眼直瞪瞪的瞅了他半天。氣得噯了一聲。說不出話來。又咬着牙。用指頭在寶玉額上狠命的戳了一下。哼了一聲。咬着牙說道。你這剛說了兩個字。便又歎了一口氣。仍拏起手帕子來擦眼淚。按寶玉做和尚之言。雖唐突無禮。較之同鴛帳之言。似稍渾含。黛玉何以如此大怒。蓋同鴛帳不過引用成語不當。且句中有若共你三字。尚是竊冀設詞。做和尚之言。宛然有生不相離死不復娶之義。是直以夫妻自居矣。既以夫妻自居。何以訂婚之事。至今秘而不宣。寶玉忍坐視不理。任聽謀奪者之升堂入戶。一若無可無不可者。然則不以夫妻之義重我。而以色慾之愛輕我矣。既以色慾之愛輕我。必將以夫妻之分屬人矣。既以夫妻之分屬人。則我不過一姐姐而已。妹妹而已。既爲姐姐妹妹。安有姐姐死妹妹死而做和尚之理。如果姐姐死妹妹死而做和尚。則現在親姐姐親妹妹。尚有數人。安得一一以和尚相殉哉。

亦徒哄人而已矣。欺人而已矣。故罵畢而瞅。而咬牙。而指戳。職是故也。至說到你這兩字而止。則以此意終不便自吐。故歎氣住口而擦淚也。豈以寶玉唐突而遽生此大氣哉。寶玉亦自知其意。故甘受責罵。眼瞅咬牙戳指而無惱意也。

黛玉雖一時盛怒。回思紫鵑之言。似覺又涉浮躁。故思設法以和之。

寶玉本來賠不是。不意出言莽撞。反觸嬌嗔。匪夷所思。

寶玉做和尚之言。雖甚莽撞。後竟克踐前言。黛玉今日聞之。怒其無禮。後日天仙福地見之。又當悲其肫誠矣。

寶玉原有無限心事。又兼說錯了話。正自後悔。又見黛玉戳他一下。要說也說不出來。寶玉說不出來之心事。無非以婚姻既經訂定。豈有被人奪去之理。卽被人奪去。而我決不遂其奪。彼又奈我何哉。又何須煩惱。因欲說而不便。又兼說錯話更說不出來。李龍眠白描之筆也。

寶玉心事說不出來。自歎自泣。因有所感。不覺滾下淚來。忘帶手帕，便用衫袖揩拭。黛玉雖然哭着。却一眼看見他穿着簇新藕合紗衫，竟去拭淚，一面自己哭着。一面將枕上搭的一方綃帕拏起來。向寶玉懷裏一摔，一語不發，仍掩面而泣。雖在怒惱。仍見愛憐。寫得兒女心腸。如此款款。寶玉接了帕子。拭了淚，又挨近伸手。挽了黛玉的一隻手。笑道。我的五臟都碎了。你還只是哭。走罷。我同你到老太太跟前去。不必辨心跡。不必賠小心。只消如此。一切嬌嗔深怨。悉消歸於無何有之鄉矣。

黛玉摔手道。誰同你拉拉扯扯的。一天大似一天。還這麼涎皮賴臉的不即不離。不激不隨。盛怒初平。有是情景。

一老太太不知寶玉已來黛玉處賠不是。放心不下。叫鳳姐來瞧看。鳳姐見己和了。拉了黛玉往賈母處來。寶玉亦跟了來。偏偏碰着帶金鎖的在坐。殊難爲情。

鳳姐雖對賈母說。兩人對賠不是。而寶釵聞之。固知寶玉向黛玉賠不是也。寶玉見寶釵在坐。沒甚說的。因向笑道。大哥哥好日子。偏生又不好了。連個頭也不去磕。大哥哥不知我病。倒像我懶。明兒閒了。姐姐替我分辯分辯。寶釵道。這也多事。你便要去。也不敢驚動。何況身上不好。弟兄們終日在一處。要存這個心。倒生分了。終日一處。口說弟兄。意在兄妹。已是輕輕一刺。寶玉又道。姐姐怎麼不看戲去。寶釵道。我怕熱。看了兩齣。熱得狠。要走。客又不散。我少不得推身上不好。就來了。身上不好。口說自己。意在寶玉。此時明明一刺。

寶玉聽說。臉上沒意思。只得又搭赸答道。怪不得他們拏姐姐比楊貴妃。原也體胖怯熱。寶玉此言。固屬不檢。然寶釵係有儘讓有涵養好性兒之人。當度外置之。乃亦大怒。何耶。

寶釵聽說。不由得大怒。待要怎樣。又不好怎樣。難道要賞他兩個嘴巴不成。寶釵思了一回。臉紅起來。便冷笑兩聲說道。我倒像楊貴妃。只是沒一個好哥哥好兄弟可以做得楊國忠的。或曰。此語殊牽扯不上。以哥哥兄弟指薛蟠。說薛蟠未有罪。指寶玉。說寶玉又非眞哥哥兄弟。出言無章。蠜兒決不若是。余曰。非也。此移步換形。以罵黛玉也。黛玉無哥哥兄弟。故云。然寶玉得罪借罵蠜兒。眞是利口。

正說着。可巧小了頭靚兒。因不見了扇子。和寶釵笑道。必是寶姑娘藏了我的。好姑娘。賞我罷。寶釵指着他道。你要仔細。我和誰頑過。你來疑我。和你素日嬉皮笑臉的那些姑娘們。你該問他們去。此是借罵寶玉。兼罵黛玉。謂楊妃之比。只合嘲黛玉去借題發揮。眞是利口。靚兒必是周娘姨小丫頭。故寳釵胆敢指罵。或謂是薛氏丫頭。則不稱寳姑娘矣。

黛玉聽見寳玉奚落寳釵。心中着實得意。本是千載難逢之事。無怪其然。黛玉本要搭赸着趁勢也取個笑。不想靚兒因找扇子。寳釵又發了兩句話。只得改口說道。寳姐姐你聽了兩齣什麼戲。見寳釵發作。卽不敢取笑。畢竟黛玉心地忠厚。若寳釵利口。無所忌憚矣。

寳釵見黛玉臉上有得意之態。一定是聽了寳玉方纔奚落之言。遂了他的心願。便道。我看的是李逵罵了宋江。後來又賠不是。見黛玉有得意之態。立卽用言譏刺。好個有儘讓有涵養好性兒。

寳玉笑道。姐姐通今博古。連這齣戲名也不知道。就說了這麼一串。這叫個負荆請罪。寶釵道。原來這叫做負荆請罪。你們通今博古。纔知道負荆請罪。隨處罵人。眞是利口。

崑曲中有負荆一齣。係張桓侯罵孔明故事。寶釵說是李逵罵宋江。或亂彈中有此一齣也。

寶釵因寶玉楊妃一比。勃然大怒。既罵寶玉。又罵靚兒。復罵黛玉。惡聲冷語。不遺餘力。若非寶玉十分羞愧。形景改變。更將搖唇鼓舌。喋喋不休。何無儘讓涵養至此。回思以戲子比黛玉。覺黛玉含容之量。令人服其休休。

黛玉笑向寶玉道。你也試着比我利害的人了。誰都像我心拙口夯。由着人說呢。相形之下。落得黛玉說嘴。

寶玉無精打彩。走至王夫人房裏。見王夫人在涼榻上睡着。金釧兒坐在旁邊搥腿。也乜着眼亂幌。情景如繪。

寶玉拉着金釧的手悄悄笑道。我和太太討你。偕們在一處罷。金釧不答。寶玉又道。等太太醒來。我就討。金釧兒睁開眼將寶玉一推笑道。你忙什麼。金簪兒掉在井裏。有你的只是有你的。連這句俗話。難道也不明白。誰知後來金釧兒跳在井裏。俗語竟成讖語。悲夫。金簪一句。引用並不貼切。金釧兒牽强用來。成爲讖語。豈妄心古井水。其機已動耶。

金釧又道。我告訴你一個巧法兒。往東邊小院子裏拏環哥兒同彩霞去。謂不要纏我。現彩霞與賈環在東小院云云。速往掩捕。卽可迫脅云云。故寶玉答道。憑他怎麼去罷。我只守着你。王夫人翻身起來。打了金釧兒一個嘴巴。指着駡道。好好的爺們。都叫你們教壞了。然則金釧兒之死。不死於寶玉之調戲。而死於教寶玉捉彩霞也。

金釧兒固應攆走。然再三跪求。願受責打。似可姑容。王夫人執意不允。未免寡恩。

寶玉見王夫人起來打罵金釧兒。自己沒趣。忙進大觀園來。只見赤日當天。樹陰合地。滿耳蟬聲。靜無人語。的是詠夏好詞。然寶玉此時遇之。則皆煩悶景也。

寶玉走到薔薇架。只聽有人哽噎之聲。隔籬一看。只見一個女孩子。拏着簪子摳土。一面悄悄流淚。寶玉以爲效顰兒葬花。要叫那女孩不用學林姑娘了。幸而再看時。認得是那學戲的女孩子。將口掩住。自己想道。幸而不曾造次。上兩回皆因造次了。顰兒也生氣。寶兒也多心。如今再得罪了他們。越發沒意思。寶玉既爲此言。度以後必步步留心。不再造次。豈知不旋踵踢襲人。罵晴雯。造次更甚。得罪更多。寶玉寶玉。何以自解。

寶玉看那女孩子。眉蹙春山。眼顰秋水。面薄腰纖。大有林黛玉之態。早又不忍棄他而去。具體而微者。且不忍棄去。其於具全量者。更能割捨否乎。寶玉看那女子畫來畫去。畫了十幾個薔字。心裏却想這女孩子。必有說不出的大心事。看他模樣兒這般單薄。心裏那裏還擱得住這般熬煎。可恨我不能替他分些過來。如此多情。眞是佛惜乎齡官不得知。涼風過去。落下一陣雨來。寶玉見那女子頭上滴水。紗衣登時濕了。隔籬叫喚。豈知自己身上早已濕了。眞是丈八燈臺。那女子抬頭一看。見花外一個人。枝葉隱住。露着半邊白臉。只當是個丫頭。笑道。多謝姐姐提醒我。難道姐姐在外頭有什麼遮雨的。一句話提醒了寶玉。方知自己身上也都濕了。一對癡人。煞是好笑。齡官有黛玉之態。有寶玉之癡。可惜所畫者薔。爲不稱耳。有問齡官畫薔何意者。或曰。思念也。近或遲薔不至歟。或曰怨恨也。近或與薔有迕乎。余以問蓮仙。蓮仙曰。是欲委身於薔而不得。故於無人處拔釵摳土。涕泣以寫其屬意之人耳。後文賈薔遺以串戲之雀。齡官以雀在樊籠。不能聽其所適。亦猶身在梨香院。不能任其所之。分明打趣。怒而斥之。其心事可想。余曰。蓮仙讀書。畢竟高人一等。

寶玉一口氣跑回怡紅院。誰知丫頭們正把門關了。在裏面堵水捉趕鴛鴦鸂鶒。頑笑。寶玉叩門。那裏聽見。叫了半日。拍得山响。裏面方聽見了。襲人笑道。誰這會子叫門。沒人開去。寶玉道。是我。麝月道。是寶姑娘的聲音。晴雯道。胡說。寶姑娘這會子做什麽來。襲人道。讓我隔着門縫兒瞧瞧。可開就開。只此便應脚踢。冒雨叫門。無論何人。皆當開啓。況來怡紅院者。無非常來之人何必看了纔開。想是肋癢討脚踢耳。

襲人見是寶玉。淋得雨打雞一般。忙開了門。笑得彎腰拍手。寶玉一肚子沒好氣。滿心要把開門的踢幾脚。方開了門。不看是誰。便抬腿踢在肋上。口裏還罵着。快哉踢乎。惜乎少耳。

寶玉踢襲人。與上文以楊貴妃比寶釵。同一快心。踢襲人之脚。與後文探春打王善保家之掌。同一神運。

寶玉叫門不開。令人廻想黛玉叫門不開。黛玉叫門不開。一哭舒其憤。寶玉叫門不開。則以一脚洩其忿。寶玉生平不打人。今以不開門而踢人。想是憶及黛玉叫門不開之恨。

寶玉低頭見是襲人。方知踢錯了。忙笑道。噯喲。是你來了。雖是踢錯。亦是鬼使神差。

襲人從來不曾受過一句重話。今見寶玉生氣踢他一下。又當着許多人。又是羞。又是氣。又是疼、一時置身無地。待要怎麼。樣料着寶玉不是安心踢他。少不得忍着。既知寶玉不是安心腸。他便當付之一笑、況寶玉已認錯撫慰。尤可解說於衆人。乃又羞又氣。又欲怎麼樣。實屬嬌慣得不成樣。寶玉道。我長了這麼大。今日是第一遭兒生氣打人。不想遇着了你。襲人道。我是個起頭兒的人。不論事大事小。好事歹。也該從我起。怨語也。而有驕矜之態。庸庸一語亦必稱量而出之。寶玉道。我纔也不是安心腸的。襲人道。誰說是安心、素日開門關門。都是那起小丫頭。剛纔是我淘氣。不叫開門。然則卿本該踢。寶玉並不踢錯。襲人肋上只踢一脚。縱使踢傷。何至疼得吐血。蓋一羞一氣而又一忍。激出之心血耳。若作踢傷吐血看。寶玉不成如女孩兒之寶玉。襲人亦不成笨笨之襲人。

海上漱石生著
社會小說
新海上繁華夢
全四冊定價大洋二元
特價大洋一元二角

海上漱石生鑒定

紅樓夢考證卷六

著作者 武林洪秋蕃
校正者 鐵沙徐行素

第三十一回 撕扇子作千金一笑 因麒麟伏白首雙星

端陽宴、寶玉見寶釵淡淡的。不和他說話。知是昨日的原故。王夫人見寶玉沒精打彩。也只當是昨日金釧之事、沒好意思。越發不理他。林黛玉見寶玉懶懶的。只當是他得罪了寶釵。心中不自在。形容也就懶懶的。鳳姐昨日晚上聽見金釧之事、也就隨着王王人的氣色行事。更覺淡淡的。迎春姊妹見衆人沒意思。也都沒意思了。因此大家坐了坐就散了。好好佳節。爲寶釵金釧而虛度。

林黛玉天性喜散不喜聚、他說人有聚就有散。聚時歡喜。散時豈不冷淸、待到冷清傷感。不如不聚的好。比如花開時令人愛慕。花謝時令人惆悵。倒是不開的好。此高見也。巖棲穴處之士。不求富貴利達。亦以富貴有時而盡。利達有時而窮。與其富貴而盡。利達而窮。不如不富貴利達之爲愈也。故不求絢爛。但安其平淡之常。此正情之深。非性之僻也。下士聞道大笑之。世人那得知其故。

寶玉是喜聚不喜散的。今日之筵。大家無興散了。心中悶悶不樂。回至房中。長吁短歎。寶玉爲金釧而耿耿。尙有可說。爲筵席不歡而吁歎。是爲無病呻吟。無病呻吟。呻吟之病。卽至矣。

晴雯上來換衣。不防失手跌折扇子。寶玉道。蠢才蠢才。將來怎麼樣。明日你自己當家。也是這麼顧前不顧後的。使寶玉但責以粗心疏忽。晴雯甘咎無辭。乃必謂其自己當家。則是有擯諸門外之意。而無收列金釵之心。故一塊暴炭。不覺熱蓬蓬而火灼矣。

寫晴雯頂撞吵鬧。先寫寶玉悶悶不樂。繼寫寶玉責言過當。復寫襲人出語太狂。皆所以寬晴雯也。

晴雯冷笑道。二爺如今好大氣。先前連那麼大的玻璃缸瑪瑙碗。不知弄壞了多少。沒見個大氣兒。這會一把扇子。就這麼着急了。此是頂撞跌折扇子挨罵。又道。何苦來。嫌我們就打發了我們。再挑好的使。好離好散的。倒不好。此是頂撞明日自己當家之言。謂既不以我爲終身服侍之人。卽請早爲遣去。負氣之甚也。

晴雯頂撞寶玉。若襲人出來。好爲解說。則寶玉意解。晴雯亦無不平。乃道好好的又怎麼了。可是我說的一時我不到。就有事故兒了。分明抬高自己。壓倒晴雯。一塊暴炭。安得不火上加油哉。因冷笑道。自古以來。就是你一個人服侍爺的。我們原沒服侍過。因爲你服侍得好。昨日纔挨窩心脚。不獨破他一時不到就有事故之言。且將昨日挨踢以非笑之。使襲人於此折之以理。感之以情。亦可堵其嘴而平其氣。乃又推晴雯道。好妹妹你出去逛逛。原是我們的不是。居然合寶玉爲一體。尤屬輕狂。晴雯聽說我們二字。於是炎燄益張。破口譏笑，此皆襲人出言太狂所召也。不得牽咎晴雯。晴雯冷笑幾聲道。我倒不知你們是誰。別叫我替你害臊。便是你們鬼鬼祟祟幹的那事。也瞞不過我去。那裏就稱起我們來了。正經連個姨娘還沒掙上去。也不過和我似的，那裏就稱上我們了。淋漓痛快。不啻禰衡之鼓淵淵作金石聲。但罵之者快心。銜之者切骨。晴雯之禍機伏矣。危哉。古人有言。勿形人之短。勿暴人之私。罵人者。尙其含蓄一二。於是襲人乃挑唆道。姑娘到底是和我拌嘴，還是和二爺拌嘴呢。要是心裏惱我。你只和我說。不犯着當着二爺吵。要是惱二爺。不該這麼吵得萬人知道。夾鎗帶棒。終究是個什麼主意。我就不說。讓你說去。說着便往外走。分明激惱寶玉。欲以昨日踢渠之脚。移向晴雯心窩。誰知寶玉雖惱。並不脚踢。乃欲回太太打發晴雯出去。此則非賤人所料也。

寶玉道。你也不用生氣。我也猜着你的心事了。我回太太去。你也大了。打發你出去。可好不好。晴雯聽了這話。不覺又傷起心來。含淚說道。我爲什麼出去。要嫌我。變着法兒打發我去。也不能彀的。寶玉道。我何曾經過這樣吵鬧。一定是你要出去了。不如回太太打發你去罷。說着站起來就要走。於是襲人忙回身攔阻。甚至跪地懇求。寶玉纔罷。此一舉也。激之而又忍之。放之而復收之。保全晴雯。顧全大局。襲人又宛然一解事人矣。不知其有隱衷也。恐晴雯於王夫人前發其陰私。苟且之事。姑緩之以爲徐圖云爾。故不旋踵而讒言入焉無幾何而晴雯死矣。然則疾忙攔阻。跪地懇求。激之而又忍之。放之而復收之。謂之投鼠忌器可也。謂之欲擒故縱可也。而要不可謂之全晴雯全大局也。

晴雯哭道。我多早晚鬧着要去了。饒生了氣。還拏話壓派我。只管去回。我一頭碰死。也不出這大門。不獨寫得晴雯心堅金石。正與上文襲人要回家去一段反照。

黛玉本為襲人心忌之人。而又呼嫂子於晴雯辱罵之後。恰似來與晴雯下註脚者。襲人焉得不切齒愈甚。進讒愈毒乎。君子觀於此而為晴雯危。更為黛玉危。

襲人道。林姑娘。不知我的心事。除非一口氣不來死了。倒也罷了。黛玉笑道。你死了。別人不知怎樣兒。我就先哭死了。寶玉道。你死了。我做和尚去。襲人道。你老實些罷。何苦還說這些話。黛玉將兩個指頭一伸、抿嘴笑道。做了兩個和尚了。我從今以後。都記着你做和尚的遭數兒。寶玉聽了。知道是他點前日的話、自己一笑、也就罷了。或曰、寶玉做和尚、爲紅樓全部大綱目。許做和尚。爲寶玉一片至誠、心唯黛玉能當之。雖寶釵不許也。今以許襲人。殊爲輕率、謂眞心耶。其情不專於黛玉。謂假言耶。其心不信於黛玉。文背書旨、卽是罵題。其毋乃不可乎、余曰。非也。寶玉做和尚之言、並非許襲人。仍是許黛玉。黛玉謂襲人。你死了。我先哭死了。寶玉道。你果哭死了。我做和尚去。語本啣接而下。襲人不知悞爲爲己而發。叫他老實些。黛玉不知。亦以爲爲襲人而發。特爲記遭數。寶玉知兩人皆悞會。心竊非笑之。本欲表明。因黛玉點他前日之言。恐又觸怒、並恐襲人多心。只得將錯認錯、一笑而罷。蓮仙女史聞而斂手曰。十載疑團今日破矣。

或又曰。襲人在怡紅院。雖屬青衣。優於簉室。今被晴雯略加惡聲。便怨生不如死。其嬌縱一至於此。蓮仙曰。晴雯惡聲。何足深怨。所怨者。寶玉之踢。以爲生平大辱耳。今思寶玉原出無心。且已撫慰。而猶怨之不已。是眞難養之小人也。余曰。蓮仙可謂善體物情。

寶玉自薛蟠處飲酒囘來。見院內設下乘涼枕榻。榻上睡着一人。只當是襲人。一面在榻沿上坐下。一面推他問道。疼得好些了。只見那人翻身起來。說何苦來。又招我。寶玉一看。原來是晴雯。晴雯似黛玉而秀。襲人似寶釵而笨。晴雯臥於榻上。寶玉豈不能辨。心欲講和。不好轉臉。故悞作襲人。以爲親近地耳。晴雯亦知其意。故曰又來招我。更不謂其悞認襲人。卽晴雯臥在榻上。亦是望寶玉來招他。兩人心事如見。

寶玉拉晴雯坐在身旁。笑道。你的性子越嬌慣了。就是早起跌了扇子。我不過說了那兩句。你就說上那些話。你說我也罷了。襲人好意來勸你、又括拉上他。你自家想想、該不該。寶玉責之是也。然襲人出言太狂。則置末理。晴雯不復置辯。但云怪熱的。拉拉扯扯做什麼、叫人看見像什麼。尙知引咎。若襲人處此。必數說晴雯多少不是。不受責矣。

寶玉要同晴雯去洗澡、晴雯道。罷罷罷。不敢惹爺。還記得碧痕打發你洗澡。足有兩三個時辰、也不知做什麼。後來洗完了。進去瞧瞧、地下的水。淹着床腿。連蓆子上都注着水。也不知是怎麼洗的、此是碧痕。若晴雯同洗、斷無是事、於何信之。卽於其不肯同洗信之。

晴雯撕扇。豈同褒姒裂繒、然進讒者、必借爲作料矣。

晴雯撕扇子。麝月說他作孽。使得。讀者說他作孽。使不得。余在一處。見此段書上連批作孽字。歸來心中作數日惡、百計遣之不能已。

釵黛衆人見湘雲穿了一身衣服來。談及從前穿寶玉衣服。披賈母斗篷。淘氣之事。寶釵便問周奶媽道。你們姑娘還那麽淘氣不了。王夫人道。只怕如今好了。前日有人家來相看。眼見有婆婆家了。還是那麽着。湘雲雖有人相看。尚無成議。似不必急寫。而何以必急寫哉。因此回標目有白首雙星一語。恐讀者疑與寶玉有偕老之事。故寫之。

史湘雲帶來四個絳紋石戒指分給襲人鴛鴦平兒金釧兒。豈知金釧兒已去了也。此時寶玉想未聽得。不然定當覩之而生感。

翠縷既說出頭上長頭之語。何知乎陰陽。湘雲猶與之津津討論。眞是口吃之人愛說話。宜乎招出許多不入耳之談。

湘雲所拾金麒麟。比自己佩的又大又有文彩。其爲牡也可知。湘雲擎在掌上。默默不語。只是出神。殆以牝得牡。而有所動歟。

湘雲陰陽之論，無非爲金麒麟渲染。日後湘雲於此物定有關合，因係旁文不傳。至寶玉遺之於野，湘雲拾而耦之，不過野合之緣，於婚姻無涉。

第三十二回　訴肺腑心迷活寶玉　含恥辱情烈死金釧

湘雲送寶釵絳紋石戒指。寶釵知襲人喜愛，連忙送與襲人。阿好如此，要結可知。

湘雲聽襲人說戒指是寶釵所送，因歎道：我天天在家裏想着這些姐姐們。再沒一個比寶姐姐好的。寶玉道：罷罷罷。不用提起這話了。史湘雲道：提起這話便怎麼，我知道你的心病。恐怕你林妹妹聽見，又嗔我讚了寶姐姐了。襲人笑道：雲姑娘。你如今大了。越發心直口快了，寶玉道：我說你們這幾個人難說話。果然不錯，史湘雲道：好哥哥，你不必說話叫我惡心。祇會在我跟前語說。見了你林妹妹，又不知怎麼好了。近來雲丫頭狠鬧醋勁兒。寶玉愛林妹妹、怕林妹妹。千卿底事。何勞盛氣相淩、冷言相刺乎。況與黛玉有聯床之雅、無纖芥之嫌、更何煩爲寶釵行妒、與黛玉爲仇乎。或曰。邢恕初從溫公伊川遊。爲善士。後入紹聖黨。爲凶人。湘雲初與瀟湘居。爲淑女。後入蘅蕪苑爲凶人。余曰。此卽荀子以類相從之說也。均薪施火。火就燥、平地注水、水就溼。物以其類。固如此。雖然。亦不盡然。湘雲亦在此爭寶玉之心也。寶玉之心。黛玉爭之。寶釵爭之。湘雲亦爭之。寶釵爭不得。隱然藏於心而設於計。雲兒爭不得。則盎然見於面而宣於口。此挑斥所由來。實怨望所流露也。至愛釵憎黛。亦爭妍取憐者之常情。猶之君王寵愛在一身。則六宮粉黛無不睨之而生忌。卽無不環顧而相憐。設寶玉之心。殷殷於寶釵。而泛泛於黛玉。則雲兒又將以憎黛者憎釵。愛釵者愛黛矣。故其愛憎視寶玉爲轉移。非於釵黛有軒輊也。襲人亦六宮之粉黛也。同懷怨望。故與同肆譏評。豈果近朱赤而近墨黑哉。吾見雲兒之肺肝矣。惟釵黛爭寶玉之心。志在昏媾。雲兒既無昏媾之望。且已有相看之人。而亦同此爭妍而取憐。則其爭之也。又在賈釵下矣。門人王孝廉曰。夫子讀書。推勘入微。具此慧眼以察獄。宜狡詐者無所施其伎。寃抑者無不平其情。吾邑人輿頌。天誠可告。民不敢欺。豈虛語哉。余曰則吾豈敢。

湘雲喜釵惡黛如此。其於賈母前揚釵抑黛可知。吾故曰助金以欺林也。

寶玉自清虛觀看佛事回來。冲撞黛玉。唐突寶釵。坑害金釧。脚踢襲人。得罪晴雯。見惡湘雲。數日之內。種種與人乖迕。皆爲受笞一回渲染。蓋人有大不如意事來。必有許多小不如意事爲之先。

寶玉聽說賈雨村要會他。大不自在。湘雲道。你如今大了。就不願讀書去考舉人進士。也該常會會這些爲官作宰的。談講些仕途經濟的學問。也好將來應酬庶務。沒見你成年家只在我們隊裏攪些什麼。寶玉聽了道。姑娘。請別的姐妹房裏坐。我這裏仔細腌臢了你這知經濟學問的人。襲人道。姑娘。快別說這話。上回也是寶姑娘說過一回。他也不管人臉上過得去過不去。咳了一聲。拿起脚來走了。此等祿蠹之言。寶玉如何耐得。或下逐客令。或望望然去之。大有巢父洗耳高風。頗堪捧腹。

襲人道。寶姑娘眞是有涵養心地寬大的。誰知這個反倒同他生分。林姑娘見他賭氣不理他。後來不知賠了多少不是呢。寶玉道。林姑娘從來說過這些混帳話不曾。若他也說這混帳話。我早和他生分了。妙妙。此相知之所以貴相知心也。寶玉何等人物。豈是看高頭講章。侈談庶務經濟之人。湘雲勸其與爲官作宰者親近。何識見之陋也。寶釵亦然。陋與雲埒。唯黛玉不慕寵榮。不希利祿。無齊妻之嗣。有萊婦之賢。寶玉安得不引爲同調。願與唱隨。畢

世哉、

黛玉見外傳野史中才子佳人。多有因小巧玩物而遂終身之願。今見寶玉、亦有麒麟。恐與湘雲也做出風流佳話。悄悄走來窺察。嗚呼。一金鎖已令黛玉愁腸百結。而又添一金麒麟。木兮木兮尅之者何多耶。

黛玉恐史湘雲因金麒麟做出風流佳話。非慮其有苟且之行。實慮其有終身之託也。雖王夫人言有人相看。而事未定。且焉知此來非欲舍彼圖此耶。故潛來窺察、並欲探看寶玉心中究竟於金麒麟如何。便可知其於金鎖如何矣。此黛玉心事也。須知。

黛玉竊聽寶玉與湘雲之言。不覺驚喜悲歎。以爲你我既爲知己。又何必有金玉之論。既有金玉之論。也該你我有之。又何必來一寶釵。可見黛玉方寸雖亦防金麒麟。究仍專注於金鎖。鎖乎鎖乎。其殆鎖黛玉之眉尖。鎖黛玉之芳心。而使之一世不得舒展者歟。
黛玉又想父母早逝。無人主張。况近日每覺神思恍惚。病已漸成。雖爲知己。恐薄命不能久待。因此不禁滾下淚來。黛玉此悲。非謂與寶玉婚姻不能成就。蓋恐因循日久。徒訂空盟。以是悲悼耳。
寶玉出來。看見黛玉在前有拭淚之狀。便忙趕上來笑道。妹妹往那裏去。怎麼又哭了。又是誰得罪了你。黛玉回頭見是寶玉。便勉强笑道。好好的。我何曾哭了。寶玉笑道。你瞧瞧眼睛兒上淚珠兒未乾。還撒謊呢。一面說一面禁不住抬起手來替他拭淚。黛玉忙向後退了幾步。說道。你又要死了。寶玉或言語觸犯。或舉動輕率。已是屢受訶斥。何無記性。乃爾蓋美麗當前。實有不知手之舞之足之蹈之者耳。故笑道說話。忘了情。不覺的就動了手。也就顧不得死活了。此是實言非飾辭。

黛玉道。死了倒不值什麼。只是丟不下什麼金又是什麼麒麟。可怎麼好呢。

讀者至此，未必不謂黛玉重煩絮聒。無非放不下金玉。不知一回有一回深意。前此皆爲寶釵而發。此番專爲雲兒而發，謂帶金鎖者。坐待事機。而佩金麒麟者。又來覬覦，若不早爲之計。木勢太孤。必爲金剋。其情急不覺其語頻矣。奈何頑石迄乎頑石。通靈毫不通靈。此則黛玉所無可如何耳。

黛玉一句話。又把寶玉說急了。趕上來問道。你還說這話。你到底是咒我呢。還是氣我呢。林黛玉見問。方想起前日的事來。遂自悔自己又說造次了。忙笑道。你別着急，我原說錯了。這有什麼筋都暴蟲起來。急得一臉汗。一面說。一面禁不住近前伸手替他拭面上的汗。嘻。寶玉拭淚則不可。已則居然爲拭汗。非當局之境。轉瞬卽忘。亦非明於責人而昧於處己也。蓋寶玉之汗爲黛玉激出。狀實可憐。故愛惜之心。不覺油然而生。我激之而我拭之。有發乎情所不能已者。且寶玉鹵莽性成。若不急為撫慰。必至如上次之决裂。此時係奉賈政召出見客。何可使之汗出如漿致遭呵叱。故以拂拭之殷勤。聊當拊循之慰藉。庶可釋其躁而收其汗焉。尚論者毋庸訾且疑也。

寶玉見黛玉又提金玉。急得一臉汗。筋郤暴盡起來。瞅着半天說道。你放心。蓋謂我心中並無金玉。金玉决不成功。我兩人婚姻。萬不致拆散。而黛玉聽之。則不覺怔怔矣。怔了半天。問道。我有什麽不放心。我不明白這話。你倒說說。怎麽放心不放心。謂我放心者有之。不放心者有之。放心者。你心中無金玉。不放心者。我兩人婚姻有變更。你教我放心。你教我放下何心。若教我放下疑你心中有金玉之心。則我早已放下此心。若教我放下婚姻有變更之心。則我正放不下此心。你要我放下此心。除非奉高堂明諭。使大衆皆知。我兩人久訂婚姻。杜一切陰謀簒奪。你今但教我放心。我竟不明白你教我放下什麼心。故欲寶玉說說也。乃寶玉不察。以為我致你放心。明是致你看我素日待你之、心便知我無金玉之心。你果不明白這話。難道我素日待你之心。都用錯了。且連你怕我移情於金玉之心、都不能體貼。又何怪你天天為我生氣。黛玉知其未悟。仍追問一句道。果然我不明白放心不放心的話。寶玉復點頭歎道。不明白之說。分明哄我。若果不明白。豈但我素日之意白用。即你素日待我之心、亦都辜負了。我看起來。我教你放心之說。你未嘗不明白。無如你心太多。放不下、每日疑是疑非。患得患失。既慮我移情於金鎖。又慮我鍾愛於麒麟。纔弄了一身病。但凡寬慰些、把心放下。這病也不至日重一日。於是黛玉聽了。如轟雷掣電。細細思之。錯用心都辜負等語、竟比自己肺肝中掏出。還懇切至多心致病一語、尤洞見隱微。然話雖懇切。而於我屢提金玉心事。終屬無補。欲與明言、羞與明言。揆之以禮、亦不可明言。故有萬句言詞。滿心要說。却半個字也不能吐。惟怔怔望着而已。而寶玉亦明知黛玉滿懷心腹。不便直言。惟有待我言之。無如婚姻之事。男女之間。我亦未便啓口。因此亦有萬句言詞。無從說一句。亦惟怔怔望着而已。兩人怔了半天。黛玉以心事終不能白。寶玉頑心終不能悟。不覺一聲長歎。兩眼滾下淚來。回身便走。寶玉猶欲拉住說話。黛玉知其所說。無非老生常談。故頭也不回。飄然竟去。此黛玉與寶玉情景也。文如剝蕉抽繭。意義層出不窮。又如璞玉渾金。輝光悉皆內斂。若謂甘蔗渣兒。嚼而又嚼。則負此妙書矣。

黛玉出來忘帶扇子。襲人送扇子來。致肺腑之言。誤向告說。此則扇子爲禍。當使晴雯撕之。

寶玉與黛玉說話。出了神。見襲人和他說話。並未看出是何人。一把拉住說道。好妹妹。我的心事。從來也不敢說。今日我大胆說了出來。死也甘心。我爲你也弄了一身的病在這裏。又不敢告訴人。只好捱着等你的病好了。只怕我的病纔得好呢。睡裏夢裏。也忘不了你。此雖肺腑之言。亦是皮膚之語。即使黛玉聞之。仍不足解憂而釋慮。而況神昏目眩。執襲人之手而告之。其莽爲何如也。黛玉一生吃寶玉莽字之苦。不可勝言。

襲人聽了寶玉的話。嚇得驚疑不止。只叫神天菩薩。坑死我了。便推他道。這是那裏的話。敢是中了邪。還不快去。癡公子發獃性。說瘋話。事所恆有。人人皆知。襲人未免大驚小怪。

襲人見寶玉去了。自思方纔之言。一定是因林黛玉而起。如此看來。將來難免有不才之事。令人可驚可畏。凡人處嫌疑之際。君子見之則恕。以爲未必有不才之事。小人見之則刻。以爲難免有不才之事。此君子小人之分。而於處嫌疑者無與也。

襲人暗度如何處治方免此醜禍嗚呼此寶黛不成親關鍵也黛玉死寶玉亡胥於是乎定矣

襲人聞寶玉之言既知寶玉與黛玉有固結莫解之勢便當效忠納悃爲之畫策玉成於是寶玉嘉其功黛玉感其意終其身敬愛有加萬不使有長門之怨將見大絃嘈嘈小絃切切歡榮畢世豈不懿歟乃不作燕婉之求輒效良禽之擇卒之事非其主願違其初所仰望者既萌遯世之心所仰托者又乏容人之量琵琶別抱玷辱釵行僉壬禍人適以自禍則亦何益之有哉

襲人正暗度如何處治忽見寶釵走來關筍緊絕正如張松去魏忽逢先主於是西川地圖有銷路矣

金釧兒投井讀者亦爲惻然

寶釵本與襲人說着話聽婆子說金釧兒投井死了忙到王夫人處安慰眞

會周旋。

王夫人和寶釵說。原要把姊妹們新衣給金釧兒裝裹。恰好姊妹們都沒有新衣。只有你林妹妹做生日的兩套。因他素日是個多心的。既說了給他做生日。又給人裝裹。豈不忌諱。因叫裁縫趕做一套給他。寶釵忙道。姨娘這會子何用叫裁縫趕去。我前日倒新做了兩套。拏來給他。豈不省事。王夫人道。難道你不忌諱。寶釵笑道。姨娘放心。我從來不計較這些。說着。起身回去取了衣服來。交與王夫人。王夫人自是歡喜。既討好而又形黛玉之多心。此寶釵得意之作也。夫侍兒針黹。尚可代勞。更有何事不可効力。新製衣裳。且肯殮婢。更有何物不可通融。且王夫人祇給一套。寶釵竟給兩套。獻勤貢媚。直到十二分。

第三十三回　手足眈眈小動唇舌　不肖種種大受撻笞

寶玉聞金釧兒含差自盡。早已五內摧傷。又被王夫人叫去數說教訓一番。尤覺茫然。背着手低着頭。一面感歎、一面慢慢的來至廳上。剛轉過屏門。不想對面來了一人。正往裏走。可巧撞個滿懷、此時此際。用此等筆法。不必讀後文。已知所撞是賈政。

寶玉只聽大喝一聲站住。唬了一跳。抬頭看時。不是別人。却是父親。不覺倒抽了一口氣。雲龍露爪。已覺駭目驚心。

賈政道。好端端的。你垂頭喪氣嗐些什麼。方纔雨村來了、要見你。那半天纔出來。既出來了。全無一點慷慨揮灑的談吐。仍是葳葳蕤蕤的。我看你臉上一團私慾愁悶氣色、這會子又嗐聲歎氣。你那些還不足。還不自在。無故這樣。却是爲何。寶玉出去得遲。固爲黛玉說話躭延。愁悶氣色。亦爲提金玉所致。然先在房中與湘雲辨論良久。又因侈談經濟庶務。益不喜與雨村相見。

故歲雖無慷慨揮灑談吐。不得耑爲黛玉咎。況寶玉平日口角伶俐。此時因金釧兒傷感。只是怔怔的站着。賈政本來無氣。見他應對不似往常。倒有了三分氣。然則觸賈政之怒。寶玉自爲之也。更無與黛玉事。

賈政正欲說話。人回忠順親王府裏長府官來見。琪官事發矣。不幸一齊來。琪官爲忠順王一日不可少之人。其恩遇自必非凡。乃三五日不見。又不告假。輒悄然往紫檀堡居住。甘爲寶玉等孌童。殊屬辜恩忘義。諺云。戲子無情。信然。

長府官問寶玉要琪官。寶玉硬賴不知。長府官冷笑道。公子既說不知。那條紅汗巾。怎麼到公子腰裏。寶玉聽了。不覺轟了魂魄。目瞪口呆。始知硬賴不過。且恐再說出別的事來。不如打發他去。因將琪官在紫檀堡置買田莊居住的話。告訴出來。那長府官纔告辭而去。此事若非有紅汗巾證據。未嘗不可硬賴。賴後通知琪官速到王府承値。其事可寢。賈政可瞞。乃以紅汗巾故。達於天潢之胄。洩於嚴厲之親。然則茜羅尺幅。不獨伏後文捲席之兆。且爲當前劍膚之災。謂之妖物亦宜。

賈政送出那官員。一面吩咐寶玉不許動。此時寶玉如桎梏加身。縲絏在項。安得人來信息通。西望瑤池降王母哉。偏偏焙茗等無一在旁。好容易得一老媽出來。而又重聽。要緊訛爲跳井。叫小廝訛爲不了事。眞是晦氣煞人。

賈政送那官員回身。忽見賈環亂跑而來。賈政喝罵賈環。卽將淹死金釧一事說出。以爲搪抵。於是寶玉二罪俱發。然二罪俱發。從一科斷。與其將金釧事另起一波。不如趁此銷納。殊省筆墨。

賈政喝罵賈環。此是創見。

賈政聞井內淹死丫頭。以爲執事人操尅奪之權。致有此暴殄輕生之事。外人知道。祖宗顏面何在。的是賈政見界。因喝令叫賈璉賴大來問。賈環忙上前拉住袍衿。貼膝跪下道。父親不用生氣。此事除太太房裏的人。別人一點也不知道。我聽見我母親說。說到這句。便囘頭四顧。賈政知其意。將眼色一丟。小廝們都往兩邊退去。此等進讒之法。想從乃母學來。

賈環悄悄說道。我母親告訴我說。寶玉哥哥前日在太太房裏。拉着金釧兒强姦不遂。打了一頓。金釧兒便賭氣投井死了。隱去眞情。改重罪案。恰似訟師所爲。但不卜果是趙姨娘編詞。抑係環小子揑說。

話未說完。把個賈政氣得面如金紙。大喝拏寶玉來。一面往書房裏喝命今日再有人來勸我。我把這冠帶家私一應交與他與寶玉過去。我免不得做個罪人。把幾根煩惱鬢毛剃去。尋個乾淨處去。免得上辱先人下生逆子之罪。欲懲不肖。先杜講情。不獨禁止清客相公。不准勸解。並昭告庭幃以內。一概不准討饒。稿是怒極情景。

賈政喘吁吁直挺挺的坐在椅上。滿面淚痕。一疊連聲拏寶玉來。拏大棍拏繩綑把門都關上。有人傳信到裏頭去。立刻打死。寫得賈政鬚髮皆張聲色俱厲。已是妙筆。入後一杖再杖。又加狠杖。以及王夫人賈母先後出來。紈鳳諸人門客小廝。丫鬟僕婦。無不各有情景。備極形容。如萬馬千軍。縱橫變化而又各按步武。絕不轍亂旗靡。作者委係天仙化人。

賈政一見寶玉。眼都紅了。也不暇問他在外流蕩優伶。表贈私物。在家荒廢學業。淫逼母婢。只喝令堵起嘴來。着實打死。小厮們不敢違。只得將寶玉按在櫈上。舉起大板打了十幾下。賈政還嫌打得輕。一腳踢開掌板的。奪過板子來。狠命的又打了十幾下。寶玉先還亂嚷亂哭。後來漸漸氣弱聲嘶。哽咽不出。衆門客見打的不祥了。上來懇求奪勸。賈政那裏肯聽。說道。你們問問他幹的勾當可饒不可饒、素日皆是你們這些人把他釀壞了到這步田地。還來勸解明日釀到他弒父弒君。你們纔不勸不成。或曰。若無金釧兒事、盛怒不至此。環小子眞狠毒哉、余曰、不然、即無金釧兒事、其痛打亦必至此。蓋賈政利祿中人。紗帽心重。寶玉暱優伶、至敢與親王爭外寵。是眞太歲頭上去動土。忒把紗帽看得輕、故怒極而痛打也。觀對長府官責寶玉之言。及拒門客勸解之言可知。責寶玉道。那琪官現是忠順王爺駕下承奉之人。你是何等草莽。無故引逗他出來。如今禍及於我。暱優伶禍不及父。所慮者、遷官有礙耳。拒門客則曰。釀到弒父弒君、纔不勸。弒君之說。由輕視親王尊嚴推之也。弒父之說由輕視乃翁紗帽推之也。金釧之事、不在話下。

衆門客聽這話不好。忙亂着覓人進去給信。王夫人不敢先回賈母。忙扶了丫頭趕出書房。先出王夫人。妙有層次。慌得衆門客小廝避之不及。忙中又有此閒筆。

賈政方要再打。見王夫人進來。更加火上澆油。那板子越下去得又狠又快。着此一句。有二妙。一則見王夫人來。賈母必踵至。故加緊痛懲。二則留爲賈母出來次第。若王夫人來卽罷笞。則文章已了。賈母來與不來。無足重輕矣。故必於王夫人出來火上澆油。而後賈母出來。轟然一聲。雨收雲散。勁勢乃足。

王夫人抱住板子哭道。寶玉雖然該打。老爺也該保重。此是勸解常情。又道炎暑天氣。老太太身上又不大好。打死寶玉事小。倘或老太太一時不自在了。豈不事大。雖以正理責之。却以大帽壓之矣。豈知賈政冷笑道。倒休提這話。我養了這不肖的孽障。我已不孝。平昔教訓一番。又有衆人護持他。不如趁今日結果了他的狗命。以絕將來之禍。說着要拏繩來勒死。所謂衆人者。

不敢斥言賈母。其實則專謂賈母也。是賈政提起賈母。反欲將寶玉勒死。亦是火上澆油。王夫人於是計窮。只得以情動之。以死脅之。哭道。老爺雖然應當管教兒子。也要看夫妻分上。我如今已五十歲的人了。只有這個孽障。苦苦以他爲法。我也不敢深勸。今日越發要他死了。豈不是有意絕我。既要勒死他。快拏繩來先勒死我。再勒死他。我們娘兒們不如一同死了。在陰司裏也得個倚靠。說畢。抱住寶玉放聲大哭起來。賈政聽了。夫然後長歎一聲。向椅子上坐了。淚如雨下。然雖如此。不過免其致死之心。而其笞與不笞。尚在未定。亦是留爲賈母、出來地步。

讀者至此。莫不翹首引領。急盼賈母出來。乃偏用閒筆寫王夫人細看杖傷。失聲大哭。既哭寶玉。又哭賈珠。惟時李宮裁王熙鳳迎春姊妹早已出來。李宮裁聞王夫人提及賈珠。亦不禁放聲大哭。賈政之淚更似走珠一般。如此開開鋪叙。似乎故爲遲緩賈母出來。使讀者著急。而不知正爲賈母出來題前作勢。也所謂山雨欲來風滿樓是也。

正沒開交處。忽聽丫環來說。老太太來了。斯時賈府諸人。固皆神凝氣肅。或喜或驚。讀者至此。亦無不心搖目注。看老太君此來。如何開口。如何發揮。正如大帥臨場。三軍屬目。必須舉手一槍。卽刺倒一員大將。方饜衆望。丫環報言未了。只聽窗外顫巍巍的說道。先打死我。再打死他。開口八字。便有千鈞之力。所謂入門下馬氣如虹是也。

作者寫此一篇。正如獅子搏象。筆筆皆用全力。

賈政聽他母親來了。又急又痛。連忙迎出。只見賈母扶着丫頭。搖頭喘氣的走來。聞其聲則顫巍巍。見其形則搖頭喘氣。不獨寫出賈母此時形狀。且將初聞信時。如何悲痛。如何怒惱。亦都形容出來。眞是妙筆。

賈政上前躬身陪笑說道。大暑熱天。母親有何生氣。自己走來。有話只叫兒子進去吩咐。賈母聽了。便止步喘息。一面厲聲道。你原來和我說話。我倒有話吩咐。只是我一生沒養個好兒子。却教我和誰說去。瑯瑯數語。不獨使賈政無地自容。且將賈赦亦一筆抹倒。奇警無匹。上文先打死我兩句。猶是人所想得到。此則不可思議矣。而又虛籠大意。一字不犯題。猶之作八股文者。上兩句是破題。此是小講。入後到正面。方實力詮發。孰謂傳奇不可作制藝觀耶。

賈政聽了這話不像。忙跪下含淚說道。爲兒的教訓兒子。也爲的是光宗耀祖。母親這話。我做兒子的如何當得起。數語又和軟。又剛硬。又十分理足。賈母儼應理絀詞窮。誰知答得更妙。

賈母聽說。便啐了一口。說道。我說了一句話。你就當不起。你那樣下死手的板子。難道寶玉就禁得起了。先駁他如何當得起一語。又道你說教訓兒子。是光宗耀祖。當日你父親是怎麼教訓你來。次駁他教訓兒子光宗耀祖兩語。卽以其身受者。此引斥責。更不煩言。直使賈政無可再說。只得負氣道母親也不必傷感。皆是做兒子的一時性急。從此以後。再不打他。賈母便冷笑幾聲道。你也不必和我賭氣。你的兒子。自然你要打就打。想來你也厭煩我們娘兒們。早離了你。大家乾淨。說着。便命人看轎。我和你太太寶玉立刻囘南京去。家下人只得答應着。非賈政一激。賈母發不出大雷霆。文章遂無此精彩。而猶不止此。又叫王夫人道。你也不必哭了。如今寶玉年紀小。你疼他。他將來長大。爲官作宦的。也未必想着你是他的母親了。你如今倒不要疼他。只怕將來還少生一口氣呢。隆隆之雷。愈震愈響。且句句皆從對面勘入。不必厲聲責罵。已使賈政無地自容。賈政聽說。忙叩頭說道。母親如此說。兒子無立足之地了。賈母冷笑道。你分明使我無立足之地、你反說起我來。卽以其語而還斥之、又快又峭。斯言也、乍聽之似覺不情、兒子責兒子、何爲使老母無立足之地。不知實有至理焉。寶玉賈母相依爲命之溺愛孫也、爲人子者。以親心爲心、當委曲調停而教育之。卽不肖應施夏楚。亦當以所犯之事先爲關白、並以外嚴內寬之言安慰母心。而後數其過而朴之。有人勸而赦之。則家教肅而慈道存、不致隱傷親心。若夫狠心辣手。痛使剝膚。推之小杖待大杖逃之義、亦且不可。而況爲慈母掌上之珍、心頭之肉乎、政乃絕無顧忌。大杖橫施。杖之不已。而又杖之。臀脛之間。幾無完膚。究之所犯之事。一係風流罪過、一係讒謗中傷。雖非與母爲難。不啻與母爲難。故曰無立足之地。

賈母又道。只是我們回去。你心裏乾淨。看有誰來不許你打。一面說。一面只命快打點行李車輛轎馬囘去。都是淋漓酣暢之文。至寶玉既帶囘去。自無人可打。不說看你去打誰。却說看有誰來不許你打。怒詞而出以峭語。賈政直挺挺跪着叩頭認罪。賈母一面說。一面去看寶玉。只見今日這頓打。不比往日。又是心疼。又是生氣。也抱着哭個不了。王夫人與鳳姐解勸一囘。方漸漸止住。一路大氣盤旋。如錢塘江怒潮。排決千里。潮頭始落。丫鬟媳婦。尚欲攙寶玉走。被鳳姐駡了開去。叫人抬出藤屜春櫈。將寶玉抬放櫈上。隨着賈母王夫人等。抬送賈母房中。賈政見賈母怒氣未消。不敢自便。也跟了進來。想賈政此時。也如令郎之奉召。一步挪不到三寸。賈政看寶玉果然打重了。再看看王夫人。一聲肉。一聲兒。既哭寶玉。又哭珠兒。也就灰心了。自己不該下毒手打到如此地步。不以賈母哭而悔。而以玉夫人哭而悔。春秋之筆。

賈母見賈政來勸。含淚說道，兒子不好。原是要管的，不該打到這個分兒。此是平心靜氣之言。又道。你不出去。還在這裏做什麼，難道於心不足，還要眼看着他死了纔去不成。則如神龍掉尾。力捲餘波。筆仗到底不懈。於心不足。與大觀園題匾額時罵寶玉還逛不足之言同一拗舌。言悖而出。亦悖而入，

賈母始終不問寶玉所犯何事，省却多少累筆，

寶玉受笞，襲人自不可不着筆，妙在因人多插手不下。乃往二門前找焙茗問起事根由。既不抛荒襲人。又是題中要義。此等細緻周匝之筆，傳奇中惟紅樓獨擅，

焙茗道。那琪官的事。多半是薛大爺素昔吃醋沒法兒出氣。不知在外頭挑唆了誰來在老爺跟前下的火。此以可疑而疑之也。且不獨焙茗疑之。襲人

信之。卽寶釵薛姨媽。亦無不信之。是以君子惡居下流，

第三十四回　情中情因情感妹妹　錯裏錯以錯勸哥哥

襲人見寶玉撻傷甚重，咬牙說道。你但凡聽我一句話。也不到這步地位。接着寶釵走來。亦點頭歎道。早聽人一句話。也不至有今日。兩人所言。如出一口。或曰襲人勸則有之。未聞寶釵亦有勸詞，今既爲是言。則平日亦有規勸明矣。惟寶玉受笞，罪在匿優調婢。寶釵謂聽勸卽不至此。豈匿優調婢事亦嘗勸之乎。若未嘗以是爲勸。雖日納千言。庸何補乎，若曾以是爲勸。是與寶玉無不可勸之言。卽無不可道之語，未免媟褻已甚。其自視爲何如人耶。余曰否。寶釵此時，尚不知寶玉所犯何事。而漫爲是言者。專以迎合襲人耳，人字當貼襲人說。謂早聽襲人之言。何至如此。雖責寶玉。實媚襲人。

寶釵又道。別說老太太太太心疼，就是我們看着。心裏也剛說了半句。又忙

掩住。自悔說話太急了。不覺紅了臉。低下頭來。縱使全句說出。不過情面話耳。必知黛玉。方爲眞關痛癢。

寶玉聽了寶釵這話、又見他紅臉低頭。那一種嬌羞怯怯之態。越覺心中感動、想道。我不過挨了幾下打。他們一個個就有這些憐惜之態。令人可親。假若我一時遭殃橫死、他們不知是何等悲戚呢、文中無黛玉。却令讀者眼中句句有黛玉、是爲空谷傳聲之筆、

寶釵問襲人。怎麼好好的就打起來了。襲人便把焙茗的話說了出來。可知寶釵來時、尚未知挨打之故、益信聽勸之言。爲媚襲人而發。

寶玉聽襲人說。纔知道賈環的話。然尚不知改重情節也。

寶玉見拉上薛蟠、怕寶釵多心。忙止襲人道、薛大哥從來不是這樣的。你們別混猜度。豈知寶釵深信不疑。惟代辯說話。不防頭並不是有心挑唆、在寶

釵以爲半推半就。爲乃兄避重就輕。卽寶玉聞之。亦謂寶釵之言堂皇正大。豈知薛蟠尚在夢中。可笑、

寶釵臨走向襲人道。你只勸他靜養。別胡思亂想的就好了。或曰。上句勸病人常談。下句意頗奧晦。寶玉受笞傷臀。剝膚之災。非相思之症。胡思亂想而無損。不胡思亂想而無益。釵爲此言。何所措意。余曰。此亦阿好襲人也。寶玉終年無靜日。襲人所憂、胡思亂想、襲人所忌。平日不能牢籠。今因養傷可得挾制。於是專房之寵。足以快襲人之私。純爲襲人打算。並不與杖傷相涉、故襲人着實感激。以其所教實獲我心也。

寶玉受笞。不獨賈府人人宜露面。卽作者筆下。亦不宜漏敘一人。而獨不見一多情多義之林黛玉。黛玉於寶玉。其關切更在賈母釵襲以上。乃閱至數幅。猶未見着筆。幾疑作者罣漏。否則後文再爲補敘。而孰知不然。觀其臨床

嗚咽。眼腫如桃。則自寶玉受笞之時。衆人忙亂之際。早有一獨處瀟湘。臨風掩泣之林妹妹在焉。是爲出奇制勝之筆。

寶玉躺在床上。昏昏默默只見蔣玉函走來。訴說忠順府拏他之事。一時又是金釧兒進來。哭說爲他投井之情。寶玉半夢半醒。都不在意。先讓過一筆而後緊接下文。忽又覺有人推他。恍恍惚惚。聽得有人悲切之聲。寶玉從夢中驚醒。睁眼一看。不是別人。却是林黛玉。如曇花忽現。令人錯愕驚喜之至。寶玉尤恐是夢。忙又將身欠起來。向臉上細細一認。只見他兩個眼睛腫得桃兒一般。滿面淚光。不是黛玉却是那個眼腫如桃淚光滿面。寶玉身臥在床。乍何能見。妙在疑夢辨認欠身看出。筆致細絕。

黛玉情分如此。寶釵百不及一。

寶玉因下截疼痛難禁。仍舊躺下。嘆道。你又做什麽來。雖然太陽落下去。那地下餘熱未散。走來倘又受了暑呢。不暇言本事，先慮其受熱。待寶釵不若是矣。

寶玉又道。我雖捱了打。並不覺疼痛。我這個樣兒是粧出來哄他們好在外頭散佈與老爺聽。其實是假的。你不可眞信。此因見其眼腫如桃。滿面淚光。故爲是言以舒其悲痛耳。總是一片深情待寶釵不若是矣。

此時林黛玉雖不是嚎啕大哭。然越是這等無聲之泣。氣噎喉堵，更利害。此情此景。當之者。鐵心石腸，都當消化。

黛玉聽了。寶玉這番話。心中雖有一萬句言詞。只是不能說得。半日方抽抽噎噎的說道。你從此可都改了罷。只八字。抵得萬句言詞。回視寶釵以責爲勸。何啻天淵。

書中凡寫黛玉。都用加一倍法。獨此勸詞，僅著一語。然語雖不多。而含蓄不盡。既簡截、又和婉、得官止神行之妙。是以少許勝多許、仍是加一倍寫法。黛玉聽說鳳姐來了。忙立起往後院走。寶玉拉住道。你怎麼怕起他來。黛玉急得跺脚。悄悄說道。你瞧瞧我眼睛又該他們取笑開心了。寶玉聽說。趕忙放了手。黛玉三脚兩步。轉過床後、剛出了後院、鳳姐已從前頭進來了。險些兒看見。寫得急遽可憐。令人酸鼻。

王夫人使婆子來叫一個跟寶玉的人去。襲人見說、想了一想、囑咐晴雯等。好生在房裏。自己同婆子往王夫人上房來。此時寶玉創深痛鉅、正宜服侍得人。紋痕晴麝。均可使之應命而去。乃必穩住衆人。抽身自往、蓋其胸中本有一大篇文章、欲向王夫人傾訴也。小人乘機倖進。往往然矣。

王夫人問襲人。寶玉今日捱打。恍惚聽見是環兒在老爺跟前說了什麼話。你聽見告訴我。也不吵出來。叫人知道是你說的。襲人說、我倒沒有聽見這話。爲二爺霸佔着戲子。人家來和老爺要。爲這個打的。王夫人搖頭說道。也爲那個。還有別的緣故。襲人道別的緣故實在不知道了。人以此多襲人之賢善。而不知其狡滑也。蓋不欲以寶玉爲丫頭獲咎耳。爲丫頭獲咎。則凡怡紅院丫頭。皆在危巖之下。故撇去金釧。專言琪官。又免趙姨娘結仇計害。故不說也。大有寶釵機靈。洵爲寶釵小照。小人欲入人罪。必芟其情事類己者。往往然矣。

襲人道。我今日大胆在太太跟前說句不知好歹的話。論理。我們二爺也得教訓教訓。若再不管。不知將來做出什麼事來。此語刺心。王夫人安得不爲所動乎。小人進讒。必先以危言聳聽。往往然矣。

寶玉受笞。爲匿優調婢。皆園外事。而兩事又以匿琪官爲重。襲人欲有建白。當請王夫人嚴申禁令。除上學定省外。只許靜守園中。不准足出園外。尤不准與無法無天之薛大爺酬酢往來。庶可寡過而免再笞、其事既忠。於理爲順、而其說亦易伸。今襲人欲令寶玉搬出園外。其所請既與情事相悖。其所說自應窒礙難通、乃娓娓說來。不費轉折推移之力。能令聽之者入其玄中。眞是巧言如簧、襲人道。那一日那一時我不勸二爺、只是再勸不醒。是勸其狹邪好弄。猶是本地風光。接着說道。偏生那些人又肯親近他。怨不得他這樣、則已偸天換日。撇去琪官、替入園內人矣、如作巧搭題文者。只用縮合一二語。東上渡下。自成無縫天衣。所謂兩岸猿聲啼不住。輕舟已過萬重山也。且語似直率。而意則遙深。若曰、二爺勸不醒、只怨有親近之人。若無親近之人。未嘗勸不醒。今欲勸得醒。莫如隔絕親近之人、隔絕親近之人。自然勸得醒。盤旋曲折。妙義環生。逼出下文請搬出園之意。便覺舍此更無他法。夫乃嘆便嬖之人。未嘗不有便給之口。可畏哉。

襲人又道。我還記罣着一件事。每要來回太太討個主意。只是我怕太太疑心。不但我的話白說了。且連葬身之地都沒了。說得如此關係。不患其言之不入也。

王夫人聽這話。內中有因。忙問道。我的兒。你只管說。近來我因聽見衆人都誇你。我只說你不過在寶玉身上留心。或是諸人跟前和氣。這些小意思。誰知你方纔和我說的話。全是大道理。正合我的心事。你有什麼只管說。只別叫人知道就是了。此時王夫人已入其玄中。大開門徑。使之進讒。且與之約。不叫人知道。襲人由是好言是口。莠言是口。離間傾軋。益無忌憚矣。

誇襲人者。必是寶釵薛姨媽。

襲人道。我也沒什麼別的說。我只想討太太一個示下。怎麼變個法兒。以後竟還叫二爺搬出園外來住。就好了。一語破的。龍斷之心。和盤托出。淫哉妖

婢。心腸何狠

王夫人聽了吃一大驚。忙拉襲人的手問道。寶玉難道和誰作怪了不成。此與三國志呂布在濮陽城當曹操問曹操何往。一樣可笑。惟襲人驟聞此問。勝似項門一鍼。自應心虛靦覥、乃竟怡然處之。毫無慙怍、方且搖唇鼓舌。侃侃而談、羞惡之心。牿亡已盡。

王夫人問襲人。寶玉和誰作怪。誰知即與此人作怪。來說是非者。便是是非人。聽讒者可以鑒矣。

襲人道。如今二爺大了。裏頭姑娘們也大了。況且林姑娘寶姑娘又是兩姨姑表姊妹、雖說是姊妹們。到底是男女之分、日夜一處起坐不方便。二爺的性格、太太是知道的。偏好在我們隊裏、鬧倘或不防錯了一點半點、不論眞假。人多口雜、那起小人的嘴、有什麼忌諱。心順了。說得比菩薩還好。心不順就編得連畜生不如。倘或叫人哼出一聲不是來。我們不用說。粉身碎骨。罪有萬重。都是平常小事。二爺一生的聲名品行。豈不完了。二則太太也難見老爺、俗語說。君子防未然。不如這會子避的爲是。近來我爲這事。日夜懸心又不好說與人。惟有燈知道罷了。或曰。襲人妒忌。自以黛玉爲最。其進讒亦當以黛玉爲主。何以與寶釵平列而無軒輊乎。豈疑黛者復疑釵乎。抑不便專言黛玉。聊扯寶釵作陪客乎。余曰不然。襲人進讒爲黛玉。而亦不僅爲黛玉。蓋其立意。欲將寶玉搬出園外。隔斷羣芳。以快其龍斷之私耳。其事本甚難。其言不得不加重。單言黛玉、固不足以警王夫人。卽儷以寶釵、猶覺銖兩不稱。刻意盤算、必將迎探姊妹。一併捺入作爲說料、方使王夫人骨立神悚、信用其言。如范雎入秦。非借太后穰侯事。不足以怵秦王而取卿相。故開口一語。卽說裏頭姑娘也大了。已將迎探三春一網打盡。說到林姑娘寶姑娘、加況且兩字。是推進一層言。其所重仍在迎探姊妹。故曰錯了一點半點。叫人編得畜生不如。我們不用說。粉身碎骨罪有萬重。二爺聲名品行。豈不完了。說得關係重大如此。非指迎探三春而何。若僅指林薛言。卽錯一點半點。不過才子佳人風流罪過。何便畜生不如。並服役之人亦粉身碎骨而有萬重之罪哉。故其立言命意。專借迎探三人爲說法。使王夫人事在必行。刻不容緩。此襲人奸衷也。嗚呼。荆卿借樊將軍頭。固非欲殺樊將軍。然欲快已龍斷之私。而使千金閨秀。家主彝倫。一齊拉入渾水。夫豈尚有人心耶。眞是畜生不如。碎骨粉身。不足以蔽萬重之罪。

凡事不近人情。鮮不爲大奸慝。襲人平日處事。似尙在人情物理之中。而亦爲大奸慝。則又非蘇季公所能意料也。噫。

王夫人被襲人一番巧語花言。說得千恩萬謝。竟將寶玉交給了他。又道你且去罷。我自有道理。不獨爲所愚。且爲所用。後文不見寶玉出園。想是老太太前說不入港。否則大觀園風流雲散。不待一百餘回。此時已大殺風景矣。養惡人如養虎。信然。

寶玉記罣黛玉。滿心要打發人去。只是怕襲人。便設一法。使襲人往寶釵處借書。嗚呼。此可知襲人兇惡矣。

前番黛玉以手帕擲寶玉。此番寶玉以手帕遺黛玉。於是黛玉帕中有寶玉淚痕。寶玉帕中有黛玉淚痕。自有手帕以來。未有如是之深情密意者。鮫綃不足數矣。

黛玉降世。原爲還淚而來。寶玉遺以手帕。只算持券索負。惟一遺兩幅。未免索之過急耳。異日淚盡焚帕。猶之債楚焚券。

林黛玉體貼出寶玉送手帕的意思來。悲喜交集。益爲傷感。題詩未畢。不覺渾身火熱。面上作燒。對鏡一照。只見臉上通紅。眞合壓倒桃花。却不知病由此。深寶玉使晴雯看黛玉。何物不可寄將。乃必遺以手帕。致淋漓情淚。益使多抛孱弱病軀。由茲轉劇。寶玉知之。能無悔乎。

薛姨媽寶釵埋怨薛蟠害寶玉捱打。並不將事由說明。一味含糊斥責。致薛蟠不知何故。咆哮怒駡。薛姨媽不足怪。寶釵何亦率爾如此。蓋其心中認定薛蟠所爲。以爲毋須說得也。

忠順府來索琪官。固非薛蟠所使。然互換汗巾。惟薛蟠撞見。若非到處宣說。何致騰達王府。薛蟠又安得無咎哉。

薛蟠向寶釵道。你只怨我顧前不顧後。你怎麼不怨寶玉在外招風惹草。只拏前日琪官兒的事。比給你們聽。那琪官我見十來次。並不曾和我說一句親熱話。怎麼前日見了他。連姓名還不知。就把汗巾子給與他。難道這也是我說的不成。觀此足見薛蟠本有醋心。到處宣說。何待問哉。

薛蟠罵寶釵道。好妹妹。你不用和我鬧。我早知你的心了。從前媽媽和我說。你這金。要揀有玉的纔可配。你留了心。見寶玉有那勞什子。你自然如今行動護着他。話未說完。把個寶釵氣怔了。寶釵氣怔。讀者快心。請浮三大白。金鎖如果和尚所給。配玉之說。如果和尚所教。薛蟠自必與和尚會面。何以得聞自母。卽曰和尚送鎖。時薛蟠尚是孩童。故不與聞。然薛蟠孩童。薛姨媽尚是少婦。豈肯面見和尚。卽曰皇商之婦。原不比誥命之尊。未嘗不見和尚。然何以薛蟠口中。不帶說和尚耶。分明僞造謬託。以求配玉。薛蟠揭其私而發其覆。故寶釵氣怔。回來整哭一夜。

黛玉見寶釵無精打彩。兩眼有哭泣之狀。便在後面笑道。姐姐也自保重。就是哭出兩缸淚。也醫不好棒瘡。此非黛玉有心刻薄。聊答前日念佛之諷耳。

寶釵聞而不答。亦知悔由自先。

以寶玉平日之親近。又有金玉之邪謀。寶釵爲之茹痛飲泣。亦不爲癡。乃視若無事。未免薄情。黛玉悞爲哭棒瘡。猶以多情人擬之也。豈知其薄情甚哉。人而薄情。無論置之子臣弟友。無一宜者。

第三十五回 白玉釧親嘗蓮葉羹 黃金鶯巧結梅花絡

林黛玉立在花陰下。遙見李宮裁等。都往怡紅院瞧過散去。獨不見鳳姐前來。心內盤算。鳳姐有事纏住也。必來打個花胡哨討老太太的好兒。何以不來。必有原故。正在詫異。只見賈母搭着鳳姐的手。及邢王夫人。跟着周姨娘並丫頭媳婦花花簇簇一羣人。又向怡紅院來。寶釵薛姨媽亦接踵而至。此段小小閑文。專爲抬高黛玉身分而設。寶玉受笞。人人皆來探候。多半討賈母王夫人之好而來。寶釵不先不後。與賈母王夫人同時並至。尤爲得竅。獨黛玉知之而不屑效之。回到瀟湘館。調逗鸚哥。不去討好矯矯不羣。白香山詩。若稱白家鸚鵡鳥。籠中兼合解吟詩。黛玉鸚哥會念詩。勝於白家鸚鵡矣。雖然。非佳兆也。陳將亡。有鳥能晝詩。曰。獨足尙高臺。茂草變爲灰。欲如我家處。朱門當水開。不旋踵而陳亡。

薛蟠聽見寶釵爲昨日事。和母親哭。連忙跑過來作揖賠不是。又道我若再和他們一處。眈妹妹聽見啐我。再叫我畜生。何苦來。爲我一個人娘兒兩個天天操心。如今父親沒了。我不能多孝順母親。多疼妹妹。反叫娘母子生氣煩惱。連畜生不如了。說着滾下淚來。似此沉着痛切言之。以爲必改過矣。而豈知言之而隨食之耶。

寶玉聞賈母讚鳳姐嘴乖。用話勾着賈母。想讚林黛玉。不想賈母反讚起寶釵來。道提起姊妹們。不是我當着姨太太的面奉承。千眞萬眞。從我們家裏四個女孩兒算起。都不如寶丫頭。寶丫頭得此佳譽、平日所用工夫。已有八九分火候矣、賀賀。

賈母讚寶釵。與湘雲前和襲人說。祇有寶姐姐好。如出一口。可見賈母之心契大都湘雲之游揚。助金欺林。信然、

王夫人見荷葉湯做來。命玉釧兒送往怡紅院、意者欲使寶玉觸目警心。凜之以爲色戒歟。抑以玉釧兒歛怨飲恨、遺之令其修好歟。

王夫人正使玉釧去。恰好寶玉要鶯兒打絡子。鶯兒也吃了飯來了。寶釵便命與玉釧兒同往。於是黃金鶯、白玉釧、聯袂偕行。儼然金玉成雙、恰合寶釵以金絡玉之心。

玉釧兒等到了怡紅院。玉釧兒便向小杌子上坐了。鶯兒不敢坐。襲人端了脚踏來。還不敢坐。妙有分寸。

寶玉見了玉釧兒。又是傷心。又是慙愧。便把鶯兒丟下。且和玉釧兒說話。襲人見把鶯兒不理。恐鶯兒沒好意思。便拉鶯兒出到外邊房裏吃茶。有此一筆。寶玉與玉釧兒周旋兜搭。方不使鶯兒向隅、文心周匝。

寶玉問玉釧兒、你母親身上好。玉釧兒滿面怒容。正眼也不瞧。半日方說了一個好字。必如此方是玉釧兒。方是金釧兒之妹、

寶玉見玉釧兒哭喪着臉。知他爲金釧兒的緣故。只管陪笑問長問短。一些性氣也無、憑他怎麼訕謗、總是溫存和氣。必如此方是寶玉。方是寶玉之於玉釧兒、

玉釧兒見寶玉一味溫存。倒不好意思起來。臉上方有三分喜色。畢竟女孩兒心腸、易於柔軟、

寶玉要玉釧兒端湯來吃。玉釧兒不肯。寶玉便欲札掙下牀。又禁不住噯喲

之聲。玉釧兒道。躺下去罷。那世裏造下了孽。這會子現世現報。叫我那一個眼睛看得上。一面說。一面哧的一聲又笑了。端過湯來、遞與寶玉喝、又有三分憐惜矣。畢竟女孩兒心腸易於回挽、

寶玉喝了兩口。故意說不好吃。玉釧兒道。阿彌陀佛。這樣不好吃。什麼好吃呢。寶玉道。一點味兒沒有。你不信。嚐一嚐就知道了。玉釧兒果賭氣嚐了一嚐、又有三分親熱矣。畢竟女孩兒心腸易於和婉、

寶玉笑道。這可好吃了。玉釧兒聽了。方解過他的意思來。原來哄他吃一口。便說道。你既說不好吃。這會子說好吃也不給你吃了。此時玉釧兒心中介蒂。殆十去其九矣。

寶玉平日最厭勇男蠢婦、通判傅試差來婆子。却令進房。原來傅試有個妹子。名喚傅秋芳。也是個閨瓊秀玉。常聽人說才貌俱全。雖未目覩。其遐思遙

愛之心。十分誠敬。若不令他進來。恐薄待了傅秋芳。因此連忙命讓進來。如此盛情傅秋芳若能體會。定添一段纏綿鬱結之忱。

傅秋芳二十三歲。尚未字人。驚花易老。爲喚奈何。

傅試以二十三歲之妹。欲與寶玉爲婚。頻頻遣人來通候。是猶河濱之人。捧土以塞孟津。多見其不知量也。

玉釧兒見有生人來。也不與寶玉厮鬧了。手裏端着湯。眼望着寶玉和婆子說話。寶玉伸手要湯。不想撞潑了。燙了手。却不自覺。只管問玉釧兒燙了那裏。此種情形。賈家人都看得慣。傅家婆子。竊以爲奇。行出橋邊。互相議論。謂寶玉中看不中吃。既笑眼前燙手之事。又笑日前淋雨之事。並謂看見燕子和燕子說話。看見魚和魚說話。見了明星亮月。不是長吁短歎。便是咕咕噥噥。且一點剛性沒有。連毛丫頭的氣都受到了。愛惜起東西來。連個線頭都是好的糟塌起東西來。那怕値千値萬的。都不管了。把個寶玉活畫出來。不知此是眞聖賢眞菩薩分量。俗士無知未免大驚小怪耳。

襲人見人去了。纔攜了鶯兒過來。商量打絡子不過是扇子香墜汗巾子。未有想到絡玉者。

寶玉要鶯兒打汗巾子。襲人等吃飯去了。寶玉便問鶯兒。你本性什麼。鶯兒道姓黃。寶玉笑道。這個名字倒對了。果然是個黃鶯兒。金昌緒詩。打起黃鶯兒。莫教枝上啼。啼時驚妾夢。不得到遼西。謂夫妻不能會合也。鶯兒游揚寶釵之好。卽隱以拆散寶黛會合之緣。故曰黃鶯兒。

鶯兒道。我的名字。本來叫金鶯。姑娘嫌拗口。就單叫鶯兒。金鶯有何拗口。寶釵改去之。恐僭金玉姻緣之分耳。此回書專寫寶釵假金絡玉。心切計工。爲全部書中大樞紐。故借金鶯閒閒入題。使讀者知所着眼。

寶玉道。寶姐姐也算疼你了。明日寶姐姐出嫁、少不得是你跟了去。我常常和襲人說。明兒不知那個有福氣的。消受你們主兒兩個。呢雖是羨美之詞。實是自絕之語、謂我已踞金鼇之頂。其餘只合讓與有福之人。鶯兒亦知其意。忙道。你還不知我們姑娘有幾樣世上人都沒有的好處、模樣兒還在其次。蓋以寶玉自絕寶釵。必以其模樣不如人耳。故特游揚模樣外之好處以欣動之。如挾貨求售者見主人無重視之心。則多方衒美以求消受。是寶玉自絕寶釵。鶯兒且能會意、而讀者猶謂寶玉之心。忽又垂涎寶釵。豈不誤哉。惟寶玉決不忍消受寶釵。寶釵必欲消受寶玉。流水無心。落花有意。含情貢媚。得得來矣。請拭目視之。

寶玉見鶯兒嬌腔婉轉、語笑如癡。早不勝其情了。更堪提起寶釵。來讀者亦往往。悞會。謂鶯兒嬌婉已足動人。提起寶釵。益令人豔羨蘅蕪、不置殊未解了。蓋謂鶯兒嬌婉。已足動人。更堪游揚寶釵。是明明望我納寶釵之聘。以便自列於金釵之行。此心尤覺動人。純乎愛鶯兒而非愛寶釵。若謂垂涎寶釵。不獨文背書旨。且語意亦不聯屬。至問寶釵好處在那裏。要鶯兒告知無非與鶯兒借詞問答。並非眞欲聽寶釵好處也。須知。鶯兒說寶釵好處。無非肌膚豐白性情和平等類。作者不欲權厭讀者之聽。故借寶釵來而截止。

寶釵見鶯兒打汗巾子。說道。這有什麽趣兒。不如打個絡子。把玉絡上。噫其方寸中曾須臾忘此物耶。與可畫竹早有成竹在胸。卽絡之之法，亦籌思爛熟而來。此物此志也。

寶玉拍手笑道。倒是姐姐說得是。只是配什麽顏色好。寶釵道。雜色斷然使不得。大紅又犯了色。黃的又不起眼。黑的又太暗。等我想個法兒。把那金線拏來配着黑珠兒線一根一根拈上。打成絡子。這纔好呢。嗚呼。寶釵之肺肝。於是乎和盤托出矣。謀奪親事之罪案。於是乎如鐵鑄成矣。夫甘受和。白受采。瑩然之玉。凡色絲皆可配。釵必擯除一切而以金線絡之者。蓋千籌百慮。總欲以金配玉耳。雜色指非親非故者而言。如張道士所說之小姐。是大紅。指傅秋芳而言。傅秋芳才貌俱全。固亦紅粉中巨擘。然齒已長。門第亦不敵。故曰犯了色。黃指史湘雲而言。史湘雲爲賈母外。黃極爲正色。而姿貌平平。故曰不起眼。黑卽黛。謂黛玉也。皂白分明。固爲正配。然議昏而未納采。其事又未彰著於人。故曰太暗。是諸色人等。皆可擯而去之也。欲謀玉配。厥惟光怪陸離之金。此寶釵假金絡玉之本意也。其必用黑珠兒線拈上者。則慮以金配玉。尚少牽合之人。故使黑珠兒線。以當赤繩之繫。黑者青衣之屬。又黑心之謂。珠兒線。卽珍珠線。珍珠。襲人舊名。使黑珠兒線一根一根拈上。猶云使靑衣襲人一處一處縮合。則非分姻緣、亦可牽於一線矣。此時寫寶釵巧自爲媒、藉力於黑心妖婢、以奪黛玉婚姻、其計甚工。其謀甚秘。而其心則甚可鄙而可嗤。女子配夫、必待父母之命、媒妁之言。豈有千金閨秀暗自勾合而謀爲人妻室者乎。國人皆賤之矣。莊子曰、大冶鑄金、金踴躍曰、我且必爲鏌鋣。大冶必以爲不祥之金、寶釵踴躍如是。吾知通靈之玉卽被巧爲聯絡、亦非金鎖之福。然則窈窕淑女宜待君子之好逑、固不可以牝求牡而爲不祥之金也哉。惜寶玉不悟。方且喜之不盡、抑何可憐。

寶釵旣想定以金絡玉之法、寶玉卽叫襲人來取金線。鬬筍緊絕。蓋寶釵雖善自爲謀。若非襲人穿針引線。則金玉猶不能合。故取金線必假手於襲人。惜寶玉不悟。方且一疊連聲喚襲人、抑何可憐。

寶玉正叫襲人拏金線。適王夫人打發人給襲人兩碗菜。亦是緊接鬬筍。蓋襲人欲爲金玉處處合縮必自王夫人始今既拜賜而食菜則雌黃滿口呼吸皆通絡玉拈金其中不餒矣故得意揚揚喜形於色非喜菜也喜其言之入而計得以行也

寶玉見邢夫人遣丫頭送菓子來忙叫秋紋分一半送與林姑娘去剛欲去時只聽黛玉在院內說話忙叫快請如此肫摯襲人甘爲他人牽合忍哉

第三十六回 繡鴛鴦夢兆絳芸軒 識分定情悟梨香院

賈母吩咐賈政小廝頭兒以後不許叫寶玉出去會客要着實將養又祭了星要過了八月纔許出二門並將此話傳與寶玉使他放心襲人欲將寶玉搬出園外賈母偏令日守園中長舌奚爲乎於是寶玉日在園中嬉遊甘爲諸丫頭充役寶釵輩有時見機勸導反生起氣來說好好的一個清淨潔白女子也學得沽名釣譽入了國賊祿鬼一流前人生事造言原爲引誘後世

鬚眉濁物。不想我生不辰。瓊閨秀閣中。亦染此風。眞眞有負天地鍾靈毓秀之德、奇文妙文至文。不想老莊之外、又有此書、

衆人見他如此瘋顚、也都不向他說正經話了。以至理名言而爲瘋話、所以爲衆人也。獨林黛玉不勸他立身揚名、所以獨成爲黛玉、腐遷所謂難與俗人言也。乃有謂林黛玉一味情癡。不知正道者。如此齷齪兒。豈可令讀紅樓夢。

或曰。林黛玉與寶玉已成婚眷。不望顯揚。是欲爲林和靖也。薛寶釵與寶玉猶是葭莩。獨加勸導。是欲爲薛居州也。余曰。論黛玉則是。論寶釵則非。釵之勸。非眞望其立身揚名。聊以悅襲人王夫人耳。

襲人每月分例銀一兩。原在老太太八個丫頭內開支。王夫人命鳳姐另挑一個丫頭。送給老太太、補襲人之缺、把襲人一分裁去。由王夫人分例二十

兩內、匀出二兩、並錢一吊。給襲人。俾與趙姨娘周姨娘相等。並令以後凡事有趙姨娘周姨娘的。也有襲人的。又道。襲人那孩子、比寶玉强十倍。寶玉果有造化、得他長長遠遠服侍一輩子。也就罷了。雖開臉再等兩三年。而一切體制、已與趙周姨娘相埒。明明一個先赴署任的姨娘。安得不謂之寶玉姬妾乎。乃豐分月例、儼然以姨娘自居。及貪歡嫁人。則又以未過明路自恕。如此賤人。王夫人乃倚爲心腹。是直以金杯玉盤貯狗矢。豈非有眼無珠腹內空耶。王夫人直宜謚之曰竹夫人。

寶釵尋寶玉、解午倦。見寶玉睡着在牀上。襲人坐在牀邊做針線。旁邊放着個白犀拂塵。寶釵走近前去。悄悄笑道。你也過於小心了。這屋裏還有蒼蠅蚊子。還拏蠅刷子趕什麼。襲人道。姑娘不知道。雖沒有蒼蠅蚊子。誰知有一種小虫子。從紗眼裏鑽進來。人也看不見。只睡着了咬一口。就像螞蟻叮的。

此襲人現身說法也。寶玉難成好夢、孤負香衾、豈非利口作耗乎。寶釵謂此小虫、長在花心。以喻花姓人。尤爲貼切、

寶釵道。怨不得這屋子後都是香花兒、這屋子裏又香。這種虫子。都是花心裏長的。聞香就撲。此又寶釵現身說法也。花心虫、只合與花爲緣。乃撇花而竄入房帷。竊踞枕席。輒欲仰托於人。豈非善於鑽刺乎。襲人謂此小虫鑽入來。人不看見。以喻寶釵尤爲貼切、互相發明之文也。

寶釵看襲人繡的兜肚上鴛鴦。襲人笑道。好姑娘、你略坐一坐。我出去走走就來。說着就走了。寶釵只顧看活計。便不留心。一蹲身剛剛的也坐在襲人方纔坐的那個所在。噫此何所在。而可蹲身坐乎。寶釵一生精細。到處留心。形影之間、亦必籌度、行走以避嫌疑、而況孤男曠女、枕席牀帷、反至漫不經心乎、分明欲親芳澤、竊喜無人、如小虫之聞香卽撲、作者稱其不留心。特以

試讀者之眼力耳。如謂眞不留心。則請回憶第三十回中遠着寶玉之言便悟。

寶釵獨坐寶玉身旁。以爲必無人見。不想爲林黛玉史湘雲從窗隙窺去。故君子必凜乎屋漏也。

寶玉睡在牀上。寶釵挨坐身旁。旁邊放着蠅拂。此種形狀。本屬見笑大方。林黛玉不敢笑出來。僅招湘雲來看。此後亦只向寶玉一提。並不爲之傳播。煞是忠厚。若寶釵見黛玉如此。則飛白流丹。必將騰達於賈母王夫人之耳矣。

誰謂黛玉口頭尅薄哉。

湘雲看見也要笑時。忽想起寶釵素日待他厚道。忙掩住口。知道黛玉口裏不讓人。怕他取笑。便拉了黛玉去找襲人去了。足見寶釵善於牢籠。湘雲早已入其皮袋矣。

寶釵剛做了兩三個花瓣，忽見寶玉從夢中喊駡，說和尚道士的話。如何信得什麼是金玉姻緣。我偏說是木石姻緣。寶釵聽了這話，不覺怔了。寶玉謂和尚道士之言信不得。非不信和尚道士之言，乃不信金玉邪說，詭爲和尚道士之言，若果爲和尚道士之言，則言於有金鎖之家，應亦言於有玉之家。何以我家不聞有是言。且聽我舍金玉之緣，聯木石之緣乎。其爲有金鎖者詭托無疑，而況木石姻緣，父母所定，恩愛伉儷，金石不磨。和尚道士至善至慈，何致拆散人好姻緣，以遷就其金玉之邪說乎。斷不其然。卽或有之，而我亦屹然不爲動。偏說金玉非姻緣，木石是姻緣，彼又焉奈我何哉。故寶釵聞而發怔。以寶玉窺破其詭計。而又拒絕其婚姻也，釵乎釵乎，縱使費盡心機。藉黑珠兒以絡玉。而玉之心不屬，又將何爲。夫士爲知己用，女爲悅己容，歡娛可貪。時務亦宜識。周果有貳於鄭，或且致其圖謀。晉未自絕於秦，猶可忝爲婚媾，若乃韓憑自眷其婦，既無半念游移，宋玉不許其隣，空費三年窺伺。便當剗除邪念，別選金龜。胡猶眷戀仙郎，强求玉杵。縱使衾同翡翠，枕共鴛鴦。伉儷之情不深，肌膚之親何取乎。君子曰，是亦賤人而已矣。

日有所思，夜感爲夢，寶玉夢中之喊罵，即其平日之醒罵也，惜未及使黛玉聞之，爲闕典耳。

鳳姐喚襲人去告訴王夫人的話。又去與王夫人磕頭。朝廷漸漸由妃子。從此昭陽無二人。可爲襲人咏矣。

夜間襲人將加月例的話。告訴了寶玉。喜不自禁。笑道。這回看你家去不去。襲人冷笑道。你倒別這麼說。從此以後。我是太太的人了。我要走。連你也不必告訴。只回了太太便走。寶玉笑道。就算我不好。你回了太太要去。你也沒意思。襲人道。有什麼沒意思。難道强盜賊，我也跟着。罷。忍哉。豬不如是豿豿。

犬不如是狺狺。但强盜賊、卿固不願跟。世有脂韋其貌。嬝娜其身。嬌婉其音。薰沐其體。日與勾闌粉頭角逐皮肉生涯而爲兎子者。比强盜賊更下賤一流。卿何以又願嫁乎。恨不執耳問之。

襲人又道。再不然。還有一個死呢。晴雯說死。是欲守寶玉以終身。襲人說死。是欲撇寶玉而他適。說死同。而所以欲死則迥異。一可敬。一可誅。

寶玉忙握襲人的嘴道。罷罷罷。不用說這些話了。襲人深知寶玉性情古怪。聽見奉承吉利話。又厭虛而不實。聽了這些盡情話。又生悲感。便悔自己冒撞了。連忙用話截開。只揀寶玉素日喜歡的春風秋月。及那粉淡脂紅來說。豈知寶玉性情並不古怪。其握襲人之嘴。不聽說死。以其言不中肯耳。非謂不吉利也。故下文有人誰不死之說。如襲人言。則必聞奉承吉利語而欣然聞盡情語而漠然。斯得謂之不古怪乎。宜其一生悅人奉承。且以奉承悅人。

又宜其一生不獨聞盡情語而漠然。且狠心辣手爲盡情事而亦坦然。其人如此。只合與之談春風秋月粉淡脂紅。若文死諫武死戰之論。直是對牛彈琴。

襲人由春風秋月粉淡脂紅。談到女兒如何好。不覺又談到女兒如何死。忙掩住了口。寶玉聽到濃快處。見他不說了。便笑道人誰不死。只要死得好。故下文有文死諫武死戰一段議論。武死戰。固是陪筆。文死諫。實爲暗駁襲人。針對上文。非閒筆也。

寶玉又道。比如我此時若果有造化。趁你們在我就死了。再能穀你哭我的眼淚流成大河。把我的屍首漂起來。送到那鴉雀不到的幽僻之處。隨風化了。自此再不要托生爲人。這就是我死的得時了。此論亦是針對襲人說死之語。非妄誕之言。謂襲人能守主人終身。以眼淚哭葬主人。方是死得其所。

若因勸諫不聽便欲他去去之不得便欲尋死實屬死出無名所以警之者深也。其不明白曉暢侃侃而談。卻從自身之死對面勸入。此則寶玉談鋒文章折筆也。惜乎襲人蠢才。不能領悟。以爲寶玉又說瘋話。斯則無可如何耳。

寶玉因看了牡丹亭詞曲。尙不愜意。走到梨香院要齡官唱裊晴絲。豈知齡官見寶玉來。躺着不動。見寶玉身旁坐下。立起躲避。及要他唱。則推嗓子啞了。寶玉到處逢迎。從未遭人白眼。不意齡官以閉門羹飲之。破天荒。

齡官白眼視寶玉。非品高流俗。目無下塵。惟以眷戀賈薔之故。原不値一哂。然齡官。優伶耳。與賈薔苟合耳。其不貳如此。以視久列釵行。豐分月例主人甫去卽嫁優伶者。其相去豈可以道里計哉。

寶玉見賈薔提了個雀兒來。籠上紮着小戲臺。問是何雀。賈薔道。是個金頂玉頂。若寶釵聞之。定以爲天然佳兆。

齡官不能金屋以貯，乃脂韋使登歌舞之臺。恨事也。賈薔以串戲之雀相遺，不啻打趣。不能擇人而事。猶禽鳥不能擇木而棲。恨事也。賈薔以籠中之雀相遺。何異形容。故怒而斥之也。齡官亦庸中之佼佼者。惜後文不知究竟，若能有司棋之志，則可與司棋並傳矣。

寶玉在怡紅院。則有鶯兒結玉絡。出梨香院。則有賈薔提雀籠。梨香院爲寶釵舊居之地。明謂此一篇大文章，無非寫寶釵籠襲人以絡玉。故前有金鶯玉釧以引起。後有金項玉頭以收科。所以醒題之目而成一篇之局也。

寶玉見賈薔與齡官情形。纔領會過畫薔深意。自已站不住。便抽身走了。一心裁奪盤算。癡癡的回至怡紅院。正值林黛玉和襲人坐着說話。寶玉一進來。就和襲人長歎，說道。我昨兒晚上的話。竟說錯了。怪不得老爺說我管窺蠡測。昨夜說你們的眼淚單葬我。這就錯了。我竟不能全得了。從此後只是各人得各人的眼淚罷了。自此深悟人生情緣，各有分定。只是每每暗傷。不知將來葬我洒淚者爲誰。寶玉夜來之言。原以襲人有留在房裏之說。故望襲人以眼淚葬他，今在梨香院見賈薔一心在齡官，齡官一心在賈薔，將來葬賈薔者。必是齡官之淚，齡官之淚，決不葬他人。若我寶玉一心在黛玉。而於襲人旣不能如賈薔之於齡官，則襲人之於我，亦萬不能如齡官之於賈薔。何能冀其以眼淚葬我耶。而葬我之淚，只可屬望於黛玉。不能兼望於襲人矣。故曰不能全得。賈薔得齡官之淚，我得黛玉之淚。推而至於天下萬世之人。各有專愛之心。卽各有葬身之淚，故曰各人得各人眼淚，文極含蓄而意甚顯明。襲人認作瘋話。黛玉以爲別處着了魔來。豈知觀我觀人。證人證己。實見道之語耶。至云將來葬我者不知爲誰，則以黛玉嬌軀弱質，善病工愁。不知能否久在人間。以淚葬我。若不能久在人間，則將來葬我之淚不知爲誰。每每暗傷者以此。

黛玉問寶玉。明日姨媽生日去不去。寶玉答不去。黛玉笑道。看人家趕蚊子分上。也該去走走。黛玉看見昨日情形。只此一露。此外總未傳播。寶玉不解。襲人將昨日的話說。知寶玉聽了。忙說不該。我怎麼睡着了。就褻瀆了他。豈知夢中喊罵褻瀆更甚耶。

杜園

紅樓夢考證

上海印書館出版

海上漱石生鑒定　紅樓夢考證卷七

著作者　武林洪秋蕃
校正者　鐵沙徐行素

第三十七回　秋爽齋偶結海棠社　蘅蕪苑夜擬菊花題

賈政既非科甲。又無文名。且未考差。皇上特命視學。置曾考差之科甲而不用。爲元妃私之耳。寶釵既非國色。又非賢媛。且非原配。王夫人特娶爲媳。置曾聘定之元配於死地。爲妹子私之耳。朝廷家庭同一越理。然朝廷原有曠典。家庭豈可胡爲。不得以賈政放學差。遂爲王夫人等乞寬政也。

賈政出差。大觀園又添許多韻事。

吟詩結社。文士濫觴。不圖香閨有此韻事。探春折柬延邀。雅人深致。

寶玉甫閱探春之柬。又來賈芸之書。一則雅韻欲流。一則俚俗可哂。然書雖

俗。而所送白海棠適爲吟詩開社之題。儼作歎黛諷釵之筆則亦有足志者、
寶玉與賈芸偶爾戲言。賈芸卽眞認爲父子。人情勢利如此哉、
有鸚鵡能念詩者。卽有雀兒會串戲者。有巧計營謀願爲人妻者。卽有腆顏諂媚甘爲人子者。物必有偶。良然。
白海棠能兆吉凶、萎則晴雯死、黛玉亡。開則通靈失、寶釵至。前半爲佳卉、後半爲花妖、亦奇種也。有關乎釵黛、故以名社而賦詩、
探春開詩社時則秋季。地則秋爽齋。詩題則白海棠。社名亦海棠。一派秋氣。識者早知其蕭索成象。不能持久也。
黛玉道。既然要起詩社、偺們就是詩翁了。先把這些姐妹叔嫂的字樣改了纔不俗。李紈道。極是。何不起個別號。非詩人定須有號、實作者借以正名。
李紈之稻香老農。迎春之菱洲、惜春之藕榭、以及探春原起之秋爽居士、後

來湘雲之枕霞舊友。無非各就居處爲號。無關名分。故皆略而不論。其所正之名。則惟黛玉之瀟湘妃子。寶釵之蘅蕪君耳。雖亦就所居館苑着筆。而意義湛深。娥皇女英。千古多情善哭之聖女。黛玉。千古多情善哭之烈媛。故以瀟湘名其館。而以妃子隆其稱。寶玉元配。本是黛玉。後雖爲寶釵所奪。而名分究不可誣。故特借探春口中。揭出皇英爲比。而以黛玉居其正。寶釵雖與寶玉偕伉儷。其分不得爲敵體。故李宮裁封之爲蘅蕪君。其稱謂與郡君縣君等。猶之周禮所注六宮中之三夫人九嬪二十七世婦八十一御妻之類。不得比肩於妃后也。古者妃后無別。太姜太任太姒。爲太王王季文王之后。而皆稱妃。故皇英不曰湘后而曰湘妃。妃卽后也。作者以瀟湘妃子名黛玉。實以寶玉元配予黛玉。以蘅蕪君名寶釵。實以側室予寶釵。漢獻禪位雖在魏。而正統終當屬劉。大居正也。寶玉以怡紅爲號。必先提出舊號絳洞花主。

亦所以發明怡紅本絳珠夫主也。且明着一主字。更覺妃子二字有根據。其必出諸探春李紈之口。則以兩人皆賢媛。品題爲不苟耳。至探春改秋爽居士爲蕉下客。特借蕉葉覆鹿之典。引起黛玉之嘲。於是探春以瀟湘妃子名之。不爲突兀。此借枝過葉之筆。別無深義。

蓮仙女史曰。以瀟湘妃子名黛玉。似佻而不莊。探春以此爲謔。黛玉亦直受不辭。讀者於此。未有不疑且異者。今得先生之說。使人心花怒開。通快無比。又曰。蘅蕪香草也。以美人香草例之。則蘅蕪君一美人而已。後宮美人始於魏。魏志。皇后以下有五等。曰夫人。曰昭儀。曰婕妤。曰容華。曰美人。美人殿其末。更不得與妃后並。余曰。此亦作者之心。非蓮仙之深文周內也。

蓮仙女史。湘人。貌秀。曼善修飾。見者驚爲畫中人。性慧而豪放。喜讀書。工吟咏。雅愛西廂牡丹亭詞曲。背之成誦。尤躭紅樓。手一編。雖病不輟。初名憐纖以凌波纖細而可憐也。一日粧成攬鏡、自睇其影、曰、似這般嬝嬝、似這般婷婷、豈僅纖纖雙瓣可憐哉。著紅裳而愈豔。濯秋水以彌鮮。檻外蓮花、曾何多讓。繇是改名蓮仙。蓋取拾遺記中不戴金蓮花不得到仙家之意。年十七、遇人不淑。居陷阱者三年。毀裂容裳。幾至瓶墜簪折。會余救得脫、如芳蘭之萎而復蘇也。因謝以詩。曰、君是金鈴妾是花。三年零落感萌芽。買絲不敢輕描繡。摹倣平原恐有差。心香一瓣爇來誠。豆蔻空含脈脈情。自愧蒹葭難倚玉。與君添個女門生。於是自稱女弟子。時以詩札見示。紅樓見解、多可採、惜曰久不甚記憶。其所說。往往誤入余腕下。蓮仙見之。得毋謂僕拾其牙慧乎。寶玉見衆人都有了號。說道。我呢。你們也替我想一個。寶釵笑道。你的號早有了。無事忙三字。恰當的很。凡無事而忙者。必於大事而怨之者也。寶玉終日勞勞。深情密意。專在女孩兒身上用工夫。而於結髮恩愛之伉儷、至爲他人離間廢斥而不知。此其所以見譏於世也。李紈道。你還是你的舊號絳洞花主就是了。寶玉笑道。小時候幹的營生。還提他做什麼。小時所定。後來不提。亦是寓言。

開社起號，既爲釵黛正名。則命題賦詩。均應關合正意。白海棠爲釵黛兆吉凶之花。故以命題。又係借花賦人。故不必見花。不然花在怡紅院。何難移置來耶。與下文詠菊不見菊同意。故探春等諸作。雖賦白海棠。而字裏行間。則皆暗含釵黛。紅樓無泛設之文。萬古乾坤一枝筆。

衆人賦詩。都悄然思索。獨黛玉或撫弄梧桐。或看秋色。或和丫鬟們頑笑。好整以暇。奄有名士風裁。只此數語。已覺黛玉國士。寶釵衆人。一

探春詩曰。斜陽寒草帶重門。苔翠盈鋪雨後盆。寒寓雪字。翠寓黛字。謂寶釵黛玉。同岑異苔。皆集於此。玉是精神難比潔。雪爲肌骨易銷魂。謂黛玉精誠

世難比其高潔。薛氏媚骨、人易被其魂迷、芳心一點嬌無力。倩影三更月有痕。謂黛玉嬌婉、易制。寶釵暗奪無形、莫謂縞仙能羽化。多情伴我詠黃昏、謂黛玉雖爲寶釵制死、而其多情可憐之處、令人詠嘆不已、

寶釵詩曰。珍重芳姿晝掩門。自擕手甕灌苔盆。謂明則矯爲莊重掩人目。暗如夜雨瞞人去潤。花胭脂洗出秋階冷。冰雪招來露砌魂。謂不買胭脂畫牡丹、專以渾厚招人喜悅、淡極始知花更豔、愁多那得玉無痕。謂風華不及顰兒。矯爲撲素以勝之。篡奪愁有痕跡、托爲金玉以滅之。欲償白帝宜清潔、不語婷婷日又昏、白帝、秋官、主刑殺。謂欲償殺人媚人之心、惟有不干己事、不張口。一問搖頭三不知、庶使皎皎之日。皆爲昏蔽。

僕前評元春改蘅芷清芬爲蘅蕪苑。以爲奪取黛玉婚姻無痕跡、閱者未必不以爲穿鑿。今觀寶釵詩中。明現無痕二字。始信予言不謬、

寶玉詩曰秋容淺淡掩重門七節攢成雪滿盆。謂黛玉雖具美容而無深心、只知靜守閨門、不知壓林之雪已飛舞滿前。出浴太眞冰作影。捧心西子玉爲魂。謂如西子之顰兒。方且依玉爲命。而如楊妃之寶釵。則已隱然自作冰人。曉風不散愁千點。宿雨還添淚一痕。謂曉風若不吹散此雪、則舊雨惟有頻添淚痕。獨倚畫闌如有意。淸砧怨笛送黃昏。謂落花有意。流水無情。徒令一死一嫠、各相悲怨、而無盡期、則亦何苦而爲此。詩有精意、却欠顯明。故李紈抑置於末。

黛玉詩曰、半捲湘簾半掩門、碾冰爲土玉爲盆、謂寶釵半捲瀟湘館之簾。窺我室家之好。半掩衆人之目。滅他篡奪之痕。內蘊則凌轢如冰、外著則溫潤如玉。偸來梨蕊三分白。借得梅花一縷魂、謂其爲人、不過藉鉛華而爲肌白、服冷香以使體芳、非眞美麗也。月窟仙人逢縞袂、秋閨怨女拭啼痕、月窟仙人。黛玉自况，黛玉爲嫦娥，説見後文。縞袂樸索之稱。謂素娥而遇喜樸素之人，直欲掩其白而奪其潔。於是秋閨怨女，惟終日以淚洗面矣。嬌羞脈脈同誰訴，倦倚西風夜已昏，謂明知婚姻爲所奪，而啓口惟羞，將向誰訴乎。亦惟賫恨含愁，以赴夜臺而已矣。首首皆關合釵黛，而琢句選詞，仍是詠白海棠，正喻夾寫，獨運匠心，卓絶千古。

夢甜香將盡，黛玉詩未成，寶玉一再促之。釵黛詩同工，黛玉置第二。寶玉宛轉爭之，卽此細事之關心，亦見愛護之周至。

湘雲詩中之豪，社中定不可少。此後自應接敘湘雲入社吟詩。然嫌局勢逼促，故特先寫襲人叫宋媽送糕菓與湘雲，取瑪瑙碟不見，查係送荔支與探春，忘未收回。並想起寶玉使秋紋送桂花與賈母王夫人一對聯珠瓶亦未收來。於是秋紋自言前日寶玉叫送桂花去，賈母喜得賞錢數百，王夫人喜

紅樓夢考證　卷七　九

得賞衣兩件。自以爲得臉。晴雯即以衣是給人挑剩之言。向其村斥。秋紋答以雖給狗挑剩。亦是恩典。引得衆人都笑。道正是給那西洋花點子哈巴兒一段小小間文。以間隔之。猶之花園相望。隔以竹籬。便覺玲瓏剔透。

王夫人解衣推食。所寵乃在僉壬。而於忠潔之婢。懵焉不知。此有眼無珠之人也。然而不足責也。今之昏庸大吏。畀權授政。大都巧詐貪佞之徒。而於廉幹之員。擯而不用。莫耶爲鈍。鉛刀爲銛。猛獸當塗。祥麟竄野。此則眞可誅耳。

李紈要湘雲和白海棠詩一首。而湘雲竟和兩首。仍處處關合釵黛。其一曰。神仙昨日降都門。種得藍田玉一盆。謂黛玉降生。原與寶玉種有因果。如雲英之於裴航也。而乃爲寶釵所奪。自是孀娥偏愛冷。非關倩女欲離魂。謂揆厥所由。自是黛玉性情太冷。不僅關寶釵之能離間也。秋陰捧出何方雪。雨漬添來隔宿痕。謂寶黛因果。原無薛氏。不知從何插入。其陰謀雖如夜雨潤花。毫無痕跡。而隔久終露破綻，却喜詩人吟不倦，豈令寂寞度朝昏，謂黛玉雖被寶釵奪婚制死。而文人爲之咏嘆不已。則亦足以發潛德幽光。不令寂寂無聞也，

其二曰。蘅芷階通蘚荔門。也宜牆角也宜盆。謂蘅蕪階進本領。四通八達，任置何地。罄無不宜。花因喜潔難尋偶。人爲悲秋易斷魂。謂黛玉因高潔自期。故所如不偶。又以悲涼太甚。故不壽而夭。玉燭滴乾風裏淚。晶簾隔破月中痕。謂黛玉縱如風前之燭。兩淚流乾。而月老訂定之婚。終爲晶瑩之雪隔破，幽情欲向嫦娥訴，無奈虛廊月色昏，謂黛玉抱此幽情。欲訴於賈母。無奈暮氣之人。心地已昏。不便斥言賈母而曰嫦娥。嫦娥即黛玉，猶云己氏也。湘雲代黛玉設想。故云然。或論或斷。一唱三歎。筆有餘妍。不圖前四作之外。又有此二篇。曹植八斗之才。宜分四斗。殷亮八重之席。當奪四重，眞足令小儒咋

舌。

有湘雲二詩。而寶釵之詩。又瞠乎後矣。

湘雲與衆人訂定明日先邀一社。寶釵至。晚便邀湘雲往蘅蕪苑安歇爲之籌畫。贈以蟹酒。人以爲籠絡湘雲而然。不知其自爲之所也。探春邀社。僅酒菓薄東。湘雲客中。何必過費。釵必教以普同邀請。上自賈母下及丫頭均得一快朶頤。明知湘雲手頭拮据。螯紅酒綠。何自而來。賈母王夫人必不能已於問。湘雲必不能不實以對。於是上自賈母。下及丫頭無不嘖嘖稱讚寶釵之賢德。此在寶釵算中。若以爲籠絡湘雲而設。淺之乎測寶釵矣。湘雲爲人淺率。甜言數語。卽足歡悅其心。何必過於費事。至云寶釵此舉。本慷慨之性而成。憫湘雲之貧而起。尤爲無見。

詩題格局。亦是寶釵主張。這一社只算寶釵邀了。

十二菊花題。編出次序、如牟尼一串、創前人所無。

第三十八回　林瀟湘魁奪菊花詩　薛蘅蕪諷和螃蟹詠

昨吟海棠、今吟菊花、平鋪直敘、便少姿致、妙在賈母等先賞桂花吃螃蟹。又間以鴛鴦鳳姐等嘲笑。直待酒闌人散。而後出題分吟。便添許多丰韻、詩題詠菊。而所賞則在桂花、設宴則在藕香榭、前詠海棠。不見海棠、今詠菊。又不見菊。海棠可移置而來、菊則滿園皆是、乃兩次吟咏。都不見花。以明詠人非詠花也、

賈母行到藕香榭、見欄杆外另放着兩張桌案。上面設着杯筯酒具茶筅茶具、各色盞碟、那邊有兩個丫頭、搧風鑪煎茶燙酒。賈母笑說、這茶想得好、且是地方東西都乾淨。湘雲笑道。這是寶姐姐幫着我預備的。雖不言蟹酒。而有此一語、賈母等自知蟹酒所由來。賈母道。我說這個孩子細緻、凡事想得

妥當。寶釵賠蟹賠酒。煞費心機。專爲邀此美譽耳。

賈母見柱上掛有對子、命湘雲念道芙蓉影破歸蘭槳、菱藕香深瀉竹橋、後文壽怡紅。黛玉掣籤係芙蓉、故芙蓉指黛玉、槳、獎、菱、林、藕、偶、謂寶釵有此一舉、賈母益以寶釵爲賢。寶釵益知爲賈母所喜、詭計愈工。謀奪愈力。而林黛玉前盟、破於一獎、嘉偶付之流水矣、作者特著此一對。以示讀者能領會此對之語、即能解菊花之詩。不然、賈母非通文墨之人、何必使湘雲念聽、且恰附讚寶釵後。其爲感歎黛玉無疑。故下文賈母抬頭看匾額。即不叫念以匾字與本事無涉也。若無所取義。插此一對。便是浮泛之文。豈是紅樓之筆。

湘雲入社、自應亦取別號。然使自數其家軒館名目。擇而取之。未免累筆、妙在賈母見藕香榭、提起家中也有這麼個亭子、叫什麼枕霞閣。於是湘雲取名枕霞舊侶。不費筆墨。然猶恐有斧鑿痕。又將賈母說小時失足下水。被木釘在鬢角碰了一窩、鳳姐卽將壽星頭上原是窩、因福壽盛滿。反致凸高等語作爲卽景閒談。旣不覺爲湘雲起號而言。又使文章不枯寂。

鳳姐壽星一喩。恭極惟巧。具此乖嘴。爲堂上承歡博笑却勝老萊班衣。

湘雲命人盛兩盤螃蟹與趙姨娘送去。又在廊上擺下兩席、讓鴛鴦等坐、都是寶釵所敎。今日此席。人人皆知寶釵主政、故周旋分外周到。於是寶丫頭聲華鵲起矣。

鳳姐一時走出廊上。鴛鴦等斟了兩鐘酒。平兒剝了一滿殼蟹肉。都吃了。鴛鴦笑道。好沒臉。吃我們的東西。鳳姐笑道。你少和我作怪、你知道你璉二爺愛上了你。要和老太太討你做小老婆呢、固不必有其事。而其語則傳入賈赦耳中矣。

琥珀笑道。鴛鴦丫頭要去了。平丫頭還饒他。你看他沒吃兩個螃蟹。倒喝了一碟子醋呢。平兒正剝了個滿黃蟹。聽了這話。便照琥珀臉上來抹。不想琥珀一躲。恰恰抹在鳳姐腮上。引得眾人大笑。起來。平空一蹴。便使枯窘題文。添出異樣風致。

寶玉等見賈母去了。擺上圓桌。大家隨意散坐。林黛玉不大吃酒。又不吃螃蟹。命人掇了一個繡墩。倚闌垂釣。寶釵拏着一枝桂花。玩了一回。俯在窗檻上掐了桂蕊。擲引游魚。探春李紈惜春。立在垂柳陰中看鷗鷺。迎春獨在花陰下拏針線穿茉莉花。寶玉看了一回黛玉釣魚。又俯在寶釵旁邊說笑兩句。黛玉又放下釣竿。走至坐間。執烏銀梅花自斟壺。用海棠凍石蕉葉杯自斟自飲。寫得眾人如在大羅天上。兜率宮中。昔見仇十洲登瀛圖而羨羨。今見此書而羨羨。

黛玉吃了螃蟹。覺得心口微疼。思飲燒酒。寶玉忙命人將那合歡花浸的酒燙一壺來。寶玉只吃一口。寶釵走來。也取盃飲了一口。黛玉飲酒。爲螃蟹解寒。寶釵則因合歡取意。飲酒同而飲酒之心異。

寶釵煞費心機。以金絡玉。而寶玉合歡酒。乃以與黛玉。釵豈能容之耶。亟取飲之。甚不願黛玉與寶玉合歡也。惟合歡酒。釵能自取一盃飲。抑知弱水三千。寶玉只取一瓢飲乎。

寶玉於題紙下註名。則註絳字。仍是絳洞花主。及謄詩稿。則稱怡紅公子。蓋前爲仙姝之偶。後爲醉夢之人。

菊花詩。好語如珠。雖不准帶出閨閣字樣。而熏香摘豔。仍不失女郎口吻。讀之齒有餘芬。

菊花詩。既係借花賦人。自應句句關合釵黛。方合書旨。寶釵憶菊詩曰。悵望西風抱悶思。蓼紅葦白斷腸時。空籬舊圃秋無跡。冷月淸霜夢有知。念念心隨歸雁遠、寥寥坐聽晚砧遲。誰憐我爲黃花瘦。慰語重陽會有期、謂稱心佳壻、惟怡紅白玉。惜爲絳珠所訂。令人悵望悶思而腸斷。然未納采、尚屬空言。且又秘之而無痕迹。祗我與黛玉知之。素娥是黛玉。青女是寶釵。說見後文鬭寒圖。黛事既秘。婚尚可奪。因此念念不忘。決欲與寶玉奠雁爲偶。惟奪人藁砧、非朝夕可待。願遲遲以聽之。似此殫心瘁力、甚至消瘦形骸。雖無人憐、而日後兩兩歡會。足以快慰私心、

寶玉訪菊詩曰。閒趁雪晴試一遊。酒盃藥盞莫淹留。霜前月下誰家種。檻外籬邊何處秋、蠟屐遠來情得得。冷吟不盡興悠悠。黃花若解憐詩客。休負今朝挂杖頭、謂爲神瑛時、不爲酒盃藥盞淹留。蠟屐閒遊靈河岸。得遇絳珠仙草。知爲天靈地秀所鍾、非尋常檻外籬邊之種。是以情得得。興悠悠、不憚勞遠、寒冷、日求甘露以灌溉之。而絳珠得以萎而復甦、由是感激愛憐。許附杖

頭以歸。

又種菊詩曰，擕鋤秋圃自移來。籬畔庭前處處栽，昨夜不期經雨活，今朝尤喜帶霜開。冷吟不盡詩千首，醉酹寒香酒一盃，泉溉泥封勤護惜，好和井徑絕塵埃。謂黛玉降自靈河，來從林氏。在賈母處。與同寢食。入大觀園近接閨闈，既沾雨潤得生。更喜花開雙蕊。以爲種因得果矣。豈知絕代佳人。僅得遺詩一卷。多情嘉耦。徒令奠酒一盃，幸而泉壤雖歸。井徑留天台之路，得以塵埃自絕。珠宮續仙眷之緣，不枉一生護惜耳。鮑昭詩。井徑滅兮坵壠殘。駱賓王詩。荒涼井徑寒。井徑乃墳壠之路。吟菊而及墳路。其爲咏人益顯。

湘雲對菊詩曰。別圃移來貴比金。一叢淺淡一叢深。蕭疎籬畔科頭坐。清冷香中抱膝吟。數去更無君傲世。看來惟有我知音。秋光荏苒休孤負。相對原宜惜寸陰。謂寶釵黛玉。皆從別處移來。一淺率。一深沉。寄籬下者。坐守白頭之盟、不知服冷香者。已有愛欲加膝之意。緣黛玉性情高傲、不合時宜。除却自家、更無知己。是以婚姻被奪。孤負時光、畫眉人原宜委曲趨時、休得因循自悞。

又供菊詩曰。彈琴酌酒喜堪儔。几案亭亭點綴幽。隔坐香分三徑露。拋書人對一枝秋。霜清紙帳來新夢。圃冷斜陽憶舊遊。傲世也因同氣味。春風桃李莫淹留。謂並坐鼓琴、合歡飲酒。寶玉本是妙人、置之粧臺奩鏡之旁。誰不欲與爲侶。我與釵黛三人、有懷畢露。豈知弱水三千、祗取一瓢飲耶。是以寶釵百計圖謀、而有絳芸軒之夢。我雖多方要結、祗邀芍藥圃之歡。然寶釵雖見棄擲、而柔媚過人。事竟成於有志。惟我與黛同具傲骨、皆遺而弗留。不得桃李春風之樂。

黛玉咏菊詩曰。無賴詩魔昏曉侵。遶籬欹石自沉音。毫端蘊秀臨霜寫。口角噙香對月吟。滿紙自憐題素怨，片言誰解訴秋心。一從陶令平章後，千古高風說到今，謂情緣魔障，早夜來侵，要結逢迎，鑄漏俱到，內蘊肅殺之心，外爲諛悅之口。奪我婚姻，戕我身命，我雖託爲歌詩，隱於諷刺，無奈解人難索，反謂我善病工愁，爲情而死，幸李紈有偷樑換柱之公論，千載下，知我有捐軀全節之高風。

寶釵畫菊詩曰：詩餘戲筆不知狂，豈是丹青費較量，聚葉潑成千點墨，攢花染出幾痕霜。淡濃神會風前影，跳脫秋生腕底香，莫認東籬閒採掇，粘屏聊以慰重陽。謂金鎖八字，原是狂妄戲筆，詭託僧言，而人不知，爲贋造，迄無較量而評之者。蓋由我口有雌黃，心多機變，一點染白可使黑，一粉飾黑可使白。教人皂白難分，眞僞莫辨，而又能揣摩風氣，濃淡皆宜，餌服冷香，芬芳竟體，故奪黛玉婚姻，唾手即得，雖奪得之後，一度春風，便如畫中愛寵，然即畫也。粘於屏上。顧而樂之。亦足自慰。莫謂徒勞攫取也。

黛玉問菊詩曰。欲訊秋光衆莫知。喃喃負手叩東籬、孤標傲世偕誰隱。一樣開花爲底遲。圃露庭霜何寂寞。雁歸蛩病可相思。莫言舉世無談者。解語何妨話片時。謂賈母顚倒婚姻、人皆莫知其故。還以質之賈母。高傲者。遲遲不予以偕老。奪婚者。偏偏隱中其機謀。何以一樣佳人。兩般看待乎。豈不知我庭幃既寂。園圃俱無。久如霜露之已晞。一旦奪我室家、使我病蛩孤雁、孑然而歸。何忍心若是。更可怪者。悖禮行事。以爲舉世無談論之人。抑知石雖不能言。而解語乎、欲爲易婦。何妨姑與之語。以覘其於木石金玉志向如何。則亦不致追悔於後矣。

探春簪菊詩曰。瓶供籬栽日日忙。折來休認鏡中粧。長安公子因花癖。彭澤先生是酒狂。短鬢冷沾三徑露。角巾香染九秋霜、高情不入時人眼、拍手憑他笑路旁。謂賈母從揚州將黛玉接來。先處以碧紗㡡、繼處以瀟湘館。殷勤愛護。原以與寶玉有昏因之盟、非鏡中花可比。無如怡紅公子。雖愛黛成癖、而終日昏昏、竟同醉漢。以致結髮爲冷香所攫、不長而短。巾幗爲霜風所折、未笄而夭。固由寶釵巧於鑽營、亦由黛玉位置太高。不入時人之眼。然君子固嘉之、悠悠途人。聽其拍手嘲笑可也。

湘雲菊影詩曰、秋光疊疊復重重。潛度偸移三徑中。牕隔疎鐙描遠近。籬篩破月鎖玲瓏。寒芳留照魂應駐、霜印傳神夢也空。珍重暗香踏碎處、憑誰醉眼認朦朧。謂寶釵陰謀詭計。重疊而來。已有升堂入室之勢。而且若近若遠。不予人以窺測、半露半藏。不示人以色相。致黛玉婚爲所奪。命爲所傾。然林雖死、而芳徽長留宇宙之間。薛雖婚。而神女空入高唐之夢。似此冷香被人蹂躪、何如自珍其身、以聽君子之好逑。不必决擇誰氏子也。

黛玉菊夢詩曰、籬畔秋酣一覺清。和雲伴月不分明。登仙非慕莊生蝶。憶舊還尋陶令盟。睡去依依隨雁斷、驚廻故故惱蛩鳴。醒時幽怨同誰訴。衰草寒烟無限情。謂寶玉聞黛玉噩耗、痛絕而醒。不知黛玉係風流雲散、抑係昇引月宮。於是上天下地以求之。既得於天仙福地、遂决志修仙出家。非慕虛無莊老之道。乃求夙昔秦晉之盟、而相彼寶釵。睡去則如斷偶之雁。驚廻惟聞助歎之蛩。每至夜夢醒來。顧此香衾翠被之中。寂若衰草寒烟之地。無限幽情。將同誰訴乎、亦惟自怨自艾而已、

探春殘菊詩曰、露凝霜重漸傾欹、宴賞纔過小雪時。蒂有餘香金淡泊、枝無全葉翠離披。半牀落月蛩聲切、萬里寒雲雁陣遲、明歲秋分知再會。暫時分手莫相思、謂黛玉嬌香嫩蕊、横受霜雪欺侵、不待隆冬已憔悴矣。然金雖玉絡蒂並冷香。終欠光明之處、林被雪摧、枝無全葉。究有采色可觀、而況寶釵

牙牀虛半、惟聽唧唧蛩聲。黛玉雲路雖歸。卒成雙雙雁偶。不過遲隔一年。暫時分手。何必相思。十二首詩。句句吟菊花。句句吟釵黛。思深力厚。錦心繡腸。三百篇之嗣響也。試問天下傳奇說部。有此手筆否。

黛玉詩。吟菊吟人。皆推獨步。李紈首之。宜哉。寶玉詩少精意。殿末不爲屈。

寶玉見李紈評詩。以林瀟湘三首爲魁。喜得拍手叫道。極是極公。所謂心之所好。口常欲笑。然有嫉之者矣。仔細挨罵者。

王摛以隸事奪何憲五花簟。宋之問賦詩奪東方虯錦袍。然摛不受潘敞請託。書而之問爲張易之奉溺器。人相遠矣。林黛玉魁奪菊花詩。薛寶釵詩冠海棠社。然黛玉不向賈母獻殷勤。而寶釵乃結襲人爲心腹。人相遠矣。

寶玉食蟹詩。隨手塡湊。黛玉說這樣詩要一百首也有。今人作詩率意成章。毫無意義。得不爲林瀟湘所笑耶。

黛玉句。螯封嫩玉雙雙滿，殼凸紅脂塊塊香，眞佳句也。

寶玉黛玉吟蟹。不過興到筆隨游戲之作。而寶釵則效劉四罵人。其詩曰。眼前道路無經緯。皮裏春秋空黑黃。黃金也。人所貴者也。黑黛也。色之賤者也。空黑黃。謂不辨貴賤。昧於取舍。空具皮囊。漫無經緯也。緣寶釵自絳芸軒聞夢語以來。怨忿鬱積。無處發洩。故借死蟹以罵寶玉。恨其不貴金玉而貴木石也。其筆墨可謂狡猾矣。其取譬可謂狠毒矣。妙在寶玉不解。方且與衆人同聲稱妙。山膏雖善罵人。老僧總不省得。釵又奈何。

衆人都讚寶釵之詩爲食蟹絕唱。只是諷刺世人太毒了。泛刺世人。且嫌太毒。況於寶玉而忍出此哉。

第三十九回　村老老是信口開河　情哥哥偏尋根究柢

李紈寶釵等讚平兒鴛鴦襲人。均係百中挑一。爲賈母鳳姐寶玉所不可少

之人。所論甚是、然諸葛三君。怡紅獨得其狗、此又非李紈寶釵所能知也、

劉老老進府、原借貧婆眼眶、襯寫富貴氣象、然初次進府。祗俄頃間、不能形容盡致。所以有二次進府也、得周濟。救巧姐。亦於此回伏筆、至後數次專爲巧姐來。與初二次不同、

劉老老要回家去。周瑞家的往賈母處。悄悄說與鳳姐。偏被賈母聽見。問明來歷。說我正想個積古的老人家說話兒、便命請見。人生遇合、亦有莫之爲而爲者、

劉老老聽見賈母要見。自慚形穢、便央告周瑞家的。只說回去了。大喜在前。幾失交臂。人事往往有然。

平兒攛掇劉老老去見賈母、引到上房。只見大觀園姊妹都在賈母跟前。滿屋裏珠圍翠繞。花枝招展的。並不知都係何人。只見一張榻上獨歪着一位

老婆婆、身後坐着一個紗羅裹的美人般的丫頭。在那裏搥腿。鳳姐兒站着說笑。便如崑崙之圃、閬風之苑、瓊華之闕。光碧之堂。謁見九靈太妙金母元君、

劉老老初見賈母、各述老態、頗有左師觸龍見趙威后情景。

劉老老係大有本領之人、以一貧老村嫗。夤緣入賈府、與鳳姐認親。又能合老太太脾胃。更能博哥兒姐兒們喜歡。良由閱歷久。世故深、略具識見。故能以雞鶩而入鸞鳳之羣。蜆蛤而參鯨鯢之位。

劉老老正編說鄉間雪夜。有十七八歲標緻女郎、抽柴草。忽聽外面吵嚷。南院馬棚子走水。劉老老信口開河。作者卽隨筆作一波折。

寶玉滿心記罣着抽柴草的故事、因賈母見惹出火來。不叫往下再說。心中悶悶不已。探春與商邀湘雲之席、以爲不必忙。候老太太還席之後。

等下雪再請。雪下吟詩。豈不有趣。黛玉忙笑道。依我說。雪下吟詩。不如弄捆柴火。雪下抽柴更有趣兒。讀之笑不可仰。劉老老隨口讕言。寶玉呆頭呆腦。信以爲眞。道念不置。黛玉打趣宜哉。其語亦詼諧入妙。寶玉待人散了。到底拉了劉老老細問那女孩兒是誰。劉老老只得編說是廟裏塑的一位若玉小姐。像成精在劉老老以爲無稽之談。哄過卽了。豈知獃爺竟往根究耶。可見人生說謊。無論當着何人。均不可說。寶玉聽了劉老老編造之言。盤算一夜。次日一早。便叫焙茗按着所說方向。前往踏看若玉小姐之廟。誰知是一尊青面獠牙的瘟神。令人絕倒。

第四十回　史太君兩宴大觀園　金鴛鴦三宣牙牌令

自有大觀園。而老太君不曾一遊覽。一宴會。亦缺典也。今借還史湘雲之席而開宴。豁劉老老之眼以遊觀。既不疎漏。亦不牽强。

紅樓夢考證　卷七　　　　三〇

賈母入園。李紈即進折枝菊花。以備插戴。歷遊各處。瓶中亦皆滿插菊花。到處寫菊，以明昨日吟菊非無菊。特不見菊。以示吟人非吟菊也。

賈母與劉老老先在沁芳橋亭子上略坐，一望園境。已見大半。

賈母問劉老老這園子好不好。劉老老讚不容口。且說那得照樣畫一張帶囘給他們瞧去。賈母便命惜春照畫一張。其實不能勝任也。猶之村學子弟。粗解作文。其父兄便視爲通品。遇有需文字處，輒曰命吾兒揮灑一篇。於是子弟不敢逆命。搜索枯腸。先請寬以時日。繼又廣求幫手。卒不能完篇與此無異。

劉老老聽說惜春會畫。忙跑過來拉着惜春說道。我的姑娘。這麼大年紀。又這麼個好模樣兒。還有這個能幹。別是個神仙托生罷。紅樓諸美。惜春居尾。劉老老獨讚惜春。不讚別人，此文章低處落墨法。低處落墨。猶之高處落墨也。

賈母等到瀟湘館坐下。黛玉親奉一碗茶。王夫人道。我們不吃茶。姑娘不用倒了。黛玉聽說。便命丫頭把自己常坐的一把椅子挪到下手。請王夫人坐了。便不奉茶。太覺老實。若寶釵決不若是。

劉老老見窗下案上設着筆硯。書架上滿磊着書籍。認是那個哥兒的書房。賈母笑指黛玉道。這是我這外孫女兒的屋子。頗有誇耀之意。劉老老留神打量了黛玉一番。但笑道。那裏像個繡房。竟比那上等書房還好。而於黛玉不置一辭。便有民無能名之意。

賈母見黛玉窗紗顏色已舊。和王夫人道。這個紗新糊上好看。過了後。就不翠了。明兒把他這窗上的換了。喜新厭故。本是老太君素性。

軟烟羅。遠望如烟籠霧罩。銀紅者名霞影紗。名色皆佳。而以糊黛玉之窗。不亦美哉、然黛玉此後、則在烟籠霧罩之中。如霞影在天、雖高華而不能經久矣。

賈母出了瀟湘館。便應到怡紅院。然寶玉素不喜勇男蠢婦。賈母若帶劉老老入去。隱拂寶玉之心、不去又覺有心規避。無以解於衆孫女、妙在走出瀟湘館。遠遠望見池中一羣人撑船、於是向紫菱洲蓼溆一帶、走出池前。坐船至秋爽齋早膳。恰好撇去怡紅院。

鴛鴦與鳳姐商議。欲拏劉老老取笑。先拉劉老老出去。悄悄囑咐一席話。又說這是我們家的規矩。若錯了。我們就笑話呢。調停已畢。然後歸坐。眞是欺侮鄉裏人。然別個鄉裏人欺侮不得。劉老老却受調敎。

余嘗謂天下事。不爲則已。爲則必爲徹文章。不做則已。做則必盡致。余於紅樓無間然矣。賦物序事。寫性言情。無不盡態極妍。固已美不勝道。卽此関堂一笑。亦必極盡形容。眞天壤間有數文字。劉老老高聲說道。老劉老劉食量大如牛。吃個老母豬不抬頭。衆人先還發怔。頓此一筆。爲笑前作勢也。後來一聽。上上下下都哈哈大笑起來。總寫衆人之笑也。湘雲掌不住噴出茶來。黛玉伏桌上只叫噯喲。寶玉滾倒賈母懷裏。賈母摟叫寶玉心肝。王夫人指着鳳姐說不出話。薛姨媽噴了探春一裙子茶。探春連茶碗合在迎春身上。惜春離坐位拉叫奶姆揉腸。分寫衆人之笑也。地下無不彎腰屈背。堂內之笑也。有躱出去蹲着笑的。堂外之笑也。有忍着笑上來替他姐妹們換衣裳的不笑之笑也。獨有鴛鴦鳳姐掌着。以二人之不笑。襯衆人之無不笑也。眞如天女散花。繽紛亂墜。文章能事。此盡之矣。

象牙筷夾鴿蛋。令人動輒言之。劉老老亦千古矣。

一時飯畢。鳳姐和劉老老道。你別多心。不過大家取樂兒。鴛鴦亦走來笑道。

老老別惱。我給你老人家賠個不是。劉老老笑道。說那裏話。偺們哄着老太太開個心兒，有什麼惱的。你先囑咐我。我就明白了。不過大家取個笑兒。一句兒轉。纔見得劉老老是積古老嫗。非蠢如豬拙如牛之物，

探春喜闊朗。三間屋子。並不隔斷。當地放着一張花梨大理石大案，案上磊着各種名人法帖。並數十方寶硯。各色筆筒。筆海內插的筆如樹林，那一邊設着一個汝窰花囊。插着滿滿的一囊水晶毬白菊，西牆上當中掛着一幅米襄陽烟雨圖。左右掛着一副對聯。乃是顏魯公墨蹟，其聯云。烟霞閒骨格。泉石野生涯，案上設着大鼎，左邊紫檀架上，放着一個大官窰的大盤。盤內盛數十個嬌黃玲瓏大佛手。右邊洋漆架上，懸着一個白玉比目磬，東邊設着臥榻。拔步床上。懸着綠葱繡花卉草蟲的紗帳。夫惟大雅，卓爾不羣。不獨無脂粉氣。且有瀟灑意。瀟湘館逼眞閨秀房。秋爽齋更是名士派。女門生蓮

仙臥室。略仿其意。雖有不及。而身入其中。已覺撲去俗塵三斗

賈母隔着紗窗看後院梧桐。忽聞隱隱鼓樂之音。以爲人家娶親。王夫人等

回道。是那十來個女孩子演習吹打。賈母便叫傳來在藕香榭演習。回來在

綴錦閣吃酒。隔着水好聽。女樂拋荒已久。得此點綴殊佳。

賈母向薛姨媽笑道。偺們走罷。他們姊妹們都不大喜歡人來。生怕醃臢了

屋子。偺們別沒眼色。正經坐一回子船吃酒去。室厭塵囂。閨瓊秀玉。大都同

情。豈獨探春姊妹爲然哉。探春笑道。這是那裏的話。求着老太太姨媽太太

來坐坐還不能呢。此固非矯强之言。然有母蝗蟲。又當別論。賈母云云。亦知

此物之討人厭也。賈母笑道。我這三丫頭却好。只有兩個主兒可惡。回來醉

了。偺們偏要往他們屋裏鬧去。或曰。兩個主兒。一妙玉。一寶玉。否則一黛玉。

余曰。瀟湘館纔去過。斷無復往之理。寶玉則賈母不忍爲此言。意者其惜春

乎。惜春雖無孤僻稱。然素性喜靜。且喜與妙玉往來。難保不染妙玉之習。故與妙玉同一可惡。

賈母等行至荇葉渚。那姑蘇選來的攜娘。撑出兩只棠木舫來。賈母等坐了一只。鳳姐趕來。立在船頭。執篙將船點開。此時鳳姐明璫翠羽。錦衣繡裙。立於船頭執篙撑船。煞是好看。恨無良繪工依樣圖之

寶玉與衆姊妹另坐一船。見破荷葉可恨。欲叫人拔去。黛玉道。我最不喜歡李義山的詩。只愛他一句。留得殘荷聽雨聲。你又不留着了。寶玉道。果然好句。以後別叫拔去了。凡人愛惡。每因名人詩句爲轉移。崔崖題妓者李端端詩先誚其黑。則盃盤失措。後譽其白。則車馬盈門。纔出墨池。便登雪嶺。人亦知非確論。而履舄交錯其戶。豈非愛惡之心。轉移於佳句哉。至元微之之寄語東風好擡舉。夜來曾有鳳凰棲。竟能轉儒吏之心。脫烟花之罪。名人之句

可貴乃爾。寶玉弗拔殘荷。與此同調。然非黛玉胸羅詩卷。口角春風。則翠蓋離披。幾何不與蕢葹同見拔哉。

船至花溆灘港之下。覺得陰森透骨。而灘上衰草殘菱。更助秋興。蓋近冷香雪洞之前。菱草皆有衰殘之象。

賈母見岸上清廈曠朗。是寶釵屋子。忙命攏岸上去。一同進了蘅蕪苑。只覺異香撲鼻。是專以香氣勝者。及進房屋雪洞一般。一色的玩器全無。案上只有一個土定窰的瓶。供着數枝菊花。並兩部書茶杯而已。床上只吊着素紗帳幔。衾褥也十分樸素。一派蕭索之象。宛如敗落之家。識者早知爲發而貧之兆。宜賈母以爲忌諱。寶釵聞之。又當易樸素而爲華麗矣。

賈母命鴛鴦取三件古玩來。擺一石頭盆景。一紗照屛。一墨烟凍石鼎。石頭盆景。喻寶玉。墨烟凍石鼎。喻黛玉。中以紗照屛隔之。於是折鴛鴦坐兩下裏亦有意義。

鴛鴦牙牌令。妙在成語俗語皆可用。故劉老老亦得與其盛。

妙哉。鴛鴦所行牙牌令。各人所說之成語俗語。均合各人情事。鴛鴦道。左邊一張天。賈母道。頭上有青天。鴛鴦道。當中是個五合六。賈母道。六橋梅花香徹骨。鴛鴦道。剩了一張六合么。賈母道。一輪紅日出雲霄。鴛鴦道。湊成便是篷頭鬼。賈母道。這鬼抱住鍾馗腿。合而言之。謂天在頭上。寶玉元配本是黛玉。乃拆散於冷香之醉人心骨。致如紅日初昇之寶玉出塵凡而登天仙福地。此其故。皆襲人爲祟也。夫賈母。襲人之主也。而爲襲人用。猶之鍾馗鬼之主也。乃爲鬼抱持。鴛鴦又念一副。道左邊是個大長五。薛姨媽道。梅花朵朵風前舞。鴛鴦道。右邊是個大五長。薛姨媽道。十月梅花嶺上香。鴛鴦道。當中二五是雜七。薛姨媽道。織女牛郎會七夕。鴛鴦道。湊成二郎遊五岳。薛姨媽道。世人不及神仙樂，合而言之。謂冷香所以迎風起舞。纖欲如女牛郎爲夫婦耳。豈知金玉雖合而旋離。反不如木石成仙眷之樂。鴛鴦又念一副，道左邊長幺兩點明，湘雲道雙懸日月照乾坤，鴛鴦道右邊長幺兩點明，湘雲道。閑花落地聽無聲。鴛鴦道中間還得幺四來，湘雲道日邊紅杏倚雲栽。鴛鴦道，湊成一個櫻桃九。湘雲道御園却被鳥啣去。合而言之。謂先歡之寶玉如日麗天。後嫁之壻與寶玉相若，日月合璧。照耀人間。豈知花不長開。皆歸無聲無臭。一則如日邊紅杏栽向雲端，一則如園內櫻桃鳥來啣去。鴛鴦又念一副。道左邊是長三。寶釵道雙雙燕子語梁間。鴛鴦道右邊是三長。寶釵道水荇牽風翠帶長。鴛鴦道當中三六九點。在寶釵道三山半落青天外。鴛鴦道，湊成鐵索纜孤舟。寶釵道處處風波處處愁。合而言之。謂與寶玉成親，雖如梁間雙燕。無如參差荇菜。輾轉反側之心。仍牽於翠黛。甚且超出塵寰，如三山之落於天外、徒使嫁入賈門、受盡風波。有愁無樂。鴛鴦又念一副道左邊一張天。黛玉道良辰美景奈何天。鴛鴦道。中間錦屏顏色俏、黛玉道、紗牕也沒有紅娘報。鴛鴦道。剩了二六八點齊。黛玉道雙瞻玉座引朝儀。鴛鴦道湊成籃子好採花。黛玉道。仙杖香挑芍藥花。合而言之。謂身字寶玉原是良辰美景。無如總不宣說。使人日在奈何天裏。卒之婚姻被奪。瞞我成親、松柏節操。遂辭塵世。幸而警幻仙姑、引到寶玉生魂。珠宮參謁。啓迪靈心。得諧仙眷。以上所說五酒令、既各切牙牌。又各合情事。紅樓眞無膚泛之筆。猶恐讀者不察。復將劉老老所說莊家人鄉村事以證實之。若不解了。則酒令酒令而已。吟詩吟詩而已。李長吉嘔出心肝。無人識得。豈不負此妙文。

第四十一回　賈寶玉品茶櫳翠庵　劉老老醉臥怡紅院

賈母酒到半酣、帶劉老老等往櫳翠庵來。鬧這個主兒去了。賈母先說二個

主兒、今只鬧一個主兒。天下原無印板事、筆下安得有印板文、

妙玉讓寶玉等進內坐了獻茶畢。略談數語、卽把寶釵黛玉的衣襟一拉。讓入耳房吃茶。不拉湘雲、想是湘雲嫌妙玉脾氣太壞、不曾同來。

寶玉悄悄跟入。見妙玉燒水泡茶。便進來笑道。偏你們吃體已茶呢。二人都笑道。你又趕來掣茶吃。這裏並沒你吃的、寶玉不待請而自來、二人非主人而拒客有趣。

妙玉古緻茶盃、豈止𤫩瓟斝、點犀䀉兩隻。其以自己常吃茶之綠玉斗斟與寶玉。非以寶玉爲俗人。願與寶玉共盃斝耳。其不收劉老老吃過茶盃、卽是背面敷粉法、乃寶玉必欲換去。又負妙公盛情。寶玉雖善體貼女兒心腸、終未神化。一笑。

寶玉笑道、常言佛法平等。他們兩個就用那古玩奇珍。我就是個俗器了。妙

玉道。這是俗器。不是我說狂話。只怕你家裏未必找得出這麼一個俗器。賈母方侈陳一切奇巧，以誇示劉老老。不想此處爲妙玉一貶。可見奇巧之外又有奇巧，人固不可自滿也。

寶玉笑道。俗語說。隨鄉入鄉。到了你這裏，自然把這金珠玉寶。一概貶爲俗器了。妙玉聽如此說，十分歡喜。遂又尋出一隻九曲十環一環二十節蟠虬，整雕竹根的一個大盞出來，斟與寶玉。孤僻如妙玉。亦善奉承，奉承之時義大矣哉，

妙玉問寶玉。你可吃得了這一海。寶玉喜得忙道。吃得了。妙玉笑道。你雖吃得了。也沒這些茶你糟塌。豈不聞一盃爲品。二盃便是解渴的蠢物。三盃便是飲驢了。你吃這一海。更成了什麼。然則此海究作何用，豈一二十人同吃此一海耶。抑眞爲飲驢之具耶，寶玉何不以此問之。

寶玉吃茶。讚賞不絕。妙玉正色道。你這遭吃茶。是托他兩個的福。獨你來了。我是不能給你吃的。妙玉雖如此說。寶玉應高吟一飲瓊漿百感生之句看是如何

黛玉吃着茶。問這水可是舊年的雨水。妙玉冷笑道。你這麼個人。竟是個大俗人。連水也嚐不出來。這是五年前我在玄墓蟠香寺收的梅花上雪水。五年前雪水。有何爲憑。如何嚐得出。妙玉冷笑譏之。眞令人不敢親近。毋惑乎一班閨瓊秀玉皆遠之也。

寶玉見妙玉不收劉老老吃過的茶鍾。因笑道。那茶盃雖然腌臢。白撩了可惜。不如給那老婆子罷。妙玉想了一想。點頭道。這也罷了。幸而那盃子我沒吃過。若是我吃過的。就砸碎了。也不能給他。反覆言之。總是烘托綠玉斗。寶玉道。等我們出去了。我叫幾個小厶兒向河裏打幾桶水來洗地。如何。此

從茶盃想到地上。妙玉吃過茶盃。經劉老老吃了。便當砸碎。其雙足走過之地。經劉老老走了。自應掘毀。不能掘毀。因用水洗。固寶玉調侃妙玉之說也。乃妙玉道。這更好了。只是你囑咐他們。抬了水。只擱在山門外。別進門來。居然認以爲眞。且不准抬水人進門。可謂潔之至矣。至其地者。莫不曰。白茫茫一片大地眞乾淨。

賈母出了櫳翠菴。覺得身子乏困。便命王夫人陪薛姨媽去吃酒。自己坐竹杠往稻香村歇息。薛姨媽也辭了出來。王夫人打發文官等去後。就歪在賈母方纔坐的榻上。命小丫頭放下簾。搥着腿。也睡着了。寫得極好。賈母王夫人每日歇晌。既不罣漏。又騰出工夫。爲劉老老醉臥怡紅院之地。而且不散之散。文章又不涉呆板。

劉老老既到瀟湘館等處瞻覽。萬不可不到怡紅院。一擴眼界。然怡紅院賈母決不肯引去。此外更無引入之人。妙在劉老老因腹瀉如廁。無人跟隨。出來又不辨路徑。醉眼糢糊。順路而走。不知不覺。悞入後門。寫得不着痕迹。

劉老老先見一幅美人畫。認是丫頭立着。既見一面穿衣鏡。認是親家母找來。迷離恍惚。是莊子蕉鹿夢筆墨。

劉老老將穿衣鏡左右摸索。撥動機括。開出門來。竟入了寶玉臥室。必如此寫。方不牽强。

劉老老見一副最精緻床帳。此時帶了七八分酒。又走乏了。便一屁股坐在床上。只說歇歇。不承望身不由己。前仰後合。朦朧兩眼。一歪身就睡着了。劉老老竟於寶玉錦裀繡罽中酣眠。眞是非分。寶玉錦裀繡罽中酣眠一劉老老。眞是寃家。眞是魔障。

寶玉最厭勇男蠢婦。不想臥榻之上。醉眠一老劉。所謂高明之家。鬼瞰其室。

此亦造物之心也

劉老老醉臥之時。假使寶玉見之。不知何似。劉老老若醉臥妙玉榻上。而使妙玉見之。又不知如何。

衆人找劉老老不見。襲人料是誤入怡紅院後房。忙走來瞧看。進了房。轉過集鏡槅子。就聽見鼾齁如雷。忙進來。只聞得酒屁臭氣滿屋。一瞧。只見劉老老札手舞脚的仰臥在床上。襲人這一驚不小。襲人初念。以爲誤入丫頭之房。及聞齁聲。始知在寶玉臥房。然猶以爲睡在椅上。或榻上。故進房滿屋亂瞧。斷不諒臥在床上。故吃驚不小。

襲人沒死活將劉老老推醒。忙將當地大鼎內貯了三四把百合香。以極香極潔怡紅院。變爲酒屁薰蒸。必須以糞除天宮之法行之。數把百合香。濟得甚事。

襲人將劉老老引到小丫頭房中。教他假說醉倒山子石上。又與了兩碗茶吃。方覺酒醒了。問這是那個小姐的繡房。這樣精緻我就像到了天宮了。劉老老先至黛玉房中。認是那位哥兒的書房。今入怡紅院。又認是那個小姐的繡房。不是劉老老錯認得妙，原是寶黛互住得妙。蓋黛玉必須住書房。寶玉必須住繡房。亦惟黛玉可住書房，寶玉可住繡房。

今日劉老老。襲人送出去。異日薛寶釵。襲人引入來。寶玉牀第之間。總是襲人弄權之地。

第四十二回　蘅蕪君蘭言解疑癖　瀟湘子雅謔補餘音

劉老老要鳳姐少疼巧姐。是富貴人家養兒女第一法。

劉老老取了巧姐名字。笑道。姑奶奶依我這名字。必然長命富貴。或一時有不遂心的事。定然遇難成祥。逢凶化吉。都從這巧字兒來。長命富貴。祇尋常頌禱。若遇難成祥、逢凶化吉。人生得此。卽大福。劉老老可謂知言。然世之婦人。喜聽長命富貴之言。不喜聽遇難逢凶之言。此見識之不及積古老嫗也。

王夫人給劉老老一百兩銀子。叫他拏去做個小本買賣。或置幾畝地。以後再別求親靠友的。百金不多。劉老老卽能置產立業。巧姐且食其報。世之擁巨資者。胡弗略爲分潤、以濟窮親戚。豈不勝於無益之揮霍哉。

寶釵叫顰兒。跟我來。有句話問你。黛玉同至蘅蕪苑。寶釵進房便坐了。笑道。你跪下。我要審你。突如其來。不知捉得何破綻。豈知轉出妙文來。

寶玉問黛玉。昨日酒令說的什麼。我竟不知是那裏來的。黛玉方想起昨日失於檢點。將牡丹亭西廂記說了兩句。不覺紅了臉。摟着寶釵笑道。好姐姐。原是我不知道。隨口說的。你敎給我。再不說了。牡丹亭西廂記詞曲。豈是隨口能說。硬賴得妙。寶釵笑道。我也不知道。聽你說得怪生的。所以請敎你。若非熟讀牡丹亭西廂記詞曲。何以聽得出。亦硬賴得妙。以天地間第一二等人物。用天地間第一二等詞曲。成此天地間有一無二之文章。孰謂漢書始可下酒耶、

寶釵笑謂黛玉道。你當我是誰。我也是個淘氣的。又謂祖父手裏極愛藏書。無所不有。大約傳奇歌本。姦盜邪淫。無不博覽胸中。故能造金鎖托僧言奪人婚姻。如反掌耳。接觀下文論男人讀書。且有讀壞的。何況女孩兒家。倒是不認得字的好。既認得字。揀那正經書看也罷了。最怕見些雜書。移了性情。就不可救了。此是寶釵自點自睛。

惜春既不會工細樓臺。又不會人物。祗會幾筆寫意。如何畫得大觀園行樂圖。賈母不覘其所學。率令操觚。是以千鈞之重而寄之於駑馬也。

黛玉比劉老老爲母蝗蟲。叫惜春畫入圖內。題名攜蝗大嚼圖。引得衆人大

笑不已。笑罷。又指着李紈笑道。這是叫你帶着我們做針線教道理呢。你反招了我們來大頑大笑的。憑空一蹴。妙趣橫生。

惜春畫園景。正苦無從下手。寶釵教令問王夫人要出從前蓋造這園子圖樣。和鳳姐要一塊重絹。交給外邊相公。叫他照圖樣刪補着立了稿子。添了人物。配就青綠顏色。並泥金泥銀。十成工夫。已去八九。便如鎗替試卷。祇待謄寫。眞好主意。巧莫過於寶丫頭。立稿配顏色。以及樓臺人物。既皆藉力於清客相公。則繪事中應用之物。自不必十分周備。寶釵將姜醬一并開單置辦。亦近矜張。難怪黛玉笑他連嫁裝開上了。

寶釵將黛玉按倒坑上擰臉。因黛玉央告放了起來。黛玉笑道。到底是寶姐姐。要是我。再不饒人的。廻風一舞。妙趣橫生。

觀寶釵所論畫理及開單置備各物。均中肯綮。必是曾經學畫來。其不以畫自衒者。殆以技不嫻熟。故藏拙韜晦歟。否則如劉子玄之論史。班馬不能難。嚴羽論詩。李杜莫能及。而卒之劉子玄非眞能史。嚴羽非眞能詩也。談而已矣。寶釵論畫。亦猶是乎。

第四十三回　閒取樂偶攢金慶壽　不了情暫撮土爲香

今之疆吏。欲破格優異於所愛。恐藩司尼其後。先商藩司。藩司允。事遂行。賈母欲醵金慶鳳姐生辰。先商王夫人。王夫人說好。事遂行。至下此之人言嘖嘖。則皆所不恤。

賈母以李紈寡婦失業。欲代出分金。鳳姐以賈母身上已有兩分。自願代出。此可博歡。與人無涉。乃又以邢王夫人銀數少。又不替人出。率請賈母交給兩哥兒各出一分。雖事同遊戲。而挾天子令諸侯。擅專科派。未免恃寵而驕。

尤氏退出戲鳳姐道。你這阿物兒也忒行了大運了。我當有什麼事叫我們去。原來單爲這個。出了錢不算。還要我操心。你怎麼謝我。鳳姐笑道。別扯臊。我又沒叫你來。謝你什麼。你怕操心。你囘老太太再派一個。就是。尤氏笑道。你瞧他興得這個樣兒。我勸你收着些兒好。太滿了。就出來了。此等嘲笑。最快心脾。然尤鳳鬭口。總敵不過鳳姐。

鳳姐代李紈出分，原欲從中銷納耳。豈知派尤氏承辦，不能銷納，祇得硬賴。尤氏見銀數短一分。笑道。我說你鬧鬼呢。怎麼你大嫂子的沒有。鳳姐道。那麼些還不彀。便短一分也罷了。不說自家鄙吝。反說尤氏貪多。尤氏道。昨兒你在人前做情。今來和我賴。我祇和老太太要去。鳳姐於此。似無可抵賴矣。乃又脅制道。我看你利害。明兒有事。我也丁是丁卯是卯的。你也別抱怨。於是尤氏被脅。祇得勒馬囘兵。笑道。不看你平日孝敬我。本來依你麼。此無可奈何語也。然尤鳳雖不敵。而兩人言來語去。均足解頤。

尤氏還平兒鴛鴦彩雲等分金，不過人情。還周趙二人分金，却是厚道。此尤鳳軒輊處，

金釧兒生日。偏在鳳姐生日這一天。老太太既高興。尤氏又辦得十分熱鬧。兩府上下人等，都來湊趣。又是頭一社正日。寶玉雖痛念金釧，欲往祭奠，其勢萬不能抽身。乃於萬不能抽身之際。居然抽身而往。不顧鳳姐見怪。賈母懸心。衆人駭議。脩然素服，遠出北門。竭誠致祭，人未嘗不斥其非者。然非此不足以見寶玉之情。不足以慰金釧之死。

寶玉不殺金釧。金釧實因寶玉而死。其義不可忘。其情不能恝然。寸心耿耿。慰藉無由。有此一祭。而金釧之目瞑矣。寶玉之情至矣。

或曰。寶玉祭金釧。何必遠出北門十里外。幸而北門十里外有一水仙庵。水

仙庵有一井。否則馳驅十餘里。終不得一祭所。此之謂莽。余曰非也。金釧畢命之井。既不便哭臨。未表之墳。又無從拜認。茫茫大地。將向何處招魂。隱隱北門。忽憶洛神有廟。曾覿仙容。妙相宛如金釧丰神。更欣後殿小園。又有井泉清潔。仙既名水。水府應是職司。井不同源。源流總皆匯合。雖才人之筆。大抵寓言。而精誠所通。亦能感格。而況庵爲家廟。本有香火因緣。焉識前途。不必僕夫引導。此寶玉所以出北門外而祭於水仙庵也。原係算計而來。並非冒昧以往。其一路佯爲問答。一若不知有水仙菴者。則是故佈疑陣。以愚焙茗。不欲宣洩祭金釧心事耳。或歎曰。讀小說書。如是其難。讀書豈易言哉。余曰。曾謂紅樓。顧可以小說例之耶。

寶玉見洛神塑像。眞有翩若驚鴻。宛若遊龍之態。荷出綠波。日映朝霞之姿。不覺滴下淚來。對神像何致傷心。定是眉目丰姿。與金釧兒相彷。

寶玉叫焙茗捧着香爐出到後園。固知後園有一井叫他揀一塊乾淨地方擺下。固知後園惟井臺乾淨。叙來仍是有意無意。則猶是不欲宣洩之心。寶玉掏出香來。焚於爐內含淚施了半禮。卽命收去。焙茗且不收忙爬下磕頭祝道。我焙茗跟了二爺這幾年。二爺的心事。我沒有不知道的。只有今日這一祭祀。沒告訴我。我也不敢問。此焙茗之假也。寶玉心事。雖瞞着焙茗。而焙茗揆情度理。已知其故。故香爐不擺平地而擺井臺。蓋已心照不宣矣。因寶玉有心瞞他。遂亦不爲揭破。然其心終不欲自處於不知也。故祝道。受祭的陰魂。雖不知名姓。想來自然是那人間有一天上無雙極聰明極淸俊的一位姐姐妹妹了。不曰小姐姑娘。而曰姐姐妹妹。豈非明明道着。焙茗聰明伶俐。不愧爲寶二爺小廝。

焙茗又祝道。你若有靈有聖。我們二爺這樣想着你。你也時常來望候望候二爺。未嘗不可。此表寶二爺眼前心事。又道。你在陰間。保佑二爺來生。也變個女孩兒。和你們一處。頑耍。豈不兩下裏都有趣了。此表寶二爺平日心事。焙茗眞善窺主人意旨哉。

寶玉回來。換了吉服。剛走到穿堂那邊。只見玉釧兒獨坐在廊簷下垂淚。一見寶玉來了。便長出一口氣。咂着嘴兒說道。噯。鳳凰來了。再一會子不來可就都反了。冷言點綴極佳。然必得出於玉釧兒之口方妙。若出他人之口。便無意味。

鳳凰來了一語。不獨將賈府諸人盼望寶玉着急情形一齊寫出。並將玉釧兒一人獨冷冷兒不甚關切模樣。亦襯托出來。語祇四字。旣能寫盡衆人。又能兼寫冷熱兩面。非在史公穀而何汙流籍湜走且儓矣。

寶玉陪笑問玉釧道。你猜我往那裏去了。在寶玉此祭。不但慰金釧於地下。

且欲使玉釧兒知我非薄情人。以冀釋怨而修好。故問之而欲告之也。不想玉釧兒把身一扭。只管拭淚。並不理他。只得怏怏進去。寶玉祭金釧。玉釧未始猜不着。其扭身拭淚不理寶玉者。以一祭不足以謝責也。怨毒之於人甚矣哉。

第四十四回　變生不測鳳姐潑醋　喜出望外平兒理粧

賈母追問寶玉。到底往那裏去來。寶玉誆說北靜王愛妾沒了。給他道惱去來。賈母等於是均被瞞過。而獨不能瞞顰兒。蓋顰兒性靈心細。深知寶玉最愛熱鬧。最講禮節。當此鳳姐慶壽之辰。若非切己之事。萬不肯抽身出門。北靜王即眞有愛妾去世。明日往弔不遲。下午去亦可。斷無清晨即往之理。其間必有情不可恝義不容緩之故。於是左右思算。算出今日亦是金釧兒生日來。既是金釧兒生日。其爲往祭金釧兒無疑。往祭金釧兒而去許久。必是

遠赴有井之處哭祭無疑。此黛玉靈心兒早瞧破也。故借荊釵記王十朋祭江之戲以諷之

黛玉看到男祭這齣戲。便和寶釵笑說道。這王十朋也不通的狠。不管在那裏祭一祭罷了。必定跑到江邊上來做什麼。天下水總歸一源。不拘那裏的水。舀一碗看着哭去。也就盡情了。本地風光。借來恰好。靈心慧舌。一至於此。此等文章。雖痛心疾首之人。讀之亦必意爲之解。正不必陳琳之檄可愈頭風。杜甫之詩能驅鬼瘧也。妙妙

寶玉不祭於金釧殞命之井。而祭於水仙庵之井。原以天下水總歸一源。自覺胸無拘墟之見。不想黛玉尤爲通達。舀水亦可哭祭。夫乃知水仙庵之跋涉。猶屬迂拘。爽然赧然。無以自解。只得下座敬酒。置若罔聞

黛玉此諷。胡爲乎。蓋以寶玉一去許久。賈母旣艴然不樂。衆人亦嘖有煩言。

黛玉關切情深。遂不禁盼望綦切。盼久不至。亦竊怨之矣。故於其歸也而諷之。若謂因祭金釧而妒忌。則失之矣。何也。黛玉除寶釵外。何嘗稍有醋心哉。試觀後文亟讚芙蓉女兒誄。便知無妒忌心。

或問寶玉往祭金釧。寶釵知之乎。余曰知之。何以知其知之。曰聞黛玉之諷而不答。以是知其知之也。然則寶釵何由知之。豈亦如黛玉之靈心兒瞧破乎。曰非也。襲人告之也。何以知爲襲人之告。寶玉往祭金釧。萬不能瞞襲人。瞞襲人。則萬去不成。若誆以往北靜王府道惱。則襲人必將回明賈母王夫人。以卸己責。既不回明賈母王夫人。以卸己責。則往北靜王府道惱之言。顯係扶同揑飾。以瞞衆人。然襲人扶同揑飾以瞞衆人。斷不瞞最相親厚之寶釵。必早竊告之矣。何以知之。亦以寶釵不答黛玉之諷知之。何以不答黛玉之諷。而遂知爲襲人之告。蓋黛玉係猜測得來。故諷之無所顧忌。寶釵係聞襲人所告。謹秘之猶恐彰揚。若聞黛玉之言而附和譏刺。竊恐襲人責其漏言。故不答也。僕卽於其不答而知其故矣。或嘆曰。先生讀書直勘入書之神髓。雙目何炯炯哉。余曰。僕方自恨雙瞳如豆。未能洞鑒作者之心。君何謬贊焉。

尤氏和鳳姐。開口便詼諧。詼諧必有趣。賈母命尤氏敬鳳姐酒。乃執臺盞笑道。一年到頭難爲你孝敬老太太太太和我。祇加和我二字。便變莊爲諧着墨不多。神趣百倍。

賈璉招鮑二家的進房續舊。分遣兩小丫頭遠近瞭望。若使鳳姐如平日歸來。則有多人簇擁。語聲雜沓。環珮丁東。小丫頭遠遠望見。飛奔而回。遙語門外把風之小丫頭。傳警入房。鮑二家的登時遁去。卽不致撞破。偏鳳姐因衆人敬酒太多。心跳突突。不待席散。卽欲回房歇歇。瞅人不防。從後房門後簷下走來。僅平兒留心。跟了出來。致小丫頭遠不及察。直至跟前。跑已不及。遂被喚住。審出實情。豈非鮑二家的合當短命。

賈璉欲與鮑家續舊。何地不可爲歡。乃必召入香衾繡帳中。實屬貪樂忘禍。然賈璉分遣瞭望。勝設烟墩。自以爲防堵戒嚴。無虞猝至矣。豈知兩路探軍。均爲擊退。娘子軍已臨帳下。猶且衾擁情人。說笑無忌。幾何而不爲城下之盟哉。

鳳姐在門外聽得鮑二家的說道。多早晚你那閻王老婆死了。就好了。賈璉道。他死了。再娶一個也是一樣。又怎麼樣呢。那婦人道。他死了。倒是把平兒扶了正。只怕還好些。賈璉道。如今連平兒也不叫我沾一沾了。平兒也是一肚子委屈。不敢說。我命裏怎麼就該犯了夜叉星。既咒鳳姐死。又讚平兒賢。無論鳳姐。卽尋常婦人聞之。亦按捺不住。

鳳姐聽了。氣得渾身亂戰。又聽他們都讚平兒。便疑平兒素日背地亦有怨詞。並不恃度。回身把平兒先打了兩下。一脚踢開房門。進去不容分說。抓着鮑二家的便打。想見鳳姐蛾目直竪。鳳目圓睜。翠袖飛揚。金蓮騰踔。大有打破黃鶴樓踢翻鸚鵡洲之勢。東坡所云忽聞河東獅子吼。拄杖落地心茫然。其威風想亦如是。

平心論之。鳳姐抓打鮑二家的一事。雖無容人之量。尚無足怪。賈璉以簪綴銀兩招鮑二家入房宣淫。而又背地咒詛。此雖柔順之婦。亦不能堪。何況鳳姐。以此責鳳。恐天下閨中無不可責之人矣。惟後文殺尤二姐則不可恕。

今人每以鳳姐踢開房門一句。輒擬爲大足。並因鳳姐而謂衆人皆大足。引爲旗人之證。所謂識其少而遺其多。察於微而昧於顯者矣。書中或稱小靴。或稱繡鞋。或稱蓮瓣。或以脚大相詆。或以大脚專稱。其所以證明小足者。不一而足。何因此一句，遂將全文抹煞乎。賈璉既遣小丫頭兩處瞭望。門必虛掩。以備疾啓而走。鳳姐醉後盛怒。拳足交加。卽三寸凌波。亦可蹴之使闢。而況自幼當男子撫養。足必不纖。一踢而開。尤爲易易。否則牢擐固扃。雖蓮船盈尺，又豈能衝而入哉。而又何疑乎此一踢也。

鳳姐既打鮑二家的。又打平兒。平兒受屈。卽抓打鮑二家的。賈璉見平兒也打鮑二家的。便踢罵平兒。鳳姐見平兒怯賈璉，住了手。又趕上來打着平兒。偏教他去打鮑二家的。平兒出來找刀子要尋死。鳳姐便一頭撞在賈璉懷裏。賈璉氣得拔出劍來要殺鳳姐。寫得兎起鶻落。好看殺人。寫鳳姐。則一味怒。平兒則因抱屈而怒。因賈璉踢罵而懼。鮑二家的。則一味慙懼而不敢怒。賈璉則先慙懼而後激怒。雖激怒而仍慙懼。故其拔劍而怒。旁觀者知其爲佯怒。不獨外面情形摹倣畢肖。且將各人心境亦都繪畫出來。妙筆。

賈璉見尤氏一羣人來。越發倚酒三分醉。逞起威風來。故意欲殺鳳姐。鳳姐見了人來。却不似先前潑了。璉二爺今日聲勢壯甚。欲振乾綱。大有起色。恭喜恭喜。

鳳姐哭訴賈母說。璉二爺和鮑二家的商量。要用毒藥治死我。把平兒扶正。我原生了氣、打了平兒兩下。他臊了。就要殺我。只有打平兒是眞情。餘皆飾砌。今之告狀者。大率如此。

賈璉仗劍追來。邢王夫人氣得攔住罵道。下流東西。越發反了。只罵得一句、賈母氣得說道。我知道你不把我們放在眼裏。亦只罵得一句。着墨不多。而神完氣足、

賈璉還只亂說。聽得賈母要叫他老子來。然後趔趄着脚兒出去了。畢竟還

是怕老子。

賈母說鳳姐道。什麼要緊的事，小孩子們年輕嘴饞，貓兒似的。那裏保得住不這麼着。從小兒是人都打這麼過的。閱歷之言。大堪療妒，遠勝十椀鶬鶊羹。

平兒被李紈拉入大觀園中。哭得哽噎難言。諸人未及開口。寶釵已先勸解。討好之事。惟他最快。

寶釵等復往看賈母，寶玉讓平兒到怡紅院來。既代賈璉鳳姐賠不是。又勸他換衣梳頭。給以上等脂粉。並在盆中翦並蒂秋蕙一枝與他簪在鬢上。又爲之熨衣裳。洗手帕。色色週到。一意温存。適以形出賈璉粗俗。於是平兒大爲感動。默契芳心。寶玉得意之作。却是鮑二家作成。

寶玉見平兒是個極聰明極清俊的上等女孩兒。因是賈璉的愛妾。又是鳳姐的心腹。故不肯和他厮近。因不能盡心。也常爲恨事。今日是金釧兒生日。故一日不樂。不想落後鬧出這件事來。竟得在平兒前稍盡片心。也算今生意中不想之樂。歪在牀上。怡然自得。此中別有妙文。

金釧兒生日。補筆點明。

寶玉忽又思及賈璉惟知以淫樂悅己。並不知作養脂粉。而且賈璉之俗。鳳姐之威。竟能周全妥貼。今兒還遭荼毒。也就薄命得狠了。不禁代爲傷感。當面殷勤。或有假意。背後感歎。實屬多情。

作養脂粉。是寶玉一生大本領。是千古才人大格言。人而無情斯已耳。人而有情。當從此訓。蘧仙女史曰。大雅扶輪。立極一語千古佳人。皆歸胞與寶玉寶玉。卿當復生。我當繡汝。

次日邢夫人叫了賈璉來。與賈母請罪。賈母大加訓斥。並命與鳳姐賠不是。

賈璉看見鳳姐站在那邊。也不盛粧。哭得眼睛腫着。也不施脂粉。黃黃臉兒。比往常更覺可憐可愛。便向前作揖賠不是。雖迫於賈母之命。亦自有愛戀之心。丈夫旗纛又倒矣。

賈母復命人叫了平兒來。命鳳姐和賈璉安慰他。賈璉見了平兒。越發顧不得了。所謂妻不如妾。趕着作揖。又代鳳姐賠不是。此則雖無賈母命而亦必爲安慰者也。

鳳姐打平兒。本是鳳姐浮躁。平兒反與之磕頭。且說奶奶千秋。我惹奶奶生氣。是我該死。於是鳳姐又是慚愧。又是心酸。一把拉起。不禁落下淚來。當前之愧悔愈深。此後之疼愛愈甚。此固平兒賢淑。實亦釋怨良方。設平兒因受屈使性。或反唇相稽。鳳姐雖絀於理。而老羞成怒。必至飲恨在心。一着痕迹。終身不濯。無禮之施。日汨汨來矣。豈若忍一時之氣。低片刻之眉。彼以無禮來。我以至柔應。人非草木。更有何憾不釋哉。吾願普天下爲妾輩者。以平兒爲法。其庶幾乎。安得運廣長舌。遍告閨中之仰人眉睫者。

賈母命賈璉和鳳姐賠不是。又命賈璉鳳姐安慰平兒。乃賈璉既與鳳姐賠禮。又與平兒作揖。更代鳳姐賠不是。鳳姐則不獨不安慰平兒。平兒反與鳳姐叩頭請罪。直待回房無人。始向平兒安慰。情事略爲變換。文章便不呆詮。揆之當日情景。亦必如是始合。

鮑二家的吊死。羞惡之心。未盡牿亡。

林之孝家的囘說鮑二媳婦吊死。他娘家親戚要告呢。鳳姐冷笑道。這倒好了。我正要打官司呢。有錢有勢。乃有此口角。

賈璉出外和林之孝商議。許了二百兩銀子發送。纔罷。又命入在流年帳上分別添補開銷過去。此等銀兩。尚可捺入公帳開銷。其他之混帳。庸有既乎。

賈璉又體己給鮑二些銀子。許他另娶好媳婦。鮑二既有銀子。又有體面。仍然趨奉賈璉。眞是鵠兒。

第四十五回　金蘭契互剖金蘭語　風雨夕悶製風雨詞

李紈與探春姊妹。以詩社社規不嚴。來請鳳姐作監社。正如夜光之珠。無因至前。何怪鳳姐之疑且駴也。然使以莊語請之。以莊語謝之。數言而決。便是一篇枯寂文字。妙在探春莊語請之。鳳姐游戲却之。衆人復游戲應之。李紈更游戲挑之。於是如射圃較射。彼一箭來。此一箭去。羽鏃相撞。錚然有聲。遂於黑暗凈室中。放出大光明來。令人耳目一快。探春和鳳姐道。我們起了個詩社。頭一社就不齊全。衆人臉軟。所以就亂了例了。我想必得你去做個監社御史。鐵面無私。纔好。此是莊語。鳳姐笑道。我又不會做什麼乾的濕的。要我吃東西去不成。開口已涉游戲。且將船兒撑得遠遠。探春道。你雖不會做。

紅樓夢考證　卷七　六九

也不要你做。你只監察着我們裏頭有偷安怠惰的。該怎麼罰他就是了。猶是莊語。使鳳姐於此正言却之。婉言謝之。或笑而允之。則衆姊妹亦即收科。接說惜春畫畫之事矣。乃笑道。你們別哄我。我猜着了。那裏是請我做監察御史。分明叫我做個進錢的銅商。你們弄什麼社、必是要輪流做東道的。你們錢不彀花。想出這個法子來。勾了我去。好和我要錢。可是這個主意。夫以不會吟詩之人而請入社。無怪其作如是觀。使探春等於此。力辯其非。固爲之請。則鳳姐亦無如何。乃衆人都笑道。你猜着了。偏以游戲應之。然衆人游戲。猶不足以慪鳳姐。鳳姐亦不便與衆姊妹磨牙。恰好李紈又笑道。你眞眞是個水晶心肝。玻璃人兒。於是鳳姐正好發洩。滔滔汩汩。引出長篇闊論來。笑道。虧你是大嫂子。原叫你帶着姑娘們念書學規矩教針線。這會子起詩社。能用幾個錢。你就不管了。你一個月十兩銀子的月錢。比我們多兩倍。又有個小子。足足又添了十兩。園子裏地。又各人收租。年終分例。又是上分兒。通共算來。也有四五百兩銀子。你就每年拏出一二百兩來。陪他們姊妹頑頑。能有幾年呢。這會子你怕花錢。挑唆他們來鬧我。我樂得去吃個河涸海乾。我還不知道。硬將東道之費。派李紈獨承。衆人之來。係李紈所使。蓋不便與衆姊妹囉唣。只得拏李紈來做個箭垛。於是李紈受了一箭。忍耐不住。亦引弓反射。笑道。你們聽聽。我只說一句話。他就說了兩車無賴的話。眞眞泥腿市儈。專會打細算盤。分斤撥兩的。虧你這個東西。還托生在詩書大官人家。做小姐。又出了嫁。若生在貧寒小戶人家做小子丫頭。還不知怎麽下作呢。按鳳姐雖分斤撥兩。爲李紈作算博士。意在笑他鄙吝。不肯出錢做東。與詩社尚有關合。李紈之言。則純責其不應與他會計。與詩社毫不相干。語雖趣而理則欠。又道。昨兒還打平兒。虧你伸得出手來。那黃湯難道灌喪了狗肚了。氣得我只要替平兒打抱不平。忖度了半日。好容易狗長尾巴尖兒的好日子。又怕老太太心裏不受用。因此沒來。究竟氣還不平。你今兒倒招我來了。你給平兒拾鞋。還不要你。你兩個狠該換個過兒。纔是說得衆人都笑了。此更一味嫚駡蓋有錢之人。最怕人家說他有錢。鳳姐犯其忌故也。至提昨日打平兒之事。則去題益遠矣。閨中鬬口正理說不去。往往摭拾別事以慪之。眞有此情理。於是鳳姐亦不暇與論詩社。忙笑道。哦。我知道了。竟不是爲詩爲畫來找我。竟是爲平兒報仇來了。我竟不知道平兒有你這位仗腰子的人。可知就有鬼拉着我的手。我也不敢打了。平姑娘過來。我當着大奶奶。替你賠個不是。擔待我酒後無德。罷。索性抛荒本題。大家野戰。唇鋒舌劍。彼往此來。聽之有聲。視之若睹。正如兩兩佳禽。閒關花底。足以怡情遣興。破悶驅愁。戴仲若雙柑斗酒。何必往聽黃鸝聲。

李紈與鳳姐詼諧畢。又將惜春畫畫之物交代一番。然後又問鳳姐。你這詩社。到底管不管。鳳姐笑道。這是什麼話。我不入社花幾個錢。我不成了大觀園的反叛了麼。還想在這裏吃飯不成。明日一早就到任下馬拜了印。先放下五十兩銀子。給你們慢慢的做詩社東道。過後幾天。我又不作詩作文。監察也罷。不監察也罷。有了錢。愁着你們還不攆我出來。說得衆人又都笑起來。尤氏很。狠不過鳳姐。鳳姐狠。又狠不過李紈探春。畢竟鬧了五十兩銀子去纔罷。

鳳姐道。這些事再沒別人。都是寶玉生出來的。李紈笑道。正是爲寶玉來反忘了他。頭一社是他悞了。我們臉軟。你說該怎麼罸他。鳳姐想了一想說道。沒有別的法子。只叫他把你們各人屋子裏地。罸他掃一遍。眞所謂斯文掃地矣。

賴尙榮一奴才秧子。蒙賈府放出。又求恩選得縣官。眞是賴上之榮。非分之福。賴嬤嬤說他若不孝敬主子。只怕天地不容。所謂鰲戴三山。深知其重。豈知後來賈政急難相呼。賴尙榮祇借銀五十兩。眞狗彘之奴。

賴嬤嬤將敎訓賴尙榮之話。言之不已。又長言之。作者不惜筆墨瑣瑣記之。蓋竭力爲後文借銀五十兩作反照。以見養惡人如養鷹。飢之則附。飽之則颺。所以曉世人者深也。

賴家亦有一園。且在園內唱戲讌客。既富且貴。何自而來。侵蝕賈家之財不足。又欲竊朝廷之祿。食百姓之肉。危哉。

寶釵每日兩次至賈母王夫人處省候。承色陪坐。黛玉總不出門。只在自己房中將養。雖因犯了舊病。而蹤跡究屬太疏。心性終覺近傲。夫性情恬澹。不解趨承。君子嘉其高。庸流則嫌其慢。而況賈母最喜親近。尤尙虛文。黛玉未免不合時宜。寶釵則眞工於奔走矣。

有友人初登仕版、問道於余。教之曰、存心立品。曰、某心地不惡、敢問立品如何、曰、今之爲官者。競尙夤緣奔競。不知骨氣一隳、本源卽壞。不能律己。焉能治人。揖而去。需次三年、無問名者、鬱鬱不得志。洎閱紅樓。善寶釵所爲。乃幡然曰、今之諸侯皆賈母也。不學寶釵、潦倒將終身焉。於是悉改其操。事事皈依蘅蕪君。聲譽遂隆隆起、迭權繁要。無閒歲。一日來謁余。望見曰。寶姐姐來耶。曰、微寶釵、索我於枯魚之肆矣。余爲欷歔者竟日。

寶釵籠絡之法。捷如應響、甚至黛玉亦入其玄中。觀送燕窩一節。可知寶釵以燕窩送黛玉、物雖不足以悅人。其言足以感人。黛玉之感。感其言也。而孰知言不由中乎。凡人苟有愛人之心。則雖病者垂危、猶作解慰寬懷之語。冀其心舒而身始泰耳。寶釵不然。黛玉方以不能健飯爲慮。釵乃說食穀者生。

你素日吃的。不能添養精神氣血。不是好事。是明許其必死。愛之者顧如是乎。黛玉又以身居是客。招人嫌怨爲慮。寶釵又笑道將來也不過多費一副嫁粧。是直以人憂慮事而兒戲目之。愛之者又如是乎。乃黛玉不察。感念聲聲、方將推我赤心、置卿腹內。抑何太直歟。昔鄭武公欲伐胡。乃與胡親。胡君以鄭爲親己而不備、鄭人乃襲而取之。寶釵以燕窩送黛玉。卽鄭武公之親胡也。黛玉之感寶釵、以鄭爲親己也。哀哉。

寶釵爲黛玉最忌之人。黛玉又是極頂聰明之性。於此而欲籠絡之。不亦難乎。乃卒能回其鐵心石腸。使之心悅誠服。於是乎寶釵本領。終究高强。黛玉性情。畢竟忠厚。

多愁多病之身、怎當秋雨秋風之夕。抽毫琢句。卽景抒懷。自不能已。此黛玉所以有秋窗風雨夕詞。

黛玉吟畢。寶玉忽至。最難風雨故人來。我爲黛玉一喜。

黛玉見寶玉頭戴箬笠。身披蓑衣。不覺笑道。那裏來的這麼個漁翁。寶玉忙問今兒好些。吃藥沒有。今兒一日吃了多少飯。一面說一面摘了笠。脫了蓑。一手舉起燈來。一手遮着燈兒。向黛玉臉上照了一照。覷着瞧了一瞧。笑道。今兒氣色好了些。進門不暇他言。又不管黛玉與他說話。卽忙問病。問藥。問吃飯。又舉燈照臉瞧氣色。其關愛之眞切。無以復加。

寶玉要送一頂箬笠與黛玉。黛玉笑道。我不要他。戴上那個。成個畫兒上畫的和那戲上扮的漁婆兒了。及說了出來。方想起來這話忒與說寶玉的話相連了。後悔不及。羞得臉飛紅。伏在桌上欬個不住。寶玉因見桌上有詩。看詩去了。却不留心。余謂不獨此時漁婆之說。寶玉未曾留心。卽先時漁翁之說。亦未曾聽得。蓋脫屐進門。一心都在黛玉之病。故聽而不聞。然黛玉明知寶玉聽而不聞。而寸心自訟。已覺惟口啓羞。君子觀於此。而知黛玉律己之嚴。

黛玉羞得臉飛紅。偶憶徐陵序玉臺新詠二語。曰南州名黛。最發雙蛾。北地臙脂。偏開兩靨。堪以移贈。

像漁婆。就說像漁婆。黛玉則曰成個畫上畫的、戲上扮的。豈知畫本虛懸。戲無久演。卒之鴛盟鳳諾。同於戲言。燕侶鶯儔。竟成畫餅。豈非預兆。

寶玉坐未久。黛玉即催去。宵可徘徊。秋枕獨抱。秋心不肯羈縻。郎身久攀郎話。可知黛玉於寶玉。不在見面親昵。而在不愧終身。

寶玉歸去。頭戴箬笠。身披蓑衣。脚蹬木屐。一婢張繖擁之。一婢掌燈導之。手扶香肩。冉冉而出瀟湘館。絕妙一幅畫圖。今人多有撫摹之者。

海上漱石生鑒定

紅樓夢考證卷八

著作者　武林洪秋蕃
校正者　鐵沙徐行素

第四十六回　尷尬人難免尷尬事　鴛鴦女誓絕鴛鴦偶

今人有欲珍禽之得。而爲罾網之張。必瞻羽儀而有可悅之色也。或覽德輝而有欲下之情也。於是餌以香稻。調以餳絲。以其類爲招。入吾彀乃快。此人情也。若夫鴻飛冥冥之天。則無煩弋人殷殷之慕矣。賈赦於鴛鴦何居乎。鴛鴦面有雀瘢。殊非落雁驚鴻之美。心同鷗泛。更無諧鸞附鳳之思。雖鴛鴦其名。似不獨宿。而伯勞其性。却喜單棲。非若玉樓之可巢。又豈金籠之能鎖哉。而況爲王母庭前之鶴。久如飛鳥相依。不僅如斯人屋上之鳥。詎容飢鷹妄祭。而乃苦思弋獲。甘爲叢毆。花豸珍珠。了無當意。蘭苕翡翠。胥不足觀。情獨

紅樓夢考證　卷八

三

注夫蓼浦蘭皋。總求交頸。夢不離乎蘋洲花嶼。輒欲于飛。自忘鷺是白頭。絲皆飛雪。錯認雀皆黃口。門可張羅。餂以寵榮。直欲封雞以湯沐。繼以威逼。幾將責鶴以釜鬻。諷燕婉於嫦娥。言之可醜。責鳩媒於兄嫂。計更無聊。祗期鸂鸂飛來。水上游兮兩兩。邢管鶺鴒啼徹。行不得也哥哥。卒之鵲蹋枝而無心。雞憚犧而斷尾。翠翹寶髻。忍隨燕剪以飄零。金雀鵐鬟。甘向鳩摩而頂禮。如願終難遂。願空教觸怒慈烏。却要未可强要。徒使貽羞雛鳳。不知胡爲而出此哉。恨不起賈赦問之。

賈赦欲納鴛鴦。鴛鴦雖出不情。然必有所爲。意者思得賈母之藏物乎。賈母藏物。鴛鴦主之。鴛鴦來而藏物可探囊而取矣。後文賈母曰。弄開了他。好擺弄我。未始非中窾之言。

邢夫人欲向老太太討鴛鴦。恐老太太不給。先叫鳳姐去商議。原以鳳姐有寵。又善辭令，特資其臂助耳。乃鳳姐長篇闊論，說出許多逆耳之言。不但說賈母平日少不得鴛鴦，不喜歡賈赦。不犯去碰，並斥賈赦行事背晦。邢夫人不應曲從，雖是忠言。未免質直，宜夫人艴然不悅也。韓非說難篇有曰。貴人有過端。而說者明言善議以推其惡者。則身危。又曰。彊之以其所不爲。止之以其所必不已者。身危。鳳姐兩犯之。危乎危乎，幸而見風使颿。轉環甚快。否則賈赦聞知。雷霆之怒。將先賈璉而施矣。

邢夫人怒忠言。鳳姐卽以諛言進。卒至取辱貽羞。悔之何及。然則忠言顧可怒。而諛言顧可喜乎哉。雖然。邢夫人何足責，今之長官皆邢夫人屬也。是則可哀也已。

邢夫人秉性愚弱。祇知承順以自保。次則婪取財貨以自得，大小事務俱由賈赦擺佈。凡出入銀錢，一經他手。便尅扣異常。夫以順爲正。固妾婦之道。卽見財而愛亦婦人之常。此可爲夫人寬。乃以承順爲自保計。以剋扣爲婪取計。則可鄙矣。况爲賈赦婦。尤當施匡救功。主中饋人。更不可有刻薄事。邢夫人不知此義。無補內助。古人所以有妻賢夫禍少之說也。

鳳姐向邢夫人掉轉兩番言語。說得十分中聽。分明因忠言逆耳。掇轉奉承。邢夫人不知。方且喜之不勝。眞是愚人。

邢夫人欲找鴛鴦說話。囑鳳姐先過去。莫露風聲。鳳姐便與邢夫人同行。及至賈母處。又回房脫衣。不與同入。旣可免邢夫人疑其洩漏。又不使賈母疑其同謀。鳳姐兒可謂善於引嫌矣。然骨肉之間機智如此。豈家庭之福哉。

鴛鴦高高鼻子。兩腮微有雀瘢。其不美可知。

邢夫人雖心地糊塗。其說鴛鴦一席話。却娓娓動聽。拉着鴛鴦手笑道。我特來給你道喜來的。你知道老爺跟前。沒有個可靠的人。心裏再要買一個。不知道毛病兒。要挑一個家生女兒。又沒個好的。不是模樣兒不好就是性子兒不好。因此常冷眼選了半年。這些女孩子裏頭。就只你是個尖兒模樣兒行事做人温柔可靠。一概是齊全的意思要和老太太討了。收在屋裏。你這一進去了。就開了臉。封你作姨娘。又體面。又尊貴。你又是個要强的人。俗語說的。金子還是金子換。誰知竟被老爺看中了。不簡不繁。有條有理。開口虛逗一句。而來意已自躍然。及引入本題。却從賈赦這面說。起尤得立言之體下語亦極斟酌。旋以外買内挑兩層。作兩陪筆。隨用貶詞抹倒。作兩撇筆。而後轉到鴛鴦身上。又先贊美一番。而後抉出正意。極口揄揚。以爲歆動。末以贊賈赦有眼力。作結。贊賈赦仍是贊鴛鴦。理達詞舉。極舒徐夷猶之樂。行文而欠丰神。說話而無經緯者。當以此藥之。然理弱媒拙。導言雖固無益也。則且奈何。

邢夫人勸說良久。鴛鴦祇是不語。雖未明拒。而察顔觀色。自知其意之不屬。乃以爲害羞不答。欲令其親人來問。殊沒眼色。

鴛鴦知邢夫人此去。必有人來問他。躲往園中遊玩。園中人人可往。躲之何益、特讓開一着。爲鴛鴦先罵金文翔女人之地。而後哭訴賈母。文氣始充沛耳。

鳳姐知邢夫人說鴛鴦後。必來商議、依了還可。若不依、白討了沒趣。當着平兒們。豈不臉上不好看。叫平兒別處去逛逛。估量着走了再來。如此周慮。遠出賈璉之上。後文賈璉挨罵。鳳姐似應無咎、而邢夫人卒仍遷怒。是智慮亦有時而窮。

鳳姐叫平兒別處逛去。却先令吩咐炸些鵪鶉、配幾樣菜。預備邢夫人吃飯。平兒於是傳與婆子們、而後往園去。紅樓每有此好整以暇之筆、平兒進園。遇見鴛鴦。便以新姨娘呼之。見鴛鴦滿面惱意。自悔失言。便拉到楓樹下坐在石塊上。越發把始末緣由告訴他。鴛鴦冷笑道。別說大老爺要我做小。就是太太這會子死了。他三媒六聘的要我做大老婆。我也不能去。賈赦之妻。且不肯爲。而何況乎爲妾。堅執之至矣。

平兒方欲說話。誰知襲人從山子石後笑了出來。鴛鴦入園既遇平兒復遇襲人。二人所侍皆翩翩濁世佳公子。對面一照。益堅其不屑就之心。

襲人道。這個大老爺也太好色了。略平頭整臉的。他就不能放手了。此語包掃一切。秋桐爲唾餘。鴛鴦不甚美。皆可於言外得之。

平兒笑道。你既不願意。我教你個法兒。你只和老太太說。就說已經給了璉二爺了。大老爺就不好要了。天下祇有以父壓子。而無以子壓父之理。惟此事。則可以子壓父。戲言也而有當於事情。

鴛鴦啐道。什麼東西。你還說呢。前兒你主子不是這樣混說。誰知應到今日了。鳳姐所說是賈璉。今日所應乃賈赦。賈璉之妾且不肯爲。而何況乎賈赦。堅執之至矣。

襲人道。他兩個都不願意。依我說。就叫老太太說。把你已經許了寶二爺了。大老爺也就死了心了。平兒以賈璉相嘲。襲人以寶玉相謔。天然兩枝陪筆。用來都成妙文。然平襲不過恣爲戲謔。不料後文賈赦竟借爲激將之用。以此爲戲。足以解頤。以此爲激。便覺可鄙。

平襲雖是頑話。頗露誇張。故鴛鴦斥之也。

鴛鴦罵道。兩個壞蹄子。再不得好死的。人家有爲難的事。拿着你們當正經人。告訴你們與我排解排解。饒不管你們倒替換着取笑兒。你們自以爲都有了結果了。將來都是作姨娘的。據我看來。天底下的事未必那麼遂心如意的，在鴛鴦之意。料定鳳姐不能容平兒，襲人不能見容於黛玉。豈知後來。襲人則不能見容於寶釵，平兒又駕姨娘而上之。鯤化爲鵬，雲變蒼狗，又豈鴛鴦所能意料乎。

鴛鴦道老太太在，一日我一日不離這裏。若歸西去了。他橫豎有三年的孝。沒個娘纔死了。先弄小老婆的，等過了三年。知道又是怎麼個光景兒呢。到了至急爲難。我翦了頭髮做姑子去。不然。還有一死，此時平襲聞之未必不以爲一時憤激之談，豈知眞有金石不磨之志。且不待爲難而祝髮。不待三年而捐軀。其志之不可奪也如此。吾嘗謂女兒心腸，有時堅於男子，侍婢志願。或更高於閨媛。賈赦如何看得恁般輕。

按鴛鴦平襲。皆頭等有體面有身分侍兒襲人享受二兩月銀，尤爲受恩深重。乃後來鴛鴦則殉主自盡。平兒則茹苦撫孤，而惟二兩月銀之襲人。背主忘義。改醮優伶。品類之不齊、何啻霄壤、此時名園鼎立。宛然蘅芷同芬。異日中道陵夷。始識薰蕕迥別。管寧邴原之中。而有華歆。其人亦二人之不幸也。

鴛鴦嫂子來勸鴛鴦。含意未伸。即被鴛鴦破口大罵。竟使無從下喙。雖具張儀之辯、蒯通之舌、無所用之。能六國販駱駝、而不能奈何一鴛鴦。可笑屈平湘君詞曰。心不同兮媒勞。謂女心不合。媒徒費力耳。金家媳婦。以此言上覆賈赦可也。

金家的被鴛鴦搶白一頓。又被平兒襲人說了幾句。羞惱回來。便對邢夫人說。不中用。他罵了我一場。因鳳姐兒在旁。不敢提平兒。只說襲人也幫着搶白我。分明惱着兩人。以平兒係鳳姐之人。竟不敢提。想見鳳姐兒威權邢夫人道。又與襲人什麼相干。他們如何知道的、又問還有誰在跟前。金家的道。還有平姑娘。鳳姐兒忙道。你就該拏嘴巴子打他回來。我一出門。他就逛去了。回家來。連個影兒也摸不着。他他必定也幫說什麼來着。金家的道。平姑娘沒在跟前。遠遠看着。倒像是他。可也不眞切。鳳姐便命人去。快找他來。豐兒忙上來回道。林姑娘打發人下請字兒。請了三四次。他纔去。奶奶一進門。我就叫他去的。林姑娘說。告訴奶奶。我煩他有事呢。金家的雖不敢提平兒。而心中惱恨。自撇不下。故承邢夫人一問。不覺冲口而出。旣見鳳姐挐話來堵。仍趕忙轉帆。豐兒更能眉語目聽。扶同揑飾。鳳姐兒不獨威權傾倒一時。卽帳下兒郞。亦皆指揮如意。眞是脂粉隊裏英雄。

兒女之間。可以情動。不可以威脅。邢夫人說鴛鴦。猶是輭勸。賈赦使金文翔說鴛鴦。竟一味强逼。豈知匹夫匹婦之爲量。固有逼之愈强。而拒之愈峻者乎。赦老何貿貿焉。

賈赦道。自古嫦娥愛少年。他必定嫌我老了。大約他戀着少爺們。多半是看上了。寶玉只怕也有賈璉。先與環小子疑彩霞一般見識。鴛鴦哭訴賈母之時。可巧王夫人薛姨媽李紈鳳姐兒寶釵等姊妹。並外頭幾個執事有頭臉的媳婦。都在賈母跟前。合眷畢集。分明使賈赦貽笑大方。鴛鴦向賈母跪下。一面哭。一面說。把邢夫人及他嫂子哥哥如何來說。因爲不依。方纔大老爺越發說我戀着寶玉。當着衆人在這裏。我這一輩子。別說是寶玉。便是寶金寶銀寶天王寶皇帝。橫豎不嫁人就完了。此時寶玉在側。殊難爲情。臉上只怕有些辣辣的。色鬼魔王之外。又有天王皇帝之稱。不想寶二爺鵲起聲華。蒸蒸日上。寶玉前番被齡官看輕。此番又被鴛鴦作賤。齡官看輕。是心中有賈薔。鴛鴦作賤。是心中無賈赦。賈赦說鴛鴦戀着少爺們。還有賈璉在內。何以鴛鴦不提賈璉。單提寶玉。豈金文翔漏未全述乎、抑鴛鴦聽未介意乎、非也。人當憤泣自誓、只須以最上者例之足矣。

鴛鴦既指天誓日。不願嫁人。又將頭上青絲。用剪鉸下。所以絕之者堅且決也。不識賈赦聞之、其搔鬢自悔乎。將怒髮上指乎。抑謂亂頭亦美、而仍作並頭之想乎。

鮑二家頭髮。爲賈璉剪下一綹。鴛鴦頭髮、爲賈赦剪下半綹。鮑二家翦髮。是贈與情人。鴛鴦翦髮。是自絕佳偶。鮑二家之髮。係平兒從被內抖出。鴛鴦之髮。當賈母在堂前鉸下。鮑二家翦髮、翦得欣然。鴛鴦翦髮、翦得忿極。一綹半綹。是父是子。

鴛鴦哭訴之時。偏將邢夫人藏過。先寫賈母發作。王夫人作一跌宕。便覺分外精神。此固行文家烘托旁面。不遽入正題之妙諦也。然確有是情景。一人觸怒尊嚴。同列皆遭呵叱。往往有之。不僅爲文章烘托也。

賈母發作王夫人。王夫人不敢還一言。薛姨媽也不好勸李紈寶釵及寶玉姊妹都不敢辯。獨探春陪笑說道。老太太想想。也有大伯子的事。小嬸子不知道。時一言頓霽。慈威畢竟三姑娘能。

賈母經探春提醒。知錯罵了王夫人。既自悔責。又令寶玉向王夫人跪下賠禮。王夫人雖小受委屈。却也爭足了光。

賈母說寶玉。我錯怪了你娘。你怎麼也不提我。寶玉笑道。我偏着母親說大爺大娘不成。通共一個不是。我母親要不認。却推誰去。既廻護而又是正理。寶玉可謂知言。然猶平淡無奇。不若鳳姐詼諧入妙。賈母笑道。鳳姐兒也不提我。鳳姐笑道。我不派老太太的不是。老太太倒尋上我了。出語便超脫可喜。而又突兀可怪。賈母聽了。與衆人都笑道。這可奇了。倒要聽聽這不是鳳姐道。誰叫老太太會調理人、調理得水葱兒似的、怎麼怨得人要。我幸虧是孫子媳婦、我若是孫子、我早要了。還等到這會子呢。既不自任咎、又奉承了老太太。又爲阿翁原情而貰過。眞善滑稽、其巾幗中之東方曼倩歟。

第四十七回　獃霸王調情遭苦打　冷郎君懼禍走他鄉

邢夫人來見賈母。賈母一聲兒不言語。於是鳳姐指一事兒廻避去了。鴛鴦也自囘房生氣。薛姨媽王夫人等。恐礙著邢夫人臉面、也都漸漸退去了。賈母見無人。方向責說。與先時斥責王夫人。又是一樣局面。不獨文字不可印板。揆之情事、亦萬不可雷同。王夫人本是平空受屈。不妨當衆譙訶。邢夫人不免羞愧難當。誰肯在此礙臉。王夫人必得有人解說。衆人去而探春不能獨留。故當着衆人。爲探春解釋地也。邢夫人無可爲之置詞、衆人留而迎春亦必在側。教他何以爲情。故撇去衆人。爲迎春不能解釋地也。跬步皆有分寸。庸手無此經營。

賈母訓斥邢夫人。只說自己少不得鴛鴦。鴛鴦實屬可靠。邢夫人不應從賈赦之命、盤算堂上得力之人、累累數百言。祇如題而止。至賈赦垂老尤好色、鴛鴦不願乃强逼、則一字不提。既不使羞慚無地。又不使仇視鴛鴦。語極斟酌。而又極和平。不比先時嚴聲厲色駭人心目。蓋人當盛怒之時、出話多不及檢。及事過境遷、而語爲和平矣。猶之疾風雷雨、移時必殺。理固然耳。非嚴厲於王夫人而温和於邢夫人也。

賈母數說邢夫人畢。卽命人來請姨太太姑娘們來。纔高興說個話兒、怎麼又都散了。賈母絕妙收科。文章絕妙啣接。且此細事一說便了。反覆言之。轉同嚼蠟。故不復聽邢夫人置詞也。

鳳姐承歡博笑。必使老人開顏。遠勝老萊斑衣。與賈母鬬牌一段。尤覺活潑潑地令人神往。

賈璉奉賈赦命往老太太房裏請邢夫人，平兒再三攔阻，叫他不要碰在網裏，賈璉不聽，卒被呵叱。平兒聰明，遠勝賈璉，不亞鳳姐。

文章有隨筆生趣法，或於正文外另撰一段，或於旁文中橫插一句，讀之機趣橫生，斯已奇矣。然猶未甚奇也。乃更於一字之中，亦能蹴一波瀾，作一跌宕，更是奇觀。如賈母罵賈璉道：你媳婦和我頑牌呢，還有半日的空兒，你家去再和那趙二家的商量治你媳婦去。祇將鮑字換一趙字，便增出許多妙趣。眞是著手成春。

鴛鴦笑道：鮑二家的。老祖宗又拉上趙二家的。賈母也笑道：可是我那裏記得抱着背着的，提起這些事來，不由我不生氣。我進了這門子做重孫媳婦起，於今我也有個重孫媳婦了，連頭帶尾五十四年，憑着大驚大險千奇百怪的事也。經了些。從沒經過這些事。還不離了我這裏。口雖罵賈璉。意兼罵賈赦、所謂這些事、乃仗劍追妻逼婢翦髮兩事也。若云單罵賈璉於鮑二家之事。則上文賈母已自言明。那個貓兒不嘴饞。又云是人都打這麼過。可知這些事、早已經過。賈母既不得有矛盾語、紅樓亦不得有矛盾文。

賈母道。於今我也有個重孫媳婦了。似乎蘭哥兒已定親事。而文內不傳。

柳湘蓮雖係世家子弟、而青年美貌。不拘細行、既喜串生旦風月戲文。又與寶玉秦鍾交好。不知他身分之人。都誤認他爲優伶。此薛獃霸王所以狎而玩之也。物自腐而蟲生。何獨尤乎蟲哉。

薛蟠調湘蓮。猶之賈瑞調鳳姐。賈瑞調鳳姐。以其與賈蓉賈薔有染也。薛蟠調湘蓮。以其與寶玉秦鍾有染也。賈瑞固非平空干犯、以爲彼固欲之。不覺自忘形穢、薛蟠亦非冒昧勾挑、以爲我聞如是。遂致掉以輕心。庸詎知大官贖貨。仍博廉名。白晝攫金。猶以士命。一則從頭着糞。空悲鏡裏之緣。一則搖尾乞憐。莫免泥中之辱。皆不自量之咎也。人奈何不自量哉。

秦鍾墓木拱巳。而寶玉猶命人薦時食。湘蓮爲之修墳塋。如此深情。薛大哥能與爲伍否。

寶玉聞湘蓮欲出門。便滴下淚來。如此深情。薛大哥能及萬一否。

柳湘蓮別了寶玉。出了書房。剛至大門前。早遇見薛蟠在那裏亂叫。誰放了小柳兒走了。如此無狀。柳湘蓮焉得不火星亂迸。薛蟠又拉着湘蓮手道。你一去。都沒了興頭了。好歹坐一坐。就算疼我了。憑你什麼要緊的事。交給哥哥。只別忙。你有這個哥哥。你要做官發財。都容易。當大庭廣衆之中。作此萬分狎昵之語。使湘蓮無地自容。安得不怒目切齒。攘臂而起哉。

柳湘蓮誆薛蟠行至葦塘邊。令其下馬設誓。言未了。祗聽鏜的一聲。背上好似鐵鎚砸下來。祗覺得一陣黑。滿眼金星亂迸。身不由己便倒下了。較之湘蓮火星亂迸風味何如。

薛蟠欲乘人之背。而自家背上先吃一拳。絕倒。

湘蓮祗使三分氣力。向薛蟠臉上拍了幾下。登時便開了菓子鋪。薛大哥不曾提拔小柳兒做官發財。倒先叫小柳兒照應着開了個店鋪。絕倒。

薛蟠被湘蓮取馬鞭從背至踵。打了三四十下。酒早醒了大半。薛蟠先在賴家本已酒醉。因湘蓮約他下處喝一夜酒。喜得醒了一半。於是重又入席自斟自飲。又吃了八九分。此時被湘蓮一頓馬鞭子。又醒了大半。薛蟠之酒一醒再醒。酒亦無權。

馬鞭可以醒酒。吾知所以處醉漢矣。

薛蟠哀告道。吾知道你是正經人。因爲我錯聽旁人的話。湘蓮道。不用拉旁人。你祇說現在的。薛蟠聽旁人之話。亦是實言。並非飾說。湘蓮不准他說。亦自知人言嘖嘖。有些心虛。

薛蟠叫好兄弟。湘蓮便又一拳。叫好哥哥。又是兩拳。直待叫着好老爺方住手。湘蓮使薛蟠不堪。亦到十二分地位。

湘蓮要薛蟠把那葦塘之水喝兩口。薛蟠聽了皺眉道。這水實在腌臢。怎麼喝得下去。惟其腌臢纔叫你喝。若是清水。豈爲足下潤喉。薛霸王眞好獃也。

湘蓮約薛蟠下處飲酒。原來設這佳釀。祇是水太多些。未免不恭。有酒家設帘臨路。過客嘗之。搖首曰。有錢不買你這金生麗。店家曰。客人前面青山綠更多。薛大哥將就喝些罷。

薛蟠不喝水。湘蓮舉拳就打。薛蟠忙道。我喝我喝。如何我固謂將就喝了罷。必挨打而後喝。是不吃敬酒吃罰酒的脾氣。

湘蓮先時拉起薛蟠左腿。向葦塘濘泥處拉了幾步。已成泥母豬。茲又强令喝葦塘之水。則又合着鴛鴦之言。牛不喝水强按頭矣。然則薛大哥此時其豬形而牛飲歟。

薛蟠喝了一口水。猶未嚥下。祗聽哇的一聲。把方纔吃的東西都吐了出來。俗語。赴宴醉吐。謂之當面還席。湘蓮雖約下處喝酒。究竟所喝是水。薛大哥奈何亦當面還席。

薛蟠喝葦塘之水。較之賈瑞醍醐灌頂。還算便宜。

唐人詩云。一泓清可沁詩脾。我爲薛大哥作一耦句。半勺濁流寒色膽。有此湔腸滌胃之物。其慾火定不熾矣。

賈珍命賈蓉帶着小廝尋到葦塘。只見薛蟠衣衫零碎。面目腫破。沒頭沒腦。遍身內外。滾的似個泥母豬一般。賈蓉笑道。薛大叔天天調情。今日調到葦子坑裏。必定是龍王爺也愛上了你風流。要你招駙馬去。你就碰到龍犄角上了。薛蟠羞得沒地縫兒鑽。使人無地自容者。人亦使之無地可入。

鳳姐作弄賈瑞。賈蓉與賈薔撞來。湘蓮作弄薛蟠。賈蓉帶小廝尋來。兩番在事。都有賈蓉。賈蓉固不禁齒冷。卽使賈瑞與薛蟠相見。當亦互相啞然也。

第四十八回　濫情人情悞思游藝　慕雅女雅集苦吟詩

薛蟠終身不出門。不致犯人命。薛姨媽不叫他去。自是老成之見。乃寶釵一力慫慂。縱虎出柙。其賈禍雖非此一回。而種禍實由此一回。寶釵其能贖過乎。

寶釵辟兄離母。獨住大觀園。雖出元妃之命。實乖將母之情。然猶得爲之解曰。萱堂事奉。尚有乃兄。迨薛蟠出門作賈。薛姨媽獨處無聊。應卽回依膝下。乃撇母如故。仍住園中。非無情於阿母也。其情有甚於阿母者。夫女生外向。

大概如斯。然必嫁後始然。未聞待字閨中。卽外向者。寶釵不孝之甚也。至並香菱帶往園住。尤屬不情。豈以金纓不足以絡玉。更將藉力於香菱耶。然則鬬草汚裙。寶釵之心也。寶釵又不弟之甚也。

前有賈政笞寶玉。今有賈赦打賈璉。一實寫一虛寫。

賈政笞寶玉以種種不肖。賈赦打賈璉則以不能壓買石獃子古扇。向斥項撞。情事大相懸殊。

寶玉受撻。合府沸騰。賈璉打傷。無人過問。雖荆柯同室。根本相連。而南北殊枝。暖寒卽異。固不可一律論也。

賈赦無好古之癖。獨愛石獃子古扇。壓買不得。致令破家。雖賈雨村趨奉而爲之。而賈赦實預聞其事。何異賈赦使之哉。夫以區區玩好之物。使無辜者到官受累。旣傷德。亦買禍。究之古扇如林。亦復何用。後文錦衣衞來。能無追悔乎。

匹夫無罪，懷璧其罪，石獃子家貧如洗，其所藏古扇二十柄，賈璉給至五百金不賣，卒被賈雨村訛欠官銀，抄作官物，此則獃之爲害也。然雨村虐民取媚，其罪浮於賈赦。

香菱爲甄士隱之女，不可不知詩，然自孩提被拐，又焉能詩，故於此而受業於黛玉焉。

香菱欲黛玉教詩，黛玉道：既要學詩，你就拜我爲師。香菱道：我就拜你爲師。可不許膩煩的。天下祇有先生勉勵弟子，斷無弟子勉勵先生之理，香菱學詩甚切，故不覺期師轉殷。

黛玉詩學，於閨秀中可豎騷壇旗幟，其論古詩見界，尤獨闢蹊徑，誠不可以無傳人，得香菱高足，庶幾無憾，而香菱亦可謂能自得師或問寶釵何以不敎香菱詩、余曰。因是香菱耳。若襲人或鴛鴦有志學詩。則不待來學。往敎不暇矣。

寶玉見香菱苦志吟詩、大加稱贊。寶釵笑道。你能彀像他這苦心就好了。學什麼有個不成的。寶釵此語。無非國賊祿蠹之見、寶玉不答、仍是從前拔足而走之心。

香菱初作月詩。宛然初作。次作。宛然次作。爐捶在手。高下從心、欲如何便如何。作者手筆之妙。迥不猶人。

探春見香菱苦吟太過。隔窗笑道。菱姑娘你閒閒罷、香菱怔怔答道。閒字是十五刪的。錯了韻了。大有王摩詰走入甕中之景、眞傳神阿堵之文、

第四十九回　琉璃世界白雪紅梅　脂粉香娃割腥啖膻

香菱學詩、忘餐廢寢。搜腸挖心、若不臻夫上乘。亦殊負其苦功、此第三首月

詩。不得不用妙筆也。然學問由漸而幾。香菱雖善學。而數日之內，爲能精進如此之速，作者恐人訾其妄。故托於夢寐中得來。於是香菱不負苦心。事竟成於有志。文章不涉妄誕。思原可以通神。作者善於經營。我便善於體會。第三首月詩。一片靈光，意淡神遠。絕似黛玉手筆。眞好香菱，眞好弟子。結句不祥，亦是詩讖。

薛寶琴邢岫烟李紋李綺。不約而同。來投賈府。眞是錦上添花，文亦花團錦簇。

黛玉見薛寶琴等聯翩而來。先是歡喜。後來想起衆人皆有親眷。獨自己孤單無倚。不免又去垂淚。悲秋老杜。觸處皆秋。工愁善病之人。偏多觸景傷懷之事。

寶玉見薛寶琴諸人。一個賽似一個。回到怡紅院。忙叫襲人晴雯麝月快去看襲人以寶玉讚不容口。又呼天而嘆精華靈秀層出不窮。自說自笑。有些魔意。便不肯去。分明醋葫蘆又添醋意矣。可鄙。豈知寶玉雖讚不容口。而以黛玉衡之。皆三千弱水耶、

寶琴等皆金陵副冊中人。作者雖不點明。讀者自可心照。

寶琴等既結隊而來。史湘雲又以史鼎外放入園來住。爲大觀園壯色。爲詩社增輝、可謂盛矣。

蘅蕪院既添香菱、又添寶琴、復來湘雲。清芬蘅芷。倍覺穠豔。花繁而瀟湘館菉竹猗猗、未免有相對凄涼之感。然有鳳來儀之地、原非凡鳥所得而棲、正不必爲之眼熱也。

賈母疼愛寶琴。既逼王夫人認以爲女。又取鳬靨裘給以章身。復命琥珀傳諭寶釵。不要管緊。於是寶釵笑推寶琴道。你也不知是那裏來的這段福氣、

你倒去罷。仔細我們委屈了你。我就不信。我那些兒不如你。此固寶釵喜而相嘲。然未免不有醋意。至云我那些兒不如你。語尤醜，湘雲笑道。寶姐姐這話。雖是頑。却有人眞心這樣想。琥珀笑道。眞心惱的再沒別人。就是他口裏說手指着寶玉寶釵湘雲都笑道。他倒不是這樣人。琥珀又笑道。不是他。就是他。說着。又指黛玉。湘雲便不作聲。可謂以小人之腹度君子矣。豈知黛玉固自坦然耶。鷽鳩笑鵬。亦自成爲鷽鳩而已。所可異者。黛玉在座。親見親聞。何異蔡系推謝萬落牀。司馬曳裴遐墮地。乃絕不介意。神色怡然。大有呼牛應牛呼馬應馬之概。何度量之闊大哉。其心休休。實能容之。黛玉有焉。

賈母愛寶琴，無論黛玉並無妒意。即有之。何與湘雲事。湘雲乃以莫須有疑之。且當衆人前奚落之。何相仇之深耶。夫湘雲仇黛玉。無非以寶玉鍾情於黛。不鍾情於己耳。然此等兒女之私。祇可隱忍諸心。乃屢見諸面。宣諸口。一若黛玉曾大開罪於湘雲者。而黛玉固未嘗開罪也。夫非猶是共嬉笑同寢處之金蘭契耶。何竟視若仇讎。勢同冰炭如此。此眞叵測之人心。交情之險局。古人云。易反易覆小人心。其湘雲之謂乎。

黛玉趕着寶琴叫妹妹。並不題名道姓。直似親姊妹一般。湘雲於此能無赧然。

寶玉見黛玉與寶釵親睦。不似從前鑿枘。暗暗納罕。一時黛玉回房。便找了黛玉來問。假使直問何時修好。便意味索然。妙在借西廂詞問云。是幾時孟光接了梁鴻案。便覺搖曳生姿。宜黛玉讚其問得好也。

寶玉前此兩引西廂。均致觸怒。此一問。竟蒙嘉獎。何幸如之。

黛玉道。我素日當他藏奸。誰知他竟是個好人。此非寫黛玉不知人。正寫寶釵大奸大詐能籠絡人雖絕世聰明之黛玉亦入其玄中賈母輩更何足道。黛玉以寶釵說酒令一席話並送燕窩一事便認寶釵為好人十分親厚並推愛而及於寶琴。足見黛玉篤實和平毫無城府何有乖僻此作者特特書明以曉讀者也。

黛玉與寶玉談得好好因說起寶琴來想起自己沒有姊妹不免又哭了生前心願豈敢須臾忘之或曰黛玉因無姊妹而哭與寶玉無干此回眼淚不能抵酬恩之數余曰否使黛玉不虞婚姻之變自無孤立之憂雖無姊妹庸何傷。

李後主終日以眼淚洗面是以淚多見悲傷黛玉心裏只管酸痛眼淚却不多是以淚少見悲傷淚少之悲傷甚於淚多之悲傷也可哀已。

黛玉青春幾何而眼淚已少還淚之說未免過於踴躍。

黛玉向寶玉說。眼淚登比舊年少了些。極似欠戶向債主自訴貧乏之寶玉說。這是你心裏疑惑。誰有眼淚會少的。極似債主說欠戶並不貧乏。然則寶玉勸黛玉保養莫哭。雖寬慰而仍迫索乎。

黛玉諸美。或披猩紅斗篷。或披錦紋鶴氅。或穿掐金香羊皮及鹿皮小靴。明瑞翠羽。往來於琉璃香界中。異常豔麗。不負此園。不負此雪。櫳翠菴紅梅退避三舍矣。

女扮男裝。爲傳奇小說陳腐惡套。不圖紅樓亦有之。然紅樓不覺其腐而轉覺其新。如湘雲走來。脫了外面大掛子。裏頭穿着一件半新舊的靠色三廂領袖秋香色盤金五色繡龍窄褙小袖掩襟銀鼠短襖。裏面短短的一件水紅粧緞狐肷褶子。腰裏束着一條蝴蝶結子長穗五色宮縧。衆人都笑道。偏他只愛打扮成個小子的樣兒。原比他打扮女兒更俏麗。豈非女扮男裝。

寶玉因李紈約明日賞雪吟詩、一夜不曾好睡、次蚤起來、盥洗甫畢、忙荷簑戴笠、往蘆雪亭來。而衆姊妹無一到者。及至賈母處。待衆姊妹到齊。又忙忙催飯。候菜不至、即以茶泡之、活畫出無事忙。但不知可曾弄一捆柴火來。

寶玉出了怡紅院。往蘆雪亭來。順着脚轉過去。聞得一股寒香撲鼻。回頭一看。却是妙玉那邊櫳翠菴中有十數枝紅梅。如胭脂一般。映着雪色。分外顯得精神。好不有趣、寶玉便立住細細賞玩了一回。方走。王摩詰詩中有畫。吾謂櫳翠菴花下有人。春色滿園關不住。一枝紅杏出牆來。豈獨爲名花寫照耶。寶玉徘徊花下。良有以也。

大觀園百卉皆具、豈徒櫳翠菴有紅梅。分明爲後文罰寶玉乞妙玉伏筆。吾故曰花下有人。

割肉自啖。搶韻聯詩。脂粉香娃。豪邁如此。吾爲呫嗶小儒愧死矣。

黛玉見衆人都燒鹿肉吃笑道。那裏找這一羣花子去。罷了罷了。今日蘆雪亭遭刼。生生被雲丫頭作賤。我爲蘆雪亭一大哭。湘雲冷笑道。你知道什麼。是眞名士必風流。我們這會子腥的膻的。大吃大嚼。回來都是錦心繡口。言有大而非誇。湘雲有然。然黛玉不食腥羶。何嘗不是錦心繡口。

此回書多爲湘雲設色。打扮則俏麗動人。性情則豪邁可喜。詩才則敏捷絕倫。可謂出色寫照。宜今之品題人物者。動稱湘雲。然我終不喜之。以其黨釵而仇黛也。非我不喜之。作者先不喜之。何也。作者若喜之。决不令其黨釵仇黛也。

第五十回 蘆雪亭爭聯卽景詩 暖香塢雅製春燈謎

鳳姐風流豪邁。脂粉英雄。而不能詩。亦天之與以齒者去其角。輔以翼者兩其足也。然展如之人。終不可以無詩。當羣芳聯句。鳳姐偏要吟詩。偏又是好詩。偏又是不會吟詩之好詩，文章標新立異。有如此妙境。

前有香菱吟詩，今有鳳姐吟詩，香菱吟詩已奇。鳳姐吟詩更奇。香菱吟詩，三易而後佳。鳳姐吟詩，一唱而卽妙，文章標新立異，有如此妙境，

大凡聯句，不難承接對仗。而難在一起。起得無勢。通篇骨節不靈。起得不空。後面地步皆占。一夜北風緊一句。絕妙發端。鳳姐有此。可稱詩人矣。

寶玉看寶釵寶琴黛玉三人共戰湘雲。十分有趣。顧不得聯詩，黛玉一面搶聯。一面推寶玉要他快聯以免受罰，前詠白海棠。寶玉替黛玉懸心。茲聯卽景詩，黛玉又爲寶玉着急。兩人關愛之忱。每於無心處流露。

聯句中佳者頗多。如寒山已失翠。凍浦不生潮，野岸廻孤棹，吟鞭指灞橋，坳垤翻夷險。枝柯怕動搖。伏象千峯凸。盤蛇一逕遙。誠忘三尺冷。瑞釋九重焦。天機斷縞帶。海市失鮫綃。寂寞封苔榭。淸貧懷簞瓢。石樓閑睡鶴。錦罽煖親

貓。月窟翻銀浪、霞城隱赤標、皆佳句也。文章忌雷同。而有時亦喜雷同、如寶玉作詩、每社落第。此以雷同見妙也若有心蹉跎。反減趣味。文無定格如此、

李紈因寶玉每社落第。罰他往櫳翠菴摘紅梅。妙哉罰乎。比金谷酒尤韻雅。但不由監社議、豈監社一作詩人。便如淮陰降與絳灌伍。即不令主政耶。抑五十金未輸來。不准到任耶。

寶玉初見紅梅。已懷怦怦欲往之心。今茲受罰。正中下懷。先是五臟神願隨鞭鐙矣、

李紈欲命人跟去。黛玉忙攔說不必。有了人反不得了。此非寫黛玉。實是寫妙玉。及摘來。衆人賞玩。寶玉笑道。你們賞罷。也不知費了我多少精神呢。亦是寫妙玉。不是寫寶玉。

櫳翠菴紅梅、猶之天台胡麻、非胡麻而劉阮不來、非紅梅而神瑛不至。

寶玉道。也不知費了我多少精神。究竟如何費精神。寶姐姐何不如審顰兒說酒令之法、叫他跪下。從實招來。

開菊花社、有食蟹贅吟。聯雪景詩、有紅梅續詠、均有餘勇可賈。

吟詩甫畢。賈母忽來。鳳姐踵至。說笑一番、亦是化枯寂爲活潑之法。

寶琴披着鳧靨裘、站在雪坡上。身後一箇丫鬟、抱着一瓶紅梅。眞是耀眼。賈母命惜春寫入畫圖、不曾寫得。却被今之畫師竊作藍本、到處描摹、

紅梅尙有餘波。一篇大文章。以紅梅起。以紅梅結。

寶玉復往櫳翠菴爲衆人乞梅花。踪跡尤詭秘、

薛姨媽見賈母自園內回來。笑道昨日晚上。我原想着今日要和我們姨太太借一日園子。擺兩桌粗酒。請老太太賞雪的。又見老太太安息得早。我聞

得寶兒說老太太心上不大爽。因此今日也不敢驚動。早知如此。我竟該請了。此薛姨媽人情話耳。賈母心上何曾不爽。寶兒豈敢造言。分明飾說。今之專吃白而不作東者。慣會說此俏皮話。

賈母笑道。這纔是頭場雪。往後下雪的日子多着呢。再破費姨太太不遲。賈母亦知薛姨媽虛作人情。故以此言戲之。薛姨媽道。果然如此。算我孝心虔了。鳳姐兒笑道。姨媽仔細忘了。如今秤五十兩銀子來。交給我收着。一俟下雪。我就預備下酒。姨媽也不用操心。也不得忘了。鳳姐亦知薛姨媽虛作人情。一說便了。故以此言戲之。薛姨媽聞之。默然。蓋中其心病矣。

賈母笑道。既這麼說。姨太太給他五十兩銀子收着。我和他每人分二十五兩。到下雪的日子。我裝心裏不快。混過去了。姨太太更不用操心。我利鳳姐倒得實惠。賈母此言。係從薛姨媽心上不爽之說脫化出來。虛作人情者。既可誣以心上不爽，欲得實惠者，何不可詐稱心裏不快，妙語針鋒相對。鳳姐聽了。把手一拍道，這和我的主意一樣。衆人都笑了。此時薛姨媽被賈母鳳姐互相調笑，未免踧踖不安。於是賈母恐不好意思，趕卽轉旋笑道，呸，沒臉的。就順着竿子爬上來了。你不說姨太太是客，在偺們家委屈，我們該請姨太太纔是，那裏有破費姨太太的理。不這樣說，還有臉要五十兩銀子。眞不害臊，此賈母爲薛婆解嘲也。鳳姐笑道，我們老祖宗最是有眼色的。試一試。姨媽若鬆呢，拿出五十兩來，就和我分。這會子估量着不中用了，翻過臉來，拿我作筏子，說出這些大方話來。如今我也不和姨媽要銀子了。我竟替姨媽出銀子。治了酒，請老祖宗吃了。我另外封五十兩銀子，孝敬老祖宗。算是罰我箇包攬閒事。這可好不好。此鳳姐爲薛婆解嘲也。然語意仍含譏諷，似此一吹一唱。譏之激之，而薛婆仍未見有請客之舉。可謂鄙吝不堪。

賈母說起寶琴立雪坡上。比畫兒上還好。因細問年庚八字。薛姨媽知是要與他求配。遂將已許字梅家之言說明。鳳姐不等說完。便嗐聲跺脚說道、偏不巧。我正要做箇媒呢。又已經許了人家。賈母笑道。你要給誰說媒。鳳姐兒笑道。老祖宗別管。心裏看准了他們兩箇是一對兒。如今已許了人家。說也無益。不如不說罷了。賈母也知鳳姐之意。聽見已有人家。也就不提了。或曰。分別賈母爲寶玉求配。鳳姐爲寶玉作媒。若非已字梅家。則寶琴升堂入室矣。何有於黛玉。余曰。否、市馬者。以千金市得一駿。以爲冀北空羣矣。及閱後槽、又有一騎、似更良於所市。不禁怦然有動於中。明知前駿交易已成。勢難反覆。然英姿颯爽、實足動心。則且徐徐數其口齒。權其價値。方悔前市過急失此調良、迨知物已有主。而後釋然。於中仍寶其初之所市。此賈母當日細問寶琴年庚八字之情事也。薛姨媽不知。以爲眞心求配。鳳姐湊趣。發爲隨口。間談而其實皆口頭禪耳。非然者。小喬之外。尚有大喬。亦平日所嘖嘖稱道者。胡不舍琴而求釵耶。蓋賈母此時。仍守初心。其所以殷然於寶琴者。以寶琴似勝於黛玉也。其恝然於寶釵者。以黛玉固不弱於寶釵也。讀者不得以賈母此問。遂謂黛玉親事無成說也。雖然見異思遷之心。則已流露於其間矣。吾甚爲黛玉危之。

賈母細問寶琴年庚八字。吾知寶釵聞之。一喜一懼。喜者。賈母見異思遷。木石之夢。從可破矣。懼者。言不及己。金玉之說。尚無靈焉。

李紈李紋李綺所擬春燈謎。或打四書。或打一字。寶釵道。這些雖好。不合老太太的意。不如做些淺近的物兒。大家雅俗共賞。迎合之工。端推蘅蕪。

寶釵寶玉黛玉所擬春燈謎詩。皆關合正意。寶釵詩曰。鏤檀鐫梓一層層。豈是良工堆砌成。雖是半天風雨過。何曾聞得梵鈴聲。謂鏤金錯采製成金鎖八字。豈良工所能堆砌。乃詭爲金玉姻緣之說。命工匠矯造而成。雖藉以偸天換日。究之和尚何嘗有是言。寶玉詩曰。天上人間兩渺茫。琅玕節過謹提防。鸞音鶴信須凝睇。好把唏噓答上蒼。謂補天事業。既已見遺。入世姻緣。又遭中變。琅玕節勁。絳珠歸眞。直待鸞鶴西來。召入天仙福地。得諧仙眷。而後欷歔感泣。以答上天作合之恩。黛玉詩曰。騄駬何勞縛紫繩。馳城逐塹勢猙獰。主人笑指風雲動。鼇背三山獨立名。謂寶釵藉黑珠兒線。以絡玉。彊作赤繩之繫。豈知寶玉如天馬行空。方城不能錮。天塹不能限。騰拏而去。超出塵寰。又得太虛幻境主人。鼓動風雲。使茫茫大士。渺渺眞人。引登仙聖所居。鼇背之山。以諧木石仙緣。而成千古佳話。句句關合。不着一泛筆。至三謎所打何物。及後文薛寶琴懷古詩十謎。蓮仙女史一一猜着。因不欲書明。以耐讀者之想。遂闕而不書。

第五十一回 薛小妹新編懷古詩 胡庸醫亂用虎狼藥

薛寶琴所編懷古燈謎詩十首，衆人看了，都稱奇妙。獨寶釵說前八首是史鑑上有據的。後二首却無考。我們也不大懂得，不如另做兩首爲是。蓋二首爲蒲東寺梅花觀懷古也。此等假道學語，使人齒冷。在寶釵之意，以西廂記牡丹亭有兒女私情，非閨閣所宜曉。豈知三百篇中，不少男女相悅之詞，亦將割裂刪去耶，黛玉探春李紈交相駁斥，宜哉。寶釵以西廂記牡丹亭爲淫詞，故佯爲不懂。豈知二書皆天下大文章，文者見之謂之文，淫者見之謂之淫哉。獨可怪者，湘雲素來心直口快，聞寶釵之言，應與紈黛探春同聲批駁，乃默不一語，豈非以親厚之故而茹之歟。然則心直口快四字，亦不足以當之。

春燈謎後文並不見用，非無照應，蓋寫過不復再贅也。

王夫人因襲人母親病重。准其回家省視。命鳳姐酌量辦理。鳳姐便命周瑞家的多派丫頭老媽跟去。並叫襲人要穿顏色好衣。拿好包袱好手鑪。先來瞧看。及見襲人穿戴華麗。惟褂子是灰鼠。包袱是花綾。因叫平兒將自己刻絲八團天青皮褂子。哆囉呢包袱。大紅猩猩毡雪褂。取給穿帶而去。似此錦上添花。爲襲人乎。爲寶玉乎。蓋爲王夫人之所寵耳。嘗見一大令。候補頻年。落拓不偶。時首府某爲撫軍所重。同僚一被容接。卽得差委。令之父故與某有舊。屢謁不得見。介紹亦不通。偶爾遭逢。並無青眼。冬無裘。夏無葛。肘見踵決。若無睹。旣而令有故人來綰藩條。迓於舟次。首府先入謁。方伯迎門見大令。卽捉襟而嘻曰。范叔一寒至此乎。邀談良久。始送出。某卽於船頭握手通款曲。夜復詣令長談。遺以金帛。許以優差。非重令也。亦非念舊也。以其爲方伯所親厚。恐短己於方伯耳。

鳳姐命平兒拏雪褂給襲人。平兒因想起昨日大雪、人人都穿着猩猩毡。或羽緞雪褂。大紅衣裳、映着大雪、好不齊整。惟邢大姑娘穿着幾件舊衣、越顯得拱肩縮背。可憐見的。便將一件半舊大紅羽緞雪褂、順手取出。要鳳姐給與岫烟、賢哉平兒、主人錦上添花。乃獨爲是雪中送炭。且使受者感鳳姐之德、旁觀頌鳳姐之仁。不獨惠及岫烟。亦補救於主人不少、得不謂之賢乎。

寶琴岫煙李紋李綺、同一投親、而際遇有上下床之別。寶琴懋膺寵眷、莫之與京。李紋李綺雖不得賈母垂青、尚有李紈調護。獨岫煙踽踽涼涼。無人憐惜。而其故。蓋由邢夫人漠不相關耳。小器鳳姐。亦遂因之。於此可覘人情之冷暖。

襲人既回家去。鳳姐將怡紅院嬤嬤喚了兩箇、來。吩咐道。襲人只怕不來家了。你們知道那一個大丫頭知好歹。便叫派在寶玉屋裏。你們上夜也要好生照管。別由着寶玉胡鬧。嬤嬤答應而去。一時來回。派了晴雯和麝月在屋裏。我們四個人原是輪流帶管上夜的。鳳姐聽了點頭。又說道。晚上催他早睡。早晨催他早起。筆墨周匝。一絲不漏。作者慣於此等瑣瑣屑屑最易忽略之處。無不加詳。於稗史中另具一幅筆墨。不寧惟是。襲人平日之專房。晴麝侍寢之無分。胥於此見之。

晴雯卸罷殘粧。只在薰籠上圍坐。麝月笑道。你今兒別粧小姐了。我勸你也動一動兒。晴雯道。等你們去淨了。我再動不遲。有你們一日。我且受用一日。觀此則晴雯平日之懶可知。大凡嵚崎磊落之士。於尋常瑣屑之事。每袖手而不屑爲。及艱鉅投來。衆人束手。則雖筋力交瘁。亦必肩荷勇往。爲人所不能爲。如晴雯者可例已。故欲寫晴雯之勇補雀金裘。特先寫其懶。寫其病。寫其因墜兒而加病。蓋非懶無以顯其忠。非病無以顯其勇。而况嬌懶爲閨閣常情。美人故態乎。而又何病焉。

寶玉要一人陪他在外邊睡。晴雯乃叫麝月去。好容易得間。而猶不當夕。此作者特筆寫晴雯。

寶玉睡夢中叫襲人。晴雯喚麝月道。連我都醒了。他守在旁邊不知道。眞是挺死尸呢。麝月翻身打箇哈哈笑道。他叫襲人。與我什麼相干。梅子含酸。極有風趣。

晴雯欲唬麝月。不曾唬着。被冷風吹得毛骨悚然。麝月雖不曾被晴雯唬着。被錦雞唬得慌張而回。小小一段閒文。亦覺離離奇奇。

晴雯次日便覺鼻塞身重。懶待動彈。爲下文勇字蓄勢。

寶玉見晴雯傷了風。囑道。快不要聲張。太太知道。又叫你搬回家去養息了。婢女有病。卽要搬回。亦是虐政。

寶玉臥室。劉老老認作繡房，胡庸醫亦認作繡房。可謂物必有耦。

胡庸醫誤認晴雯爲小姐。無足怪。及聞嬷嬷說我們小爺囉唆，乃驚道方纔不是小姐。是位爺。不成煞是好笑。男女尙不分明，用藥自可想見。

寶玉見胡庸醫用藥太霸，命麝月快取一兩銀子打發他去。再請一箇熟的來。麝月開了螺甸櫃子，拿了一塊銀子。提起戥子問寶玉。那是一兩的星兒。寶玉笑道你問得我有趣兒。你倒成了纔來的了。麝月固問得有趣。寶玉答得更有趣。掂斤播兩。原非才子佳人所知。

寶玉見王太醫所開藥方。喜道這纔是女孩兒們的藥。我和你們就如秋天芸兒送的那纔開的白海棠。我禁不起的藥，你們如何禁得起。比如人家墳裏的楊樹。看着枝葉茂盛。都是空心的。以海棠譬喻，擬尙於倫，比以墳裏白楊，實爲奇僻，難怪麝月村斥。

第五十二回　俏平兒情掩蝦鬚鐲　勇晴雯病補雀毛裘

竊聽私語。侍兒所爲。今乃出於寶玉之聽平兒。蓋因平兒來找麝月。說話鬼鬼崇崇。晴雯疑其爲己之病議論。寶玉雖力剖其無是心。究不如證以所說爲何事。故潛往竊聽。專欲與平兒剖辨也。

平兒和麝月悄說墜兒偷鐲之事。因寶玉爭勝要強。特地瞞着寶玉。豈知寶玉已竊聽得。平兒又因晴雯是塊暴炭。故不告訴晴雯。豈知寶玉立卽告知好笑。

晴雯聽了寶玉述平兒之言。氣得蛾眉倒豎。鳳眼圓睜。卽時要叫墜兒來發作。果然一塊暴炭。

寶玉走到瀟湘館。見寶釵姊妹邢岫煙均圍坐在熏籠上。笑道。好一幅冬閨集豔圖。讚只五字。包括無遺。

寶玉爲晴雯煎藥。說藥氣雅似花香。黛玉因寶玉痛讚水仙花。要他抬去。說免藥氣攪壞花香。所言雖似吻合。而所見各有不同。寶玉聞之。以爲讖諷。爲晴雯煎藥。笑道。我屋裏今兒也有個病人煎藥呢。你怎麼知道的。黛玉笑道。這說奇了。我原是無心話。誰知你屋裏的事。寶玉屋裏之事。林妹妹未必周知。若寶姐姐則無有不曉。

寶釵道。我下次邀一社。四個詩題。四個詞題。詩題詠太極圖。限一先的韻。要用盡一個不許剩。分明因黛玉方纔笑寶玉每社落第。故出此難題。使人人皆束手。看誰又笑誰。一邊爲寶玉解嘲。一邊堵顰兒誇嘴。

寶琴鈔有眞眞國女子詩。寶玉向他索看。寶琴推說在南京收着。寶玉大失所望。黛玉笑拉寶琴道。你別哄我們。我知道你這一來。這些東西都帶來的。這會子又扯謊。寶琴便紅了臉。低頭微笑不答。黛玉並未明言出閣。寶琴已自臉泛紅霞。香閨女兒。慣有此情態。
寶玉問寶琴索詩。寶琴推說在南京收着。此固因人而施。若寶玉不在坐。黛玉岫烟向其索看。決無此推說。此種張致。亦是女兒慣態。
寶釵等說笑一回。散去。寶玉因讓衆姊妹先行。自己在後。面黛玉便又叫住寶玉。問襲人到底多早晚囘來。寶玉道。自然等送了殯。纔來呢。黛玉還有話說。又不能出口。出了一回神。便說道。你去罷。黛玉難言之隱。蓋以賈母喜愛寶琴。無微不至。若非已字梅家。則必敗木石之盟。聯雀舄之偶。今雖不能如願。而見異思遷之心。已自躍如。而況琴雖別御。金自悅人。若再聽之。必有措手不及之勢。襲人現爲王夫人寵任。若得一言。必能有濟。故問襲人而欲有言也。因一再籌思。究難啓齒。故欲吐而仍茹。寶玉亦知其意。但以婚姻既訂。斷無變更。無論寶琴。卽寶釵亦不足慮。蓋我心無此人。何能有此事。又何必襲人爲哉。欲爲切實言之。又恐唐突。必須不着痕跡而後言之無弊。聽者愜心。一時不得說法。只得笑道。明兒再說罷、此寶黛當日一問一答。欲吐仍茹之心也。眞一對可憐蟲也、

寶玉一面下台階。欲邁步。復忙囘身問道。如今夜越長了。你一夜咳嗽幾次醒幾遍。此非眞心問咳嗽問睡。因一舉步間。忽得一表白心事安慰黛玉之說。借爲留步計耳。故黛玉答以只嗽兩遍。却只睡得一個四更。都不在意。忙笑道。正是有句要緊話。這會子纔想起來。一面說一面挨近身來悄悄的道。我想寶姐姐送你的燕窩。蓋欲借燕窩以抑寶釵耳。抑寶釵所以明我心中無寶釵也。我心中無寶釵。則婚姻之事。焉有變更。金玉之謀。何足憂慮。此寶玉欲說之意也。因趙姨娘走來截住。遂致含意未伸。若使趙姨娘遲來一步則與黛玉言來語去。由淺入深。或能使頑石點頭。靈心頓悟。俟襲人歸來。令

巧言說項、聳王夫人建言於賈母、俾瀟湘隔别於怡紅、鐲表姊妹之親情。立小夫婦之禮節、名分既定。親族咸知。於是懷篡奪者頓息陰謀。佩金鎖者、别圖嘉耦。黛玉病既可愈。寶玉仙不必修。則亦有未可料者。偏趙姨娘千日不至。此時忽來。遂使問襲人。問咳嗽、說燕窩、都成閒話。豈非寶黛二人命宫磨蝎乎。雖然。亦天也。蕊珠仙子。斷不配合塵緣。趙姨娘之來。亦冥冥中有使之者。於趙姨娘何尤。

大凡爲文。有字之文淺。無字之文深。讀者當於無字處求之。斯不負作者苦心矣。

黛玉見趙姨娘來。一面命倒茶。一面忙使眼色與寶玉。寶玉會意便走了。可謂善於防奸。然防趙姨娘而不防襲人。其亦明於此而暗於彼者歟。

雀金泥氅衣、金翠輝煌。碧彩熌爍。比鳧靨裘又是不同。微寶玉其誰配着。

紅樓夢考證 卷八　五三

寶玉披着雀金裘。賈母叫他先給王夫人瞧去，想見賈母珍愛此裘。寶玉由王夫人處出來。特進園給晴雯麝月等看。想見寶玉誇耀此裘。都爲後文燒破渲染，

鴛鴦自絕婚後。總不合寶玉說話。寶玉叫他看雀金裘。一摔手便跑進房去。在鴛鴦不理寶玉，自是賈赦牽涉之故。而寶玉何辜遭此白眼，不亦寃哉。

寶玉騎馬往舅舅家。欲走角門出。免得到賈政書房門口下馬。周瑞道。老爺不在書房裏，天天鎖着。爺可以不用下來。寶玉道。雖鎖着。也要下來。於是不由書房走，徑出角門來。大家規矩如此謹嚴，煞是難得。然君臣主敬。父子主恩。過書房必下馬，敬則敬矣，而於恩亦稍殺焉。

晴雯吃了藥。不見病退，急得亂罵大夫，只會騙人錢。一劑好藥也不給人吃。眞是一塊暴炭，

只會騙人錢。一劑好藥不給人吃。可謂罵盡庸醫。然騙人錢是其本心。不給好藥非本心。生員有好文字不做。天誅地滅。今之醫生大率類此。

晴雯叫宋嬤嬤進來。說寶二爺叫告訴你們墜兒狠懶。令兒務必打發他出去。宋嬤嬤心知鐲子事發。因笑道。雖如此說。也等花姑娘回來再打發他。足見怡紅院之事。必待花姑娘發放。雖矯稱寶二爺之命。亦不能風令雷行。有如此者。

晴雯道。寶二爺今兒千叮嚀萬囑咐的。什麼花姑娘草姑娘的。我們自有道理。晴雯自命不在襲人下。其不受制於襲人。理無足怪。然只宜說花姑娘回來。也是一樣要打發的。尚無語病。乃性急擅專。已犯詖奴之忌。且拈花惹草。更加褻視之辭。襲人回來。豈無學舌者。異日搆讒貫禍。焉知非此速之哉。

麝月道。早也是去。遲也是去。早帶了去早清淨一日。此言不礙襲人。襲人亦不忌嫉。

晴雯攆墜兒。一則攆出無名。雖有偸鐲事。未暴其罪。二則事近擅專。雖稱寶玉命。究不在家。宜墜兒之母不服也。若襲人處此。必姑俟徐徐。此晴雯之失着也。小人飲恨。不亦宜哉。

晴雯不揭破偸鐲事。姑以懶惰加之。亦忠厚之心也。乃墜兒之母懵不知感。肆辯嘵嘵。世上儘有如此不曉事人。

墜兒之母。不悅晴雯無可瑕疵。乃至挑其不應直呼寶玉名字。可謂無理取鬧。

麝月切實數落。大是燥脾。

麝月數說墜兒之母畢。又道。這裏不是嫂子久站的。再遲一會。不用我們說話。就有人來問你了。家裏上千的人。你也跑來。我也跑來。我們認人問姓。還認不清呢。說着。叫小丫頭拿布來擦地。寫得聲色俱到。極小閒文。如此淋漓

酣暢哥舒半段鎗亦遂無敵

雀金裘賈母珍重付之王夫人叮嚀囑之寶玉亦衒耀穿之豈知穿纔一日。後襟上便燒了指大一塊童時着衣家常韋布雖舊猶新綢綿之衣一着便汚往往如此。

晴雯補裘妙在先叫婆子送給織補匠能幹裁縫繡匠及做女工的都不能補。寫得水窮山盡而後跌出晴雯來又先用閒筆寫晴雯之病服藥不愈又因墜兒加氣說得十分狼狽而後跌出補裘來十面埋伏端爲垓下一戰

晴雯爲侍兒中最出色之人且爲黛玉小照若悠悠無所建白亦幾無異凡流有病補雀裘一則而女工之能事畢矣而晴雯之心力盡矣作者特爲晴雯生色之文。

晴雯披衣坐起只覺頭重脚輕滿眼金星亂迸實掌不住待不做又怕寶玉

着急少不得狠命咬牙捱着。嗚呼。瓊艘瑤檝。無涉川之用。金弧玉弦。無激矢之能。痕紋檀礱。雖能張其羅。穴其隧。迷眩纏陷於寶玉。而當此雀裘之燒。則皆束手而無策。二兩月銀者。更不足道。

第五十三回　寗國府除夕祭宗祠　榮國府元宵開夜宴

晴雯補裘。勞乏之一夜。使得力盡神危。次早王太醫來。診了脈。說道。昨日已好了些。今日如何反虛浮微縮起來。敢是勞了神。這汗後失了調養。非同小可。舒主人之憂。而幾至喪命。推斯志也。主憂臣辱。主辱臣死。何多讓焉。然則補裘無殊補袞矣。故作者鄭重寫之。

晴雯素昔。既是使力不使心的。其爲人無心計可知。然無心計之人。每易爲人算計。不獨晴雯爲然。黛玉亦坐此病。良可慨嘆。

賈家秘法。略有傷風。總以靜餓爲主。此實養病良方。可弁醫書之首。

襲人回來。聽說晴雯攆逐。墜兒沒說。別的。只說太性急了。何如。我固謂襲人必能姑容。且窺其意。不獨謂攆墜兒太急。直以不待伊回。擅自作主。爲太急耳。然則晴雯犯襲人之惡。已見其端。

賈雨村補授大司馬。協理軍機。參贊朝政。此時原配已歿。嬌杏儼然而爲夫人。而薄命香菱。猶在靑衣之列。且守一俗不可耐之獃霸王以沒世。造化顚倒羣生。眞不可解。

賈雨村身登臺閣。昔者月詩驗矣。然如月之高華。必如月之淸潔。庶幾炳耀千古。否則三五而盈。亦三五而闕矣。

新春請客。重複日期。爲大家恆有之事。却是作者想不到之文。作者偏能想到。煞是周致。

鳳姐和鴛鴦悄悄商量。要偸老太太的東西當銀子。賈珍便知是鳳姐鬧鬼。

不知要省那一項錢。先使出這法子來。機詐用事。以爲人盡可愚。豈知明眼人。早已窺破、

賈珍罵賈芹、聚賭養婆娘小子。不旋踵賈珍亦聚賭挾優伶。不能整綱。焉能飭紀、宜賈芹輩怙惡不悛也。

除夕祭宗祠、傳中是第一回。賈家非第一回。忽欲鋪序。頗露斧鑿痕。妙在從新來之寶琴眼中看出。方無訾議、

賈母祭過宗祠。退至尤氏上房、與老妯娌坐談數語。便命看轎。鳳姐忙上去攙起來。尤氏笑回說、已經預備下老太太的晚飯。每年都不肯賞些體面。用過晚飯再過去。果然我們就不濟鳳丫頭不成。此處便接下文賈母道。你這裏供着祖宗忙得什麼似的。那裏還擱得住我鬧。云云。未嘗不是好文。然少風趣、且尤氏不濟鳳丫頭一言。亦不可置若不聞。妙在鳳姐不等賈母開口。

攙着賈母笑道。老祖宗走罷。偺們家去吃去。別理他。插此數語。便覺文境活潑潑地。

元宵夜宴。寶釵與李紋等同在西邊一席。而寶琴則與湘雲黛玉寶玉三人。同坐賈母身旁。可謂竈下積薪。後來居上。寶釵又將昵之曰。你也不知那裏來的這段福氣。我就不信。我那些兒不如你了。

賈母看戲至高興處。說箇賞字。早有三箇媳婦。預備下小笸蘿。將桌上散堆之錢。每人撮了一笸籮。向臺上一撒。只聽嘩啷一聲。滿臺錢响。賈珍賈璉亦忙命小厮將預備太笸籮的錢。滿臺撒去。賈母大悅。看戲賞錢。尋常事耳。偏寫得興高采烈。分外生色。

第五十四回　史太君破陳腐舊套　王煕鳳效戲綵班衣

賈母見寶玉下席出外。只有麝月秋紋幾個小丫頭隨着。因說襲人怎麼不見。他如今也有些拏大了。單支使小女孩兒出來。王夫人忙起身回道。他媽前日沒了。因有熱孝。不便前頭來。王夫人以爲有此一解。可告無罪。詎知大不愜老人之意。賈母道。跟主子却講不起這孝與不孝。若是他還跟我。難道這會子也不在這裏。如此一駁。王夫人無可置詞。襲人無可諉咎。於是鳳姐兒忙過來笑道。今晚便沒孝。這園子裏頭也得看着燈燭花爆。最是擔險的。況且寶兄弟囘去。茶水各色都是齊全的。所以我叫他不用來。老祖宗要叫他來。我就叫他就是了。賈母於是稱善。忙止勿叫。此之謂口角春風。王夫人與鳳姐同一解說。而一解一不解。則以其言之得竅不得竅耳。辭令顧可不善哉。雖然。亦視其人何如耳。使鳳姐之言出於邢夫人之口。則賈母未必霽顏而駁詞仍下矣。園中不少婆子房內。尚有丫頭火燭茶水。豈必專賴襲人一人哉。

襲人爲王夫人紅人，故王夫人爲解說於前。鳳姐復解說於後。若他人處此，則緩頰無人。呵譴及之矣。此有照應無照應之别也。今之官場。大率類此。

賈母始謂襲人拏大。及聞鳳姐言。反嘆惜道。襲人從小兒服侍我一場。又伏侍了雲兒。末後給了個魔王。與他磨了這好幾年。他又不是咱們家根生土長的奴才。沒受過咱們什麼大恩典。他娘沒了。我想着要給他幾兩銀子發送也就忘了。不獨解怒。且欲加恩。下僚獲咎。有人鼎力吹噓，便可轉禍爲福。今之官場。大率類此。

賈母又說。前兒鴛鴦的娘死了。我想他老子娘都在南邊。我沒叫他家去守孝。如今他兩個都有孝，何不叫他二人作伴去。並命婆子拏些菜菓點心與他二人吃去。琥珀笑道。還等這會子。他早就去了。賈母始謂襲人跟主子。不應以有孝不來。今則並鴛鴦亦遣去作伴，始謂襲人若還跟我。難道也不在這裏。今則聞鴛鴦早已進園。並不加呵責。且命給以食物。使之同快朶頤。前後如出兩人。此皆鳳姐斡旋之力。上峯喜怒無常。轉移俄頃。今之官場大率類此。古人云。官無中人。不如歸田。謂朝裏無人。莫做官也。

襲人先伏侍賈母。旣而伏侍雲兒。今又伏侍寶玉。隨波逐流。無一忠悃。已不啻馮道之歷事四姓。而後來且適一優伶。優伶之後。又不知更事何人。金陵三十六釵。無此傖楚。

寶玉奉賈母之命。各席斟酒。都要飲乾。惟黛玉不飲。拿起盃子。送放寶玉脣邊。寶玉一氣飲乾。不畏有眈眈而伺之人耶。大庭廣衆之中。獨抗賈母之命。且舉盃送放寶玉脣邊。如此脫略。寶釵決不肯爲。

賈母譏評女先兒唱說。小書。左不過是佳人才子。私訂終身。把人家女兒說得這麽壞。編這樣書的。不是妒人家富貴。便是有求不遂。糟蹋人家。或因自已看了邪書。也想得個佳人纔好。所以編出來取樂。可謂巨眼如箕名論不刊。此固賈母閱歷之言。亦是作者自寓身分。然三說之外尚有兩說。一因筆下撰有幾首情詩。欲藉小說表而出之。一因坊間刊本獲利。竊取古書影而射之。前一說賈母固不及知。後一說作者亦不及料。

元宵夜宴。既有外班演戲。又有女先兒說書。復命家樂扮演。歌衫舞袖。簧暖笙清。已極一時之盛。而又移席暖閣。再整盃盤。擊鼓傳花。說笑行令。煙火則翻新奪目。花爆則飛響驚心。以及賞戲之錢。盈臺滿地。兩次三番。寫得靡麗紛華。異常熱鬧。蓋以此宴之後。無復豪宴。故末以[illegible]花落作結。

第五十五回　辱親女愚妾爭閒氣　欺幼主刁奴蓄險心

王夫人因鳳姐小月而病。命李紈探春協理家務。並托寶釵各處照看。寶釵略不推辭。唯唯遵命。夫以作客之身。攝他人家庭之政。是卽庖人不善治庖。

尸祝越樽俎而代之也、自好者不爲。而況李紈探春。早間辦事。午錯即回。稽查照管、儘有餘閒。寶釵略一推辭。王夫人决不相强、而乃欣然應命、不知引嫌。其故何哉。蓋有深意存焉。一可悅王夫人之意。二可顯自己之能。三可形黛玉之絀。四可藉著微勞以圖異日當家之地。有此數利、乃絕妙大機會也。出匣而飛。此其時矣。人言何恤。越俎何嫌。

王夫人出外應酬。一日寶釵便一日在上房監察。何等獻勤。每夜臨寢時。坐轎帶人。各處巡綽、何等認眞。如此妙人。孰不欲爲媳婦哉。

坐轎帶人。各處巡察。便如查街委員。不怕麻煩。閨閣千金、掃地盡矣。作者挖苦寶釵。一至於此。

韓昭侯醉寢。典冠者加衣於其君、覺而罪典衣者。以爲失其事、罪典冠者。以爲越其職。夫典冠者愛君而加衣、且不可越。作客之身。顧可查夜乎。

寶釵巡查之後。裏外下人都不敢放縱。知其間用了多少卑躬屈節。說了多少軟語温詞。於何知之。於平日不肯得罪一人知之。

李紈探春。接手辦事。一應執事往來回話。都打聽他二人辦事如何。若妥當。大家安個畏懼之心。若少有嫌隙不當之處。不但不畏服。一出二門。還說出多少笑話來。有此關係。而後知探春駁趙國基賞銀。並非矯情。亦非谿刻。吳新登媳婦。來回趙姨娘兄弟趙國基出了事。既不出一主意。又不查明各舊例。請揀擇施行。若但聽李紈作主。照襲人例賞銀四十兩。則此後事事皆可蒙蔽。而二門外之笑話。亦遂如鵲而起矣。幸而探春精明。叫回媳婦。嚴加申斥。查照舊例。酌核施行。而後衆媳婦翕然畏服。然則握事權者。精明二字。顧可少乎哉。

探春查照舊例。給趙國基銀二十兩。原屬秉公。不存私見。而趙姨娘烏足知之。怨忿而來。大聲疾呼。固應有此。然皆吳新登媳婦有以致之也。使初來囘話時。便將舊例查明。李紈無四十兩之許，探春卽無二十兩之駁，而趙姨娘亦知格於舊例。無異言矣。卽使前准後駁，吳新登媳婦不往學舌。趙姨娘亦可相安無事。然則趙姨娘之來。皆刁奴爲之也。可恨。

趙姨娘滿心委屈。自以爲比不上襲人。襲人之娘。且可賞銀四十兩。趙國基獨不可援以爲例乎。迨探春將舊例申明。賞銀只分內外。不論尊卑。設環小子將來收有外頭人。亦可照襲人例賞銀四十兩。明白剖曉。趙姨娘心中已自了然。無話可答。若卽轉囘省了多少唇舌。乃又拉拉扯扯。說出多少不入耳之言。卒至觸發姣嗔。大受數落。且將學裏乾沒之點心筆墨公費亦被裁汰。并帶累跟蘭哥兒上學之人。何苦何苦。

趙姨娘心中橫一母女之見。探春眼中卻只有嫡庶之分。趙姨娘以趙國基爲探春舅舅。探春只知趙國基爲跟環小子上學家奴。趙姨娘絮絮聒聒。無非以私情爲言。探春堂堂正正。却以名分爲言。名不正。則言不順。此趙姨娘所以見絀於其女也。

趙姨娘正欲再說。忽見平兒走來。便把嘴止住。忙陪笑讓坐。又問鳳姐兒好。陰霾瘴霧。忽變爲甘雨和風。可鄙可憐。

平兒道。奶奶說。趙奶奶兄弟沒了。照常例只得二十兩。如今請姑娘裁奪。若再添些也使得。分明一句人情話。恰好被探春駁斥。正合鳳姐本心。

探春洗臉。因盤膝坐在矮板榻上。那捧盆丫鬟走至跟前。便雙膝跪下。高捧臉盆。那兩個捧巾帕靶鏡的丫鬟。亦在旁屈膝捧着。如此尊嚴。一邊給趙姨娘看。試問阿娘有此身分否。一邊給寶釵看。試問王夫人肯屈他坐轎查夜否。

平兒見探春有怒色。便不敢以往日喜樂之時相待。只一邊垂手默侍。見探春洗臉。侍書不在面前。便上來與探春挽袖卸鐲。非媚之也。亦猶李愬具櫜鞬拜迎裴度。欲使頑悖蔡人。知上下之分耳。故退出廳來。又再三吩咐衆人不得再存藐視欺負之心。並悄悄告說二奶奶於大小姑子裏也只單怕他。若撒個嬌。太太也得讓他三分。二奶奶更不敢怎樣。無非推重探春。極得尊題之法。尊探春而後可壓服衆人。李紈道。好丫頭。怨不得鳳丫頭偏疼他。眞非虛譽。

秋紋走來。見平兒坐在議事廳外石上。笑道。你又在這裏充什麼外圍子的防護。極不要緊一句閒文。却面面俱到。恰是說平兒。恰是說來議事廳之平兒。恰是說議事廳外坐着之平兒。一字不肯輕率。如此援筆撰書。談何容易。

鳳姐聽平兒回說探春方纔之事。笑道。好好。好好。好個三姑娘。我說不錯。只可

惜他命薄沒托生在太太肚裏、凡人於所喜之人。行可喜之事。未卽其施行

而贊美之。先卽其闕陷而惋惜之。眞有此情理。眞是寫得出。

鳳姐與平兒談到家務艱難、入不敷出。平兒道可不是這話。將來還有三四

位姑娘。兩三個爺們。一位老太太。這幾件大事未完呢。鳳姐道。我也慮到這

裏。倒也彀了。寶玉和林妹妹他兩箇一娶一嫁。可以使不着官中錢。老太太

自有體己拏出來。寶玉之娶、卽黛玉之嫁、故相提並論。又道。二姑娘是大老

爺那邊的。也不用算、此是帶筆。又道。剩了三四個。滿破着每人花上一萬銀

子、指探春惜春蘭哥三人而言。三萬銀子、不在話下。獨欣幸寶黛嫁娶有老

太太體己、可知寶黛嫁娶。非二三萬金不能藏事。又道環哥娶親有限、花上

三千兩銀子彀了。環小子雖爲庶孽、終是賈政之兒。其娶親只用三千兩。然

則寶玉娶親。縱費不過萬金。其三二萬巨款、端在黛玉嫁奩、黛玉嫁奩而費

巨萬。非嫁寶玉而何。於是黛玉已定給寶玉。又可信矣。

二姑娘既是大老爺的。可以不算。四姑娘更是東府裏的。何以又算。緣四姑娘由血盆中抱過榮府養育。已爲榮府之人。又與尤氏不睦。故遣嫁奩資須並計之。

鳳姐道。我正愁沒個膀臂。雖有個寶玉。又不中用。大奶奶是個佛爺。二姑娘更不中用。四姑娘小。蘭小子與環兒更是小凍貓。只等有熱竈去鑽。正如主試衡文。此皆落卷。又道林丫頭寶姑娘倒好。偏又是親戚。不好管偺們家務。可知各有畛域。作客之身。原不可預人家務事。坐轎查夜。何爲哉。又道況且林姑娘是美人燈兒。風吹吹就壞了。一個是拏定主意。不干己事不張口。一問搖頭三不知。也難十分去問他。此兩人亦是落卷。在寶釵不避嫌疑與人查夜。原欲顯自己之能。形黛玉之短。使人知其有當家之才。豈知鳳姐品題。

與美人燈兒無異。且此兩語。活畫一深心機智人、而世人每以此爲賢。斯眞爲寶釵玩弄於股掌之上也。

胡廣字伯始。歷事六帝、毫無匡救之言、取媚宦官。天下薄之。京師諺曰。天下不理問伯始。卽一問搖頭三不知之類也。不謂寶釵有此本領。

鳳姐道。若按私心藏奸上論。我也太行毒了。也該抽回退步。再要窮追苦人恨極了。自古權奸當國、切齒於人。未有不自知者。都緣騎上虎背、不肯輕下。若肯及早抽身。卽爲禍亦不甚烈。知此理者。其惟范睢。不知此理者。則比比皆是。不獨一商鞅。

鳳姐囑咐平兒道。你過去。倘或駁我的事。別分辯。你只越恭敬。越說駁的是。千萬別怕我沒臉。和他一强。就不好了。平兒不等說完。便笑道。你太把人看糊塗了。我纔已經行在先了。這會子纔囑咐我。鳳姐兒笑道。我是恐怕你心裏眼裏只有我。沒有他人、不得不囑咐你。既已行在先。更比我明白了。這不是你又急了。滿嘴裏你呀我的起來了。平兒道。偏說你。你不依。這不是嘴巴子。再打一。頓難道這臉上還沒嘗過的不成。妙妙。平兒娬媚。一至於此。何物賈璉而能消受。

鳳姐笑道。你這小蹄子。要掂多少過兒。你看我病得這個樣、還來慪我呢。過來、坐下。橫豎沒人來。偺們一處吃飯是正經。鳳姐本極喜平兒、前之打。爲鮑二家激怒於酒後也。後悔莫及。今重提起、口雖笑罵、心實歉慙、故特加優禮使之同坐共食。而平兒則仍不敢恃寵而驕。屈一膝於坑沿。立半身於坑下。如此侍兒。乃可抬舉、

第五十六回　敏探春興利除宿弊　賢寶釵小惠全大體

探春見平兒復來。因道。昨在賴大家。偶與他女兒閒談方知園中荷葉枯草。

都是値錢之物、寶釵笑道。眞眞膏粱紈袴之談。你們都會念書識字、竟沒看見朱夫子有一篇不自棄文麼、探春笑道。雖也看過。不過是勉人自勵、虛比浮詞。寶釵道。朱子都有了虛比浮詞、你纔辦兩天事、就利慾熏心。把朱子都看虛浮了。探春笑道、你這一個通人。竟沒看過姬子書。當日姬子有云。登利祿之場。處運籌之界。味堯舜之詞。背孔孟之道。探春正與平兒議論園子。寶釵忽將朱子文作一跌宕、已覺文境不枯、然文似看山。孤峯獨聳、猶不足以快遊騁者之心。妙在寶釵舉朱子文以相嘲。探春卽舉姬子書以自解。雖斷章取義、而兩峯相峙。便具奇觀。令人倦眼一開。悶懷一醒。

衆婆子聽說要將園子派人分管。紛紛自薦。有說竹子交給我。除吃筍外。一年還可交些錢糧。有說稻田交給我。雀食之外、還可交些錢糧。探春便問寶釵如何、寶釵面壁看畫而答道。勤於始者怠於終。善其辭者嗜其利。此非作者掉文。亦非寶釵掉文。蓋寶釵不以爲然。明阻之則婆子必怨。故以文語阻之。使衆人不覺、怨不及我矣。仍是一問搖頭三不知技倆。

探春以怡紅蘅蕪兩處花草極多。無會弄花草之人。平兒因舉鶯兒的媽。寶釵笑道。我纔讚你、你倒來捉弄我了。捉弄二字。乍讀之似覺言重。細索之無怪其然、寶釵在賈府、專以籠絡要結爲事。如王莽初立朝時。釣譽沽名。不遺餘力。一旦居私人於要地。歛衆怨於一身、王莽所不爲。卽寶釵所深畏。鶯兒之母。釵之私人也。平兒舉之無異破其玄術。謂之捉弄。不亦宜乎。

實釵不用私人。是其乖處。亦是其明處、某中丞初陟封疆。其政事卓然可觀。嗣忽任一親私。不愜人望。卒以此爲言官劾免。由此觀之。寶釵猶知此義。標目稱其賢。其以此乎、雖然不足信。二十一回標目曰賢襲人。此回標目曰賢寶釵。獨於兩人而許以賢、則其所謂賢者可知。世間不少讀書人。必有能辨之者。奈何能辨之者卒鮮。
標目稱襲人曰賢，讀者心知爲不賢，稱寶釵曰賢，讀者何又不知爲不賢，豈非以襲人有改嫁事而後知爲不賢乎，夫必有改嫁事而後知爲不賢。無改嫁事卽不知爲不賢，是豈有眼讀書者。
紅樓寶釵。如水滸宋江。水滸稱宋江曰呼保義。曰及時雨。義俠之名滿天下。忠義之字額其堂，然而善讀書者。固知其爲奸賊也。
寶釵道。我倒替你們想出一個人來。怡紅院有個葉媽，就是焙茗的娘。那是誠實老人家。又與鶯兒媽極好。不如把這事交給他。有不知的。就找鶯兒的媽商議。那怕他全不管。交給那一個。是他們的私情。探春笑道。雖如此說。只怕他們見利忘義。平兒笑道。不相干。前日鶯兒還認了葉媽做乾娘。請酒請飯。兩家相厚得很呢。探春聽了方罷。寶釵卑躬屈節。掠美市恩。幾乎無人不到。而於怡紅院中人爲尤甚。惟一寶玉親昵之小廝焙茗。尙無恩澤。則葉媽一薦。定不可少。況荐葉媽仍有利於鶯兒之母。眞是四角俱全。然用心亦良苦矣。

祝媽代代打掃竹子。田媽原是種田莊家。卽鶯兒之母亦善弄香草。量材器使。各得其宜。若焙茗之母人雖誠實。不聞諳練蒔栽。寶釵荐之。其爲狗私枉舉。毫無疑義。吁亦陋矣。

寶釵貼身侍婢竟認寶玉貼身小廝之母爲乾娘。上行下效。是主是僕。亦作者特筆。

探春因分派園子。係自家創辦。衆婆子應納利錢。吩咐不由帳房歸到裏頭來。寶釵笑道。依我說。裏頭也不用歸。叫他們各人攬一宗事去。無非是園裏用的頭油脂粉香紙之類。他們辛辛苦苦。一年也要叫他們剩些粘補。若一概入官。也失了你們這樣人家大體，叫他們除這個外。每人再拏出若干吊錢來，分給未曾派管各老媽媽們。使大家也粘帶些出息。於是各各歡喜異常，似此市恩見好之事。便侃侃而談。既不搖頭，亦不掉文。矣然蠲去餘利，是慷他人之慨。探春於此。未免意興索然。

寶釵見衆人歡感。便三令五申。不可吃酒賭錢。並道姨娘再三囑託我。不得不討嫌照管。大家謹謹愼愼。也不枉替你們籌些進益。原來慷他人之慨，結衆人之歡，爲的要替他當差使做臉。乖巧極矣。而標目稱其小惠全大體者何。曰小惠譏之也。全大體，制服探春之言也。如其語以書之。不貶而自貶也。甄寶玉。人以爲眞寶玉。賈寶玉。人以爲假寶玉。不知甄寶玉乃假寶玉。賈寶玉乃眞寶玉也。太虛幻境對聯曰。假作眞時眞亦假。豈非早已表明。然則賈寶玉固有。而甄寶玉自無耶。亦不盡然。對聯又早表明。無爲有處有還無。是並賈寶玉而亦無之矣。蓋眞事既隱。眞名亦隱。所謂寶玉。無論眞假。皆在無何有之鄉矣。然非空中樓閣也。寶玉雖無。必有一性情相貌際遇事蹟如寶玉而非以寶玉名者在也。

賈母叫人來、凡兩見。鴛鴦絕偶時一見。此囘一見。

敘甄寶玉與賈寶玉性情相貌無不相同。理之所無容。或事之所有。至若園亭院宇。妖婢雛鬟、以及爲妹妹心病。無不吻合。則萬無其事矣。故必托諸夢境及鏡影也。

寶玉夢入甄家花園、見那邊來了幾個丫鬟、忙上前通款曲問道。這裏也竟還有個寶玉。丫鬟們道。寶玉是奉老太太命叫的。你是那裏來的小廝。也亂叫起來、仔細打爛你的臭肉。又一個丫鬟道。偺們快走罷。別叫寶玉看見。又說同這臭小子說了話。把偺們熏臭了。說着、一逕去了。寶玉納悶道。從來沒有人如此荼毒我。他們如何竟這樣的。莫不眞也有個我這樣一個人不成。佛家言。欲知前世因。今生受者是。我爲易之曰。欲知施者因。夢中受者是。神瑛侍者。於夢醒時。亦將援筆濡墨作一偈否。

寶玉走入院中。見榻上臥着一少年。嘆了一聲。一個丫鬟笑問道。寶玉。你不睡。嘆什麼。想必爲你妹妹病了。你又胡愁亂恨呢。甄家婦女口述之寶玉。尙是金陵之寶玉。而寶玉夢中所見之寶玉。實卽怡紅院內本來之寶玉身外之身。夢中之夢。尙殷殷然以妹妹之病爲念。其待妹妹之心爲何如耶。此卽絳芸軒之夢也。恨不使寶釵聞之。恨不使黛玉知之。

寶玉夢中所見之寶玉。也在那裏做夢。也夢見到一個花園。被幾個姐姐罵他臭小廝。也夢找入怡紅院。見寶玉睡着在房裏。空有皮囊。眞性不知何往。此眞身外身。夢中夢。可與列子蕉鹿夢並傳。

寶玉夢中正拉住那寶玉對說夢話。只見人來說老爺叫寶玉。唬得二人皆慌了。一個寶玉就走。一個寶玉忙叫寶玉快回來。令人絕倒。

寶玉被襲人推醒。猶指門外說寶玉纔去不遠。襲人笑道那是鏡裏照的你的影兒。寶玉向前一瞧。原是嵌的大鏡對面相照。自己也笑了。一場夢境是是非非如此收煞。最爲靈敏。

甄寶玉是寶玉之影。一筆表明。